Lämmerweid

Das Buch

Auf einer Schafsweide stolpert der Investigativ-Journalist Robert Walcher über eine Leiche und wird prompt als Täter verdächtigt. Dabei entpuppt sich sein Freund Kommissar Brunner als verbiesterter Gegner, und das in einer Situation, in der Walcher dringend Freunde bräuchte. Eine Allianz aus Agrar- und Lebensmittelchemie will die Veröffentlichung brisanter Informationen verhindern und schreckt dafür nicht vor Mord zurück. Hilflos muss Walcher mitansehen, wie er, samt Familie und Freunden, langsam eingekreist wird. Was kann ein Einzelner angesichts eines solch mächtigen Gegners tun? Seine Entschlossenheit und sein untrügliches Gespür für große Geschichten hat Walcher noch immer ans Ziel geführt.

Der Autor

Joachim Rangnick ist studierter Grafiker. Heute schreibt er erfolgreich Kriminalromane. Er lebt in Weingarten. *Lämmerweid* ist der neueste Fall von Robert Walcher.

Von Joachim Rangnick sind in unserem Hause bereits erschienen:

Bauernfänger
Falkenjagd
Der Ahnhof
Winterstarre

Joachim Rangnick

Lämmerweid

Kriminalroman

List Taschenbuch

Besuchen Sie uns im Internet:
www.list-taschenbuch.de

Originalausgabe im List Taschenbuch
List ist ein Verlag der Ullstein Buchverlage GmbH, Berlin.
1. Auflage Februar 2013
2. Auflage 2013

Umschlaggestaltung: bürosüd° GmbH, München
Titelabbildung: © getty images / DTG
Satz: LVD GmbH, Berlin
Gesetzt aus der Garamond
Papier: Holmen Paper Hallsta, Hallstavik, Schweden
Druck und Bindearbeiten: CPI – Clausen & Bosse, Leck
Printed in Germany
ISBN 978-3-548-61122-8

Das Korn verdorrte auf den Halmen und der Erde Odem brachte Tod,
verkümmert auch und ungestalt die Frucht in den Leibern der Weiber.
Als Baal sah, was der Mensch aus seinen Wundern gemacht hatte,
quälte ihn tiefer Schmerz und er schickte Stürme über die Erde.
Am Anfang verfinsterte sich die Sonne durch den Staub der
Ackerkrume,
dann fielen Wasser vom Himmel Tag und Nacht ohne Unterlass,
und die Bäche schwollen zu Flüssen und wurden zur reißenden Flut.

Auszug aus dem Keret-Epos

PROLOG

Kaum war der letzte Schnee geschmolzen, kamen die Lämmer zur Welt. Zwölf an der Zahl, alle in einer Nacht, als ob sich die Mutterschafe abgesprochen hätten.

Das Interesse der beiden Böcke, die seit vergangenem Sommer für frische Gene in der kleinen Herde zu sorgen hatten, galt allerdings nicht so sehr ihrem Nachwuchs, sondern dem Umstand, dass sie sich plötzlich an den Rand des Geschehens gedrängt sahen. Kümmerten sich doch die Mutterschafe ausschließlich um ihren Nachwuchs und duldeten keinerlei Annäherungen. Ja, sogar der bis dahin gemeinsame Schlafplatz in der Schutzhütte wurde ihnen rigoros verwehrt.

Da war es verständlich, dass die beiden weder dem Nachwuchs noch dem sprießenden Frühlingsgras, den warmen Temperaturen oder gar der herrlichen Landschaft etwas abgewinnen konnten. Während die Kleinen mit ungelenken Hüpfern und Sprüngen herumtollten und die Welt der Schafsweide mit unbeschwerter Neugier entdeckten, verdichtete sich bei den Böcken die Erkenntnis, dass die Zeit der Enthaltsamkeit noch lange nicht vorbei war. Missmutig schlenderten sie durch ihr Reich, kontrollierten den Zaun und taten wichtig dabei, als hinge die Sicherheit der Herde allein von ihnen ab. Nur die obere Ecke in nördlicher Richtung, dort, wo die Weide an den Fichtenwald grenzte, mieden sie, schnupperten kurz in die Luft und wandten sich eilig dem südlichen Teil zu. Es lag nicht an der herrlichen Aussicht, die sich ihnen vom südlichen Zaun auf die Allgäuer Landschaft bot, eher hing es mit dem seltsamen Geruch zusammen, der über der nördlichen Ecke wie eine dunkle Wolke schwebte. Überdies schwirrten dort Fliegen unterschiedlicher Arten herum, die sich in Schwarmgröße auf alles stürzten, was sich der Ecke näherte. Nun waren die beiden Böcke ja nicht unbedingt empfindlich, was Fliegen und Gerüche betraf, aber aus der nördlichen Ecke duftete es weder nach Bock, Schaf, Lämmern und schon gar nicht nach würzigen Kräutern oder Gräsern, sondern es roch seltsam intensiv nach Zweibeinern. Nicht einmal die unbedarften Lämmer wagten sich in die Ecke, sondern kehrten ebenfalls kurz davor um und flüchteten unter die Fellzotteln ihrer Mütter, wo es köstliche Milch gab.

Zwar fürchteten sich weder die Mutterschafe noch die beiden Böcke vor den Zweibeinern, immerhin kamen immer wieder mal welche vorbei und brachten trockenes Brot, Heu, Äste, manchmal auch Äpfel und Rübenschnitze oder nahmen ihnen einmal im Jahr den schweren Wollpelz ab, aber dieses Mal stimmte etwas nicht, es war anders als sonst. Der Zweibeiner, der seit Tagen am Stamm der Fichte lehnte, die zwei, drei Meter neben dem Eckpfosten des Maschendrahts stand, glotzte unentwegt auf ihre Weide und hatte sich noch kein einziges Mal bewegt. Der starre Blick irritierte, ja ängstigte die Tiere ebenso wie der Gestank, der ständig an Intensität zunahm. Nur die Elstern und Krähen näherten sich unbefangen, hatten sie doch eine ergiebige Nahrungsquelle entdeckt.

Unter Verdacht

Die ungewohnte Ruhe im Haus machte Walcher mehr zu schaffen, als er sich eingestehen wollte. Tochter Irmi schickte zwar hie und da eine SMS aus Paris, sie erhielt dort – hoffentlich – zusammen mit ihrer Französischklasse vor dem Abi den sprachlich letzten Schliff, aber das brachte auch kein Leben ins einsame Haus, denn auch Mathilde besuchte gleichzeitig eine befreundete Kräuterhexe in Tirol. Das hätte Walcher ja noch verwunden, schließlich war er sein halbes Leben ohne die liebenswerte Haushälterin und Ersatz-Oma ausgekommen; dass aber auch Theresa sich just zu dieser Zeit in ein Schullandheim abgemeldet hatte, empfand er nicht als schicksalhafte Fügung, sondern als persönliche Kränkung. Das Programm, an dem er mit wachsender Vorfreude genussvoll gefeilt hatte, um Theresa in dieser quasi sturmfreien Woche zu überraschen, erwies sich als Makulatur. Theater am Kornmarkt in Bregenz, schlemmen bei Albert Bouley in Ravensburg, ein Shopping-Ausflug nach München mit anschließendem Konzert der Münchner Symphoniker und natürlich ungestörte Abende und Nächte … Alles für die Katz. Stattdessen unternahm er ausgedehnte Spaziergänge mit dem Hund, ließ allmorgendlich die Hühner samt Hahn aus dem Stall, sammelte und markierte die Eier mit dem Legedatum und trieb die Schar vor Einbruch der Dunkelheit wieder zurück. Er trank etwas mehr Sherry als gewöhnlich und saß bis spät in die Nächte am Computer. Kurz gesagt, er führte das Leben eines Eremiten, bis am Mittwochnachmittag Kommissar Brunner vorbeikam, allerdings nicht wie sonst üblich bei seinen unangemeldeten Besuchen mit einer Flasche Wein in der Hand, sondern mit einer ausgesprochen dienstlichen Miene.

Walcher saß auf der Terrasse, genoss die schon sommerlich warme Sonne und arbeitete einen Stapel von Ausdrucken durch für seine derzeit laufende Recherche über Chemie in Lebensmitteln.

»Wie wär's mit einem Gläschen?«, bot er dem Kommissar an, die Flasche zu teilen, die er vor einer halben Stunde entkorkt hatte. »Von einem guten Freund aus Amerika, ein Redbird aus dem Süden Kaliforniens, recht ordentlich.« Walcher verschwieg, dass die Flasche von seinem Freund Hinteregger stammte, der sich vergangenes Jahr ein kleines Weingut gekauft hatte. Brunner gegenüber hatte er bisher Hinteregger nie erwähnt und sah auch keinen Sinn darin, dem Kommissar die Quelle unglaublicher Informationen – Hinteregger leitete in einem Weltkonzern die Sicherheitsabteilung, deren Netzwerk und Kommunikationstechnologie durchaus mit der CIA vergleichbar waren – zu verraten.

Kommissar Brunner, der vor einem halben Jahr zum Ersten Kriminalhauptkommissar befördert, aber immer noch nur mit Kommissar angesprochen werden wollte, lehnte Walchers Angebot mit einem Kopfschütteln ab.

»Sagt Ihnen der Name Schonauer, Georg Schonauer, etwas?«, kam Brunner ohne Umschweife zum Grund seines Besuchs.

Walcher verneinte.

»Dann kennen Sie aber vielleicht diesen Mann?« Brunner hatte seine Stimme auf ein verschwörerisches Flüstern reduziert, als er Walcher das Foto reichte.

Die toten Augen des Mannes starrten Walcher unangenehm

direkt an, das Gesicht war aufgedunsen, als habe er sich einen bösen Sonnenbrand geholt. Hinzu kamen einige Verletzungen der Haut, die verdächtig nach Fraßspuren aussahen.

»Das ist Julian Koenig, der Pressesprecher von Eufoodic, so eine Art Presseagentur«, stellte Walcher, um eine sachliche Stimme bemüht, fest und reichte dem Kommissar das Foto zurück. »Sieht nicht gut aus.«

»Wo waren Sie am vergangenen Freitag zwischen 16 und 20 Uhr?«

»Ach, kommen Sie, sagen Sie mir doch einfach, was los ist. Eine Tasse Kaffee, ein Glas Wein, oder sind Sie ausschließlich in dienstlicher Mission hier?«, lächelte Walcher.

Brunner fixierte ihn mit einem Blick, der schwer zu deuten war. Walcher glaubte allerdings, eine Mischung aus Melancholie und peinlicher Berührtheit zu erkennen. Wieder ging Brunner nicht auf Walchers Angebot ein, sondern wiederholte seine Frage, reduziert auf ein Wort: »Wo?«

»Dann ist das also ein richtiges Verhör, und Sie verdächtigen mich, oder was?« Auf Walchers Stirn hatten sich Runzeln gebildet, die allerdings noch mit dem Lächeln im Wettstreit lagen, das seine Mundpartie umspielte.

»Ich habe lediglich eine simple Frage gestellt, Sie kennen das doch. Also, wo waren Sie vergangenen Freitag zwischen 16 und 20 Uhr?«, wiederholte Brunner.

»Sagen Sie mir erst, ob der Mann tot ist, und wenn ja, ob er eines unnatürlichen Todes gestorben ist. Dann werde ich Ihnen erklären, dass ich ohne meinen Anwalt …« Walcher ließ den Rest seines Satzes in der Allgäuer Frühlingsluft hängen und zog eine Grimasse, die so etwas wie ein Lächeln hätte werden können. Einen kurzen Moment schien es, als ob der Kommissar irgendetwas Kränkendes loswerden wollte, dann bekam er sich wieder in den Griff, atmete durch und nickte: »Tot, erschlagen.«

Walcher nickte und streckte Brunner seine Hände entgegen, wie um sich Handschellen anlegen zu lassen. »Dann bin ich höchst verdächtig. Ich hatte nämlich genau um 17 Uhr am vergangenen Freitag einen Termin mit diesem Mann, und zwar wollten wir uns bei der Stephanskapelle in Genhofen treffen. Das ist ein kleines Dorf bei Oberstaufen.«

»Ich weiß, wo Genhofen liegt, und … Weiter!«

»Nichts weiter«, stellte Walcher fest, »Koenig tauchte nicht auf. Ich habe versucht, ihn auf dem Handy zu erreichen, erfolglos, und bin wieder hergefahren. Nein … ich musste davor noch tanken und habe die Strecke über Oberstaufen genommen, um sicher zu sein, eine Tankstelle zu finden. Aber das wird wohl nicht gerade als wasserdichtes Alibi gewertet, oder? Wie kommen Sie eigentlich gerade auf mich?«

»Ihre Visitenkarte steckte in der Geldbörse des Mannes, neben seinem Ausweis, der ihn allerdings als einen gewissen Georg Schonauer ausweist.«

Bulle und Journalist

Brunners Miene hatte sich im Laufe des Gesprächs nicht sonderlich verändert, im Gegenteil, nun sah er auch noch misstrauisch und gekränkt aus. Der Kommissar wollte nämlich wissen, wie es denn sein könnte, dass an der Kleidung des Toten Hundehaare hingen, die von einem schwarzen Labrador stammten. Dabei deutete er auf Rolli, der natürlich bei Herrchen und Besuch stand und nur hie und da irritiert von einem zum anderen blickte.

Walcher hatte dann vorgeschlagen, gleich eine Haarprobe zu entnehmen, um zweifelsfrei festzustellen, dass es sich nicht um die Haare seines Hundes handelte, der sei nämlich weder an dem besagten Freitag noch sonst irgendwann einmal mit dem Pressesprecher zusammengekommen und scheide somit als potentieller Mittäter wohl aus. Im Übrigen, hatte Walcher argumentiert, durchaus heftiger als gewöhnlich bei Auseinandersetzungen mit dem Kommissar, könnte an einer Freundschaft ja wohl nicht viel dran sein, wenn ihm allen Ernstes bei solch simplen Fakten wie einer Visitenkarte und einem vereinbarten Treffen gleich eine Täterschaft unterstellt würde.

Das war dann der Moment, in dem Brunner nach Luft schnappte, sich abrupt abwandte, im Stechschritt die Terrasse verließ und Sekunden später mit heulendem Motor vom Hof preschte. Walcher konnte es vom Garten aus zwar nicht sehen, vermutete aber, dass der Kommissar ihm nicht nur die Laune versaut, sondern auch noch mit einer dicken Staubfahne die Luft verpestet hatte.

Erst nach einem kräftigen Schluck Redbird beruhigte er sich. Er war wirklich sauer auf Brunner. Ihn zu verhören, ohne dabei zu signalisieren, dass er die Hinweise auf Walcher bestenfalls als Zufall abtat, störte die freundschaftlichen Gefühle, die er für Brunner empfand, doch sehr. Vielleicht bewahrheitete sich ja in solchen Krisensituationen die Unvereinbarkeit von Bulle und Journalist, über die sie immer wieder mal miteinander flachsten.

Walcher war sich auch nicht so ganz darüber im Klaren, warum er dem Kommissar nicht von seiner Recherche erzählt, sondern über den Grund des geplanten Treffens mit dem Pressesprecher geschwiegen hatte. Nachdem Julian Koenig nun tot war, hätte er eigentlich die Identität seines Informanten nicht mehr schützen müssen. Walcher notierte den Namen »Georg Schonauer«, prostete mit einem

Glas Redbird in Gedanken Freund Hinteregger zu und nahm sich vor, ihn über seine jüngste Recherche zu informieren. Auch seinem Freund Johannes, der noch immer mit seiner Magdalena auf deren Ziegenalm im Safiental in der Schweiz lebte, würde er eine Nachricht schicken. Es gab ihm ein Gefühl von Sicherheit, die Freunde informiert zu wissen, auch wenn Johannes seine E-Mails nur sporadisch las.

Niemandsfreund

Lange stand er am Zaun, sah über die Schafsweide und über die grüne Hügellandschaft zur Alpenkette, die sich von Osten her in den Westen zog. Ein gewaltiger Schutzwall, aber gegen seine Feinde war er nutzlos. Zum ersten Mal fühlte sich Schonauer müde und ausgelaugt. Sie hatten ihm einen Toten auf die Schafsweide gesetzt. Zufall? Unbewusst schüttelte er den Kopf. Nein, das war kein Zufall, sondern ein deutliches Zeichen. Aber er würde trotzdem nicht aufgeben. Er liebte dieses Land, nicht nur, weil er es von den Eltern geerbt hatte. Er liebte seine kleine Landwirtschaft und seinen Kräutergarten, war immer schon sorgsam mit dem Boden und den Tieren umgegangen. Er wollte sein Land so weitergeben, wie er es von den Eltern bekommen hatte, gesund, nicht vergiftet oder ausgelaugt. Aber das kostete Kraft und Selbstbewusstsein. Bisher hatte er es geschafft. Keine chemischen Düngemittel, keine Spritzgifte, kein genmanipuliertes Saatgut, kein Zusatzfutter und auch keine Turbokühe; nichts von alledem fand sich auf seinem Land. Auch keiner der monströsen Traktoren, die mit ebenso riesigen Pflügen bestückt die Erde tief aufbrachen und das Leben darin zerstörten. Mit seinem für heutige Verhältnisse lächerlich kleinen Traktor war schon der Vater über die Felder getuckert. Reparaturen und auch mal einen neuen Heuwender und einen neuen Ladewagen hatte er sich geleistet, Melkmaschine und andere Kleinigkeiten, aber sonst verdiente die Agrarindustrie wenig an ihm, und deswegen bekämpften sie ihn. Und nicht nur sie, auch die Nachbarn und die Verbände, die Molkereien und Schlachthöfe, alle waren gegen ihn. Sie hatten Angst, dass immer mehr Menschen auf den ganzen Wahnsinn verzichten wollten und dabei auch noch feststellten, dass ihnen viel mehr Geld blieb. Weit und breit war sein Hof einer der wenigen, die nicht hoffnungslos verschuldet und längst an eine Bank verpfändet oder gar an Agrarinvestoren verkauft worden waren. Aus freien Bauern waren Knechte geworden. Knechte, die fremde Turbokühe versorgten oder Mais für Biosprit anbauten. Nahrungsmittel als Treibstoff für Motoren! Georg Schonauer schüttelte es, und er ballte unbewusst die Hände zu Fäusten. Nein, er würde nicht nachgeben. Er brauchte sie nicht. Seine Abnehmer waren einigermaßen unabhängig. Wie hatte der Vater immer gesagt? »Jedermanns Gesell ist niemands Freund.« Er würde sich nicht gemein machen. Ihn und den Hof würde es noch geben, wenn diese Chemiefritzen längst von der Bildfläche verschwunden waren, davon war er überzeugt. Immer mehr Menschen machten sich inzwischen Gedanken über ihre Ernährung und warum sie krank wurden von dem Dreck, den ihnen die Industrie als Nahrungsmittel verkaufte.

»Niemandsfreund«, hatte der Urgroßvater in den Balken über der Haustür schnitzen lassen, eine abweisende und gleichzeitig selbstbewusste Botschaft, die den Großeltern und Eltern als Verpflichtung galt, sich nicht anzupassen, eine eigene Meinung zu haben und sich auch mal gegen den Wind zu stellen. Schonauer grinste, reckte seinen Rücken gerade und schlug mit der rechten Faust gegen den Zaunpfahl, dass die kleine Schafherde zurückschreckte. Er würde sich zum Nachdenken erst einmal auf seine Alpe zurückziehen. Ohnehin war es Zeit, dort oben Kräuter auszusäen.

Mathilde

Kochen bezeichnete Walcher als eine seiner Leidenschaften, die er allerdings stark vernachlässigte, wenn er allein im Haus war. Zum Kochspaß, so seine Überzeugung, gehörte nämlich das gemeinsame Essen, und für sich allein herumzubrutzeln, schmälerte dies Erlebnis ganz dramatisch. Als unfreiwilliger Single fiel Walcher ernährungstechnisch dann auch meist in die dunklen Zeiten der Selbstversorgung während des Studiums und in den ersten Berufsjahren zurück. Dass Menschen überhaupt derartige Mangelernährungszeiten schadlos überstanden, sprach fraglos für die Robustheit ihrer Art.

Walcher wendete gerade die dicke Scheibe Leberkäs, um die herum Zwiebelringe bräunten, während er gleichzeitig die zweite Pfanne im Blick hatte, in der das Gelbe der beiden Spiegeleier allmählich fest wurde. Ein Geräusch im Rücken ließ ihn heftig zusammenfahren. Doch als er die Ursache erkannte, verwandelte sich der Schreck in Erleichterung. Mathilde stand in der Küchentür und lächelte entschuldigend.

»Ich denke, du bist bei deiner Kräuterhexe in Tirol«, meinte Walcher und nahm beide Pfannen von der Hitze. »Magst mitessen? Es reicht für uns beide«, deutete er auf sein Essen. »Wir könnten auch noch einen Salat machen.«

Mathilde sah in die beiden Pfannen und dann zu Walcher, schüttelte den Kopf und stellte fest: »Sooo hab'is mir vorg'stellt.«

»Jetzt komm«, verteidigte sich Walcher, »hast noch nie einen

Leberkäs gegessen, mit einem Spiegelei auf Brot? Hat's früher bei mir fast täglich gegeben!«

»Gut, dass i wieder do bin.« Mathilde nickte und nahm ihm ganz selbstverständlich den Pfannenwender aus der Hand.

Später, nach dem Essen, das Mathilde noch mit einer wunderbaren braunen Sauce aus Zwiebeln, geröstetem Brot, Butter, Mehl, Balsamico, Salz und Pfeffer und ein paar Gewürzen veredelt hatte, saßen sie auf der Terrasse, tranken Espresso und erzählten von ihren Erlebnissen der vergangenen Tage. Mathilde wollte zwar ursprünglich bis in die folgende Woche hinein in Tirol bleiben, doch sie hatte es dort nicht mehr ausgehalten. Allerdings hatte sie nicht die Sehnsucht nach zu Hause angetrieben, sondern der Frust. Der Heilkräuterkurs bei ihrer Freundin, einer bekannten Kräuterkennerin, hatte sich als besonders tückische Form einer Vermarktungsstrategie entpuppt. Mathilde hielt es nur deshalb so lange aus, weil die interessanten Themen für die zweite Hälfte des Seminars angekündigt waren. Aber auch hier hatte sich der erste Vortrag als pure Werbung entpuppt, worauf sich Mathilde entrüstet verabschiedete.

»Die wollten uns Kräutertees aus China andrehen, sündhaft teuer. Wird auf Plantagen in Amerika angebaut, des Zeugs, und als alte chinesische Heilkunst verkauft. Die ham Botschafter anwerben wollen. Botschafter! Dass ich nicht lache. Sind aufgebaut wie ein Kettenbrief. Kaufe ich und werbe ich neue Verkäufer, bekomme ich von dem, was die dann verkaufen, ein paar Cent. So könnte ich innerhalb kurzer Zeit zum Gebietsbotschafter aufsteigen. Kannst dir das vorstellen?«

Walcher nickte nur verblüfft, er hatte Mathilde bisher selten wirklich verärgert erlebt.

»Anzeigen müsste man das Pack. Chinesische Heilkräuter seien geradezu göttlich und würden in wilder, unberührter Natur wachsen. Unglaublich. Als ob hier bei uns dieselben Kräuter nix taugen würden. Zehn Teebeitel fir nein Euro, kasch dir des vorstella?«

Wenn Mathilde in tiefsten Dialekt verfiel, dann hieß das was. Walcher schüttelte beifällig den Kopf, nein, das konnte er sich nicht vorstellen, zehn Teebeutel für neun Euro. Das hörte sich nach gnadenloser Ausbeutung an. Aber auf dem Gesundheitsmarkt vermutlich nichts Ungewöhnliches.

So heftig, wie sie in Rage gekommen war, so schnell beruhigte sich Mathilde wieder und erkundigte sich nach Walcher.

Er erzählte ihr, dass er sich liebevoll um die Hühner gekümmert hätte und seit dem Gespräch mit Kommissar Brunner damit rechnete, bald in Untersuchungshaft zu wandern. Natürlich wollte Mathilde sofort alles erfahren, und Walcher informierte sie über seine Recherche und erklärte, dass er in den vergangenen Wochen die Minister in Bund und Länder bei den jeweilig zuständigen Staatsanwaltschaften angezeigt habe, insgesamt immerhin 48 Berufspolitiker. Er verstand das als politische Aktion. Fahrlässige Körperverletzung in Tateinheit eines Meineids. Hatten sie doch mit ihrem Amtseid geschworen, Schaden vom Volke zu wenden. Mit diesem Amtseid hätten die Minister, die für die Ressorts Ernährung, Landwirtschaft und Verbraucherschutz und Gesundheit zuständig waren, sich verpflichtet, Nahrungsmittel auf ihre Unbedenklichkeit hin untersuchen zu lassen, anstatt sich allein auf die Auskünfte der Hersteller zu verlassen. Denn dass es sich zum Beispiel bei Aspartam oder künstlichem Glutamat um höchst gesundheitsgefährdende Stoffe handelte – was natürlich von den Unternehmen vehement abgestritten wurde –, konnte man inzwischen überall nachlesen. Walcher klärte Mathilde über das Legalitätsprinzip auf, das die Strafverfolgungsbehörden in Deutschland verpflichtet, ein Ermittlungsverfahren zu eröffnen, sobald sie Kenntnis von einer Straftat erhalten hätten. Da solch juristischer Kram Mathilde sichtlich langweilte, kam er zum Kern der Sache, dass nämlich der Pressesprecher von Eufoodic, das als Lobbyorganisation der Lebensmittel- und Agrarchemie galt, eines gewaltsamen Todes gestorben war. Ebendieser Pressesprecher, Koenig, hatte ihm einige Studien angeboten, für deren Verbreitung er einen unabhängigen Journalisten suchte.

Walcher erzählte ihr das alles, weil er mit ihr und Tochter Irmi vereinbart hatte, sie immer über seine laufenden Recherchen zu informieren.

Mathilde war nicht anzusehen, ob sie sich Sorgen machte. Sie hatte nur schweigend genickt, als Walcher den Namen Georg Schonauer nannte, den die Polizei, neben Walcher, ebenfalls als Verdächtigen erwähnte.

»Den Schorsch kenn ich gut«, stellte sie dann fest, als Walcher geendet hatte, »der versteht noch was von Kräutern, und seine Landwirtschaft betreibt er mit Ehrfurcht vor der Natur. Einer, der das Herz auf dem rechten Fleck hat.«

Mathilde beschrieb ihm den Weg zu Schonauers Hof, und Walcher machte sich nach dem Kaffee auf den Weg. Warum sollte er den Besuch bei Schonauer aufschieben, schließlich hatte man den Pressesprecher auf seiner Weide abgelegt, und in den Taschen des Toten hatte neben Walchers Visitenkarte auch Schonauers Ausweis gesteckt, das machte sie faktisch zu Verbündeten.

Der Schandkreis

Auf dem kleinen Hof, windgeschützt eingebettet in die grüne Allgäuer Hügellandschaft, ein paar Kilometer von der Ortschaft Oberstaufen entfernt, herrschte geradezu mustergültige Ordnung.

Dennoch strahlte der von Büschen und unterschiedlichen Baumarten umstandene Hof, an dessen Fassade Efeu, wilder Wein und Spalierobst rankten, eine einladende Freundlichkeit aus.

Links am Hang neben dem Hofgebäude befand sich ein großangelegter Kräutergarten. Eine Werbetafel verwies auf die Öffnungszeiten Freitag und Samstag und erklärte, dass es sich hier ausschließlich um heimische Pflanzen handelte. Außerdem wurde auf eigene Produkte hingewiesen, wie Kräutertees, Kräuterschnäpse, Seifen und Pflegecremes. Der mit roter Farbe gedruckte, deutliche Hinweis, dass es sich dabei nicht um medizinische Heilprodukte oder gar Arzneimittel handle, ließ den Schluss zu, dass Schonauer möglicherweise mit der Pharmazie oder den Aufsichtsbehörden oder mit beiden Ärger bekommen hatte.

Walcher parkte den Wagen vor der Werbetafel und ging zum Hof hinüber. Ein friedliches Bild, eine scharrende Hühnerschar, Schwalben, die durch die offene Stalltür in atemberaubender Geschwindigkeit hinein- und wieder herausflitzten. Der Stall war leer, allerdings klangen Kuhglocken blechern aus der Nähe. Von einem Sonnenplatz auf dem Sims des Fensters neben der Stalltür verfolgte eine wohlgenährte weiße Katze mit nur einem halboffenen Auge den Fremden, unaufgeregt und mit bestenfalls schläfrigem Interesse. Rechts vom Hof, auf einer kleinen Anhöhe etwa 30 Meter entfernt, standen Steine, angeordnet wie ein urzeitlicher Steinkreis, in dem ein Mann mit der Sense Gras mähte. Rhythmisch schwang der Sensenmann sein Werkzeug, als würde er zwischen den Steinen Walzer tanzen. Walcher nahm an, dass es sich um Schonauer handelte, und ging langsam die Anhöhe hinauf. Er machte dabei einen leichten Bogen, damit ihn Schonauer entdecken konnte und sich nicht überrascht fühlte oder gar erschrak.

Kurz bevor ihn Walcher erreichte, stellte der seine Sense auf und begann, das Sensenblatt mit dem Wetzstein zu schärfen. Ein seltenes Geräusch in der modernen Landwirtschaft, das nur noch in unwegsamem Gelände zu hören war. Ansonsten lohnte es nicht mehr, wegen ein paar Büschel Gras vom Traktor zu steigen, und wenn, dann erledigte man das heute mit einer Motorsense.

Nahe genug, um den Mann zu erkennen, kamen ihm Zweifel, ob es sich wirklich um Schonauer handelte, Mathilde hatte dessen Alter um die 50 vermutet, der hier hatte deutlich mehr auf dem Buckel. Er schüttelte dann auch den Kopf, als ihn Walcher mit »Hallo Herr Schonauer« begrüßte.

Erst als er mit dem Daumen die Schärfe des Sensenblattes geprüft und für gut befunden hatte, wandte er sich Walcher zu. Allerdings sagte er auch da noch nichts, sondern musterte den Fremden, während er einen Rösslistumpen aus der Hemdentasche holte, mit einem Zündholz entzündete und paffend den Rauch in die frische Luft stieß. Erst danach sah er auf die glimmende Spitze seines Stumpens und stellte fest: »Schorsch isch of dr Alpe, ond dr Kreitergaata isch erscht ihbermorga me offa. I bin dr Rufillus, soll i was ausrichta?«

»Danke, aber ich muss mit Schonauer selbst sprechen, wo ist denn seine Alpe?«

Rufillus erklärte ihm den Weg und verteilte dabei den würzigen Stumpenrauch, der Walcher an seine Raucherzeit erinnerte. Auch er hatte diese einfachen, maschinengefertigten Zigarren aus der Schweiz geraucht, die inzwischen vermutlich nur noch von ganz wetterharten Typen inhaliert wurden. Diese Zigarren brauchte man auch nicht unbedingt in einem Humidor aufbewahren, sie vertrugen vermutlich sogar jahrelange Trockenheit.

»Standen die schon immer hier?«, deutete Walcher auf die Steine.

Rufillus zuckte mit den Schultern und meinte: »G'naus wois ma it, Kelta oder so. Ma hots no nia ondersuacht.«

Erst in diesem Moment entdeckte Walcher, dass auf den Innenseiten der zwölf Steine, die etwa einen Meter aus der Erde ragten, kleine Kupfertafeln angebracht waren.

Chemische Vernichtungswaffen
Tabun, Zyklon B, Lost, Agent Orange, VX, Sarin, Napalm …

Auf der ersten Tafel standen die Namen zahlreicher Unternehmen, die derartige Waffen herstellten bzw. hergestellt hatten. Neugierig ging er zum nächsten Stein und las auch dort den eingravierten Text.

Genmanipulation

Auch hier fanden sich Namen von Firmen, die Produkte herstellten, mit denen genmanipulierte Pflanzen gezüchtet wurden. Die meisten von ihnen waren Walcher aus der Presse hinlänglich bekannt.

Die nächste Tafel war eine einzige Anklage gegen die Atomkraftwerke:

Atomenergie
Harrisburg, Sellafield, Majak,
Tschernobyl, Fukushima …

Er blickte fragend zu Rufillus. »Was ist das? Ein Klagekreis?«

Rufillus paffte eine dichte Wolke und korrigierte in erstaunlichem Hochdeutsch: »Schandkreis der zwölf Todsünden!«

Magisch zogen Walcher die »Schandtafeln« auf den Steinen an, und er wanderte von einem zum anderen. Dieser Schonauer beschäftigte sich offensichtlich nicht nur mit Kräutern und seinen Viechern, sondern schien ein erklärter Kämpfer gegen den Wahnsinn auf dieser Welt zu sein.

ERNÄHRUNGSCHEMIE
E 951, E 621, E102, E 110, E 122, E 124 …

SPRITZMITTEL
Roundup, Agent Orange, Agent Blue, Agent Purple,
Agent Green, Lambda-Cyhalothrin, Fenamiphos, Chlorpyrifos,
Glyphosat, Cyfluthrin, Ethoprophos, Formetanat …

Es folgten die Tafeln: Artenmord, Menschenhandel-Sklaverei-Leiharbeit, Organhandel, Spaßgesellschaft, Rassismus, Wachstumswahn, Kindsmissbrauch. Der Holzpfahl in der Mitte des Steinkreises trug einen breiten Kupferring mit der Gravur:

Gier – Gier – Gier – Gier – Gier –

Sehr eindrucksvoll das Ganze. Spätestens nach diesem »Schandkreis« war Walcher neugierig drauf, Schonauer kennenzulernen. Heute war es allerdings für eine Tour in die Berge zu spät, außerdem hatte er keine Wanderstiefel dabei. Er nickte Rufillus zu und nahm sich vor, im Internet nachzusehen, woher dieser doch recht ungewöhnliche Vorname stammte.

Auch Rufillus nickte, nahm noch einen Zug, drückte dann am Schandstein »Atomenergie« die Glut seines Stumpens aus und steckte den Rest wieder in die Hemdtasche, bevor er seinen Tanz mit der Sense fortsetzte.

Eine Stunde später, als er wieder zu Hause war, überfiel Walcher ein Verlangen nach einer Zigarre. Das lag wohl zu gleichen Teilen an der Begegnung mit Rufillus und der E-Mail von Kommissar Brunner. In ungewöhnlich dürren Worten, einer Aufforderung des

Finanzamtes zur Abgabe der überfälligen Quartalsvoranmeldung nicht unähnlich, teilte Brunner mit, dass die DNA-Vergleichsanalyse der Hundehaare (gefunden an der Kleidung des Toten Julian Koenig) unzweifelhaft mit den Hundehaaren des schwarzen Labradors des Hundehalters Robert Walcher, Wohnort Weiler im Allgäu, übereinstimmte.

Unterschrieben war die E-Mail mit EKHK Dieter Brunner.

Enttäuschung machte sich in Walcher breit. Nicht die Tatsache, dass es sich um Rollis Haare handelte, beschäftigte ihn, sondern das plötzlich eisige Verhältnis zum Kommissar. War er wirklich einem solchen Irrtum aufgesessen, was ihre Freundschaft betraf? Wäre Brunner der Freund, für den er ihn hielt, hätte er dazugeschrieben, dass es nicht sonderlich schwer war, an Rollis Haare heranzukommen und sie an der Kleidung einer Leiche zu applizieren. Brunner hätte auch anrufen können, mit ihm über die Hinterhältigkeit dieser manipulierten Spur sprechen, gemeinsames Vorgehen vereinbaren … Nichts dergleichen, sondern eine beamtisch gestelzte Mitteilung. Vermutlich enthielt die nächste E-Mail eine Aufforderung zum Verhör.

Dass er sich die Freundschaft mit Brunner nur eingebildet hatte, schmerzte ebenso wie der Selbstvorwurf, ein gutgläubiger, romantischer Trottel zu sein. Ein Bulle blieb eben immer ein Bulle.

Bergluft

Vogelstimmen und ein entferntes Rauschen, mehr war nicht zu hören. Allein schon diese göttliche Ruhe bescherte Walcher Wohlgefühle, und nun kamen auch noch die Aussicht auf die zerklüftete Bergwelt hinzu und die Luft, die nach Frühling und Natur duftete. Beinahe greifbar reihten sich Gottesackerwände, Hochifen,

Diedamskopf, Widderstein, Karhorn, Hochkünzelspitze, Mohnenfluh vor ihm auf – die markantesten Spitzen der westlichen Allgäuer Alpen und des Bregenzer Waldes, jedenfalls die wenigen, die Walcher mit Namen kannte. Er saß auf einer Veranda aus roh gesägten, aber längst von den Elementen abgeschliffenen Brettern, auf denen in chaotischem Durcheinander unterschiedliche Gefäße standen: Tontöpfe, Blechdosen, Holzkisten, Joghurtbecher, Eimer aus Kunststoff und Zink und dazwischen alte Schmalzhäfen mit abgeschlagenen Griffen. Selbst am Geländer, das den Unvorsichtigen zur Abhangseite hin vor dem Sturz in die Tiefe bewahren sollte, hingen Blumenkästen. Auch der Tisch, wie die Veranda aus dicken Brettern gezimmert, stand zur Hälfte voll mit Aufzuchtschalen, in denen sich bereits zartes Grün zeigte.

Der Alpe, ein in den Bergen für Sommerbetriebe üblicher, langgestreckter einfacher Blockhausbau, war anzusehen, dass sie gepflegt wurde. An einigen Stellen waren die Schindeln an Wänden und Dach ausgebessert, was die deutlich helleren Holzfarben verrieten. Die Alpe bestand aus dem Stallteil, der Käsküche, einer Wohnküche und vermutlich aus den üblichen ein oder zwei winzigen Schlafkammern. Trotz ihres augenscheinlichen Alters war der Bau in tadellosem Zustand und stand am unteren Ende einer recht steilen Bergwiese, auf der nun Rolli mit Schonauers Hund herumtollte, eine pfiffige Mischung, in der noch deutlich ein Berner Sennhund zu erkennen war. Die beiden verstanden sich ab dem ersten Beschnuppern offensichtlich prächtig.

Fast zwei Stunden war Walcher heraufmarschiert an den Südhang des Hochhädrichs, nun saß er am Tisch und wartete auf den Tee, den Schonauer ihm angeboten hatte. Es dauerte eine Weile, bis er wieder aus dem Haus trat und Walcher eine riesige Tasse hinstellte.

»Sollte noch ziehn«, nickte er zu der dampfenden Emaillekanne, die schon einige Kriege überlebt hatte. »Alles Kräuter von do«, er deutete mit der Hand einen Halbkreis an.

Schonauer sah so gar nicht nach dem Alpenkräuter-Öhi aus, als den ihn Mathilde geschildert hatte. Um die 50 herum, Tendenz eher zu 55, schätzte Walcher den hageren, etwa 1,80 großen Mann, der ihn wie einen alten Bekannten begrüßt hatte. Schonauer trug sein Haar kurz, und auch sein Bart war noch keine drei Tage alt. In seinem kantigen Gesicht dominierten die Augen, deren türkisblaue Iris geradezu magische Anziehungskraft besaßen, jedenfalls empfand Walcher das so und zog unwillkürlich einen Vergleich mit scheinbar endlos tiefen Bergseen. Schonauer trug blaue Jeans und einen grauen Arbeitsmantel. Seinen nackten Füßen war anzusehen, dass er meist barfuß ging und Wasser knapp war auf seiner Alpe. Offensichtlich war er ein Kleidungspurist, denn er trug kein Hemd unter dem Arbeitsmantel, dafür verriet seine gebräunte Haut den intensiven Kontakt mit der Sonne.

Walcher dankte für den Tee und bückte sich zu seinem Rucksack. Er hatte eine Packung Salz, zehn Eier, frisches Brot, geräucherten Speck und eine Flasche Roten eingekauft, denn früher war es üblich, etwas mitzubringen, wenn man auf eine hochgelegene Alpe stieg, jedenfalls hatte Mathilde das empfohlen. Natürlich stand auch der Gedanke dahinter, Schonauer umgänglich zu stimmen, schließlich hatte Mathilde ihn doch als ein rechtes Raubein bezeichnet. Allerdings stimmten ihn die Gaben eher misstrauisch.

»Das machen Sie doch nicht aus purer Freundlichkeit«, stellte er fest, »also, weshalb sind Sie heraufgestiegen, wollen Sie eine Sensationsstory?«

Walcher hatte genügend Zeit gehabt, sich während des Aufstiegs einige Gesprächsalternativen zu überlegen. Nach einem Blick in Schonauers Augen entschied er sich für die direkte Variante.

»Wie kommt Ihr Ausweis in die Tasche des toten Pressesprechers von Eufoodic?«

Schonauer schien nicht überrascht, jedenfalls veränderte sich weder seine Miene, noch war in seinen Augen irgendeine Regung zu erkennen.

»Bitte machen Sie Ihr Handy aus, ich bin extrem empfindlich, was Funkwellen betrifft. Auch hier oben wird's immer mehr.« Schonauer lächelte, atmete tief ein und fuhr fort: »Das hab ich mich auch schon gefragt, und auch die Polizei wollte dasselbe wissen.«

Schonauer stand auf, ging ins Haus und kam mit einem Wasserglas zurück, in das er Tee füllte und Walcher auffordernd die Kanne über den Tisch schob. »Hot jetz lang g'nua zoga!«

Schonauer wechselte locker von breitestem Dialekt zu Hochdeutsch und wieder zurück, als wollte er davor warnen, dass man ihn für einen Landdeppen hielt. Walcher nickte, goss sich ebenfalls von dem Tee ein und probierte ihn vorsichtig. Erstaunt blickte er nach dem ersten Schluck Schonauer an. Der Tee duftete und schmeckte intensiv nach einer frisch gemähten Bergwiese, fantastisch!

»Kann Ihnen einen Beutel mitgeben, wenn'S wollen, aber eigentlich ham'S doch selber eine Kräuterhexe im Haus, hab ich gehört«, lächelte er und trank einen Schluck.

Walcher ging nicht darauf ein, er wollte jetzt weder über Mathildes oder Schonauers Teesorten sprechen, noch woher Schonauer wusste, dass Mathilde bei ihm wohnte. »Haben Sie mit Eufoodic etwas zu tun gehabt?«

»Eufoodic, Unternehmerverbände für Chemie, Pharmazie, Landwirtschaft, Ernährung, Handelsketten, der Bauernverband, Molkereiverbände, diverse Gesundheitsministerien, eigentlich habe ich keinen ausgelassen ... Ich denk mal, da gibt es nur wenige, die mich nicht gern entsorgen würden. Herr Koenig hatte mir kostenlose

Werbeseiten in all diesen Informationsschriften angeboten, für meine Tees und Kräuter. Auf solchen Vergünstigungslisten, eigentlich könnte man auch gleich von Gehaltslisten sprechen, stehen Tausende von Beamten, Politiker, Journalisten, Verbandsfunktionäre, Mediziner, Wissenschaftler, dann natürlich Zeitungen, Rundfunk, Fernsehen, Internet, Verbände, Ministerien, Universitäten, Schulen, Krankenhäuser … Eine Spinne kann kein engmaschigeres Netzwerk spinnen als unsere Chemiekonzerne und die Nahrungsmittelindustrie. Die sitzen wirklich überall und beraten, selbst im hinterletzten Kaff die entscheidenden Politiker, wenn's um den Ausbau und Erhalt ihrer Geschäfte geht. In den Schulen machen's Ernährungsberatung, renovieren mal den einen oder anderen Kindergarten, schenken den Pfadfindern Überlebenspacks und den Krankenhäusern mal 'nen neuen Kernspin oder 'ne Großküche, sponsern Kochstudios der TV-Sender und fahren mit den Landfrauen zur Papstaudienz. Die gelten so ziemlich als die bestorganisiertesten Lobbyisten, die man sich vorstellen kann. Also … Ja, ich hatte mit denen ziemlich was zu tun. Ich bin ein Störenfried, ein Ketzer, ein Linker, ein Kommunist, ein Gegner der schönen neuen gengestylten Natur, ein Feind der »grünen Revolution« …«

Schonauer wurde von den beiden Hunden unterbrochen, die hechelnd auf die Veranda gejagt kamen, mit ihren Schnauzen kurz die Zweibeiner anstießen und wieder davonhetzten. Da hatten sich offensichtlich zwei artverwandte Hundeseelen getroffen.

Schonauer sah den Hunden nach und schwieg, bis es Walcher zu lange dauerte.

»Ich gehe mal davon aus, dass Sie Koenig nicht erschlagen und ihm wohl auch nicht Ihren Ausweis zugesteckt haben.«

Schonauer winkte nur lässig ab. »Da müsst ich zum Massenmörder werden, wenn ich mit dieser Methode etwas bewegen wollte.

Wenngleich ich der Überzeugung bin, dass einige dieser Großkonzerne zerschlagen, zumindest ihnen die Macht genommen werden müsste. Das mag sich radikal anhören, aber was diese Leute tun, ist noch weit radikaler. Sie haben den Hunger der Welt zu ihrem Business und zur politischen Waffe gemacht. Wer die Nahrungsreserven der Welt beherrscht, besitzt mehr Macht, als er durch Waffen je besitzen kann. Damit beherrschen sie jedes Land. Kennen Sie die Geschichte Argentiniens? Ein blühendes Land, dessen Landwirtschaft das eigene Volk ernährt hat und Überschüsse in die ganze Welt liefern konnte. Heute ist Argentinien verarmt, die Bauern kämpfen in Slums um ihr nacktes Überleben, und auf ihren Feldern baut die Agrarchemie genmanipuliertes Soja und Mais an. ›Wer die Lebensmittel kontrolliert, kontrolliert ein Volk‹, soll Kissinger gesagt haben, und er hatte recht. Die Amerikaner waren gerade im Irak gelandet, da zwangen sie schon über Kriegsgesetze den irakischen Bauern Lizenzverträge für genmanipuliertes Saatgut auf und versprachen ihnen goldene Zeiten. Das kommt Ihnen bekannt vor? Richtig, Argentinien, Indien, Afrika, überall wird genmanipuliertes Saatgut angebaut. Saatgut, für das die Bauern Lizenzen zahlen müssen. Saatgut, das immer neu eingekauft werden muss, weil es nicht mehr keimfähig ist, sondern sich selbst terminiert. Terminator-Saatgut, das kommt nicht aus der Filmwelt von Hollywood, das ist grausame Realität. Übrig bleiben hungernde Völker, auf deren Böden Agrarriesen produzieren, was sich auf dem Weltmarkt gewinnbringend absetzen lässt. Dass dabei in kürzester Zeit eine Volksgemeinschaft vor die Hunde geht, Kulturen verschwinden und die Böden ausgelaugt und vergiftet werden, interessiert niemanden. Doch, eigentlich hätte ich diesen Koenig umbringen können, denn es herrscht Krieg. Krieg um den Erhalt der Schöpfung. Wir kämpfen … wie David gegen den Goliath des Agrarbusiness.«

Schonauer machte eine Pause, aber Walcher sah sich in der Hoffnung, sein Vortrag wäre zu Ende, getäuscht.

»Die Menschen müssen aufwachen und über den Sinn ihres Lebens nachdenken. Die USA haben dabei keinerlei Anspruch auf eine moralische Führerschaft, im Gegenteil, ich denke an die Frauen in Brasilien, von denen beinahe die Hälfte sterilisiert wurde, weil man befürchtete, der Bevölkerungszuwachs im Süden könnte zu einer Bedrohung der USA-Interessen in Südamerika führen. Brasilien war übrigens nur eines von 13 Ländern, das für eine Bevölkerungsreduktion vorgesehen war. Auch was da jetzt in Afrika abgeht, fördert die Interessen der USA. Über Hungerleichen führt der Weg zu Anbauflächen. Dazu fällt mir nur ein Begriff ein: Genozid.«

Im Fadenkreuz

Mit dem gigantischen Teleobjektiv konnte man noch auf fünf Kilometer einen Mitesser von einem Leberfleck unterscheiden. Das Riesending stand auf einem stabilen Stativ, etwa zwei Kilometer Luftlinie entfernt, und war auf Schonauers Alpe ausgerichtet. Die angebaute Kamera übertrug die Bilddaten zeitgleich via Funk zu einem Wohnmobil im Tal, dessen technische Ausstattung nichts mit den üblichen Campingfreuden zu tun hatte, sondern eher dem Übertragungswagen eines TV-Senders glich.

Bei der großen Entfernung zwischen dem Standort des Beobachters und Schonauers Alphütte ging natürlich mit normalen Abhörgeräten nichts mehr, deshalb wurden nur stumme Bilder aufgezeichnet … Der Ton dazu kam von den beiden Wanzen, die in der Alpe installiert waren, und zwar schon Tage bevor sich Schonauer in sein Bergnest zurückgezogen hatte. Der Mann, der das monströse

Objektiv bediente, zündete sich gerade eine Zigarette an und inhalierte den Rauch mit einem tiefen Lungenzug, woraufhin er hustete und fluchte. Seiner Kleidung war anzusehen, dass ihn mit der Bergwelt keine große Liebe verband und ihm die verfallene Alpe wie eine Latrine vorkommen musste. So falsch lag er dabei nicht. In den düsteren Raum, von dem aus er durch die kleine Fensterluke Schonauers Paradies beobachtete, hatte man bei Schlechtwetter oder überraschenden Kälteeinbrüchen während der Sommerzeit die Kühe getrieben. Er stand also auf soliden Schichten von getrocknetem Kuhmist.

Schon seit vier Tagen verfluchte er diesen Job rund um die Uhr, auch wenn er gutes Geld damit verdiente. Er sehnte sich nach einem warmen Essen, einem Badezimmer, nach einer Bar und nach seinem Freund, der seine Abwesenheit vermutlich schamlos ausnutzte. Nach seiner Fotolehre hatte er einen Lehrgang als Fotoreporter gemacht und von großen Reportagen geträumt, aber heutzutage fotografierten die Reporter aus Kostengründen meist selbst, und wenn es in einem Zeitungsverlag mal eine Stelle gab, bewarb sich ein riesiges Heer. Nein, er konnte nicht wählerisch sein, er brauchte solche Jobs, um zu überleben.

Die einzige Abwechslung hier oben bot der dritte Mann, auch wenn der ein bisschen seltsam oder besser gesagt unheimlich wirkte. Jeden Tag kam er herauf, brachte das Essen, packte die leeren Flaschen und den Abfall in seinen Rucksack und verschwand wieder, ohne ein einziges Wort.

Essen! Käse- und Wurstbrötchen, Äpfel und Wasserflaschen. Alkohol war während des Auftrags verboten, das hatte er sogar unterschreiben müssen.

Inzwischen stank er wie dieser alte Schuppen, auch wenn er nicht im Stall, sondern im ehemaligen Wohnraum schlief. Zwischen Stall und Wohnraum war aber kein großer Unterschied festzustellen, wie er fand. Außerdem schmerzte ihn jeder Knochen. »Fotograf für Observierungen« gesucht, hätte er sich doch nie auf diese blödsinnige Annonce gemeldet. Von einem quälend harten Dielenboden, der maximal einen Schlaf in Rückenlage erlaubte, war natürlich keine Rede gewesen. Auch von einem Stall hatte niemand etwas gesagt, und schon gar nicht von einer Sträflingsarbeit bei Wasser und Brot.

Interessengemeinschaft

Dunkle Wolken waren inzwischen aufgezogen, und Walcher überlegte, ob es nicht sicherer wäre, den Heimweg anzutreten, aber Schonauer schüttelte den Kopf, als habe er Walchers Gedanken gelesen.

»Keine Sorge, das Wetter bleibt noch ein paar Tage stabil. Um diese Zeit ziehen immer ein paar Wolken auf.« Schonauer begann, nach einer längeren Pause wieder zu sprechen.

»Warum sollte ich diesen Windhund umbringen? Selbst wenn ich es könnte, was hätte es für einen Zweck? Der Nächste steht doch schon in den Startlöchern. Solch käufliche Seelen werden nie aussterben. Manchmal glaube ich, dass diese Leute hochgradige Defekte haben. Dieser Koenig kaute unentwegt Kaugummi, ohne Zucker, versteht sich. Deshalb ist Zuckerersatz drin. Der muss doch wissen, was er sich reinzieht. Die Liste der Gesundheitsschädigungen, die dieses Zeug verursacht, liest sich wie ein medizinisches Lehrbuch. Aber vermutlich bekommen Mitarbeiter eine Sonderprämie. Politiker trinken vor laufenden Kameras ja auch schon mal kontaminiertes Wasser. Wo kaufen die ihr Obst und Gemüse ein? Die wissen doch, was ihre Spritzmittel anrichten! Wo gehen die essen? In beinahe jedem Restaurant bekommst du Glutamat untergejubelt. Sie haben die Gesundheits- und Landwirtschaftsminister angezeigt, habe ich gehört, Amtseid und so, wegen Körperverletzung. Verdammt gute Idee. Das schafft nicht nur Öffentlichkeit, die Staatsanwaltschaften müssen in jedem Fall reagieren.«

Walcher sinnierte über Schonauers umfassendes Wissen und sein Engagement und bekam deshalb nicht gleich mit, dass Schonauer ihn direkt angesprochen hatte. Bevor er aber darauf reagieren konnte, sprach Schonauer schon weiter.

»Angefangen hat es mit Kampfmitteln. Nach den Weltkriegen saßen die Chemiefirmen auf dem Zeug und überlegten sich vermutlich, was sie damit noch machen konnten, außer Menschen umzubringen. Sie hatten das Tor zur Hölle aufgestoßen, und das ließ sich so einfach nicht mehr verschließen. So sind sie dann auf Spritzmittel gekommen. Was Menschen umbrachte, musste auch Insekten und Unkräuter den Garaus machen, und außerdem galt es, die Ernährung der wachsenden Weltbevölkerung gegen Fraßfeinde zu sichern. Ich habe ein paar Semester Biologie und Chemie studiert, ich weiß, wovon ich spreche. Die Anzahl der Altbauern, die mit neurologischen Problemen, Alzheimer, Parkinson und anderen Krankheiten zu kämpfen haben, wächst erschreckend schnell. Manche fangen endlich an, darüber nachzudenken, was sie da tonnenweise auf ihr Gemüse, auf Obst und Getreide gespritzt haben. Schade, aber der Mensch ist wohl so gestrickt, dass er erst aufwacht, wenn's ihm an den Kragen geht. Wobei ...«, Schonauer legte eine Atempause ein.

Walcher, der gespannt zugehört hatte, freute sich über die Auflösung seiner ungestellten Frage nach Schonauers Wissen und trank einen Schluck Tee.

»... nach Tschernobyl haben wir ja auch gedacht, bedauerlich, aber dafür ist endlich Schluss mit dem Wahnsinn. Jetzt hat's den

Japanern das halbe Land verstrahlt, aber kaum hat sich das erste Entsetzen gelegt, werden die alten Drohungen laut: Ohne Atomstrom gehen die Lichter aus, Wirtschaftsruin, Armut, Verelendung. Dass Deutschland nun zu den Ländern ohne Atomkraftwerke gehören wird, halte ich für die bisher wichtigste Entscheidung dieser Nation. Aber es wird noch Zeit brauchen, bis wir unser Verhalten verändern. Fliegen Sie mal über Deutschland in der Nacht, da können Sie sehen, warum wir so viel Energie brauchen. Das abgelegenste Kuhkaff ist beleuchtet wie eine Prachtmeile. Die Kommunen sind ja meistens an den Umsätzen der Stromerzeuger beteiligt. Da müsste man ja …«

»Pressesprecher Eufoodic, Koenig, Ihr Ausweis bei dem Toten.« Walcher drängelte sich mit einem unschuldigen Lächeln dazwischen. Schonauer schien das aber nicht sonderlich zu berühren.

»Gier, Gier, Gier, was ist ein Mensch wert? 30 Millionen Abfindungsrente für einen Postmann, jedes Jahr eine Million, dabei ist nicht einmal klar, ob der Mann überhaupt so lange leben wird. Moral und Ethik interessieren doch niemanden. Wir sind längst zu einer Konsum- und Spaßgesellschaft mutiert. Dafür sind wir ständig unterwegs. Denken Sie an all die Freizeitaktivitäten der letzten 50 Jahre. Fahrräder, Ski fürs Wasser oder Schnee, Wanderstecken, Rucksäcke, Schuhe, alles muss perfekt sein und natürlich aus den wertvollsten Materialien, um die riesige Produktionsmaschinerie am Leben zu erhalten. Dass der kleine Arbeiter trotzdem nicht von seiner Arbeit leben kann, interessiert niemanden. Für das Wachstum der Investoren ruinieren wir unsere Umwelt. Wir verbrauchen an einem einzigen Tag mehr Rohstoffe und Energie als unsere Großeltern in ihrem ganzen Leben. Ich werde immer trauriger … und auch verbitterter. Ziehe Kräuter groß und pflanze sie an Orte, wo sie vielleicht überleben werden. Ihre Samen horte ich wie einen

Schatz und verdränge die Frage, was das bringen soll, gegen all den Wahnsinn der Genmanipulation. Wir haben ja keine Ahnung, welchen Geist wir da aus der Flasche gelassen haben. Den Unternehmen kann man kein Wort glauben. Und unsere Behörden und Politiker trauen sich erst recht nicht hinter ihren Schreibtischen hervor, denn dann müssten sie die Frage beantworten, warum sie bisher nichts unternommen haben, oder all die Schmiere zurückzahlen, die ihnen bisher ein sorgloses Leben ermöglichte. Aber ich …«

»Pressesprecher Eufoodic, Julian Koenig, Ihr Ausweis bei dem Toten. So gern ich Ihnen auch zuhöre, bitte lassen Sie uns erst darüber sprechen«, startete Walcher einen neuen Versuch, Schonauers Redefluss zu unterbrechen.

Schonauer fixierte Walcher mit einem Blick, als würde er ihn zum ersten Mal wahrnehmen, und nickte: »Koenig hat mich auf meinem Kräuterhof besucht und mir diese ›Werbekooperation‹ vorgeschlagen. Wir seien ja quasi Kollegen, denn auch Kräuter wären wichtige Nahrungsmittel, und dann noch der medizinische Nutzen. Nicht etwa gedroht oder so hat er, nur kostenlose Seiten in ihren Werbeprospekten und auf ihren Internetseiten angeboten. Die haben wohl gedacht, wenn ich dort einmal irgendetwas veröffentliche, bin ich weg vom Fenster. Jeder unterstellt mir doch dann, mit denen gemeinsame Sache zu machen. Das hab ich Koenig auch so gesagt und ihm empfohlen, er solle sich vom Acker machen. Andernfalls müsste ich Nora auf ihn hetzen. Das hat er dann verstanden und plötzlich ganz andere Töne angeschlagen. Unterstützen wollte er meinen Kampf gegen Genmanipulation und Giftmischer und dass er selbst ein Gegner wäre und an einem Buch arbeite. Na, da hab ich dann Nora ein bisschen bellen lassen. Aber dieses Gespräch fand gut einen Monat vor dem Auffinden seiner Leiche an meiner Lämmerweide statt. Da will mir jemand offensichtlich einen Mord in die Schuhe schieben.«

»Nicht nur Ihnen will man den Mord in die Schuhe schieben«, stellte Walcher fest, »bei dem Pressesprecher hat man auch meine Visitenkarte gefunden und Hundehaare, die zweifelsfrei von meinem Labrador stammen. Jedenfalls hat das eine DNA-Analyse ergeben. Ich war mit Koenig an dem Tag verabredet, an dem er ermordet wurde, und ich war auch am vereinbarten Treffpunkt. Vergeblich zwar, weil er nicht gekommen ist, aber zu der fraglichen Todeszeit stand ich an der Stephanskapelle in Genhofen. Ich habe also kein gutes Alibi.«

»Dann sollten wir vielleicht eine Interessengemeinschaft gründen.« Zum ersten Mal lächelte Schonauer, und es war ein offenes und herzliches Lächeln. Danach schwiegen sie beide. Walcher versank in den Anblick der Berge vor ihm, lauschte den Vogelstimmen und dem Rauschen des Windes und spürte die warmen Sonnenstrahlen auf seinem Gesicht.

Später, als Walcher sich schon verabschiedet hatte, fiel ihm der Schandkreis ein.

»Ihr Rufillus hat mir den Schandkreis gezeigt, ob wohl die Kelten damit einverstanden wären?«, lächelte Walcher. »Oder stammt der Kreis eher aus der Neuzeit?«

Schonauer nickte bedächtig und schmunzelte. Offensichtlich war er stolz auf seine Idee. »Drei Steine sind neu, aber die habe ich nur ersetzt, weil im Fundament vom Hof, unten im Keller, drei solche Brocken eingearbeitet sind, die in der Größe sehr gut in den Kreis gepasst hätten. Vermutlich haben meine Urgroßeltern, die Erbauer des Hofes, die Steine geholt, es aber bei drei bewenden lassen, weil die Brocken ganz schön was wiegen. Ich habe sie in alter Technik, also auf Rollen, da hinaufgeschleppt, allerdings nur vom Hofplatz aus. War eine unglaubliche Plackerei. Auch das Aufstellen war nicht einfach. Hatten schon was drauf, unsere Vorfahren. Der Sonnenstand hat sich zu damals ein wenig verändert, aber wenn man das berücksichtigt, können Sie am Stand und den Schattenlängen die Jahreszeiten ablesen. Eine Art Sonnenkalender, der wie eine Sonnenuhr funktioniert. Wäre jedenfalls eine Deutungsmöglichkeit.« Noch einmal schmunzelte Schonauer, bedankte sich für die Mitbringsel und pfiff seiner Hündin, die Sekunden später mit Rolli im Windschatten um die Hausecke gejagt kam.

Peinlich

Walchers Hund fiel es sichtlich schwer, sich von Schonauers Hündin zu trennen. Auf dem Rückweg drehte sich Rolli alle zwei Meter um, sog schnuppernd die Luft ein und winselte einige Male, als ob ihm jemand auf die Pfoten getreten wäre. Verständnisvoll erzählte Walcher seinem Hund aus der eigenen Vergangenheit und warf einige Stöckchen – Bewegungstherapie. Schließlich hatte er einige Erfahrung zum Thema. Als Rolli allerdings im unteren Drittel des Weges, schon kurz vor dem geparkten Auto, ein Holundergebüsch verbellte, endete Walchers Verständnis, und er rief den Hund mit dem scharfen Pfiff dritter Ordnung – der verhieß die härteste Strafe, nämlich Liebesentzug für eine dem Vergehen entsprechende Zeitdauer, die sich meist jedoch auf wenige Minuten beschränkte, da Walcher den treutraurigen Hundeaugen nicht lange widerstehen konnte – zurück. Rolli folgte zwar, ließ aber das Gebüsch nicht aus dem Blick, sondern ersetzte das Bellen durch ein abgrundtiefes Knurren. Neugierig ging Walcher zu der Stelle, schreckte allerdings peinlich berührt zurück, entschuldigte sich und eilte wieder zum Weg. Hinter dem Busch saß in unmissverständlicher Hockehaltung eine Frau, die kurz darauf Walcher anbrüllte, er solle seinen Scheißköter gefälligst an die Leine nehmen. Als Walcher zu einer Entschuldigung ansetzen wollte, rief sie im selben harschen Tonfall und Lautsärke: »Klar, i woiß scho, der tuat nix, der will bloß umanand hupfa und spiela.« Sie stach mit dem ausgestreckten Mittelfinger unmissverständlich in die aromatische Waldluft, wandte sich ab und eilte in die Richtung, aus der Walcher gekommen war.

Trotz der unangenehmen Situation bemerkte Walcher, dass die Frau ausgesprochen gut aussah. Im Stil der Zwanzigerjahre des vergangenen Jahrhunderts gekleidet, mit einem ebenso alten Rucksack auf den Schultern, entfernte sie sich mit durchtrainierten, elastischen Schritten. Theresa! Wie bei einem abrupten Szenenwechsel schoss ihm plötzlich Theresa in den Kopf. Zurzeit empfand er das Verhältnis mit ihr als ausgesprochen angespannt, und zwar nicht nur wegen der verunglückten Wochenplanung. Begonnen hatte es mit der Ankunft von Theresas Sohn, der bis zu jenem Zeitpunkt jeden Kontakt mit ihr abgelehnt hatte, und wenn es doch zu einer Begegnung oder einem Telefonat gekommen war, endete das über Jahre hinweg mit unglaublichen Beschimpfungen. Das änderte sich schlagartig, als er einen Studienplatz am Bodensee bekam und Theresas Domizil wesentlich näher an der Zeppelin-Universität in Friedrichshafen lag als Köln, der Wohnort seines Vaters.

Nach anfänglich ernsthaftem Bemühen Walchers, den Sohn der geliebten Frau zu mögen, akzeptierte er nach kurzer Zeit, dass er mit Daniel einfach nicht konnte. Das lag nicht nur daran, weil er ihm Theresa entzog. Walcher hielt Daniel für ein ausgesprochen hinterhältiges Monstrum, um dessen Zukunft sich allerdings niemand Gedanken machen musste. Vermutlich würde Daniel in der Politik reüssieren, Anlageberater werden oder eine globale Kettenbrieforganisation ins Leben rufen. Dass Theresa in seltenen Momenten von Vernunft ihren Sohn ähnlich einschätzte, half der Beziehung zu Walcher nicht weiter, denn die Muttergefühle überwogen. »Ich bin doch seine Mutter«, hatte er erst vor vierzehn Tagen zu hören bekommen, als Daniel überraschend an Wochenenden mit Müllsäcken voller schmutziger Wäsche aufgetaucht war, den Kühlschrank leer gefuttert und sich auf dem Sofa vor dem Fernseher breitgemacht hatte. Der von Walcher und Theresa geplante Ausflug ins Thermalbad im bündnerischen Vals war damit verschoben und vom Sohnemann mit dem Hinweis kommentiert worden, dass Kinder die Zukunft wären und die beiden ja wohl unter der Woche genügend Zeit für ihre Brunft finden würden.

Nicht zum ersten Mal hatte sich Walcher grollend zurückgezogen. Es brachte weder etwas, den Sohn der Freundin zu bekämpfen, noch die Freundin über den Charakter ihres Sohnes aufzuklären. Keine ideale Basis für eine Beziehung, die so wundervoll begonnen hatte. Zwar hatte Theresa mehrmals signalisiert, dass Daniel nur zwei Semester in Friedrichshafen studieren wollte, um dann in den USA weiterzumachen, aber Walcher hatte nur geantwortet, dass er im Hier und Jetzt lebe und nicht auf eine ungewisse Zukunft hoffen wollte. Alles in allem kein wirklich befriedigender Zustand.

Walcher schob seine Gedanken beiseite. Er war bei seinem Wagen angekommen und beschloss auf der Heimfahrt, das Gespräch mit Schonauer zu analysieren. Sie hatten »Zusammenarbeit« vereinbart, was erst einmal nur gegenseitige Information bedeutete. Eines schien allerdings klar, weder Schonauer noch er hatten einen triftigen Grund, Julian Koenig, den Pressesprecher von Eufoodic, umzubringen.

Hatten also der oder die Mörder Spuren gelegt, um zwei unangenehmen Zeitgenossen einen Denkzettel zu verpassen? Oder hatte

Koenig Schonauers Ausweis gestohlen, um ihm irgendetwas unterzuschieben, und war dann aber selbst zum Ziel seiner Mörder geworden? Koenig hatte auch ihm Material angekündigt. Wessen Interesse war es, Schonauer und ihn mit einem inszenierten Mordverdacht unglaubwürdig zu machen und gleichzeitig Koenig aus dem Weg zu räumen? Doch nur Koenigs Arbeitgeber, Eufoodic? Die Agentur lebte von den Werbegeldern der Chemie- und Lebensmittelbranche, und Schonauer kämpfte seit Jahren gegen Chemiekonzerne.

Da war etwas dran. Walcher hatte ja auch nicht grundlos die Gesundheits- und Agrarminister angezeigt. Nach einem halben Jahr Recherche über Spritzmittel, genmanipuliertes Saatgut, Farbstoffe in Lebensmitteln, Süßstoffe, Geschmacksverstärker, über manipulierte Studien, falsche Angaben von Inhaltsstoffen, unterdrückte Fremdstudien, deren Ergebnisse gegen diese Produkte sprachen, hatte er sich zu dem Schritt entschlossen. Er bezeichnete sich nicht gerade als religiös, betrachtete aber die Gesamtheit Erde als ein unbedingt schützenswertes Wunder. Und jeder Eingriff in die genetischen Codes dieses Wunders, allein zur Gewinnmaximierung einiger weniger, konnte nur als eine der größten Sünden der Menschheit angeprangert werden, neben der atomaren Energienutzung und sonstigen Massenvernichtungswaffen. Natürlich erhoffte er sich dabei eine verkaufbare Story. Das eine tun, ohne auf das andere zu verzichten, lautete seine Devise. Von irgendetwas musste er leben, warum also nicht vom Aufdecken von Schweinereien.

Trotz der vereinbarten gegenseitigen Information und Sympathie für Schonauer empfand Walcher dessen Verbitterung als eher irritierend. Was unternahmen Menschen als nächsten Schritt, nachdem sie die Erfolglosigkeit ihres gesetzeskonformen Engagements erkannt hatten? Ein reeller Kampf machte keinen Sinn, nur die große Öffentlichkeitskeule zwang die verantwortlichen Politiker zu einer Reaktion. Wie Schonauer hatte sich auch Walcher immer wieder die Frage gestellt, was all jene dazu trieb, sich selbst, ihre Familien, Kinder, Nachbarn und Freunde in Lebensgefahr zu bringen. In jedem Fall deckte sich Schonauers Aussage mit seiner Meinung, dass nämlich unsere Gesellschaft dringend die herrschende Wirtschaftsmoral und Ethik überdenken musste.

Der Beobachter

Ein abwechslungsreicher Tag lag hinter ihm, der erste, seit er auf diesem grässlichen Beobachtungsposten die Zeit totschlagen musste. Erst ein männlicher Besucher mit Hund, dann eine Frau, die sich mit dem Bergschrat – so nannte der Beobachter sein Zielobjekt – eine Zeitlang in der Hütte aufhielt. Danach hatte sich die Frau mit nacktem Oberkörper an den Tisch gesetzt und die Sonne genossen. Die blanken Brüste der Frau interessierten den Beobachter allerdings wenig, er fand den knackigen Hintern vom Bergschrat, der sich kurz darauf, völlig nackt, mit zwei Gläsern in der Hand, zu der Frau setzte, weitaus interessanter.

Die Gedanken des Beobachters wanderten zu seinem Geliebten, und er verfluchte seine Situation. Die spontan aufkeimende Lust verflüchtigte sich aber ebenso schnell, wie sie entstanden war. Kein Wunder, er stand auf einer dicken Schicht getrockneter Kuhfladen. Es bereitete ihm geradezu körperliche Pein, als er sich sein Badezimmer vorstellte. Geflieste Sauberkeit, die Dusche und das Wannenbad, in dem prickelnde Luftperlen sanft oder heftig, je nach Lust, die Haut massierten. Er vermisste seinen morgendlichen Espresso und den Duft, den er verströmte. Lust! Womit hatte er diesen Absturz ins dunkle Mittelalter verdient? Viel hätte er für ein Telefonat mit seinem Freund gegeben, aber der Gruppenführer im Tal hatte ihm das Handy abgenommen und stattdessen einen Piepser mit den Worten überreicht: »Nur im äußersten Notfall, dreimal kurz hintereinander drücken, mehr nicht.« Was nützte ihm in solch einem Notfall ein Piepser, verdammt noch mal?

Der Beobachter zündete sich eine Zigarette an und inhalierte den Rauch, als könnte ihn das von seinen Gedanken ablenken. Aber selbst wenn es ihm etwas gebracht hätte, spätestens der nächste Kontrollblick steigerte seinen Frust wieder, denn die beiden auf der Veranda vergnügten sich offensichtlich miteinander. Die Frau stützte sich etwas gebückt auf dem Geländer ab, dahinter stand der Bergschrat, dessen rhythmisch zuckende Regio glutaea den Beobachter lustvoll aufstöhnen ließ. Die Stellung der beiden war ihm vertraut, noch dazu sprach er dem Gesäß der Frau ausgesprochen knabenhafte Formen zu.

Theresa

Selten, eigentlich noch niemals zuvor – wie sie sich erstaunt eingestehen musste –, hatte Theresa derartige Schwankungen in ihrer Gefühlswelt erlebt. Wie ein Aprilunwetter war Helen in ihr Leben eingebrochen und hatte Sonne, Regen, Sturm, Sonne, Hagel, Sonne und wieder Sturm gebracht. Noch nie war sie so verliebt gewesen. Die Woche im Landschulheim war nur so verflogen, ohne dass sie sich an irgendwelche Details erinnerte, außer jenen, die mit Helen zu tun hatten. Verrückt, einfach verrückt, schüttelte sie immer wieder mit dem Kopf.

»Wir haben nur ein Leben!«, hatte Helen gebetsmühlengleich ihr Credo wiederholt, wenn sie spürte, dass Theresa sich mit der plötzlichen Veränderung ihrer Welt plagte und dabei an Walcher dachte. Wie sollte sie dem Mann erklären, mit dem sie noch vor einer Woche ernsthafte Zukunftspläne geschmiedet hatte, dass davon nichts mehr übrig war, außer vielleicht dem warmen Gefühl von Freundschaft? Der Gedanke daran löste ein vollkommenes Chaos in ihr aus. Und dabei war ohnehin schon alles in heilloser Unordnung … Die berühmten Schmetterlinge. Sie könnte ihre Kleider künftig zwei Konfektionsgrößen kleiner kaufen, wenn das so weiterging. Gut, bei jeder Trennung gab es einen Verlierer, manchmal verloren auch beide Partner, aber das zeigte sich ja meist erst viel später. Im Moment war Walcher der Verlierer, und auf ihn musste es wie ein Keulenschlag wirken. Das tat ihr weh, sie mochte ihn ja. Es hatte auch keinerlei Anzeichen für eine Trennung gegeben, außer dass Daniel einen Störfaktor darstellte, aber sie hätten dieses Problem auch in Zukunft in den Griff bekommen. Und außerdem waren erwachsene Kinder etwas völlig anderes. In jedem Fall etwas anderes als Helen. Theresa zog bei diesem Gedanken eine Grimasse und atmete tief durch. Sie hatte sich vorgenommen, so offen wie möglich mit Walcher zu sprechen, denn auf Tauchstation zu gehen, brachte nichts, jedenfalls nicht bei ihm.

Dennoch war sie erleichtert, dass sie niemanden auf dem Hof antraf, jedenfalls außer den Hühnern und Bärendreck, der sich nur gelangweilt auf der Hausbank räkelte.

Ohnehin etwas spät dran, hatte sich Theresa entschlossen, ihre Einkäufe fürs Wochenende noch in Weiler zu erledigen. Es war Samstag, kurz vor Mittag, und in Sonthofen wären die Geschäfte, in denen sie immer einkaufte, bereits geschlossen. In Gedanken bei Helen, stellte sie die Einkaufsliste zusammen, denn das hatten sie am Morgen vereinbart.

Minuten später, auf dem Parkplatz des Supermarktes am Ortsrand von Weiler – sie hatte den Wagen gerade auf einem der wenigen freien Plätze in der äußersten Reihe eingeparkt –, schien ihr kurz das Herz stehen zu bleiben. Auf der gegenüberliegenden Seite des Platzes sah sie Walcher, der gerade in seinen Wagen einstieg. Wie von einem Stromstoß getroffen, klappte Theresa zusammen, schlüpfte zurück in den schützenden Wagen und drückte sich auf die Vordersitze. Erleichtert, weil sie mit Helens Wagen unterwegs war, schämte sie sich gleichzeitig wegen ihrer Reaktion. Aber eine Aussprache auf dem Parkplatz eines Supermarktes, das war so ziemlich das Letzte, was sie wollte.

Einkauf am Samstag

Den Samstagseinkauf zelebrierte Walcher wie eine Art Ritual, das wohl zu einem Teil mit Kriegserlebnissen und den damit verbundenen Mangelerfahrungen der Elterngeneration zu tun hatte.

Einen besonderen Anteil an diesem Ritual der überbordenden Vorratshaltung betraf Frau Zehner, denn in ihrer »Handlung« – wie früher hierzulande Kleinkaufhäuser genannt wurden, in denen es alles, aber auch wirklich alles zu kaufen gab, was der zivilisierte Mensch für seinen Lebensunterhalt benötigte – bekam der Kunde sämtliche Neuheiten aus Gemeinde und Umkreis gratis dazu.

Obwohl sich das Angebot der Handlung von Frau Zehner erheblich reduziert hatte, glich jeder Besuch immer noch einem Zeitsprung in die Vergangenheit. Bei Frau Zehner, die inzwischen einiges über 90 Jahre zählte, gab es noch Waren, wie sie sonst nur bei Spezialversendern zu erhalten waren. Kautabak lag neben Mottenkugeln, Fliegenfängern, Haushaltsreinigern, geweihten Gewitterkerzen und Melkfett, das auch als Hautpflege Verwendung fand. Filzhüte mit prächtigen Gamsbärten, angeraute wollene Unterwäsche, Kordhosen mit Seitentasche für den Hirschfänger lagen im selben Regal einträchtig neben Bruchbändern, Stützstrümpfen und Lakritzstangen. Bei Frau Zehner konnte man auch noch Seifen erwerben, wie sie sonst nur in Bauernmuseen ausgestellt wurden. Überhaupt, ein Einkauf bei Frau Zehner konnte ohne weiteres mit einem Museumsbesuch verglichen werden. Allerdings hatte sie, wie gesagt, ihr Angebot drastisch reduziert, schließlich war sie nicht mehr die Jüngste, und außerdem hatten einige Regale einem Kaffeetisch weichen müssen, an dem meist Kundinnen aus Frau Zehners Generation anzutreffen waren.

Walcher hatte den Kaffeetisch die »Tauschbörse« getauft, denn dort wurden Neuigkeiten ausgetauscht, und jeder Interessierte durfte teilhaben. Nach dem Einkauf, spätestens beim Bezahlen, stellte nämlich Frau Zehner mit einem geheimnisvollen Lächeln die Frage: »Ham'S scho g'hört?«

Die Eingeweihten antworteten nicht, sondern guckten erwartungsvoll, denn der Quell der Neuigkeiten sprudelte Sekunden später, auch ohne Aufforderung.

»Ham'S scho g'hört?«, wurde auch Walcher gefragt, nachdem er bezahlt hatte. Nach der lange eingeübten Sekundenpause bekam er zu hören, dass bei Oberstaufen einer umgebracht worden sei.

»Bei dr Lämmerweid vom Schonauer isch er gleaga. Drschlaga hot ma'n.« Wahrscheinlich erinnerte sich Frau Zehner, dass Walcher ja eigentlich kein »Hiesiger« war, und wiederholte deshalb ihre Botschaft in einwandfreiem Hochdeutsch: »Bei dr Lämmerweid vom Schonauer hat man eine Leiche g'funden. Erschlagen ischt er worden. Genaues ist noch nicht bekannt. Sie kennen Schonauer?«

Walcher nickte und wartete, aber es kam nichts mehr. Frau Zehner meinte nur noch, dass hoffentlich nicht wieder so ein Irrer unterwegs sei. Dann wandte sie sich mit einem entschuldigenden Lächeln einer neuen Kundin zu, die direkt den Kaffeetisch ansteuerte, sich mit einem klagenden Seufzer auf einen der Stühle plumpsen ließ und Walcher mit einem missbilligenden Blick musterte. Frau Zehner begann, routiniert an der Kaffeemaschine zu hantieren – damit war Walcher verabschiedet.

Wie immer, wenn Walcher nach Frau Zehners Laden den nahegelegenen Supermarkt mit gutbestückter Bio-Abteilung regionaler Produkte ansteuerte, um dort seine eigentliche Einkaufsliste abzuhaken, bekam er kurz ein schlechtes Gewissen. Aber Frau Zehner führte so gut wie keine Frischprodukte mehr, und sein Vorrat an Seifen, Wurzelbürsten, Lederfett und sonstigen, eher selten auf dem Speiseplan stehenden Produkten aus Frau Zehners Handlung füllten ohnehin bereits zwei große Kartons im Stall.

Bevor er mit einem Einkaufswagen den Konsumtempel der Moderne betrat, wählte er Theresas Nummer. Ihre Landschulheim-Woche war vorüber, und er hoffte, sie würde sich genauso nach ihm sehnen, wie er sich auf sie freute. Leider hatte sie ihr Handy nicht eingeschaltet, und ihr Festnetztelefon klingelte ins Leere. Sehnsucht ist eine der grässlichsten Empfindungen des Dramas Arterhaltung, maulte er in Gedanken und schob seinen Wagen durch die automatische Eingangstür, wild entschlossen, sich abzulenken.

So ganz konnte sich Walcher an diesem Samstagseinkauf aber nicht wie üblich mit Zunahme der Wagenfüllung eines proportional wachsenden Glücksgefühls erfreuen. Theresa und Frau Zehner spukten ihm im Kopf herum. Die eine, weil sie sich nicht meldete, die andere, weil sie Schonauers Namen genannt hatte, als schienen sie und das halbe Allgäu Schonauer zu kennen, nur eben Walcher bis vor kurzem nicht. Überhaupt, die Frau Zehner! Sie stammte nicht nur aus einer anderen Zeit, sie verkörperte auch ein untergehendes

Lebensgefühl. Bot Frau Zehner ihren Kunden noch das Gespräch und persönliches Interesse, so wurde man im Konsumtempel bestenfalls nach der Postleitzahl des Wohnorts gefragt. Auf eine anonyme Umsatzgröße reduziert, beschränkte sich der Sozialkontakt auf das gemeinsame Schlangestehen vor der Kasse und das erfreute Nicken eines neu Ankommenden über die frei werdende Parklücke.

Wie immer packte er seinen Einkauf mit dem Gefühl in den Wagen, zu viel eingekauft, aber irgendetwas vergessen zu haben, als ein Adrenalinstoß machtvoll derartige Gedanken verscheuchte. Zwischen den Fahrzeugen am äußeren Parkplatzrand glaubte er Theresa entdeckt zu haben. Sie kannte seinen Samstagsablauf und wollte ihn vielleicht überraschen. Walcher startete den Motor und drehte voller Vorfreude eine Runde zu der Außenreihe. Aber da war niemand, der Theresa ähnlich sah. Sollte er sich derart getäuscht haben? Vielleicht eine Wunschprojektion? Nach einer Woche Sehnsucht und Einsamkeit eine durchaus mögliche Reaktion. Enttäuscht brach er die Suche ab, denn auch ihren Wagen konnte er in den beiden äußeren Reihen nicht entdecken.

Zu Hause empfing ihn Kater Bärendreck, der sich auf der Hausbank sonnte, mit der üblichen herzlichen Geste – er streckte sich zu seiner ganzen imposanten Länge, zeigte seine Krallen, fuhr sie wieder ein und schlief weiter. Da zeigte sich Rolli schon erheblich erfreuter, aus dem Haus befreit zu werden, in das ihn Mathilde eingesperrt hatte. Sie war, wie ein Zettel auf dem Küchentisch verriet, zu ihrem Häuschen gefahren. Einmal in der Woche sah sie in ihrem Austragshäuschen nach dem Rechten und besuchte dann auch gleich ihren Sohn. Dafür wählte sie bewusst den Samstagvormittag, weil ihre Schwiegertochter dann auf Einkaufstour war.

Der Anrufbeantworter blinkte und zeigte sechs Anrufe an. Walcher holte sich ein Glas Sherry und begann, den Speicher abzuhören.

Bereits beim ersten Anruf, den das Gerät neun Uhr zwölf aufgezeichnet hatte, hatte er ein diffuses Gefühl im Magen, denn die gesamte Speicherzeit für einen Anruf, Walcher hatte sie auf 20 Sekunden begrenzt, war mit Schweigen gefüllt. Natürlich ohne Nummernkennung, stellte er fest und wartete, bis die zweite Aufzeichnung begann. Wieder baute sich in ihm eine seltsame Spannung auf, als auch dieser Anruf aus dunklem Schweigen bestand. Das Schweigen aus einem Telefonhörer empfand Walcher immer schon als »dunkel«. Als auch die Nummer drei nur mit diesem nervenden Schweigen gefüllt war, sah sich Walcher die folgenden Anrufe vorab an. Bei allen sechs Anrufen verkündete die Anzeige: Ohne Kennung. Er zwang sich dann trotzdem, alle gespeicherten Anrufe in voller Länge anzuhören. Es handelte sich nicht um die Stille einer nicht zustande gekommenen Verbindung, sondern das bewusste, gewollte Schweigen des Anrufers.

Das Ergebnis bewirkte in jedem Fall eine erhebliche Reduzierung seiner bisher guten Samstagslaune. Es brachte allerdings nichts, beschloss er, sich darüber den Kopf zu zerbrechen, wer ihn am Samstagvormittag sechsmal angerufen hatte, um sechsmal Schweigen speichern zu lassen. Aber der Anrufer hatte in jedem Fall sein Ziel erreicht – sollte es sein Ziel gewesen sein –, eine gewisse Verunsicherung herbeizuführen. Anonyme Telefonanrufe konnten irritierend und verletzend wirken, vor allem, weil man nichts gegen sie unternehmen konnte. Hinzu kam, dass sich der Angerufene selbst ausmalen musste, was vielleicht dahinterstecken könnte. War es eine Warnung, eine Drohung, sollte man verunsichert werden, oder handelte es sich um einen reinen Zufall? Ein Versehen oder ein Notfall, einer aus dem Familienkreis, einer der Freunde, Irmi, Theresa ... oder ...? Der Fantasie war keine Grenze gesetzt, und das war das Perfide an dieser Technik. Zwar konnten auch Anrufe ohne Nummernkennung zurückverfolgt werden, aber dazu benötigte man die Lizenz zur Nachforschung, und Kommissar Brunner deswegen um Hilfe zu bitten, hätte dieser als Anbiederung empfinden können, und das wollte Walcher nicht. Also löschte er die Anrufe aus dem Speicher, verstaute seinen Einkauf und hetzte Rolli mit ein paar Stöckchen durch den Garten.

Theresa

Um die Mittagszeit bekam Walcher endlich Theresa ans Telefon, musste aber feststellen, dass sich dieser Samstag schrittweise zu einem Belastungstest entwickelte.

Schon der Klang ihrer Stimme verhieß kein freudiges Wiedersehen. Erschreckend abgespannt klang sie, und Walcher versuchte bewusst, den medizinischen Fachbegriff zu verdrängen, der ihm spontan in den Sinn kam: depressiv.

Theresa machte dann auch kein Geheimnis um ihre Stimmungslage. Sie habe eine grässliche Woche, mit teilweise grässlichen Kindern und ebensolchem Elternbegleiter, in einem absolut hässlichen Landschulheim hinter sich, und das Problem bei alledem war, dass sie als verantwortliche Lehrerin nicht einfach sagen durfte: »So, jetzt packen wir unsere Sachen zusammen und fahren nach Hause!«

Dies sei aber nicht das Schlimmste gewesen, sondern dazwischen hatte immer wieder ihr Sohn angerufen, weil er dringend eine Geldüberweisung forderte, um an einer besonders preiswerten und unglaublich wichtigen Studienfahrt teilnehmen zu können. Nachdem Theresa vernünftigerweise abgelehnt hatte – wie Walcher anerkennend, aber nur für sich im Stillen feststellte –, hatte Daniel sie wieder mit all jenen Schimpfwörtern bedacht, mit denen er sie bereits früher verletzt hatte.

Walcher unterdrückte seine Genugtuung, denn nur mit derart brachialen Schulungseinheiten konnte sich Theresa langfristig von ihrem Sohn lösen, davon war er überzeugt. Aber das war die eine Seite in Walchers Kopf, die andere fühlte mit Theresa und weckte seinen Beschützerinstinkt, der in solchen Situationen aber auch nicht unbedingt hilfreich war. Walcher schlug vor, sich zu treffen und zu reden oder einfach nur einen Spaziergang zu machen, bot Händchen halten und eine starke Männerbrust an, aber Theresa wollte nichts von alledem, nur alleine sein. Sie änderte ihre Meinung auch nicht, als Walcher auf die heilsame Nähe eines geliebten Menschen hinwies. In diesem Moment kam Mathilde mit zwei prall gefüllten schwarzen Müllsäcken um die Hausecke, sah Walcher etwas irritiert an und zog eine Grimasse, als habe sie sich einen rostigen Nagel in die Ferse getrieben. Auch wenn ihm gar nicht danach war, musste Walcher schmunzeln und nickte Mathilde zu. Die alte Kräuterhexe musste an seiner Miene erkannt haben, dass es bei seinem Telefonat nicht um die Speisenfolge eines Festessens ging.

Walcher beschloss, mit Rolli einen längeren Waldspaziergang zu machen, danach ein Viertel Rotwein zu trinken und sich anschließend einen ausgedehnten Mittagsschlaf zu gönnen. Bevor er aufbrach, erreichte ihn wenigstens ein positiver Lichtblick an diesem bisher eher grauen Samstag, eine SMS von Irmi: Paris ist wunderbar, aufregend, laut und stinkt unglaublich nach Abgasen. Ich sehne mich nach Ruhe und frischer Luft, nach meinem geliebten Allgäu und unserem Hof und nach euch. Bussi an alle, eure Irmi

Der Beobachter

Sein Freund würde sich langsam Sorgen machen, hoffte er wenigstens. Sie hatten vereinbart, dass er sich nach drei Tagen melden würde, so lange sollte der Job dauern. Nun hing er schon den sechsten Tag hier oben herum, glotzte durch ein Fernrohr, rauchte Unmengen Zigaretten, schlief schlecht, wurde miserabel verköstigt, musste wie eine Kuh seine Notdurft in einem Stall verrichten, und für eine einigermaßen wirkungsvolle Körperhygiene reichte das rationierte Mineralwasser nicht aus. Einfach grässlich! Schon wiederholt hatte er sich überlegt, einfach alles hinzuschmeißen, aber da war dann, wie von Zauberhand, ein rotes Minuszeichen in seinem Kopf erschienen. Das Minuszeichen auf seinem Bankkonto.

Eine Zigarette noch, und dann würde hoffentlich auch der Bergschrat endlich ins Bett gehen. Ein zäher Knochen, der Typ. Jeden Tag ab Sonnenaufgang pausenlos unterwegs, ständig am Werkeln. Renovierte anscheinend die ganze Hütte. Heute war er auf dem Dach herumgeturnt und hatte einige dieser schmalen Brettchen ausgetauscht, die sie hier oben auf die Dächer nagelten. Ganz schön gefährlich, aber diese Bergmenschen waren wohl von Geburt an schwindelfrei wie Bergziegen. Schon vom Zuschauen war ihm ganz schwummrig geworden. Dann hatte der Schrat auch noch über eine Stunde Holz gehackt.

Endlich verschwand die Sonne hinter den Bergzacken, und es war abzusehen, dass auch bei ihm die Lichter ausgingen. Wie die Hühner, von Sonnenaufgang bis Sonnenuntergang. Klar, gab ja auch kein Strom hier oben, und was konnte man schon groß bei Kerzenlicht machen. Gut, dazu fiel ihm sofort einiges ein … Aber allein?

Seine Gedanken schweiften ab. Er unterdrückte den Griff zur Zigarettenschachtel. So viel wie hier oben hatte er seit Jahren nicht mehr geraucht. Lange hielt sein Widerstand aber nicht, ein paar Sekunden später zündete er sich eine an. Inhalierte tief und stieß den Rauch mit einem leisen Pfiff aus den Lungen. Bei der Hütte tat sich etwas. Bekam der Bergschrat noch Besuch? Es war bereits richtig dunkel geworden. Das ging schnell hier oben, wenn die Sonne erst einmal hinter den Berggipfeln verschwunden war. Eine Gestalt, nicht mehr als ein Schatten, schlich um die Hütte auf die Terrasse. Einen Augenblick musste er zwinkern, der Rauch reizte die Augen. Ohnehin waren sie empfindlich geworden. Kein Wunder, wenn man ständig durch ein Okular glotzen musste. Der Schatten war eins geworden mit der Wand neben der Terrassentür. Dann wanderte die Lichtquelle in der Hütte vom hinteren Teil nach vorn, zur Terrasse. Der Schrat trug das Licht zur Tür. Öffnete sie und hielt die Kerze vor sich, als wolle er die Terrasse ausleuchten. Der Schatten bewegte sich, dann erlosch die Kerze, und nichts war mehr zu sehen. Die Kerze wurde auch nicht mehr angezündet, es blieb dunkel, dafür erklang wütendes Hundegebell. Gespenstisch hallte in der Dunkelheit das Echo von den Wänden rundherum. So richtig unter die Haut ging das schaurige Konzert aber erst, als das Bellen erstarb und sich dafür ein langgezogener Heulton mit den Echowellen überlagerte und sich zu einem irren Crescendo steigerte, das nur langsam erstarb und wie ein waidwundes Tier in die Täler kroch. Atemlos presste der Beobachter sein Auge an das Objektiv. Mit einem Mal erhielt die Dunkelheit eine andere Bedeutung. In seiner Fantasie flatterten Totenvögel durch die Nacht und hatten es auch auf die zerfallene Alpe abgesehen.

Die Seherin

Den Samstagabend und den Vormittag am Sonntag verbrachte Walcher im sprunghaften Wechsel mit Recherchen im Internet und ebenso lustlos angegangenen, teilweise überflüssigen Arbeiten im Haus.

Zur Mittagszeit schleppte er aus dem Stall einen zentnerschweren Steinguttopf, gut einen Meter hoch und vierzig Zentimeter im Durchmesser. Er wollte ein Loch in den Boden bohren, um darin die Rosmarin-Staude umzusetzen, die er nun seit gut vier Jahren sorgsam gepflegt und vor allem über die harten Allgäuer Winter gerettet hatte. Kaum durch die Stalltür, setzte er hastig den Topf ab. Mathilde saß auf der Bank neben der Haustür und hatte offensichtlich eine ihrer Visionen. Kerzengerade saß sie da, die Hände wie zum Gebet gefaltet, und starrte mit abwesendem Blick in eine andere Welt. Sie atmete scheinbar nicht mehr, jedenfalls konnte Walcher keine Atembewegungen erkennen. Ein Zustand der Schockstarre, bei der wohl auch die Durchblutung der Haut aussetzte, jedenfalls wirkte Mathildes Gesichtsfarbe geisterhaft blass. Der Anblick war beunruhigend, und Walcher überlegte nicht zum ersten Mal, ob er Mathilde schütteln sollte, sie aufwecken, Krach machen, um sie ins Hier und Jetzt zurückzuholen. Zögernd ging er die paar Schritte zu ihr, aber Rolli kam ihm zuvor. Als hätte er denselben Gedanken, sprang er neben Mathilde auf die Bank und leckte ihr Gesicht. Das wirkte und holte Mathilde zurück. Anscheinend freute sie sich darüber, dass der Hund sie erlöst hatte. Liebevoll kraulte sie ihn am Hals. Erleichtert setzte sich Walcher dazu.

»Ich weiß ja, was du davon hältst, aber es kommt einfach«, begann Mathilde. »Du hast den Schonauer doch besucht, in den Bergen. Gibt es da … eine Alpe mit … mit einer großen … Holzveranda?«

Walcher bejahte.

»Mit vielen Töpfen und einem Geländer, an dem auch Töpfe herumhängen und … Balkonkästen?«

Wieder nickte Walcher.

»Und danach geht's ziemlich steil hinunter?«

»Du warst noch nie bei Schonauer?«, wollte Walcher wissen und konnte nur schwer sein Misstrauen verbergen.

»Doch schon, aber nur auf seinem Kräuterhof. Auf seiner Alpe war ich noch nie, und glaub mir, s'hat mir auch noch nie jemand beschrieben oder so … »

»Also, so wie du es beschreibst, könnte das die Veranda vom Schonauer sein«, lenkte Walcher ein. Es hatte ja keinen Sinn, sich gegen Mathildes Visionen zu wehren. Auch wenn ihn immer wieder das irritierende Gefühl aus Unsicherheit und Ablehnung überkam. Er hatte bereits einige Male die Erfahrung gemacht, dass an Mathildes Fähigkeit etwas dran war.

»Ich hab ihn stürzen gesehen … Nein, erst hat er gekämpft … mit dem Tod … Eher war es ein Ringen … Er hat verloren und ist dann gestürzt, tief hinunter. Da war er schon tot. Irgendwie gibt das alles keinen Sinn. Er hing an einem Stein … als wäre er angebunden … Seltsam. Na, vielleicht täusch ich mich ja, weil da noch …«

Mathilde brach ab, strich sich mit zittrigen Händen die Haare zurück und stöhnte. Dann stand sie auf und ging ins Haus, ohne auf Walchers Frage zu reagieren, was denn da noch gewesen wäre.

Walcher blieb noch eine Weile vor dem Haus stehen und überlegte, ob er mit Brunner telefonieren oder zu Schonauer hinauf auf die Alpe fahren sollte. Nach einem Blick auf die Uhr entschied er sich hinaufzufahren. Er konnte Brunner schlecht von Mathildes Vision erzählen, außerdem war bei Mathildes Visionen kein Datum eingeblendet, wie sie ihm schon einmal zu verstehen gegeben hatte.

Mathilde stand in der Küche am Herd, in der Hand die Teekanne, und meinte nur: »Nimmst den Hund mit.«

Das klang mehr nach einer Bitte oder Aufforderung, nicht nach einer Frage.

Ende einer Observation

Mitten in der Nacht hatte ihn der Essensträger, wie er den dritten Mann nannte, geweckt. Die Observation sei abgeschlossen, man würde die Zelte hier abbrechen.

Trotz der gestörten Nachtruhe fragte er nicht nach dem Grund des plötzlichen Aufbruchs, sondern packte eilig seine Sachen zusammen. Viel war es ja nicht, der Rucksack, Schlafsack, Gummimatte, ein Beutel mit den Resten der letzten Mahlzeit, leere Wasserflaschen und das Stativ mit Fernrohr und Kamera.

Er erwähnte auch mit keinem Wort, was er ein paar Stunden vorher durchs Fernrohr beobachtet hatte, schließlich hatten sie die gleichen Bilder im Mobil empfangen, und er war froh über das Ende dieser ganzen Angelegenheit. Außerdem drängelte der Essensträger und eilte mit raschen Schritten voraus durch die Dunkelheit. Das Unbehagen des Beobachters blieb, es verstärkte sich sogar. Geradezu unheimlich wurde ihm, als er durch den dunklen Bergwald stolperte. Das war etwas anderes, als sich zu Hause durch die dunkle Wohnung in die Küche zum Kühlschrank zu tasten. Etwas Restlicht gab es immer in der Stadt. Hier draußen war es absolut tiefschwarz, und von dem so oft beschriebenen Mond- oder Sternenlicht war nichts zu sehen. Als Kind hatte er sich mit ein paar Nachbarjungen auf den Friedhof geschlichen, als Mutprobe, und sie erzählten sich dort Gespenstergeschichten. Von Untoten, Zombies, Blutsaugern, tanzenden Skeletten, Knochenhänden, die nach einem aus den Gräbern griffen. Warum erinnerte er sich ausgerechnet jetzt an solchen Quatsch? Es gab keine Geister, und die Wurzel, über die er gerade stolperte, war keine Knochenhand, die ihn ins Dunkelreich zerren wollte.

Mehrmals blickte der Beobachter über seine Schulter zurück, denn meist kamen die seltsamen Geräusche von hinten. Zweimal befürchtete er, seinen Führer verloren zu haben, beschleunigte hektisch sein Tempo und rammte dann jedes Mal beinahe seinen Vordermann um, der auf ihn gewartet hatte. Ein paarmal hatte es ihm auch schmerzhaft Kniegelenke und Wirbelsäule gestaucht, als er über unerwartete Felsstufen ins Leere trat. Er war heilfroh, als endlich das Wohnmobil als heller Fleck zwischen den Bäumen schimmerte. Erst als der Essensträger an die Tür klopfte, ging innen das Licht an.

Der Techniker, wie er den Mann im Wohnmobil nannte, klopfte ihm freundlich auf die Schulter und deutete auf die enge Sitzecke vor den Vordersitzen.

»Hast einen guten Job gemacht. Immer scharfe Bilder, wenig herumgewackelt. Kompliment, das können die wenigsten.« Er füllte drei Gläser aus einer braunen Steingutflasche mit blauen Blumen und hielt ihm eines auffordernd hin. Gleichzeitig klopfte er auf einen Umschlag.

»Dein Honorar, haste dir sauer verdient, da oben im Stall«, lachte er. »Zähl bitte nach, wir haben noch zwei Scheinchen draufgelegt. Aber erst mal prost!«

Der Beobachter nickte geschmeichelt, nahm das angebotene Glas und stieß mit den beiden an. Der Schnaps schmeckte eklig nach Medizin, aber auch irgendwie würzig, und nach den enthaltsamen Tagen zog er eine glühende Bahn bis hinunter in den Magen.

Trotz der freundlichen Gesten zählte der Beobachter sein Honorar und strahlte, als er feststellte, dass statt der vereinbarten 5000 Euro noch zwei zusätzliche Fünfhundertscheine dabeilagen.

»Schmerzensgeld«, grinste der Techniker, »ist nicht jedermanns Sache, auf 'nem Holzboden schlafen und so ...« Er füllte noch einmal die Gläser auf und hielt auffordernd sein Glas in die Höhe, bis der Essensträger und der Beobachter mit ihm anstießen.

Die warme Luft nach dem anstrengenden Nachtmarsch, der ungewohnte Alkohol ... Der Beobachter schloss kurz die Augen. Er trank dann noch einen von der Medizin und noch einen. Begann blöde zu grinsen und hörte plötzlich die Stimmen der beiden mit einem Echo, als säße er in einer Kirche. Auch begann sich der enge Raum des mit Technik vollgestopften Wohnmobils auszudehnen ... bis ganz plötzlich das Licht ausgeknipst wurde und auch der Ton erstarb.

Schandkreis

Intuition gepaart mit der Vorstellung, an Mathildes Vision könnte doch etwas dran sein – in jedem Fall hatte Walcher vorgehabt, einen anderen Weg auf Schonauers Alpe zu wählen. Er wollte am Wanderparkplatz vorbei auf einem der alten Ziehwege tiefer ins Tal hineinfahren, irgendwo parken und seitlich über die Nachbaralpe zu Schonauers Alpe hinaufsteigen. Aber so weit kam er nicht. Bereits am Taleingang, kurz nach der Ortschaft Aach, standen Polizeifahrzeuge.

Walcher stoppte, wollte von einem der Beamten wissen, was los war, und bekam zur Antwort, dass ein Senn gesucht würde. Nun war Schonauers Alpe zwar keine Sennerei mehr, jedenfalls hatte Walcher keine Milchkühe dort oben entdeckt, aber irgendwie schien ihm die Situation klar. Sie suchten nach Schonauer! Also war an Mathildes Vision etwas dran! Walcher wendete, hielt ein paar hundert Meter am Straßenrand und rief Mathilde an. Er erinnerte sich an ihre zögerliche Beschreibung der Bilder, die sie gesehen hatte.

»Bist am End schon oben?«, meldete sich Mathilde.

Walcher verneinte und erklärte, nur wissen zu wollen, ob sie den Stein beschreiben könne, an dem Schonauer in ihrer Vision angebunden war.

Einige Sekunden verstrichen, dann meinte Mathilde, dass es ein Stein war, wie sie manche an ihren Einfahrten aufstellten, nicht viel größer als einen guten Meter vielleicht. Bevor Mathilde nach dem Grund fragen konnte, hatte Walcher das Handy schon wieder eingesteckt und den Motor gestartet. Ein Stein, wie manche ihn an Einfahrten aufstellten! Konnte es auch einer aus dem Steinkreis bei Schonauers Kräuterhof sein? Walchers Puls beschleunigte, und es fiel ihm schwer, sich aufs Fahren zu konzentrieren. In seinem Magen schien sich ein riesiger Klumpen zu bilden, der auf die Blase drückte und ihn erneut zum Halten zwang. Auch Rolli signalisierte, seinen Herrn begleiten zu müssen.

Ohne sich Gedanken über das derzeit gestörte Klima zu machen, rief er danach Brunner an. Erfolglos. Walcher stellte sich vor, wie Brunner, hochgeschreckt von seiner Mittagsruhe, im Liegestuhl saß, auf sein Handy glotzte, den Kopf schüttelte und wieder zurück auf sein Lager sank.

Der Verkehr floss zäh, die sonntäglichen Kaffeeausfahrten hatten begonnen. Es war keine lange Strecke, dennoch brauchte Walcher über eine Stunde bis zu Schonauers Kräuterhof.

Niemand war zu sehen, außer den scharrenden Hühnern unter dem Walnussbaum und Elstern, die sich in der Baumkrone lautstark mit Krähen stritten. Ihr Krächzen und Keckern erinnerte Walcher an Hitchcocks Vögel. Der Klumpen in seinem Magen begann zu pulsieren. Irgendwo, vermutlich hinterm Stallgebäude, pochte ein Traktormotor im Leerlauf, wie die eingespielte Hintergrundmusik eines Thrillers. Die Nachmittagssonne blendete Walcher, als er zum Steinkreis hinaufsah. Unwillkürlich blickte er sich um und suchte mit den Augen den Hof ab, entdeckte aber nichts Ungewöhnliches. Nur beim Steinkreis stimmte etwas nicht. Krähen und Elstern saßen und flatterten auch dort oben, als ob sie Revierkämpfe ausfochten. Walcher verzog die Augenlider zu schmalen Schlitzen und beschattete sie mit der Hand, bis sich die Landschaft in eine diffuse Kreidezeichnung verwandelte. Zwischen zwei der Steine an der zum Hof liegenden Kreishälfte schien die Lücke geschlossen. Mehr war nicht zu erkennen, er musste hinauf. Rolli, der sich neugierig den Hühnern genähert hatte, folgte auf Walchers leisen Pfiff und kam an seine Seite. Irgendwie gab ihm der Hund ein Gefühl der Sicherheit. Der Kloß im Magen jedoch nahm an Gewicht zu, je näher Walcher dem Steinkreis kam.

Noch ein paar Schritte, und der graue Stein in der Lücke ließ sich als ein grauer Arbeitsmantel erkennen. Dann begriff Walcher, dass dort ein Mensch kniete, mit dem Gesicht zum Zentrum des Kreises. Die Vögel stiegen auf und flogen in zwei Richtungen davon. Es wurde ruhig, nur noch der Puls des Traktors schlug dumpf im Hintergrund. Walcher stand nun nahe genug bei dem Knienden, um zu erkennen, dass es sich um Schonauer handelte. Rolli bellte, winselte und sprang, völlig verunsichert, ein paar Meter zurück, bis ihn Walchers Befehl auf die Wiese zwang. Schonauer kniete mit aufrechtem Oberkörper, gehalten von Kuhketten, die seine Arme links und rechts mit den Steinen verbanden. Zögernd umrundete Walcher den linken Stein, über die gespannte Kette hatte er nicht steigen wollen, und näherte sich seitlich Schonauer. Der Anblick war schrecklich. Walcher musste sich überwinden, dennoch an Schonauers Handgelenk nach dessen Puls zu tasten. Da war aber kein Leben mehr zu fühlen, nur schaurige Kälte. Ins Gesicht konnte er Schonauer nicht sehen, denn der Kopf war auf die Brust gesunken, aber auch das Profil reichte vollauf, um Walchers Kloß im Magen gefährlich nach oben drängen zu lassen.

Er wandte sich ab und versuchte sich mit tiefen Atemzügen zu beruhigen. Er erinnerte sich an den geschundenen Körper eines abgestürzten Bergsteigers, den ihm vor Jahren ein Pathologe vorgeführt hatte. Schonauer sah so ähnlich aus, als wäre auch er an einer Riesenraspel entlanggeschrappt. Nur, er war nicht wie ein Bergsteiger gekleidet, sondern barfuss und trug lediglich Jeans und Arbeitsmantel, die er auch bei Walchers Besuch auf der Alpe getragen hatte, jetzt allerdings nur noch die Fetzen, die davon übrig geblieben waren.

Mit zitternder Hand fischte Walcher sein Handy aus der Tasche und wählte zum zweiten Mal an diesem Nachmittag Brunners Nummer. Während sich die Verbindung aufbaute, drehte sich Walcher wieder zu Schonauer. Einen Moment versank diese grässliche Welt in einem Vakuum, als hätte jemand den Ton abgeschaltet. Ein Zitronenfalter flatterte um den Kopf des Toten und ließ sich auf der zerfetzten, blutverkrusteten Haut nieder, die einmal einen intakten Schädel umspannt hatte.

»Sie wollen ein Geständnis ablegen«, löste die vertraute Stimme das Vakuum auf. Brunner schien zu seiner alten Form zurückgefunden zu haben.

»Das nicht, aber einen neuen Mord melden!« Walcher bemühte sich, seiner Stimme einen festen Klang zu geben. »Schonauer ... Ich stehe hier an einem keltischen Steinkreis, rechts von seinem Kräuterhof. Sie sollten die Spurensicherung gleich mitbringen.«

»Schonauer, den hat man uns als vermisst gemeldet, aber in den Bergen, was machen Sie bei …«

Mehr hörte Walcher nicht, er hatte das Handy zusammengeklappt und eingesteckt. Der Schandkreis, Rufillus, die Schilder! Links und rechts von Schonauer, wo die Ketten um die Steine gespannt waren, fehlten die Kupfertafeln. Herausgerissen aus den Bohrungen, in denen sie festgeschraubt waren. Nur Reste der Holzstifte, die vermutlich als Dübel gedient hatten, steckten noch halb darin. Welche Tafeln mochten da gehangen haben? Walcher versuchte sich daran zu erinnern, aber es gelang ihm nicht. Er hatte sich nicht alle Themen gemerkt, er musste in Ruhe darüber nachdenken. Rufillus! Wo steckte Rufillus? Der Traktor! Im selben Moment wanderte das dumpfe Schlagen aus dem Hintergrund auf die zentrale Bühne, nahm an Stärke zu, gewann Bedeutung. Walcher rannte hinunter zum Hof, Rolli neben ihm her, verunsichert mal an seiner linken, mal an der rechten Seite. Der Stall war leer, die gegenüberliegende Tür, die zu den angrenzenden Weiden führte, stand ebenfalls offen. Rolli lief voraus. Das Stampfen des Traktors tobte nun wie eine mächtige Pauke.

Der Traktor, ein Museumsstück, stand fünf Meter neben der Stalltür. Darauf, nach vorne auf das Lenkrad gesunken mit hängenden Armen, als ob er etwas aufheben wollte, lag Rufillus. Vielleicht war ihm ja nur sein Stumpen in den engen Fußraum gefallen und … Ein blödsinniger Gedanke, immerhin lief der Traktor, seit er angekommen war. Sollte er den Motor abstellen? Wie ein Herz, das durch einen Schrittmacher zum Schlagen gezwungen wurde, machte der Motor einige dumpfe Schläge, wurde dann langsamer, schien kurz davor abzusterben, erholte sich und schlug wieder schneller. Dabei vibrierte alles an ihm, auch der Körper auf dem Lenkrad. Es stank nach verbranntem Fett und Öl, und die Wärme um den klobigen Motorblock brachte die Luft zum Flimmern.

Walcher dachte an Fingerabdrücke und ließ den Motor weiterlaufen. Auf die halbe Stunde würde es auch nicht mehr ankommen. Sollten die Polizisten entscheiden. Rufillus' letzte Fahrt hatte längst geendet, der Blutfleck an seiner Stirn ließ da keine Frage offen. Bestenfalls nach dem Grund.

Verarbeitung

Dass manche Polizisten das Talent hatten, therapeutische Krisenintervention überflüssig zu machen, erlebte Walcher auf Schonauers Kräuterhof, nachdem Kommissar Brunner mit seiner Truppe eingetroffen war.

Allein der Anblick von Schonauers geschundenem Körper hätte ausgereicht, selbst abgehärtete Gemüter zu traumatisieren. Hinzu kam noch der zweite Tote, den man offensichtlich regelrecht exekutiert hatte. Anstatt sich aber um den Zeugen zu kümmern, behandelte Brunner seinen langjährigen Freund, als hielt er ihn für einen bereits überführten Serienkiller. Dieses unglaubliche Verhalten löste bei Walcher einen derartigen Frust aus, dass er die schrecklichen Bilder und die Situation vergaß und kurz davor war, Brunner an die Gurgel zu gehen. Der hatte allen Ernstes nach Zeugen gefragt, die Walchers Ankunft auf dem Hof beobachtet hatten. Immerhin hatte sich sich der Tod von Rufillus in etwa um die Zeit ereignet, zu der Walcher dort angekommen war. Jedenfalls schätzte Dr. Kantler – der Brunners Tross als Forensiker vom Dienst begleitete – die Todeszeit auf ungefähr 15 Uhr.

Das verstärkte Walchers Ärger über Brunner noch einmal, da er sich ausmalte, beinahe dem oder den Killern begegnet zu sein. Dann auch noch wie ein Verdächtiger behandelt zu werden, noch dazu von dem vermeintlichen Freund, setzte ihm derart zu, dass er Brunner ein hirnverbranntes Riesenarschloch nannte, den Hund pfiff, in seinen Wagen stieg und davonfuhr. Seine Laune besserte sich dann zu Hause auch nicht sonderlich, als ihn Mathilde mit einer Miene begrüßte, in der er meinte, deutlichen Triumph zu lesen.

Walcher wollte dann auch nicht wissen, woher Mathilde die Information über Schonauer und das Geschehen auf dem Kräuterhof hatte. Das Tempo, mit dem sich, gerade auf dem Land, derartige Neuigkeiten verbreiteten, war nur Fremden ein Rätsel.

Weiter in den Minusbereich sank Walchers Laune dann endgültig, als er sich mit einem ordentlich gefüllten Glas Sherry vor den Computer setzte. Eigentlich wollte er mit einer Faktensammlung beginnen, wie er sie bei all seinen Recherchen anlegte, die sichtlich aus dem Ruder geraten waren. Der üblichen Routine gehorchend, mit der er jede Sitzung am Coputer mit dem Lesen der eingegangenen E-Mails begann, klickte er aber erst einmal die E-Mail seines Freundes Hinteregger an.

Mein lieber Freund,

ich habe etwas länger für meine Antwort auf deine Mail gebraucht, aber es hat einfach keinen Sinn, sie noch weiter hinauszuzögern. Ich hoffe und wünsche mir sehr, dass du meine Situation verstehst und du mir als Freund, der mir sehr wichtig ist, erhalten bleibst.

Du kennst meinen Konzern ja ein wenig, und deshalb wird es dich nicht wundern, wenn ich bei deiner aktuellen Recherche einen Interessenskonflikt signalisieren muss. Wir sind ja leider nicht in allen Marktfeldern moralisch und ethisch gänzlich unangreifbar, wie ich dir das in der Vergangenheit oftmals versucht habe darzustellen. Du hast mir ja auch nicht immer alles abgenommen, zu Recht. Ich halte es allerdings für ein legitimes Bestreben, sein Unternehmen auch mal schönzureden.

Das macht in jedem Fall bessere Eigenstimmung, als dagegen zu opponieren. Ich liebe mein Unternehmen, auch wenn ich nicht mit allen Entwicklungen einverstanden bin. Mein Ehrenkodex verbietet mir es jedoch, mich gegen meinen Konzern zu stellen. Deshalb kann ich dich in diesem Fall nicht unterstützen.

Ich weiß, du wirst mich verstehen, zumindest hoffe ich das sehr. Ich bitte dich sogar inständig, mir kein Entweder-oder abzuverlangen.

Ich bin auch sehr gerne bereit, dir meine Gründe und einige Hintergründe zu erklären, aber dazu sollten wir uns gegenübersitzen.

Dein Freund Eberhard

Das haute rein, und da taugte auch kein Sherry mehr als universelles Lebenselixier. Hinteregger war bisher immer so eine Art stille Lebensversicherung gewesen. Die graue Eminenz im Hintergrund, der Freund, auf den man sich unbedingt verlassen konnte, sollten alle anderen Stricke reißen. Und nun fiel dieser Posten weg, ausgerechnet bei einer Recherche, die bereits in der Anfangsphase eine beängstigende Brutalität aufzeigte und zudem mit erheblichen Irritationen – Walcher dachte da an Kommissar Brunner – gespickt schien. Sollte er sich aber dadurch verunsichern lassen?

Schonauers Anklage ging ihm durch den Kopf, oben auf der Holzveranda seiner Alpe hatte er sie vorgetragen. Klar und emotionslos, der sachliche Fachmann. »Großkonzerne bestimmen längst unser Leben. Die grüne Revolution der Chemiegiganten kostet die Menschheit das Leben. Es ist ruhig auf den Wiesen geworden. Die Kühe stehen in Produktionsställen an Melkautomaten, und Bienen summen auch nicht mehr, die haben wir weggespritzt. Müssen halt Selbstbefruchter her, gibt ein lukratives neues Marktsegment. Ein Biologe hat mal gesagt, wenn die Bienen sterben, stirbt auch der Mensch. Das macht doch Hoffnung!«

Walcher sah Schonauer vor sich, wie er seine Anklage ausgespuckt hatte, wütend und verbittert, aber im nächsten Gedanken legte sich das grässliche Bild des geschundenen Schonauers darüber und das Einschussloch an Rufillus' Stirn und die Fraßspuren in Koenigs Gesicht.

Als er die Treppe hinunter ins Wohnzimmer tappte, um sein Glas aufzufüllen, empfing ihn wedelnd der Hund. Walcher ließ ihn in den Hof und stellte erstaunt fest, dass es bereits Nacht war. In tiefen Zügen atmete er die klare Landluft ein, bis Rolli wieder hineinwollte.

Sternenhimmel

Als der Beobachter seine Augen öffnete, fehlte ihm erst einmal völlig die Orientierung. Zu erkennen war ohnehin nicht viel, außer ein paar winzige Lichtpunkte, die wie eine verkleinerte Milchstraße direkt über ihm standen. Wieder lag er auf einem verdammt harten Boden, der ihn an die verfallene Alpe erinnerte, aber das konnte nicht sein, er war doch hinuntergegangen, zum Wohnmobil, mitten in der Nacht, überlegte er. Dann fiel ihm das Geld ein und der Schnaps und dass er sich auf die Eckbank setzen musste ... Weiter kam er nicht mit seiner Erinnerung, denn er versuchte, seinen Kopf zu heben. Ein wütender Schmerz jagte von irgendwoher durch seinen Körper wie ein gewaltiger Stromstoß. Viel gewaltiger als der von den Weidezäunen, auf die er als Kind gepinkelt hatte.

Auch als er die rechte Hand heben wollte, brandete die Welle auf, dabei hatte er die Hand nicht einmal bewegt, sondern es nur vorgehabt. Was war das hier, lag er unter einem Miniaturhimmel und war geschrumpft? So fühlte er sich, so winzig, dass er nicht einmal seinen Körper spürte. Auch die Linke und die Füße, nichts reagierte.

Den Mund öffnen und schreien, laut in diese seltsam schwebende Nacht hinein – es blieb bei dem Gedanken, und selbst der trieb den brodelnden Schmerz noch ein paar Grade höher hinauf.

Eine seltsam verzögerte Panik überfiel ihn, und die Erkenntnis, dass mit ihm etwas ernsthaft nicht stimmte. Die winzigen Sterne blinkten nun auf, vergrößerten sich und schienen Löcher in seine Netzhaut zu brennen, als würden Wunderkerzen knistern. An sein Handy dachte er, mit dem er seinen Freund anrufen könnte, aber auch dieser Gedanke blieb schwebend. In die Tasche zu greifen, das Handy herauszuziehen und die Nummer zu wählen, war nur ein Gedanke im Kopf, keine Umsetzung folgte, und dabei hätte er selbst in der Dunkelheit blind wählen können. AKEVIN, hatte er auf den ersten Platz in seinem Telefonspeicher gesetzt, das war besonders beim Autofahren recht praktisch. Autofahren ... Das Auto ... Stand es noch neben dem Wohnmobil? Der Schnaps! Sie hatten ihn besoffen gemacht, und nun lag er hier in der Nacht und schlief nur seinen Rausch aus. Gleich würde er ganz aufwachen, aufstehen und zu Kevin fahren. Er wollte eigentlich lächeln, aber in seinem Gesicht rührte sich nichts. Was war ihm während der Nachtwanderung ins Tal eingefallen? Die Gruselgeschichten von Untoten und Zombies ... Er versuchte, den Kopf zu heben. Das hatte vorhin besonders weh getan. Diesmal geschah nichts. Doch, etwas geschah. Die winzigen Sternpunkte blähten sich noch einmal auf. Mit rasender Geschwindigkeit trieben sie auf ihn zu und vertrieben die Dunkelheit mit einem unglaublich grellen Licht, wie er es noch nie in seinem Leben empfunden hatte. Es zog ihn an, dieses gleißende Licht, und sog ihn ein, trug ihn hoch, immer schneller und schneller, und er fühlte sich selbst wie das Licht ...

Anständige Leut'

Auch wenn der jahreszeitliche Sonnenstand noch keine hochsommerlichen Temperaturen erlaubte, für einen Sonnenbrand reichte es allemal. Walcher hatte deshalb sein »Büro« unter einem der Apfelbäume aufgebaut, deren zartes Grün bereits etwas Schatten spendete. Einen Gartenstuhl samt Beistelltischchen, Laptop und eine Tasse Schwarztee mit frischer Minze – so einfach und dennoch funktionell konnte ein Büro auf dem Land aussehen.

Vor allem, um sich von den grauenvollen Bildern der Toten abzulenken, ging Walcher seinem Beruf nach und schrieb an der Kurzfassung seines Dossiers über die unglaublichen Machenschaften eines Pharmagiganten. Der Konzern hatte Arbeiter aus Hungerlohnländern mit einem Virus infiziert und sie weltweit in Ballungszentren mit dem Ziel eingeschleust, Epidemien auszulösen und damit Absatzmärkte für einen neuen Impfstoff zu schaffen. Dieser Wahnsinn hatte wohl Schule gemacht, denn vergleichbare Fälle häuften sich in letzter Zeit. Da tauchte aus dem Nichts ein neuer Virus auf, und ebenso schnell bot irgendein Unternehmen den passenden Impfstoff an oder ein neues Analyseverfahren, mit dem man zu Hause vor dem Essen mal schnell feststellen konnte, ob der neue Virus auf der Salatgurke oder dem Schnitzel lauerte.

»Da will dich wer sprechen«, deutete Mathilde in Richtung Haustür, und ihr war anzusehen, was sie von der Störung hielt: Am Vormittag klingelten außer Postboten keine anständigen Leut' an fremden Haustüren, nur Hausierer und Bettler.

Walcher nickte, sicherte seinen Text, schaltete den Laptop aus und ging durch die Küche zur Haustür. Dort stockte ihm der Atem, bei gleichzeitigem Anstieg seiner Pulsfrequenz. Vor ihm stand Theresas Double, nur ein paar Jahre jünger und – jedenfalls für den ländlichen Allgäuer Raum – auffallend gekleidet. Walcher schenkte allerdings den Stiefeletten und dem edlen Hosenanzug ebenso wenig Beachtung wie dem locker über die Schultern geworfenen Ledermantel, an dessen Saum Hofstaub klebte. Vermutlich widerstand der ebenso wenig der elektrisierenden Anziehung dieser Frau.

Die Gesichtszüge der Fremden, Haarfarbe, ja sogar die Augenfarbe ähnelten verblüffend denen Theresas. Nur die Frisur passte nicht, die Fremde trug das wallende rotbraune Haar ungebändigt lang über die Schultern.

»Ich wusste nicht, dass Theresa eine Schwester hat«, lautete denn auch, für ihn schlüssig, seine Begrüßung, die allerdings nur eine verständnislos fragende Miene hervorrief.

»Also keine Schwester«, stellte Walcher fest und fügte hinzu, dass er sich wegen der außerordentlichen Ähnlichkeit zu einer ihm bekannten Person wohl geirrt habe.

»Macht nix, passiert mir auch immer wieder mal«, tröstete ihn die Fremde mit einer angenehm dunklen Stimme und reichte Walcher die Hand. »Natalie Westhaus, ich will Sie engagieren.«

»Wie … engagieren?«

»Sie sind doch Journalist, oder?«

»Schon, aber … man kann mich nicht engagieren!«

»Aber ich kann Sie bitten, sich um eine besondere Sache zu kümmern?«

»Das kommt darauf an.« Walcher fühlte sich etwas in die Ecke gedrängt, schnupperte das Parfüm der Frau, die Natalie Westhaus hieß, versank in ihren Augen, wenn er nicht gerade die passend zur Haarfarbe getönten, künstlichen Fingernägel bewunderte, dachte an Theresa und daran, welche Zufälle es gab. Dabei machte er wohl nicht den aufgewecktesten Eindruck und war froh, dass ihm Rolli aus der Luftleere half, die sich in seinem Kopf gebildet hatte. Der

Hund, ansonsten harmlos und bei Fremden eher peinlich kumpelhaft, jedenfalls für einen Wachhund, hatte sich zögernd Natalie Westhaus genähert, ihren Ledermantel beschnuppert und knurrte sie nun gefährlich klingend an. Vielleicht erkannte er in dem Leder ja einen Verwandten, in jedem Fall nutzte Walcher die Chance, deutete auf die Hausbank neben der Tür und schlug vor: »Wie wär's, wenn wir uns setzen und Sie mir erzählen, worum es geht?« Die Hausbank schien Walcher die vernünftige Alternative zu Mathildes Staubsauger, der aus dem Haus röhrte.

So saß er dann neben einer attraktiven, fremden Frau auf der Hausbank, hielt mit der linken Hand den Hund am Halsband und musste immerzu an Theresa denken. Hatte er ein schlechtes Gewissen, weil ihn Natalie Westhaus faszinierte? Derzeit dümpelte das Verhältnis zu Theresa vor sich hin.

Rolli zuckte und hätte vermutlich liebend gern seine Zähne in das feine Leder der Besucherin getrieben, aber Walcher hielt ihn fest, als wäre der Hund die Garantie, gedanklich nicht ständig abzuschweifen. Wenn er sich nicht konzentrierte, würde er nichts von dem mitbekommen, was ihm diese außerordentlich gut duftende Natalie Westhaus erzählte. Dass sie nämlich die Freundin von Julian Koenig sei und wissen wolle, warum man ihn ermordet habe. Außerdem hätten Koenig und sie gemeinsam an einem Buch gearbeitet, dessen Manuskript verschwunden sei. Sie könne nicht danach suchen, das Thema wäre hochbrisant, und sie habe das Gefühl, überwacht zu werden. Die Organisation, für die Koenig arbeitete, hätte ein vitales Interesse, das Manuskript verschwinden zu lassen. Eine Reihe von gefälschten Gutachten, Testergebnissen, nachweislich falschen Produktangaben sowie eingekaufte Politiker und Staatsbeamte hätten sie in dem Text verarbeitet. Dummerweise hatte sie keine Sicherungskopie gemacht. Deshalb war ihr der Gedanke gekommen, den

Journalisten um Hilfe zu bitten, von dem sie mal eine tolle Reportage über die Viren-Mafia gelesen hatte.

Spätestens bei diesem Schmeichler sank Walchers Widerstandskraft. »Ich werd's mir überlegen, aber dass wir uns richtig verstehen, nur auf freiwilliger Basis. Ich entscheide, was und wann ich was mache, und vor allem, ich bin an keinerlei Schweigepflicht oder dergleichen gebunden. Geben Sie mir einen Abend Bedenkzeit.«

Wenn Walcher erwartet hatte, sie würde ihm um den Hals fallen, so sah er sich getäuscht. Natalie Westhaus erklärte sachlich und ohne erkennbare Gefühlsäußerung, dass sich Koenig ohnehin mit dem Manuskript an ihn wenden wollte. Koenig hätte in seiner Jugendzeit in den Ferien immer bei seiner Mutter gelebt, die irgendwo zwischen Lindau und Oberstdorf ein Ferienhaus besessen habe. Vermutlich ein weiterer Grund, Walcher um Hilfe zu bitten, lag die vermutete Adresse doch praktisch vor seiner Allgäuer Haustür.

Herbfrisch und prickelnd …

Eine Zeitlang saß Walcher noch auf der Bank, versuchte, die sich auflösende Duftnote einem der wenigen Parfüms zuzuordnen, die er kannte, und ertappte sich dabei, wie er Theresa mit Natalie verglich. Die hatte sich dafür bedankt, dass er ihr zugehört hatte, ihm ein Kärtchen in die Hand gedrückt und war mit ihrem Fiat 500, irgendeine Edition-Ausgabe, bei der das Faltverdeck exakt zu ihrer Haarfarbe passte, vom Hof gefahren.

Rolli jagte dem Wagen hinterher und hätte wohl gerne das unbekannte Wild erlegt, das sich in den Wagen flüchten konnte, bevor ihn Herrchen losgelassen hatte. Jedenfalls schnupperte er nach der Rückkehr von seiner erfolglosen Jagd ausdauernd an dem Platz neben Walcher herum. Auch Kater Bärendreck stenzte über den Hof, angezogen vom unbekannten Duft, der so gar nichts mit seinem ansonsten bevorzugten Spektrum zu tun hatte.

»Was hat's denn wollen, des Mensch?«

Spätestens diese eindeutige Klassifizierung Mathildes brachte Walcher wieder auf den Boden seines Hofes zurück. Er blickte über die sanften Wiesenhügel und Wälder zur Alpenkette, die in der Vormittagssonne leuchtete, als wäre sie extra angestrahlt.

»Des Mensch sucht nach den Unterlagen für ein Buch, an dem sie mit Koenig gearbeitet hat, und ich soll ihr dabei helfen.«

Mathilde machte aus ihrer Abneigung gegen »des Mensch« kein Geheimnis. »Sooo.«

»Du glaubst das nicht?«

»Die und schreiben? Warum geht's dann nicht zur Polizei?«

»Weil's Angst hat.«

»Angst, die?« Mathilde schüttelte den Kopf und ging ins Haus zurück. Bevor sie im Hausflur verschwand, stellte sie bestimmt fest: »Da muss man eher Angst um dich ham!«

Walcher sah sich das Kärtchen an. Natalie Westhaus und eine Handynummer, mehr stand nicht darauf, aber es duftete nach ihrem Parfüm. Herbfrisch und prickelnd. Er steckte es in seine Hemdtasche, holte den Laptop aus dem Garten und trug ihn hinauf in sein Zimmer. Für einen Sherry war es noch zu früh, und außerdem hatte er noch zu arbeiten.

Venusfalle

Sie hatte im Hotel Alpenblick ein Zimmer genommen und freute sich sehr auf seinen Besuch. Vielleicht könnte sie ihn auf neutralem

Boden überzeugen, dass die Suche nach dem Manuskript eine interessante Story abgab, und die Möglichkeit, auch auf Koenigs Mörder zu stoßen, sei ebenfalls nicht ausgeschlossen. So gegen 18 Uhr, hatte sie noch ins Telefon gegurrt und aufgelegt, bevor er ablehnen konnte. Gegen seine Überzeugung war er deshalb zum Alpenblick gefahren, obwohl er sich eingestand, dass sie ihn mehr interessierte als eine mögliche Story. Die Ähnlichkeit mit Theresa ging ihm nicht aus dem Kopf. Vielleicht bestand ja doch eine Verwandtschaft zwischen den beiden.

Das Hotel Alpenblick als überdurchschnittliche Spaß-Anlage zu bezeichnen, war sicher nicht untertrieben. Von Hotelzimmern über Suiten, Restaurant, Gaststuben, Bar, Hallenbad und Sonnenpool, Kegelbahnen, einer Golf-Kompakt-Anlage, Tennisplätzen, Kneipp-Becken, Fitness-, Beauty- und Shoppingzonen bis hin zu Tagungsräumen fehlte nichts, was selbst verwöhnteste Freizeitkämpfer von Spitzenhotels erwarten durften. Optisch allerdings in einem Architekturstil, der im Werbeprospekt als »alpenländisch« deklariert wurde, hatte man doch innen und außen genügend viel Holz verbaut. Dennoch adelte der Blick auf feinste Allgäuer Landschaft auch diese Hotelanlage.

Auf dem Weg zur Rezeption musste sich Walcher durch eine größere Anzahl gutgelaunter Trachten drängeln. Eine Hochzeit vermutete er, die Blasmusik, die von irgendwoher klang, hörte sich jedenfalls danach an. Walcher wurde von einem freundlichen jungen Mann an der Rezeption – der seine Ähnlichkeit in Haartracht und Dauerlächeln mit einem dieser Volksmusikanten pflegte, dessen Name Walcher aber nicht einfiel – gebeten, direkt zu Frau Westhaus aufs Zimmer 203 zu gehen. Etwas ungewöhnlich zwar, diese Einladung, aber Walcher wusste, dass die meisten Zimmer mit einem gemütlichen Wohnteil ausgestattet waren, und bei der Trachtenstimmung auf dem Hotelgelände konnte man sich auf dem Zimmer vermutlich ungestörter unterhalten.

Natalie Westhaus öffnete ihm auf sein Klopfen hin die Tür und überzeugte ihn im Bruchteil einer Sekunde davon, dass solche Situationen nicht nur der Fantasie von Drehbuchschreibern entsprangen. Mit einer halbnackten Frau hatte er nicht gerechnet, eher vorformuliert, wie er ohne Kränkung seine Absage begründen könnte. Und nun empfing ihn die blanke Verführung. Vermutlich kam sie direkt aus der Dusche, und Walcher verfolgte fasziniert einen dicken Wassertropfen, der sich aus ihrem Haar gelöst hatte, von der braunen Haut der Schulter auf die linke weiße Brust perlte, dort, kurz vor der Brustwarze, einen Rechtsdrall bekam, auf den straffen Bauch rollte und am Bauchnabel vorbei im weißen Hotelhandtuch endete, das sie lasziv um ihre Hüften geschlungen hatte. Walcher atmete tief ein und versuchte sich auf ihr Gesicht und ihre Augen zu konzentrieren. An Theresa dachte er nur kurz und eher der wirklich verblüffenden Ähnlichkeit wegen. Vermutlich lag es an dem derzeit gespannten Verhältnis zu Theresa, dass die moralisch ansonsten durchaus stabile Festung Walchers mit jedem Herzschlag seiner Betrachtung tiefere Breschen erhielt. Spätestens als Natalie ihm die Hand reichte und er sich ins Zimmer ziehen ließ, hatte er jeden Widerstand aufgegeben. Es war auch keine Entschuldigung, dass sie erstaunliche Fähigkeiten als Enthüllungskünstlerin besaß und ihn auf dem Weg in die noch dampfende Duschkabine des Badezimmers bereits ausgezogen hatte. Immerhin hatte er bereitwillig seine Schuhe selbst abgestreift, von Verführung konnte demnach nicht die Rede sein, jedenfalls nicht im juristischen Sinne.

Das dampfende Wasser, die schäumende Bodylotion auf empfindsamer Haut … Sie waren schließlich beide erwachsen. Durch die offene Balkontür drangen die Bässe großvolumiger Blasinstrumente und das Wummern einer Pauke, die Walcher an den alten Traktor auf Schonauers Hof erinnerte, aber nur sehr kurz. In der nächsten Sekunde schwebte er hinaus in den Allgäuer Himmel und fragte sich, ob Natalie wirklich nur zwei Hände besaß oder ob ihre Kunstnägel den besonderen Reiz zauberten. Später, als sich ihre Temperaturen wieder normalisiert hatten, tranken sie einen klebrigen, aber kalten Piccolo aus der Zimmerbar und konnten endlich die unvergleichbare Landschaft jenseits des Balkons wahrnehmen und eine Zeitlang das wunderbare Gefühl von Nähe genießen.

Erst als sie sich angezogen in den Sesseln der Sitzgruppe gegenübersaßen, kamen sie zum eigentlichen Thema seines Besuches.

»Das hatte jetzt aber nichts mit meiner Bitte an dich zu tun, ist das klar!«, begann Natalie, und Walcher nickte. Er war nur allzu bereit, ihr zu glauben.

»Trotzdem würde ich mich sehr freuen, wenn du nach dem Manuskript suchst.« Sie strahlte ihn an, als müsse sie ihn doch noch überzeugen.

Walcher nickte noch einmal und meinte nur: »Mmmhhh ...«

Kater

Walchers Katerstimmung setzte dann am späten Abend ein, allerdings in überraschend niederschwelligen Grenzen, denn Natalie wog jeden Selbstvorwurf auf. Die Frage war vielmehr: Was stimmte nicht? Dass er blindlings in eine Super-Venusfalle gestolpert war, gehörte vermutlich zu einem Plan, den er nicht erkannte, jedenfalls noch nicht. Vielleicht wollte er ihn auch nicht erkennen, denn das hätte ja unterstellt, dass Natalie nicht seinetwegen schwach geworden war.

Er begann, das Internet nach Koenig und Westhaus zu durchforsten, was ihm jedoch ziemliche Konzentration abverlangte, denn ständig geisterte Natalie durch seine Gedanken. Erschwerend war dabei der Hauch von Natalies Lotion auf seiner Hand. Genüsslich schnupperte er an dem intensiven Duft ... Im selben Moment klingelte das Handy. Theresa. Walcher war kurz versucht, sie ins Leere klingeln zu lassen, aber der verrückte Klingelton – jauchzende Jodler mit gewaltigem Echo –, mit dem ihm Irmi vor ihrer Abfahrt nach Paris vermutlich noch eine besondere Freude hatte machen wollen, übertönte sogar Mathildes Fernsehlautstärke, die aus ihrem Zimmer drang.

Theresa klang sachlich bemüht und bat nach einer halbherzigen Begrüßungsfloskel um ein Gespräch. Das hörte sich besorgniserregend geschäftsmäßig an, fand Walcher, stimmte aber zu und stellte fest, dass es höchste Zeit sei, ihren geradezu klassischen Sohn-Mutter-Freund-Konflikt aufzubrechen. »Vielleicht schaffen wir es ja, besser damit umzugehen«, fügte er noch an. Das klang grässlich nach Paartherapie, er dachte auch eigentlich, dass hauptsächlich sie lernen musste, damit umzugehen.

»Was ist los mit dir, hast du Kreide genascht?« Theresas Stimme hörte sich an, als würde sie schmunzeln.

»Noch nicht, und wenn, dann nur mit Sherry«, lachte Walcher in den Hörer. Damit war die Spannung verpufft. Sie verabredeten, den kommenden Samstag oder Sonntag in den Bergen zu wandern, denn dabei hatten sie sich bisher immer am besten unterhalten können.

Damit hatte Theresa wohl das Wesentliche gesagt, jedenfalls wünschte sie ihm gute Nacht und legte auf. Arbeit war immer gut, um sich abzulenken, fand Walcher und tippte Koenig als Suchbegriff ein.

Es gab Hunderte von Seiten über die verschiedenen Koenigs, von

Brauereien über alle möglichen Berufsgruppen. Außerdem eine Unmenge von Julian Koenigs, nur eben nicht jener, der bei Eufoodic arbeitete. Etwas ungewöhnlich, wenn man als Pressesprecher bei einer Organisation arbeitete, die von den Top Ten der Chemie- und Ernährungsbranche finanziert wurde. Lediglich einen Querverweis auf einen Koenig gab es, der mit einer Physikerin, Magda von Heimsma, verheiratet war, die während der Zeit der Nationalsozialisten in die USA geflohen und dort mit dem Amerikaner Robert Hofstadter gearbeitet und geforscht hatte. Hatte nicht Natalie den Namen Heimsma erwähnt? Ansonsten gab das Internet nichts her, das war eher ungewöhnlich, verdankte es doch Millionen zählende Einträge allein der Eitelkeit.

Irgendwann musste das Internet unter der Menge all dieser Informationen zusammenbrechen, vermutete Walcher immer. Was hatte Schonauer bei dem Gespräch auf der Veranda seiner Alpe klargestellt? »Ich will nicht die Biologen und Chemiker verteufeln, die bauen letztlich nur die Gifte nach, die es in der Natur bereits gibt. Ich werfe meinen Kollegen allerdings vor, dass sie dieses Zeugs entwickeln, obwohl sie um die Gefährlichkeit und um die Skrupellosigkeit der Chemieunternehmen wissen. Und dahinter steckt meist nicht mal die Gier nach dem Gold, sondern eine geradezu kindische Eitelkeit, seinen Namen unsterblich zu machen, wie ein Böttger, ein Mendel, ein Robert Koch, ein Pasteur, eine Marie Curie und wie sie alle hießen, und in die Liste der großen Biologen und Chemiker aufgenommen zu werden. Manche gehen dafür sogar über Leichen.«

Im Boot

Zwei, vielleicht drei Kilometer Luftlinie von Walchers Hof entfernt telefonierte Natalie etwa zur selben Zeit und sprach die kryptischen Worte: »Habe ihn im Boot!«

Sie erwartete wohl keine Antwort, denn sie brach die Verbindung sofort wieder ab. Dann leerte sie in atemberaubender Schnelligkeit der Reihe nach die übliche Ausstattung an Hochprozentigem aus der Zimmerbar, setzte sich trotz der Nachtkälte auf den Balkon und starrte hinaus in die Dunkelheit. Nur allmählich beruhigte sie sich. Sie zwang sich dazu, atmete tief und konzentriert und ließ es zu, dass die alten Bilder wieder durch ihren Kopf wanderten. Grässliche Bilder, vor denen sie wohl ihr ganzes Leben davonrennen würde. Vorhin war sie kurz davor gewesen, wieder einmal die Kontrolle zu verlieren.

Nachdem Walcher gegangen war, hatte sie sich Badeanzug und Morgenmantel angezogen, um einige Runden im Hallenbad zu schwimmen, das sie um diese Zeit ganz allein für sich hatte. Zurück in ihrem Zimmer, legte sie sich dann müde und zufrieden ins Bett. Tuba und Pauke, Gesang und Gelächter der Hochzeitsgesellschaft trieben sie aber kurz darauf wieder in die Kleider und hinunter in die Hotelbar, wo sie vom Barkeeper mit kostenlosen »Schlafgetränken« versorgt wurde. Ein sinnvoller Service des Hauses, denn die Feier würde erst gegen 24 Uhr enden, wurde ihr mitgeteilt.

Natalie ertrug es mit einem gewissen Gleichmut. Sie hatte ebenfalls Grund zum Feiern, konnte sie doch den ersten Erfolg in der Sache »Koenig« verbuchen, und Spaß gemacht hatte es auch. Gegen eine Wiederholung hatte sie nichts einzuwenden. Sie lächelte in Gedanken und bestellte einen letzten Whisky Sour, den der Keeper inzwischen recht ordentlich hinbekam, nachdem sie ihm dreimal

Nachhilfe gegeben hatte. Sie liebte den süß-herben Geschmack seit ihrem ersten USA-Besuch.

Bevor sie ihren letzten Whisky genüsslich schlürfte, klappte sie ihre Wendeuhr auf und kontrollierte die Uhrzeit. Sie demonstrierte gerne die Funktion des Luxusteils, das ein französischer Uhrmacher ursprünglich für Polospieler entworfen hatte. Ein kurzer Seitenblick bestätigte ihr, dass der Barkeeper ihr neugierig und bewundernd zusah. Noch einen kurzen Anruf, und dann könnte sie wieder wohlig in ihr Bett kriechen.

Natalie stellte das Glas auf den Tresen, nickte dem Keeper zu und erkannte an seinem Stirnrunzeln, dass etwas nicht stimmte. Widerlicher Schweißgeruch mit strenger Bierausdünstung vermischt ließ sie kurz erstarren. Zwei Trachtenmänner drückten sich links und rechts neben sie, während ein dritter sie von hinten mit der Selbstverständlichkeit eines Besoffenen umarmte und seine Pranken auf ihre Brüste presste.

»Bisch a ganz a Fesche«, flüsterte er ihr ins Ohr und drückte sie fest an seinen feuchtgeschwitzten Körper.

Vergleichbar einer japanischen Ninja-Kriegerin war Natalie in einer Kreisbewegung von ihrem Barhocker gewirbelt, hatte dabei martialische Laute ausgestoßen und ein Stakkato von Schlägen mit den Handkanten, Ellenbogen, Knien und Füßen auf die drei niederprasseln lassen. Äußerlich ruhig hatte sie dann dem Barkeeper zugelächelt und festgestellt, bevor sie die Bar verließ: »Die Musik reicht schon vollauf.« Zurück blieben drei Trachtenanzüge, die auf dem Boden saßen, sich unterschiedliche Körperteile hielten und mit vor Entsetzen aufgerissenen Augen der roten Hexe nachglotzten.

Erinnerungen

Vermutlich lag es am Alkohol, dessen Nebel ihren Kopf an diesem Morgen nur zögernd freigab und sie schwere Gedanken noch weit über ihre übliche Aufstehzeit im Bett hielten. Der unnötige Auftritt vergangene Nacht in der Bar. Nicht dass sie sich schämte oder Vorwürfe machte, diese ekelhaft selbstgefälligen Grabscher verdienten nichts anderes, nein, sie beschäftigte vielmehr die Frage, warum sie sich nicht in den Griff bekam. Es passierte immer wieder, trotz der Jahre therapeutischer Arbeit. Was hatte sie nicht schon alles versucht! Sie wusste Bescheid über Traumen und deren Folgeerscheinungen, aber in den entscheidenden Augenblicken half alles nichts, sie rastete aus und hinterließ meist ein blutiges Chaos. In diesem Fall war es ja noch einigermaßen glimpflich abgelaufen, und die drei Typen würden wohl kaum zur Polizei gehen. Aber sie durfte sich keinen Wirbel erlauben, ihr Auftrag verlangte Stille und Unauffälligkeit, und außerdem war sie überzeugt, beobachtet zu werden. Schließlich kannte sie ihren Verein lang genug. Da war nichts dem Zufall überlassen. Ohnehin schrieben sie es allein ihrer Nachlässigkeit zu, dass ihr Koenigs Veränderung nicht aufgefallen war. Natalie kuschelte sich ins Bett, als böte ihr es Schutz vor dem Tag, vor dem Leben – aber daraus sollte nichts werden. Erbarmungslos riss das Handy sie aus dem kuscheligen Nest.

»Ist der Journalist aktiv?«

Natalie kannte sofort seine Stimme, und wie immer jagte eine Hitzewelle durch sie hindurch und explodierte irgendwo im Kopf.

»Denke schon.«

»Du denkst?«

Bevor Natalie dazu etwas sagen konnte, war die Verbindung abgebrochen. »Scheißtyp«, fluchte sie, stieg aus dem Bett, tapste ins

Bad und unter die Dusche. Sie hasste ihn dafür, dass er immer so unglaublich souverän Arbeit und Privatleben trennte. Sie konnte sich nicht erinnern, jemals mit ihm am Telefon geflirtet oder gar über ihre Lust gesprochen zu haben. Nein, bei ihm wurde absolut getrennt. Kein überflüssiges oder gar persönliches Wort bei der Arbeit und schon gar nicht am Telefon. Der Gedanke an ihn versetzte sie in Erregung. Natalie kreischte leise, als sie sich abwechselnd mit einem heißen und eiskalten Wasserstrahl traktierte. Von Anfang an war sie sich darüber im Klaren gewesen, dass er und sie nur an den psychisch kaputten Stellen zusammenpassten, aber gerade das machte den Reiz aus.

Er

Er zog sich den Kopfhörer vom Ohr, an dem auch das Mikro hing, und warf es samt Handy auf den Sessel neben der Couch. Konzentration auf das Wesentliche, eine seiner häufig verbreiteten Lebensweisheiten.

Sie hatte ihre Chance erhalten, dachte er, und wie es aussah, machte sie ihre Sache ordentlich. Vielleicht hatte er sich ja geirrt, und ihr Versagen beim letzten Einsatz lag wirklich an einer nicht voraussehbaren Kette unkalkulierbarer Zufälle. Nur, wen interessierte das? Egal, was seine Leute anstellten, ihn allein traf es, wenn etwas nicht funktionierte. Wie zur Bestätigung nickte er sich selbst zu, stand auf und setzte sich an den Schreibtisch, auf dem ein übergroßer Bildschirm das halbe Zimmer beleuchtete. Ein großes Zimmer, beinahe schon ein kleiner Saal, bei dem allerdings die Höhe nicht stimmte. Die Balkendecke konnte ein durchschnittlich gewachsener Mensch mit dem ausgestreckten Arm berühren, so niedrig war sie. Er, ein Zweimetermann, ertrug die niedrige Raumhöhe nur dann, wenn er saß. Daran änderten auch die hohen schmalen Fenster nichts, die er bei der Renovierung hatte ausbrechen lassen.

Aus dem Mosaik briefmarkenkleiner Icons, die den Bildschirm füllten, klickte er eines an. Eine Seite öffnete sich, mit dem Porträt eines Mannes, ähnlich einem Steckbrief. Konzentriert las er den Text, der mit fetten Überschriften in mehrere Abschnitte unterteilt war. Ein respektabler Lebenslauf mit einigen beruflichen Meriten, vermutlich kein leichter Brocken. Aber was bedeutete das schon. Wenn sie nicht käuflich sind, dann sind sie verletzlich. Es gab keinen Menschen ohne Schwachstelle.

Wie ein Spiel betrachtete er die Suche danach, selbst wenn es um hohe Einsätze ging, wie dieses Mal. Gründlich ging er vor, konzipierte einige Vorgehenspläne, verwarf sie wieder, dachte konzentriert nach und stellte neue auf. Fiskalisch war der Mann laut Information nicht unter Druck zu setzen. Zwar musste er zu jeder Steuererklärung gemahnt werden, aber was er dann ablieferte, war korrekt. Auch sein Verkehrssündenregister, meist Geschwindigkeitsübertretungen, taugte nicht dazu, jemanden in Bedrängnis zu bringen. Der Wahrheitsgehalt einiger seiner Veröffentlichungen wurde angezweifelt, vielleicht ließ sich daraus eine Rufschädigung inszenieren? In jedem Fall gab es ein Umfeld, das genügend Möglichkeiten bot. Liebe Menschen oder zur Not auch Tiere. Das waren die wirklich empfindlichen Stellen, an denen man solche Typen ruhigstellen konnte.

Irgendwann nickte er, anscheinend zufrieden mit sich und seiner Planung. Er würde ein zweites Team bilden und gleich Daumenschrauben anlegen lassen, die am meisten Schmerzen bereiteten.

Kommissar Brunner

Nach dem dritten Anlauf wählte Walcher die Nummer des Kommissars. Dreimal hatte er den Hörer schon wieder aufgelegt. Einerseits saßen seine Kränkung und Enttäuschung tief, andererseits wollte er die verfahrene Situation auflösen, es wenigstens versuchen. Natürlich war auch Eigennutz dabei, denn drei Tote ließen wenig Zurückhaltung vermuten, was die Hemmschwellenhöhe der Täter betraf. Brunner meldete sich mit seinem Standardkalauer, also schien Tauwetter angesagt.

»Wieder eine Leiche gefunden?«

»Keine Leiche, aber ich dachte mir, dass uns ein Gespräch guttun würde.«

Einige Sekunden rauschte die Welt aus dem Hörer, dann ein Stöhnen und dann Brunners Stimme, die nun wieder deutlich gepresst klang.

»Wenn wir uns nicht über die nun mal vorhandenen Verdachtsmomente gegen Sie unterhalten, dann würde das ja ein privates Gespräch werden, und dann müsste ich den Fall wegen Befangenheit abgeben. Ich habe hier schon genügend Druck, das können Sie mir glauben. Also … Das halte ich für keine gute Idee. Lassen Sie uns unsere Ermittlungen machen. Am meisten helfen Sie uns dabei, wenn Sie offen kooperieren.«

»Offen kooperieren«, Walcher konnte nichts gegen seinen steigenden Innendruck machen. »Wenn Sie ergebnisoffen ermitteln, werde ich gerne offen kooperieren, Herr Kommissar.«

»Na dann. War's das?«

»Das war's.«

Damit legte Walcher wieder auf und verfluchte seine Naivität. Hatte er allen Ernstes geglaubt, diesen … diesen offensichtlich aus dem Ruder gelaufenen Bullen zu einem Gespräch in alter Freundschaft bitten zu können? Missmutig zog er sein Laufzeug an und trabte in den Wald. Rolli freute sich zwar über den unplanmäßigen Lauf – seine feinen Sensoren für die Stimmungen der Zweibeiner ließen ihn allerdings deutlichen Abstand halten. Auch benahm er sich geradezu ausgesucht diszipliniert und ließ sogar ein Kaninchen unbehelligt davonhoppeln.

Irgendwann auf dem Weg durch den Wald fiel Walcher Schonauers Hündin ein. Wo mochte sie stecken? Noch auf der Alpe? Er wollte ohnehin noch einmal hinauf und sich die Hütte in aller Ruhe ansehen. Die Polizei war zwar dort oben gewesen, aber vielleicht entdeckte er ja irgendetwas, was sie übersehen hatten. Wie viele Journalisten, die oft mit Polizisten zu tun hatten, hegte auch Walcher gewisse Zweifel an der Qualität von Polizeiarbeit, noch dazu bei der jetzigen Stimmungslage von Kommissar Brunner.

Nach einem Blick auf die Uhr entschied Walcher sich, die Tour zu Schonauers Hütte auf den kommenden Morgen zu verschieben. Mit Fahrzeit und Aufstieg würde er heute erst in der beginnenden Dämmerung ankommen und nicht mehr viel sehen. Er beschränkte sich deshalb darauf, seine Sachen für den nächsten Morgen bereitzustellen, darunter einen Beutel voll Hundefutter, seine Taschenlampe, deren Batterie mit einer Handkurbel aufgeladen wurde, und natürlich seine kleine Kamera.

Antanzen

»20 Uhr, Samstagabend bei mir!« Mehr hatte er nicht gesagt. Auch ihr Einwand, dass sie noch im Allgäu sei, fand keine Berücksichtigung: »Ich erwarte dich pünktlich.« Dann brach die Verbindung ab.

Wütend schleuderte sie ihr Handy durchs Zimmer, zielte dabei aber, damit es sicher auf der Bettdecke landete. Sie war nun mal ganz speziell in seinen Händen, und um zu entkommen, würde sie sich an andere verkaufen müssen. Eine super Perspektive! Sie hatte die Wahl zwischen Pest und Cholera. Noch einmal würde sie sich nicht verkaufen, aber sie könnte etwas anderes machen.

Natalie stürmte erst einmal zur Zimmerbar, entschied sich dann anders, zog ihren Anorak an und verließ das Zimmer. Ein Spaziergang durch die klare Nacht würde ihr besser bekommen. Noch vier Tage hatte sie Zeit, wenn sie den Samstag als Reisetag plante. Mit dem kleinen Fiat würde sie etwa acht bis neun Stunden bis in den nordöstlichen Zipfel Deutschlands brauchen. Sie schüttelte sich bei dem Gedanken, wieder in seiner Nähe zu sein. Auch die kalte Nachtluft half ihr nicht, Klarheit in ihre durcheinanderwirbelnden Gedanken zu bringen. Abscheu, Gier, Angst, Lust, Verlangen wechselten einander ab. Sie hielt sich für eine nüchterne Analytikerin … Bei den Problemen anderer. Bei sich selbst versagte sie, hing hilflos in einem Netz, das zu spinnen sie selbst mitgeholfen hatte. Nicht zum ersten Mal grübelte sie darüber, wann sie endlich diesem Netz entkommen wollte. Es lag nur an ihr selbst, an niemand anderem, das war ihr längst klargeworden. Es war nur eine Frage der Zeit, bis er sich jüngeren Opfern zuwenden würde. Sie ging auf die 40 zu, da wurde es langsam eng, mit der straffen Haut und dem Glanz dieser jungen Dinger zu konkurrieren. Er hingegen würde vermutlich auch noch mit achtzig eine respektable Erscheinung abgeben und jene Ausstrahlung besitzen, der auch sie hoffnungslos erlegen war. Aber es gab einen Weg aus dieser Abhängigkeit von ihm und gleichzeitig aus dem Verein.

Kein Mensch war um diese Zeit unterwegs. An den Sportplätzen ging sie vorbei bis an die Ortsgrenze von Weiler und wieder zurück.

Mehrmals nickte Natalie, sprach manchmal leise vor sich hin, entwickelte einen Plan, spielte alle möglichen Szenarien durch und übernahm auch die Rolle des Advocatus Diaboli. Damit kannte sie sich aus, schließlich bezeichnete sie ihren bisherigen Lebenslauf als Teufelswerk. Irgendwann musste das aufhören. Die Situation war günstig. Sie hielt Walcher für einen zähen Typ, der nicht so leicht aufgab, wenn er sich in eine Sache verbissen hatte. Man musste ihn nur auf die richtige Fährte setzen. Das war's. Danach konnte sie sich vermutlich zurücklehnen, musste bestenfalls noch kleine Anstöße geben, und er würde mit seinem Verein auffliegen. Ein Neuanfang, welch wunderbare Vorstellung! Natalie blieb stehen, breitete die Arme aus, als wollte sie die Nacht umarmen, und atmete tief die kühle, würzige Luft ein.

Schonauers Hündin

Walcher hatte sich bereits am vergangenen Abend von Mathilde mit dem Hinweis verabschiedet, in aller Herrgottsfrüh zu Schonauers Alpe aufzubrechen. Vielleicht hätte sie ja noch eine hilfreiche Vision, fügte er an, um sich prompt einen strafenden Blick einzuhandeln. Zwar hatte er sich entschuldigt, aber ausgesprochen war nun mal ausgesprochen. Mathilde war denn auch grußlos aus der Küche gerauscht. Sie musste ihm aber verziehen haben, denn als Walcher bereits gegen vier Uhr am Morgen aufstand und ohne Frühstück abfahren wollte, stand eine Thermoskanne mit heißem Tee auf dem Tisch, und daneben lag ein Käsebrot in einem Brotzeitbeutel.

Der Morgen kämpfte noch mit der Nacht um die Vorherrschaft, was sich deutlich am dichten Schlachtennebel abzeichnete. Dank der frühen Stunde waren die Straßen frei, bis auf wenige Fahrzeuge, weshalb Walcher bereits kurz nach fünf Uhr auf dem Wanderparkplatz unterhalb von Schonauers Alpe ankam.

Rolli musste erkannt haben, wohin es ging, denn er war kaum zu bändigen. Vermutlich wäre er am liebsten losgehechelt, aber Walcher wählte einen anderen Weg und ging erst auf dem alten Ziehweg am Talgrund weiter ins Tal hinein. Wenn er etwas Neues entdecken wollte, so seine einfache Überlegung, durfte er nicht auf dem normalen Weg hinaufwandern, auf dem vermutlich die Polizisten ohnehin alles niedergetrampelt hatten.

Inzwischen hatte sich der Nebel etwas gelichtet, wenngleich er die Sicht noch auf wenige hundert Meter begrenzte. Die Luft, gesättigt durch unglaublich erdige Düfte, begleitet durch das Rauschen des Baches, an dem der Weg entlangführte, erzeugte in Walcher wieder jenes wunderbare Gefühl von Zufriedenheit und innerer Ruhe, das ihn erfüllte, sobald er sich in halbwegs unberührter Natur befand.

Unberührt war sie beileibe nicht, denn die Spuren auf dem alten Ziehweg deuteten auf regen Wanderverkehr hin. Auch jede Menge Kippen lagen achtlos entsorgt herum, und obwohl er früher selbst Raucher gewesen war, ärgerte sich Walcher darüber. Warum mussten Menschen ihre Abfälle sogar hier draußen einfach fallen lassen?

Rolli interessierte das alles nicht, bestenfalls störte ihn der Umweg. Konzentriert schnupperte er sich von Duft zu Duft, verfolgte die ein oder andere Fährte, blieb allerdings brav immer in Sichtkontakt. Walcher hatte den Umweg auch gewählt, um aus der Distanz einen besseren Überblick auf die Felswand unterhalb von Schonauers Alpe zu bekommen. Auch von der Seite her wollte er sich die Steilwand ansehen und untersuchen, ob Schonauer sich beim Sturz dort so verletzt haben konnte.

Eigentlich hätte Walcher auf die andere Seite des Baches wechseln müssen, aber eine Brücke oder ein Übergang waren nicht in Sicht. Walcher spielte bereits mit dem Gedanken, umzukehren, als nach ein paar Metern ein Jägersteig – zwei parallel liegende Baumstämme – den Bachlauf überbrückte.

Auf der anderen Seite stieg das Gelände steil an und trieb Walcher nach wenigen Minuten den Schweiß aus den Poren. In Serpentinen führte ein Pfad hinauf, der ebenfalls deutliche Spuren einer häufigen Nutzung aufwies, obwohl er in Walchers Wanderkarte nicht verzeichnet war. Aber Walchers Gedanken drehten sich um Schonauers Tod und wie es weitergehen sollte in diesem Fall. Hatte er »Fall« gedacht? Das verdankte er dem Kommissar, denn früher hatte er von Recherchen gesprochen, nicht von Fällen.

Inzwischen befand er sich auf halber Höhe vom Talgrund zu Schonauers Alpe und bekam den seitlichen Einblick in die Wand, den er wollte. Unbewusst schüttelte er den Kopf. Wenn Schonauer direkt von der Terrasse seiner Alpe heruntergestürzt war, hätte er auf der mit Gras und Niedergebüsch bewachsenen Terrasse landen müssen, die sich etwa 20 Meter tiefer befand. Von dort weiterzurollen, um in die zerklüftete Steilwand zu stürzen, war schlicht nicht möglich, da eine Felsbarriere die Terrasse wie eine Mauer abschloss. Er hätte schon mutwillig darübersteigen müssen. Nach einem Sturz aus immerhin 20 Metern sehr unwahrscheinlich. Das gelang vermutlich nicht einmal einem willensstarken Selbstmörder mit Kamikaze-Veranlagung. Nein, Schonauer musste einige Meter weiter seitlich abgestürzt sein, um in die mörderische Riesenraspel der Wand zu geraten. Aber warum sollte er von dieser Stelle hinunterspringen? Warum überhaupt? Selbstmord kam nicht in Frage, denn immerhin hätte er es mit seinen tödlichen Verletzungen noch schaffen müssen, auf seinen Kräuterhof zu fahren und sich dort an seinen Steinkreis zu ketten. Wäre das Verhältnis zu Brunner nicht tiefgefroren, würde

Walcher ihm vorschlagen, einen Falltest mit einer Puppe zu machen. Er holte tief Luft und ging weiter.

Rolli fixierte ihn nun immer öfter mit seinem bettelnden Hundeblick, als wollte er sagen: »Mach schneller, oder lass mich einfach laufen!« Aber Walcher schüttelte den Kopf, wiederholte den Befehl, bei Fuß zu bleiben, und hielt dabei drohend die Leine hoch. Erst oben auf den Weideflächen ließ er dem Hund freien Lauf, was dieser auch ausgiebig nutzte. Wie eine Hummel hetzte er hin und her auf Fährten, die nur er lesen konnte. Eine davon führte zu der verfallenen Sommeralpe, die ihm bereits beim Besuch von Schonauer aufgefallen war. Sie lag etwas höher als dessen Alpe, war aber bereits hoffnungslos dem Verfall preisgegeben. Ein trauriger Anblick, aber Walcher kam nicht dazu, sich Gedanken über eine Entwicklung zu machen, die irgendwann zur Verholzung vieler Weideflächen führen würde, die Generationen davor in unglaublicher Schinderei dem Wald abgerungen und bis heute gepflegt hatten. Rolli stand vor der offenen Stalltür der Hütte, und seine Haltung ließ nur den Schluss zu, ein wildes Tier aufgespürt zu haben.

Erst als Walcher neben dem Hund stand, entspannte der sich und schnupperte sich langsam in den Stall hinein. Obwohl der Boden vor und im Stall anzeigte, dass hier seit Jahren keine Kühe ein und aus gegangen waren, stank es gewaltig. Rolli tappte vorsichtig in die äußere Ecke, die ein Fliegenschwarm in Besitz genommen hatte. Der Geruch deutete allerdings nicht auf Stallmist hin, sondern eher auf menschlichen Kot. Vielleicht nutzten Wanderer den Stall als Toilette.

Langsam gewöhnten sich die Augen an das Zwielicht im Raum, und Walcher erkannte helle Punkte auf dem Boden, die sich kreisförmig vor dem winzigen Fenster verteilten. Kein Hexenring aus Pilzen, stellte er fest, sondern Zigarettenkippen lagen da, teilweise halb verscharrt. Bei näherem Hinsehen war auch erkennbar, dass der Boden an dieser Stelle glattgetreten war, jedenfalls glatter als im übrigen Teil des Stalles. Hier hatte jemand gestanden, und zwar über einen längeren Zeitraum, und er war ein starker Raucher.

Walcher holte einen der Folienbeutel aus dem Rucksack, die er auf Touren immer dabeihatte, um besondere Fundstücke aufzubewahren, und sammelte drei Kippen auf. Nun stand er mitten im Kreis und sah durch das Stallfenster. Er fühlte, wie sich sein Puls beschleunigte.

Wie in einem Gemälderahmen stand im Fensterrechteck Schonauers Hütte, Luftlinie vielleicht etwas mehr als einen Kilometer entfernt. Keine Frage, von diesem Platz aus hatte ein Raucher Schonauers Hütte beobachtet. Vielleicht stand hier ein Stativ mit einem Fernrohr, und vermutlich war auch sein Besuch bei Schonauer beobachtet worden.

Rolli bellte plötzlich und trieb Walchers Adrenalin kurz auf jagdtaugliche Höhe. Er sah nur noch einen Schatten aus dem Stall jagen und vernahm die Antwort vor der Hütte. Mit Vorsicht, obwohl er vermutete, dass der Beller von Schonauers Hündin kam, äugte Walcher aus der Stalltür. Ein wunderbares Bild. Nora und Rolli balgten sich liebevoll auf der Wiese.

Distanz

Sie fühlte einen kleinen Stich in der Gegend, wo Herz und Seele sitzen, als sie Nora mit dem fremden Hund über die Wiese tollen sah. Und als der Mann einen Pfiff ausstieß, rannte der Hund zu ihm, und Nora folgte im Windschatten. Ja, sie ließ sich sogar von ihm streicheln.

Seit Schonauers Tod hatte sie versucht, sich der Hündin zu nähern. War jeden Tag hergefahren, zur Hütte hinaufgestiegen und hatte frisches Futter gebracht, aber selbst mit Leckerbissen hatte sich Nora nicht locken lassen. Zwar hatte sie ihren Napf leer gefressen, aber nie Handnähe geduldet. Das tat richtig weh. Zwar hatte sie aus ihrer Distanzhaltung zu Hunden nie ein Hehl gemacht, aber Schonauers Hündin mochte sie, schon weil sie ihn mochte. Es war für sie überhaupt keine Frage, die Hündin zu sich zu nehmen. Ohnehin half ihr Nora, den Schmerz über Schonauers Tod zu ertragen. Sie war froh um jede Aufgabe.

Während sie den Mann und die Hunde beobachtete, die sich langsam Schonauers Hütte näherten, erinnerte sie sich an ihre letzte Begegnung. Hier oben brauchte sie nicht die Starke und Beherrschte spielen, hier konnte sie ihren Tränen freien Lauf lassen. Nie wieder! Eine furchtbare Vorstellung! Nie wieder würde sie seine Hand auf ihrer Haut spüren, nie wieder sein spitzbübisches Lachen hören, in seine strahlenden Augen sehen. Nie wieder! Ihr blieb nur die Erinnerung. Sie hatte das schon einmal ertragen müssen. Angst davor, dass es sich wiederholen könnte, hatte sie seither immer gehabt. Und nun war es wieder geschehen. Einfach so, ohne irgendein Anzeichen.

Nachlese

Ab sofort würde es wohl auf dem »Walcher-Hof« zwei Hunde geben, und dass die stürmische Zuneigung der beiden in einigen Welpen gipfeln könnte, daran zweifelte Walcher kaum. Die beiden gingen wie ein altes Liebespaar miteinander um, das sich nach langer Trennung endlich wiedergefunden hatte, ein anderer Vergleich fiel Walcher nicht ein.

Gemütlich wanderte er mit den liebestollen Vierbeinern zu Schonauers Hütte. Auf halber Entfernung zwischen den beiden Alphütten überkam ihn derart intensiv das Gefühl, beobachtet zu werden, dass er den kleinen Feldstecher aus dem Rucksack holte und die Umgebung absuchte. Zu derlei Kontrolle taugte der Feldstecher aber nicht, außerdem gab es so unglaublich viele Deckungsmöglichkeiten, dass sich eine ganze Hundertschaft von Beobachtern bestens hätte verstecken können. In jedem Fall war seine positive Stimmung verschwunden. Das mochte aber auch damit zu tun haben, dass er sich nun Schonauers Hütte näherte.

Die Alpe wirkte abweisend, trotz Sonnenschein, der sich inzwischen gegen den Nebel durchgesetzt hatte. Ein Gebäude, um das sich kein Leben regte, wirkte immer abweisend, korrigierte sich Walcher und fragte sich, ob vielleicht die Polizei jemanden zur Wache aufgestellt hatte. Das würde auch sein Gefühl von vorhin erklären. In jedem Fall hatte sich jemand um Schonauers Kräuteraufzucht gekümmert, denn keiner der zarten Triebe war vertrocknet. Spontan fiel ihm die Frau ein, die Rolli auf dem Rückweg von seinem Besuch bei Schonauer hinter dem Holunderbusch verbellt hatte. Er sollte sich um sie kümmern, sie war sicher auf dem Weg zu Schonauer gewesen. Was hätte sie auch sonst hier oben machen sollen? Der Weg zu Schonauers Alpe war nicht als Wanderweg gekennzeichnet, und Frauen gingen eher selten allein in die Berge, es sei denn, sie hatten ein klares Ziel. Er würde Schonauers Umfeld abklappern müssen, um herauszufinden, wer die Frau war und in welchem Verhältnis sie zu ihm stand. In ländlichen Gegenden nicht so einfach, die kleinen Käsereien, Lebensmittelgeschäfte und Kleintankstellen, wo man hätte nachfragen können, waren verschwunden, und die Wirtschaften von früher, in denen man sich manchmal zu einem Bier traf, hatten sich zu Sterne-Restaurants gemausert, in denen sich ein Bauer, Melker oder sonstige Handwerker eher verloren fühlten.

Das Polizeisiegel an der Tür war durchgetrennt, die Tür unverschlossen. Als Walcher sie öffnete und ins Haus hinein das übliche »Hallo, ist jemand hier?« brüllte, kam er sich nicht nur dämlich vor, es baute sich auch eine Spannung in der Nackengegend auf. Trotzdem überschritt er die Schwelle der Legalität, denn immerhin betrat er ohne Einladung ein fremdes Haus, das zudem noch von der Polizei versiegelt war. Wenigstens hatte nicht er das Siegel verletzt.

In dem Raum, eine überraschend großzügig dimensionierte Wohnküche, herrschte penible Ordnung. Auch duftete es angenehm nach trockenem Heu und Kräutern. Der selbstgezimmerten rustikalen Küchenzeile an der Wand zur Veranda folgte eine Arbeitstheke, die den Raum teilte und zugleich als Regal für Lebensmittel und Küchenutensilien diente. Dahinter war der Raum als Wohnraum eingerichtet, mit einem kleinen Esstisch, Stühlen und einem gemütlich wirkenden Biedermeiersofa, dessen roter Samtbezug deutliche Altersspuren zeigte. Durch die beiden Fenster an der Wand dahinter sah man winzig klein die zerfallene Nachbaralpe. Gegenüber, neben der Tür in der Raummitte, die vermutlich in die Diele oder gleich in den Stall oder Käsküche führte, stand ein gekachelter Ofen, ein Luxus auf einer Sommeralpe und wahrscheinlich neueren Datums.

Die Tür zu den übrigen Räumen der Alpe war verschlossen. Vielleicht musste er es durch den Haupteingang versuchen, denn die Tür zur Veranda war anstelle eines Fensters nachträglich eingebaut worden, wie Schonauer beiläufig erwähnt hatte.

Walcher sah sich in der Wohnküche um und überlegte, wonach er überhaupt suchen sollte. Das einzige Bild im Raum – eine farbenfrohe Blumenwiese im Stil der Impressionisten gemalt – steckte in einem üppigen Barockrahmen und schuf einen interessanten Kontrast zu der unbearbeiteten Balkenwand, an der es hing. Kein guter Platz, um Papiere oder sonst etwas dahinter zu verstecken, denn in jedem Krimi steckte ein Tresor hinter dem einzigen Bild im Raum. Dennoch hob Walcher den Rahmen etwas an. Es fand sich zwar kein Tresor dahinter, aber eine Aussparung in den Balken, etwa so groß wie ein Blatt Papier und so tief, dass eine Flasche Enzian oder ein anderes Heilmittel samt einer Bibel hineingepasst hätten, aber das Versteck war leer. Dafür kam eine Batterie ins Rollen, die wohl innen auf der Rahmenleiste lag und nun auf dem Boden landete.

Als Walcher sie aufheben wollte, stutzte er. Eine Mignon-Batterie AA, 1,5 V, sie war aufgeplatzt. Aber das schien nur so. Das Plus-Ende lag wie eine Hülse neben dem eigentlichen Batteriekörper, verbunden mit dünnen Kabeln. Das war keine Batterie, sondern eine raffiniert getarnte Wanze. Vermutlich schöpfte bei so einem Ding niemand Verdacht, sondern testete sie und warf sie zu den anderen leeren Batterien, die auf ihre Entsorgung warteten.

Schonauer war abgehört worden, also vermutlich auch sein Gespräch mit ihm. Sie wussten demnach von seinem Kontakt mit Schonauer und auch von der geplanten Zusammenarbeit. Natürlich wussten sie dann auch von den Anzeigen gegen die Gesundheitsminister und dass er ebenfalls mit Koenig Kontakt hatte. Sie, wer waren sie? Koenigs Eufoodic? In jedem Fall waren sie höchst gefährlich. Koenig, Schonauer, Rufillus, drei Tote innerhalb 14 Tagen. Da mussten doch selbst der Polizei ein paar Lichter aufgehen, dass damit ein Journalist nichts zu tun haben konnte, noch dazu bei so fadenscheinigen Beweisen wie einer Visitenkarte und Hundehaaren.

Eine Zeitlang saß Walcher auf der Veranda. Durch die eigentliche Haustür oder den Stall in die anderen Räume des Hauses zu kommen, war nicht möglich, die Türen waren fest verschlossen, und Gewalt wollte er nicht anwenden. Stattdessen war er die Strecke an der Geländekante abgelaufen, die er als die einzige Möglichkeit für Schonauers Absturzstelle einschätzte. Ein Elektrodraht war dort entlang der gefährlichsten 50 Meter gespannt, und zwar an tief eingeschlagenen Eisenpfählen. An einem dieser Pfosten hatte er einen Hautfetzen entdeckt, den er im vierten Folienbeutel aufbewahrte.

Eine ganze Menge für die Nacharbeit eines Laienermittlers. Was hatten die Polizisten hier oben eigentlich gemacht? Immerhin hatte er Kippen aus der verfallenen Alpe gesammelt, eine Wanze in Batterieform, den Hautfetzen am Zaunpfosten und einen Holzsplitter von der Sitzbank auf der Terrasse. Den hatte er von der Lehne abgestemmt, weil er den dunklen Fleck darauf für getrocknetes Blut hielt. Schonauers Blut?

Polizeiarbeit! Es würde der richtige Zeitpunkt kommen, an dem er Kommissar Brunner die Beutel auf den Schreibtisch legte. Und sicher würde ihm dazu ein treffender Kommentar einfallen.

14 Seiten Kindheit

Sieben Blätter in Kartonstärke ergaben 14 Seiten, die in einer roten Kunststoffhülle steckten, gehalten von zwei goldglänzenden Metallschrauben. Zehn auf zwanzig Zentimeter Fläche, einen Zentimeter dick. Auf jeder Seite klebten zwei Fotos, machte zusammen 28 Abbildungen. 28-mal ein Kind, das eine gewisse Ähnlichkeit mit ihr besaß, das einzige Dokument ihrer Kindheit. Zweimal ein nackter Säugling, einmal auf dem klassischen Schafsfell, einmal in der Zinkwanne mit gelber Schwimmente, einmal im Krabbelalter auf einem blauen Kunststofftopf. Dann folgten Bilder im Sandkasten, auf einem Dreirad, auf der Schaukel, auf einem Kinderrad mit Stützrädern, im Badeanzug in einem aufblasbaren Planschbecken. Das letzte Foto zeigte ein ernstes Mädchen, das in die Sonne blinzelte. Kurze Haare, Pagenschnitt mit Haarspange links, einfaches Sommerkleid, Riemchensandalen. Nur auf diesem Bild war der Schatten der Fotografin auf dem Bürgersteig zu sehen, neben dem Mädchen mit einem Waffeleis in der Hand. Der Schatten, ohne Zweifel eine Frau, trug sie doch einen Rock und das Haar lockig. Ein Schatten nur, ihre Mutter? Nicht gerade viel. Oft schon hatte sie diesem Schatten eine Stimme, ein Lächeln gegeben. Manchmal auch eine Geschichte, vom letzten Eis vor der Trennung. Die Kindheit, an die sie sich erinnern konnte, spielte in einem Waisenhaus, aber davon existierten nicht einmal Fotos. Allerdings gab es, im Gegensatz zu der Zeit davor, wenigstens eine Adresse, ein Haus und sogar noch Ordensschwestern, die sich an sie erinnerten, als sie dort vor ein paar Jahren hingefahren war. Nicht dass sie sich nach der Zeit dort zurückgesehnt hätte, nein, sie wollte nur herausfinden, ob es nicht doch einen Anhaltspunkt, einen Namen oder eine Adresse gab, der ihr eine wirkliche Identität, Eltern, vielleicht sogar Geschwister, gegeben hätte. Aber ihr Besuch war vergeblich gewesen, nur der Name blieb ihr. Natalie Westhaus, weil man sie um die Weihnachtszeit an der Pforte am Westhaus abgegeben hatte. Wer es war, wussten die Schwestern nicht, und auch das Jugendamt und die Polizei hatten nichts herausgefunden. Es war nicht das erste Mal, dass in einer Großstadt wie Hamburg Kinder verschwanden oder einfach aus dem Nichts auftauchten, und da sich Natalie nicht erinnern konnte, wo sie aufgewachsen war, und auch das kleine Fotoalbum keinerlei Anhaltspunkte enthielt, blieb sie Natalie Westhaus. Ein braves Kind, das den Schwestern keine Probleme bereitete und wohl deshalb nicht besonders auffiel. Nach dem Abi, als die Frage einer Lehre anstand – ihr Notendurchschnitt reichte nicht aus für ein staatliches Stipendium –, hatte sie sich den Vorschlägen von Heimleitung und Berufsberatern, ein Handwerk zu erlernen, widersetzt und sich für die Polizeischule entschieden, die schnellste Möglichkeit, das Heim zu verlassen.

Natalie klappte das Album zu und steckte es in eine Versandhülle. Würde sich dieser weiße Fleck in ihrem Leben jemals füllen?

Bis zum Samstag müsste sie die kleinen Aufgaben hinbekommen, die er ihr aufgetragen hatte. Eine hatte sie bereits erledigt, nämlich den Steckbrief für Walchers Freundin ausgefüllt. Nun konnte sie auch seine Irritation verstehen, als sie vor seiner Haustür stand. Die Ähnlichkeit mit dieser Frau hatte auch sie verblüfft. Ein anderer Haarschnitt, und sie hätten sich doubeln können. Interessante Möglichkeiten waren da vorstellbar, aber Natalie wusste, dass diese Theresa Gerber sich niemals für Aktionen in der Grauzone hergeben würde. Einen Tag hatte sie benötigt, und Theresa Gerbers Leben stand in konzentrierter Form auf einem Steckbrief, eine DIN-A4-Seite lang, mit Bild, Adresse, Kontonummer mit Kontostand, Telefon- und Handynummer, Versicherungsnummer, Kfz und allen sonstigen wichtigen Daten. Die Menschen auf dem Land waren ja so vertrauensvoll und mitteilsam, wenn man richtig auftrat.

Abendstund

Mathilde hatte ihn mit den beiden Hunden begrüßt, als hätte sie nichts anderes erwartet. Sie flüsterte Nora etwas ins Ohr, und damit schien die Sache erledigt. Nora und Rolli benahmen sich, als gehörten sie immer schon zusammen. Offensichtlich zeigte Rolli seiner neuen Gefährtin Haus und Hof, die Hühner samt Hahn und auch Bärendreck wurden vorgestellt. Letzterer gab sich selbstbewusst und ließ sich, stolz schnurrend, von der Neuen ablecken. Mathilde und Walcher schmunzelten und schüttelten die Köpfe über diese verrückte Menagerie.

Nach einer kleinen Vesper und einer großen Tasse Tee aus Mathildes Kräuterfundus, bei dem Walcher von seinen Fundstücken auf Schonauers Alpe berichtete, verabschiedete er sich in sein Zimmer. Trotz der anstrengenden Wanderung wollte er noch seine Eindrücke und Gedanken sammeln. Zu diesem Zweck hatte er eine Datei angelegt, überschrieben mit dem Begriff »Lämmerweid«; dort hatte der erste Tote gelegen, Koenig. Bevor er anfing, las er die eingegangenen E-Mails. Bis auf die E-Mail von Irmi, die sich bereits auf die Rückfahrt vorbereitete und sich auf die gute Luft freute, gab es nur noch 32 unangeforderte Werbemails, die Walcher entnervt löschte.

22 Uhr. Er liebte es, die Abendzeit in seinem Wohn- oder Schlafbüro, wie er es nannte, zu verbringen. Dafür hatte er sich gemütlich eingerichtet. Der alte Schreibtisch aus dunkel lasiertem Holz, mit Schnitzwerk in prächtiger Jugendstilornamentik auf den beiden Türen, wirkte wohnlich und nicht wie ein Arbeitsmöbel. Als puristisch konnte dagegen der Rest der Einrichtung bezeichnet werden. An einer Wand stand der einfache, aber alte Bauernschrank, an der nächsten das ebenso einfache Bett und ein schmales Bücherregal, das neben der Tür vom Boden bis an die offen liegenden Balken der Decke reichte. Die war nicht hoch, gerade mal etwas über zwei Meter. Bauernzimmer waren nun mal keine Tanzsäle. Aber gerade deshalb mochte er dieses niedrige Zimmer, in dem er sich geborgen fühlte wie ein Hamster in seinem Bau. Den rauen Putz und die knarrenden Dielen des Fußbodens, die in alter Technik noch mit Schmierseife geschrubbt wurden, er liebte die Einfachheit seines Zimmers, dessen Klarheit und Proportionen auf das Menschenmaß zugeschnitten waren und nicht auf dessen Geltungsbedürfnis. Nur

ein Kunstwerk schmückte den Raum. An der Wand zwischen den beiden Fenstern hing ein wunderbares Aquarell, das Irmi als Zwölfjährige gemalt hatte. Walcher liebte dieses Bild, zeigte es doch seinen Hof, eingebettet in prächtig grüner Allgäuer Hügellandschaft.

Wenn das warme Licht der alten Stehlampe einen kreisförmigen Schatten auf den Schreibtisch und den Sessel warf und sich der Rest des Zimmers in einem gemütlichen Halbdunkel verlor, war jene Zeit gekommen, die Walcher besonders liebte und für das kreativste Arbeitsklima des Tages hielt. Meist fehlte ihm dann nur noch ein Glas Sherry und leise Musik im Hintergrund.

An diesem Abend verzichtete er zunächst auf den Sherry, noch war die Teekanne halb voll mit Mathildes köstlicher Kräutermischung. Als Musikstück zum Thema Lämmerweid schien ihm ein Stück des Tord-Gustavsen-Trios, The Ground, am besten zu passen. Er würde es so lange im CD-Player lassen, bis diese Recherche abgeschlossen war. Eine Marotte von ihm, er war aber fest davon überzeugt, dass sie seine grauen Zellen beflügelte.

Walcher legte zuerst Steckbriefe der Ermordeten an und notierte darin jede Einzelheit. Auch die möglichen Gründe für ihr Ableben setzte er als Hypothese dazu. Bei Schonauers Knecht Rufillus stand an dieser Stelle: Zur falschen Zeit am falschen Ort.

Danach kam er ins Grübeln. Unglaublich, mit welchem Selbstverständnis man einen Menschen abgeknallt hatte, der vermutlich nur zufällig in der Nähe war, als Schonauers Leiche an den Steinkreis gekettet wurde. Verrohte, eiskalte Auftragskiller, denen ein Menschenleben gerade mal so viel wert war wie ihr Blutlohn, den sie dafür erhielten. Wie viel ist ein Mensch wert? Für ein paar VIPs konnten Millionen erpresst werden, für einfache Menschen genügten eine Handvoll Münzen. Eindeutig kein erfreuliches Thema. Walcher beschloss, von Tee auf Sherry zu wechseln, außerdem spürte er nun doch die Wanderung, obwohl er durch seine regelmäßigen Waldläufe eine gewisse Grundkondition besaß. Sein Handy klingelte. Aber es war nicht Theresa, wie er gehofft hatte, sondern eine fremde Stimme, die sich als Elli Huizer vorstellte.

»Ich bin die Freundin von Georg, von Georg Schonauer, oder Lebensgefährtin, ganz wie Sie wollen.«

Walcher wollte gar nichts, er war nur überrascht und gleichzeitig erfreut, dass er sich die Suche nach ihr sparen konnte. Ihre Stimme klang angenehm rauchig, auch wenn sie ein bisschen zu bewusst betonte. War es die Frau hinter dem Holunder? Nachfragen konnte nicht schaden, dann hätte er auch gleich ein Bild von ihr.

»Ich muss mich nochmals bei Ihnen entschuldigen. Der Überfall von meinem Hund, letzte Woche auf dem Weg von Schonauers Alpe, das tut mir aufrichtig leid.«

Offensichtlich hatte er sie damit aus dem Konzept gebracht, denn es dauerte, bis sie weitersprach.

»Schon gut ... Aber deshalb rufe ich nicht an. Ich suche Nora, Sie wissen, der Hund von Georg ... von Schonauer.«

Scheinbar wollte sie ihn nicht an der Intimität von Schonauers Vornamen teilhaben lassen, überlegte Walcher, gleichzeitig wurde nun klar, warum die Verandatür auf Schonauers Alpe offen stand und der Fressnapf gefüllt war. Vielleicht erklärte sich auch gleich sein Gefühl, dort oben beobachtet worden zu sein.

»Sie waren heute auch auf Schonauers Alpe?«

Nach kurzem Zögern bejahte Elli Huizer seine Frage. Sie stimmte auch einem Treffen zu und gab Walcher ihre Telefonnummer durch. Sie wohnte in Oberstaufen, also in der Nähe von Schonauers Hof. Walcher bot ihr an, Nora jederzeit besuchen zu können, und wenn sie einen Anspruch auf Schonauers Hündin habe, dann würde er selbstverständlich Nora abgeben. Er habe sich nur Sorgen um das

Tier gemacht und da es sich so gut mit seinem Hund verstand, kurzerhand einfach mitgehen lassen. Walcher musste über die Doppeldeutigkeit schmunzeln, er hatte Nora ja wirklich nur »mitgehen« lassen. Auf seine Frage, ob Schonauer Verwandtschaft habe, schlug sie vor, darüber bei ihrem Treffen zu sprechen. Sie habe dazu am Telefon keine Lust. Sie verabredeten sich am nächsten Tag beim Kräuterhof, um die Mittagszeit.

Gut gelaunt machte sich Walcher auf den Weg ins Wohnzimmer. Zeit für ein Glas Sherry, die Hunde noch vor die Tür zu lassen und dann den Tag zu beschließen. Aber er kam nicht viel weiter als bis zum oberen Treppenabsatz. Sein Handy rief ihn zurück. Diesmal war es Theresa. Sie fasste sich kurz und legte sich für die gemeinsame Wanderung auf den Sonntag fest, das hatten sie ja noch offengelassen. Walcher sagte zu und dachte nur kurz über die möglichen Gründe für Theresas sachliche Verabschiedung: »Also, dann bis Sonntag; wenn's dir recht ist, suche ich eine Route aus und melde mich am Freitagabend.«

Irgendetwas stimmte nicht mehr, seit sie aus dem Landschulheim zurückgekehrt war. Was mochte sie bedrücken? Ihr Verhältnis zu ihrem Sohn? Vielleicht würde sie eine Auszeit vorschlagen oder Ähnliches, um sich auf ihre neu definierte Mutterrolle konzentrieren zu können. Oder hatte es mit ihren Kollegen Zoff gegeben oder mit den Eltern? Es ging ja heutzutage ziemlich krass zu in den Schulen. Vor allem konnten Eltern richtig renitent werden, wenn ihr Nachwuchs nicht als kleiner Genius behandelt wurde. Vielleicht wollte Theresa ja auch endlich wahrmachen, was sie bei einer der vergangenen Bergwanderungen angedeutet hatte, nämlich Sex auf einer Almweide. Ein weiterer Grund, den Sherry aufzustocken. Natalie fiel ihm ein. Wusste sie von Schonauers und Rufillus' Ermordung? Die regionale Presse hatte von einem Unfall berichtet, so als sei ein Bergsteiger verunglückt. Rufillus' Tod wurde überhaupt nicht erwähnt, jedenfalls hatte Walcher nichts entdeckt. Offensichtlich hielt sich die Polizei mit Informationen zurück. Sollte er sie anrufen, oder lief er dabei Gefahr, wieder eingeseift zu werden?

Geschwüre

Geschwüre mussten entfernt werden, bevor sie sich in gesundem Gewebe ausbreiten konnten. Unbewusst stimmte er seinen Gedanken zu und nickte mehrmals mit dem Kopf, auch als er sich vorwarf, nicht rechtzeitig reagiert zu haben. Die Wut, ja sogar der Hass, der seit Tagen in ihm brodelte, richtete sich allerdings nicht gegen ihn selbst, sondern selbstverständlich gegen die Verursacher. Es brachte schließlich nichts, sich zu zerfleischen, nur weil er, was selten genug vorkam, jemandem vertraut hatte. Wurde er alt? War Nachlässigkeit ein Zeichen dafür? Entgegen seiner sonstigen Vorgehensweise hatte er einer Person den Zugriff auf zu viele Informationen erlaubt. Im Dunkeln halten, mit Mist bedecken und die Köpfe absäbeln, wenn sie sich nach oben streckten. Er selbst hatte die Führungsmethode Champignon immer gepredigt und dabei nur so getan, als meinte er es im Spaß. Das Gegenteil war der Fall, und nun hatte er selbst dagegen verstoßen. Eigentlich geschah es ihm recht, er hatte es geradezu provoziert, dass ihn dieses Nichts, dieser Mistkäfer, zu erpressen versucht hatte. Vertrauen, gepaart mit zu viel Information, schuf Begehrlichkeiten und das Gefühl von Macht. Ein unheilvoller Cocktail, der selbst in einem räudigen Straßenköter den Glauben wachsen ließ, wie ein Alpha-Rüde bellen zu können. Gut, er hatte schon einige solche Tagträumer auf ihre wahre Größe stutzen müssen, aber dieses Mal war das Problem nicht mit der Beseitigung des

Köters aus der Welt. Unterschätzt, er hatte ihn unterschätzt. Und auch dieses Weibsstück entwickelte sich zu einem schwer kalkulierbaren Störfaktor. Bei allem Spaß, den er mit ihr schon hatte, er sollte auf das Verfallsdatum achten.

Energisch klappte er den Laptop zu, stand auf und verließ den Raum. Nein, selbst mit solch negativen Gedanken im Kopf und auch angesichts der bedauerlichen Tatsache, nicht beobachtet zu werden, schritt, nein stolzierte er die breite Holztreppe hinunter in die Empfangshalle – der Herr vom Uckerhof.

An der Tür zum Keller musste er sich allerdings den baulichen Umständen beugen, denn weder Tür noch Kellertreppe waren für einen Zweimetermann gebaut. Erst im Gewölbekeller konnte er sich wieder zu seiner ganzen Größe ausstrecken. Es roch muffelig nach fauligen Kartoffeln, stellte er verärgert fest und formulierte einen geharnischten Anruf beim Wartungsdienst der Klimaanlage, noch während er sich umzog. Für die Anlage hatte er ein kleines Vermögen bezahlt, und trotzdem kam sie nicht gegen die hartnäckigen Gerüche des Lagerkellers an.

Erst nachdem Tschaikowskis Schwanensee den Raum füllte und er mit Lockerungsübungen an der Ballettstange begonnen hatte, hellte sich seine finstere Miene etwas auf. Konzentriert, jede seiner Bewegungen in der riesigen Spiegelwand kontrollierend, absolvierte er sein tägliches Trainingspensum, bis das löchrige T-Shirt, dem jahrelange Nutzung anzusehen war, nass geschwitzt war. Über eine Stunde arbeitete er verbissen an seinem Körper, bis sein Gesicht so etwas wie Zufriedenheit ausstrahlte. Zum Abschluss wirbelte er eine *Fouetté en tournant* nach der anderen, bis ihm schwindlig wurde und er taumelnd abbrechen musste. Er liebte diese peitschenartige Drehung, *rond de jambe en l'air*, mit anschließender Pirouette, auch wenn ihn damals sein Ballettmeister damit aufgezogen hatte, das sähe bei seiner Körpergröße aus, als versuche eine Giraffe, den Tanz einer Libelle nachzuahmen.

Auf dem Weg hinauf in sein Bad pfiff er sogar Takte aus dem vierten Akt und nahm die Treppenstufen mit der Leichtigkeit eines jungen Mannes.

Schonauers Erbin

Einen solchen Ansturm von Kunden auf den Kräutergarten hatte Walcher nicht erwartet. Schonauers Hofraum war dicht zugeparkt, und auf der Wiese neben dem Kräutergarten standen ebenfalls Autos, wild durcheinander. Im Kräutergarten wuselte es wie in einem Ameisenhaufen. An der Verkaufstheke, ein Biertisch unter einem aufgespannten Sonnenschirm, hatte sich eine lange Schlange gebildet, von Menschen, die alle irgendwelche Pflanzen in Händen hielten. Walcher erkannte Elli Huizer trotz ihrer gewagten Arbeitskleidung wieder. Über die Haare hatte sie ein Kopftuch gewunden, wie es Landfrauen früher bei der Arbeit trugen. Unter dem verblichenen grün-grauen Anorak lugte eine geblümte Kittelschürze hervor. Ihre Beine steckten in braunen Lederhosen, die in abgeschnittenen Stiefeln mündeten.

Elli Huizer stand so offensichtlich unter Stress, dass Walcher zum Wagen zurückging, seine Kamera holte und sich zum Steinkreis aufmachte. Er wollte die Kupferplatten fotografieren. Vielleicht fielen ihm dann die Texte von den herausgerissenen Platten wieder ein.

Lange hatte er sich überlegt, ob er Nora und Rolli mitnehmen sollte, es dann aber gelassen. Es musste für die Hündin beängstigend und irritierend sein, auf dem Hof weder Schonauer noch Rufillus anzutreffen. Oder hatte sie verstanden, dass es Schonauer nicht mehr gab? War sie deshalb freiwillig von der Alpe mitgekommen? Es kam ja immer wieder vor, dass Hunde noch lange Zeit an dem Ort ausharrten, an dem ihr Besitzer gestorben war. Hoffnung oder Trauer – für Walcher stellte sich nicht die Frage, ob Tiere solche Gefühle empfinden konnten. Wer mit Tieren zusammenlebte und sich die Mühe machte, ihr Verhalten zu beobachten, wusste, dass sie zu den Menschen, bei denen sie lebten, eine Beziehung hatten.

Die Wiese hinauf zum Steinkreis hatte sich noch nicht von den Autoreifen der Polizei und ihrem Tross erholt. Am Steinkreis hielt er die Kamera wie ein Schutzschild vor die Augen. Es war gut, dass die Tafeln an den Steinen durch den Sucher der Kamera Distanz erhielten. Auch die drei leeren Flächen, an denen die Mörder Schonauer festgekettet hatten, wirkten durch den Sucher erfreulich normal. Wie Steine, in die jemand Dübellöcher gebohrt hatte. Trotzdem flackerte in der Erinnerung das schreckliche Bild auf, als Walcher die Kamera absetzte. Warum waren die Mörder das hohe Risiko eingegangen und hatten Schonauer von seiner Alpe geschleppt, um ihn hier an seinen Schandkreis anzuketten? Eine Warnung an Schonauers Freundeskreis? Aber vielleicht konstruierte er sich ja nur irgendeinen Ablauf zusammen. Vielleicht war Schonauer nicht auf der Alpe, sondern hier auf seinem Hof derart zugerichtet worden. Wie auch immer, eine derart brutale Demonstration von Gewalt und Macht schüchterte nicht nur Schonauers Sympathisanten ein, sie musste auch als eine unerhörte Provokation des Rechtsstaats verstanden werden. Walcher konnte sich nicht vorstellen, dass eine so grausam inszenierte Hinrichtung im Interesse der Verantwortlichen war, und die vermutete er in jenen Industriebereichen, die sich gerne als Saubermänner und Menschenfreunde präsentierten, angetreten, um den Hunger auf der Welt zu beseitigen und Wohlstand zu festigen. Oder handelte es sich nur um einen psychisch kranken Killer, der einen Tötungsauftrag nicht in aller Stille abwickelte, sondern als sein persönliches Schlachtfest gestaltet hatte? Gerne hätte er solche Fragen mit Kommissar Brunner diskutiert und vor allem dessen bisherige Ermittlungsergebnisse gekannt. Vielleicht sollte er doch, natürlich aus reinem Opportunismus, den Kontakt zu Brunner suchen.

Nach den Aufnahmen schlenderte Walcher in einem großen Bogen zurück, vorbei an der Rückseite des Stalls. Eigentlich hatte er erwartet, den Traktor dort zu sehen, aber auf der Wiese hinter dem Stall standen nur eine Handvoll Kühe herum, die ihn neugierig beobachteten. Kurz nur, dann wandten sich die Tiere wieder ihrer unaufgeregten Futteraufnahme zu.

Bis Elli Huizer den Kräutergarten schloss und ihm bedeutete, dass sie sehr wohl seine Anwesenheit registriert hatte, dauerte es dann noch eine gute Stunde, die Walcher damit verbrachte, sich unter die letzten Kunden zu mischen und fünf unterschiedliche Minze-Sorten einzupacken, mit denen er nun an die Verkaufstheke kam und bezahlte. Es dauerte dann noch einmal seine Zeit, bis die beiden auf der Bank neben dem Hauseingang saßen.

Elli Huizer kam ohne Umschweife zur Sache, nämlich auf die Hündin Nora. Sie habe einen berechtigten Anspruch auf Nora, sie wüsste nämlich, was in Schonauers Testament stand, das in den nächsten Tagen offiziell verlesen würde, erklärte sie. Schonauer habe das Testament in ihrer Anwesenheit geschrieben. Rufillus und sie waren als gleichberechtigte Erben eingesetzt. Verwandtschaft gäbe es nur noch sehr weitläufige, außerhalb der direkten Erbfolge. Andererseits habe sie ja schon beobachten können, wie gern Nora mit ihm und seinem Hund offensichtlich zusammen war. Vielleicht sollte man deswegen die beiden nicht schon wieder trennen. Sie könnte sich auch an den Futterkosten beteiligen, bot sie an.

Walcher hatte ihr gespannt zugehört. Eine selbstbewusste Frau, die ohne Schnörkel sagte, was sie dachte.

»Warum haben Sie Nora nicht gleich mit hinuntergenommen?«

Elli Huizer zuckte mit den Achseln und wollte erst einmal wissen, ob es ihm etwas ausmachte, wenn sie sich duzten. Das sei einfach unkomplizierter als das gestelzte Sie, stellte sie fest und lächelte kurz, als Walcher Zustimmung nickte.

»Also, drei Tage nachdem wir uns dort oben begegnet sind, war ich wieder oben. Georg war nicht da, Nora in der Küche eingesperrt. Sie war völlig durchgedreht. Jagte davon, kreuz und quer immer an der Steilwand entlang. Ich konnte sie nicht beruhigen. Im Gegenteil, sie knurrte mich an, als ich ihr ein Halsband anlegen wollte. Dann habe ich Georg gesucht, bin dort oben den ganzen Tag herumgestiefelt, auch von unten an die Steilwand, und hab mich heiser gebrüllt … Die Nacht über bin ich oben geblieben …«

Elli betrachtete ihre schmutzigen Hände, hielt sie ihm hin und stellte fest: »Ich geh schnell ins Haus, magst auch einen Kaffee?«

Zehn Minuten später kam sie mit zwei großen dampfenden Tassen zurück. Sie waren aber Gott sei Dank nur halb gefüllt, denn der Kaffee schmeckte stark und bitter, wie ein Spritzmittel gegen Blattläuse. Vorsichtig schlürfte Walcher nur winzige Schlückchen und hätte Elli gerne um Wasser gebeten, doch er befürchtete, sie dadurch wieder zu unterbrechen. Elli Huizer hatte nämlich zu erzählen begonnen, kaum dass sie sich gesetzt hatte.

»Es war eine schreckliche Nacht. Ich wusste, dass Georg etwas passiert war. Man ist den eigenen Gedanken so furchtbar hilflos ausgeliefert, dass man die Wahrheit geradezu herbeisehnt, egal, wie sie aussieht. Du hast ihn dort oben gefunden.«

Elli deutete zum Steinkreis hinauf. Ihre Frage war mehr eine Feststellung, trotzdem nickte Walcher.

»Ich durfte ihn nicht sehen, bin ja nicht verwandt oder verheiratet mit ihm. Ein Polizist hat nur g'sagt, dass er übel zug'richt war … Würdest du … Ist mir sehr wichtig.«

Walcher konnte ihren unausgesprochenen Wunsch verstehen, nahm einen Schluck von dem schwarzen Gift und überlegte dabei, wie genau er Schonauers Zustand beschreiben sollte. »Ist das wirklich so wichtig für dich?«

»Ich glaub, ja …«, nickte Elli mehrmals, »ich muss die Mörder richtig hassen können, sonst erstick ich an meiner Trauer.«

Das war deutlich und verständlich, wenngleich Hass sicher keine besonders hilfreiche Therapie darstellte. Aber ihm stand nicht zu, das zu bewerten oder sich als Therapeut aufzuspielen.

»Hast du schon mal jemanden gesehen, der beim Bergsteigen abgestürzt ist?«, begann er vorsichtig und sah sie von der Seite an. Sie nickte nur und presste die Lippen fest zusammen. Er beschrieb Schonauers Zustand mit einem weiteren Bild aus den Bergen. Von einer Steilwand, die wie eine Riesenraspel wirkte, und dass am Ende nicht mehr viel von einem Menschen übrig blieb, was noch gut aussah. Sie würde es sich vorstellen können, hoffte er, ohne weitere Details erzählen zu müssen. Aber Elli Huizer fasste nach, sie wollte es genau wissen.

»Brauchst keine Rücksicht zu nehmen. Beschreib ihn mir. Welche Wunden hat er im Gesicht gehabt, war sein Genick gebrochen, die Arme noch dran und die Hände? Versteh doch, ich muss alles wissen!«

Nach einem tiefen Seufzer schüttelte Walcher den Kopf. »Besorg dir den Obduktionsbericht. Ich habe nur kurz hingesehen. Er sah einfach schrecklich aus. Nur auf den Zitronenfalter hab ich mich konzentriert, der auf seinen Kopf geflogen war, und die leeren Stellen auf den Steinen hab ich angeschaut, an die man ihn gekettet hat.

Ich wollte es nicht so genau wissen. Schonauer ist ermordet worden, wahrscheinlich hat man ihn die Steilwand hinuntergestoßen, das muss dir doch genügen für deine Wut auf die Mörder.«

Ein paar Sekunden starrte Elli vor sich hin, bevor sie sich entspannte und tief einatmete. »Vielleicht hast du recht.«

»Ich hab vorhin die Tafeln da am Schandkreis fotografiert. Bin mir aber nicht sicher, dass ich zusammenbring, was auf den dreien stand, die sie herausgerissen haben. Hast du die Texte noch im Kopf? Es könnte wichtig sein und Hinweise geben, aus welchen Bereichen die Auftraggeber stammen.«

Elli zuckte mit den Schultern: »Ist mir nicht aufgefallen, dass dort oben etwas fehlt … Bin nur einmal herumgegangen.« Sie überlegte, stand auf, ging ins Haus und kam mit einem Schnellhefter in der Hand zurück. Es war einer aus dünnem Karton in einem sonnengebleichten Grün, schon recht abgegriffen, mehrmals beschriftet und mit einem Metallstreifen im gefalteten Bund. Einer, wie man sie nur noch auf Flohmärkten oder bei Haushaltsauflösungen entdecken konnte.

»Kannst ihn mitnehmen. Ist alles drin für den Graveur, Maße der Tafeln und die Texte. Georg hatte erst vor einem halben Jahr Fukushima dazusetzen lassen.«

Walcher nahm den Hefter. Gerne hätte er darin gleich geblättert, aber Elli wollte noch etwas wissen: »Meinst, er hat leiden müssen?«

»So wie er ausgesehen hat, glaube ich es nicht. Aber ich bin kein Mediziner. Sprich mit dem Pathologen. Dr. Kantler heißt er, sitzt in Lindau bei der Kripo und ist ein umgänglicher Mensch. Er wird dir Auskunft geben.«

Schweigend saßen sie eine Zeitlang, jeder mit seiner Tasse schwarzem Kaffee in der Hand und mit schwarzen Gedanken. Walcher war froh, dass der Walnussbaum im Hof den Blick zum Steinkreis verdeckte. Er wollte das schreckliche Bild eher aus dem Gedächtnis löschen als es sich für Elli Huizer in allen Details wieder in Erinnerung rufen.

Sie hatte aber akzeptiert und begann, langsam zu erzählen. Beschrieb die gemeinsamen Jahre mit Schonauer und mit Rufillus Prestl und dass es verdammt gute Jahre gewesen waren. Die beiden waren ihre Familie gewesen. Eine Familie, die für sie nach dem plötzlichen Tod ihres Mannes so wichtig war. Sie hatte hauptsächlich im Kräutergarten gearbeitet, hie und da den beiden Männern auch den Haushalt gemacht, aber das wollte Georg nicht. Er war immer gegen die alte Arbeitsteilung, kochte besser als die meisten Frauen und hielt sein Zeug gut in Schuss. Auch Rufillus war selbständig, allerdings etwas nachlässig mit sich. Über die Jahre war die Freundschaft gewachsen, und mit einem Mal war Liebe daraus geworden. Sie und Georg hätten es erst nicht bemerkt oder nicht so richtig merken wollen. Noch keinen Monat war es her, dass sie beschlossen hatten zusammenzuziehen. Der Rufillus hätte sich besonders darüber gefreut. »Auf meine alten Tag' bekomme ich vielleicht noch Enkele«, habe er gestrahlt. Er wäre zwar nicht verwandt mit Georg, aber Georg habe ihn wie seinen Großvater behandelt. Die beiden hätten sich auch sehr gemocht und gut verstanden.

Es wurde später Nachmittag, als Elli nach einer längeren Pause seufzte und aufstand. Ganz förmlich hielt sie Walcher die Hand hin und bedankte sich dafür, dass er so geduldig zugehört habe.

»Ich muss noch den Kräutergarten aufräumen und dann nach Hause. Hier«, sie deutete aufs Haus, »kann ich noch nicht übernachten. Überhaupt weiß ich noch nicht, was ich machen werde. Aber wahrscheinlich so weitermachen, wie es Georg gerne gehabt hätte.«

Nürnberg, Samstag

Die übliche Vermisstenmeldung nach einem Hartmuth Kaufmann, wohnhaft in der Tucherstraße 14 in Nürnberg, wurde von der Polizeiwache Rathaus in der Theresienstraße an den Zentralcomputer des Bayerischen LKA geschickt und von dort automatisch an das BKA weitergereicht. Gleichzeitig wurde die Vermisstenanzeige auf die »Mithilfe-Seite« der lokalen Polizei-Homepage gestellt. Auch im Presseportal der Polizei, news aktuell, einem Tochterunternehmen der DPA, erschien die Vermisstenmeldung samt einem Foto des Vermissten. Der Freund des Gesuchten, ein gewisser Kevin Trötsch, setzte die Suchmeldung sogar noch auf Facebook, StayFriends und Twitter.

Kevin Trötsch hatte schlaflose Nächte hinter sich, nachdem sich sein Freund nicht gemeldet hatte und auch nicht an sein Handy ging. Sie hatten vereinbart, dass sich Harty, wie ihn Kevin nannte, spätestens nach drei, vier Tagen melden würde. Inzwischen war über eine Woche vergangen, und das passte nicht zu seinem sonst so zuverlässigen Freund. Über die Angaben zur Person hinaus, etwa den derzeitigen Aufenthalt oder den Grund des Aufenthalts, konnte Kevin der Polizei nicht viel mitteilen. Er wusste lediglich, dass Kaufmann einen Job als Fotograf übernommen hatte, der nur ein paar Tage dauern sollte. Irgendein Shooting in den Bergen.

Täglich wurden den Polizeidienststellen bundesweit Tausende Personen vermisst gemeldet. Für die Beamten reine Routine also, jedenfalls bei Erwachsenen. Die meisten Gesuchten tauchten nach ein paar Tagen wieder auf, oder sie hatten sich irgendwohin abgesetzt. Bei Kindern war das anders, da reagierte man sofort und leitete erste Suchmaßnahmen ein.

In diesem Fall war der Gesuchte erwachsen und stammte dazu

noch aus der Homo-Scene, deshalb löste die Vermisstenmeldung erst einmal keinen großen Wirbel aus.

Gasthaus zum Rössle

Die letzte Renovierung hatte vermutlich in den Sechzigern stattgefunden, als nicht einmal dic von Generationen eingesessenen Vollholz-Einrichtungen dörflicher Gasthäuser den Siegeszug von Resopal stoppen konnten. Nur der Fußboden, die Holzverkleidung an den Wänden und die Kassettendecke trotzten dem praktischen Kunststoff ebenso wie der kunstvoll in Fraktur gemalte Spruch an der Wand: »Mein Bier dir alle Tage, munde und behage!« Vielleicht wirkte der Gastraum nur deshalb so trostlos, weil er so gut wie leer war. Einzig am Tisch direkt vor der winzigen Theke saßen vier verloren wirkende Seelen. Das Messingschild, das kunstvoll wie eine wehende Fahne von der Lampe herunterhing, wies den Tisch als Hoheitsgebiet aus, umgangssprachlich auch als Stammtisch bezeichnet. Dieser Bereich war auch deutlich weniger hell erleuchtet als der Rest der Gaststube. Die einzige Frau im Gastraum stand hinter der Theke, obwohl sie das Rentenalter längst erreicht haben musste.

Neben diesen Eindrücken registrierte Walchers Nase, dass in der Gaststube, entgegen der bestehenden Rechtslage, geraucht werden durfte und etwas Säuerliches auf der Tageskarte stehen musste. Saure Linsen, Kartoffelrädla, Nieren oder saure Kutteln, irgendetwas in dieser Richtung, was in ländlichen Gegenden noch häufig auf den Tisch kam, jedenfalls in den Wirtschaften, die sich noch nicht den Erwartungen von Touristen unterworfen hatten. Walcher steuerte zielgerichtet einen der unbesetzten Stühle am Stammtisch an. Mit einem lockeren »Grüßt's euch« klopfte er auf die Tischplatte, setzte sich, winkte der Frau hinter der Theke zu und bestellte: »Eine Halbe bitte.«

Walcher war nach dem Gespräch mit Elli zwei Stunden rund um Schonauers Hof gefahren und gewandert und hatte sich die Höfe in der Nachbarschaft angesehen. Nicht unbedingt aus Neugier, sondern weil es zu früh für einen Gang in die Wirtschaft gewesen wäre. Außerdem interessierte ihn, wer von Schonauers Nachbarn Bioprodukte erzeugte. Von den 20 Höfen, an denen er vorbeigekommen war, hatten immerhin zwei an den Stalltüren Biosiegel hängen. Allerdings waren die meisten der Höfe stillgelegt oder zu Wohnanlagen ausgebaut, die mit den Milchhöfen nur noch die neu installierten Solarzellen auf den Dächern gemeinsam hatten.

Seine Infotour wollte er mit einem Wirtshausbesuch abschließen, denn es könnte interessant sein, zu erfahren, was am Stammtisch über Schonauers Tod gesprochen wurde. Er setzte sich, obwohl Fremder, einfach an den Stammtisch, und das hatte mit der Verhaltensregel von Frau Zehner zu tun, die ihm bereits in den ersten seiner Allgäu-Tage empfohlen hatte: »Wenn Sie warten, dass man Sie an einen Stammtisch einlädt, müssen'S steinalt werden, und selbst dann ist es nicht sicher. Setzen'S sich einfach dazu, das wirkt. Und wenn jemand dagegen stänkert, wird Ihnen schon was einfallen.«

Immer wieder erinnerte sich Walcher bei solchen Gelegenheiten an Frau Zehners Tipp; bisher hatte er ihn immer mit Erfolg angewandt. So auch dieses Mal. Die Runde musterte ihn zwar mit deutlichem Missfallen, aber niemand sagte etwas. Die Gesichter verrieten auch, dass es sich um Einheimische handelte, die viel Zeit an der Sonne und frischen Luft verbrachten. Allerdings nicht zur Erholung, das zeigten ihre verarbeiteten Hände.

In dieser Gaststube war man unter sich. Nicht wie in dem zweiten Gasthof im Dorf, eine touristisch aufgemotzte Edelgastronomie, in der man mit den Gästen Hochdeutsch sprechen musste.

Bis die Wirtin das Bier brachte, herrschte beredtes Schweigen, und auch Walcher lächelte nur der Reihe nach die Stammtischler an. Das gehörte ebenfalls zum Ritus. Erst mit dem Glas in der Hand stellte er sich vor und prostete der Runde zu.

»Seid's mir nicht bös, dass ich so da hereinplatze, aber der Tod vom Schonauer setzt mir gehörig zu. Wir kannten uns vom Studium her. Ich bin nicht von der Polizei, sondern ein Journalist. Wir haben uns ein paar Tage vor seinem Tod auf seiner Alpe getroffen und uns vorgenommen herauszufinden, warum man auf seine Lämmerweid einen Toten gesetzt hat. Und jetzt ist er selbst umgebracht worden und auch Rufillus.«

Walcher legte eine Kunstpause ein, nahm einen Schluck Bier, holte aus der Hemdtasche die zehn Visitenkarten, die er für diesen Zweck eingesteckt hatte, und schob sie in die Tischmitte.

»Vielleicht ist einem von euch etwas aufgefallen oder er weiß etwas. Georg hat ja ein paar von den Großen mächtig in die Suppe gespuckt, aber ihn deswegen ermorden …! Ich bitt' euch, ruft's mich an. Ich finde, eine solche Sauerei muss aufgeklärt werden. Wer weiß, wen es sonst als Nächsten trifft.«

Das war's, mehr hätte geschadet. Ohnehin würde sich keiner trauen, ihm vor allen anderen am Stammtisch etwas zu erzählen. Walcher legte fünf Euro auf den Tisch, stand auf, rief in die Runde: »Behüt euch Gott«, und verließ die Gaststube.

Rechtschaffen müde schloss Walcher eine halbe Stunde später seine Haustür auf. Nora schnüffelte aufgeregt an seinen Hosenbeinen, vermutlich brachte er Düfte von Schonauers Hof mit. Daran hätte er denken sollen. Erstaunlich schnell beruhigte sie sich aber wieder und jagte Rolli hinterher. Mathilde wollte nicht groß über das Treffen mit Schonauers Freundin informiert werden. Sie sei hundemüde, erklärte sie, und nur aufgeblieben, um auf seine Rückkehr zu warten.

Die Nachtluft duftete noch nach den Gerüchen des Tages und ließ bereits die Milde sommerlicher Temperaturen erahnen. Vielleicht hatte aber die Sonne auch nur den Hofraum aufgeheizt, und das vorstehende Dach hielt die Wärme noch ein wenig zurück. Die Sicht war klar, und das Lichtermeer rundherum zeigte die dichte Besiedelung dieses Teils des Allgäus. Immer noch, so schien es zumindest, erhoffte sich der Mensch mehr Sicherheit, wenn er in der Dunkelheit möglichst viele Lichter brennen ließ. Dabei fiel ein Einbrecher mit einer Taschenlampe weit mehr auf als einer, der sich in der künstlichen Helligkeit mit etwas Selbstverständlichkeit bewegte. Da boten Hofhunde schon deutlich mehr an Sicherheit. Walcher pfiff den Hunden, musste aber seinen Befehl wiederholen. Erst nach dem Pfiff dritter Ordnung kam Rolli mit Nora im Schlepp lässig über den Hof. Vermutlich wollte er Nora beweisen, dass er der eigentliche Herr im Haus war. Walcher hatte in seinem schlauen Hundebuch gelesen, dass im Rudel nur die Alpharüden die Hündinnen besteigen durften. Vielleicht glaubte Rolli nun, deshalb zum Chef aufgestiegen zu sein, da Walcher ihm Nora kampflos überließ. Diesem Irrtum konnte er nur durch deutliche Demonstration der Dominanz begegnen. Vielleicht sollte er zum morgendlichen Waldlauf nur Nora mitnehmen und Rolli im Haus lassen? Er würde im Hundebuch nachschlagen, dort stand sicher eine Anregung für solche Fälle.

Ein anstrengender Tag, allerdings war für ihn noch nicht Schlafenszeit, erst wollte er sich noch Notizen über das Gespräch mit Elli machen. Ihm war in der letzten Zeit aufgefallen, dass er manchmal etwas vergaß oder sich erst durch zufällige Anstöße daran erinnerte. Machte sich die biologische Uhr allmählich bemerkbar?

Einmal vor dem PC, sah Walcher auch gleich seine E-Mails durch. Schrott, bis auf die Mail von Johannes. Er hatte offensichtlich wieder einmal seinen Laptop mit zu dem kleinen Laden im Tal genommen, der über einen Internetanschluss verfügte. Die Kürze seiner Nachricht sprach vermutlich für die Zufriedenheit seines derzeitigen Lebensstils. Ziegen melken, Käse machen, und das zusammen mit seiner Magdalena, besaß natürlich einen weit höheren Stellenwert, als sich mit den Niederungen des Lebens außerhalb seiner Berge zu beschäftigen.

Du weißt, wo du Zuflucht finden kannst, wenn dich die Konzerne am Arsch haben! Johannes

Walcher musste schmunzeln und sah das Bild seines Freundes vor sich, wie er grinsend in die Sonne blinzelte, bei einer Brotzeit mit einem Stück eigenem Käse und einem Glas Wein. Neben ihm die strahlende Magdalena, hinter ihm die Ziegenherde, die vom Hund bewacht wurde. Er sollte sie wieder einmal besuchen, dort oben in ihrer heilen Welt. Weiter kamen Walchers Gedanken nicht, denn sein Handy klingelte. Die Nummer kannte er nicht. Mit verstellter Stimme nuschelte ein Mann, dass er ihn anrufe, weil er aus der Wirtschaft eins seiner Kärtle mitgenommen habe und er zu Schonauer etwas wüsste.

»Dem Schonauer haben's öfter mal Kunstdünger auf die Felder geworfen und auch so einen amerikanischen Unkrautvernichter gespritzt, heimlich, in der Nacht. Danach wurde seine Milch besonders genau in der Molkerei geprüft. Da hat man dann verbreitet, dass er gar keine Biomilch macht. Er hat dann die Molkereien nicht mehr beliefert. Die von der Molkerei haben dann den anderen öfter mal kleine Geschenke gemacht und gesagt, so ginge es Abweichlern. Ich weiß, wer dahintersteckt, aber das will ich nicht verraten, weil ich noch länger auf meinem Hof bleiben will. Die vom Verband haben uns immer gedrängt, Futtermittel und so geben mehr Milch. Nur der Schorsch hat immer davor gewarnt. Gute Milch kommt vom Gras und nicht von dem Dreckszeug.«

Ohne ein weiteres Wort oder Gruß brach der Anrufer ab. Vielleicht sollte er ihm einen Besuch abstatten, die Nummer hatte er ja. Sein Besuch in der Wirtschaft war nicht umsonst gewesen.

Bevor Walcher sich bettfertig machte, verglich er die Tafeltexte, die ihm Elli Huizer gegeben hatte, mit seinen Fotos. Irritiert stellte er fest, dass nicht wie vermutet die Thementafeln Genmanipulation, Ernährungschemie und Spritzmittel fehlten, sondern Atomkraft, Menschenhandel und Rassismus.

Hatte er sich auf einen Gegner fixiert, weil er ohnehin zu diesem Thema recherchierte und es zu Koenigs Eufoodic gepasst hätte? War er voreingenommen, oder hatten sie einfach eine falsche Fährte gelegt? Wollten die Mörder, dass man sich mit anderen Themen befasste und dort die Akteure vermutete? So oder so, ein nicht unkluger Schachzug, denn auch bei ihm keimte der Samen der Unsicherheit. Immerhin hatte Schonauer nicht nur Stellung gegen die Agrarchemie bezogen, all die anderen Themen waren ihm ebenso wichtig. Aber Koenig war bei Eufoodic angestellt, die von der Lobbyarbeit für die Ernährungschemie lebte, also schien es nur logisch, die Bedrohung in dieser Ecke anzusiedeln. Außerdem war bekannt, dass vor allem die amerikanischen Großkonzerne der Agrarchemie keinerlei Skrupel hatten, Störfaktoren aus dem Weg zu räumen. Es gab unglaubliche Vorgehensweisen, die mit Rechtsstaatlichkeit nichts mehr gemein hatten. Da wurde zweigleisig gefahren. Erst wurde der Gegner von einem Heer von Rechtsanwälten mit einer derartigen Klageflut überzogen, dass nur Millionäre dagegen Chancen besaßen. Recht haben und recht bekommen war längst zu einer Vermögensfrage verkommen. Brachte der so genannte Rechtsweg dann nicht den gewünschten Erfolg, gab es immer noch die zweite Möglichkeit: Gewalt.

Sonntagsspaziergang

Auf halbem Weg zwischen ihren beiden Wohnorten, nämlich zu einem Spaziergang auf die Höhe über dem Alpsee bei Trieblings, hatten sie sich verabredet. Walcher war auf der Hinfahrt der Gedanke gekommen, dass es sich ebenso gut um ein konspiratives Treffen handeln könnte, so geheimnisvoll hatte sich Theresa am Telefon gegeben.

Als dann auch die Begrüßung ebenso seltsam und gezwungen ausfiel, dämmerte Walcher endlich der wahre Grund für die Wanderung. Nicht um das komplizierte Verhältnis von Sohn und Mutter ging es, sondern um sie beide. Dieser Gedanke verwandelte seine Freude über das Treffen in ein heftiges Sodbrennen, an dem auch der Sonnenschein und die herrliche Landschaft nichts ändern konnten.

Zwar hatten sie sich auf den Weg hinauf zum Seeblick bei der Jugetalpe gemacht, einem wunderbaren Aussichtspunkt auf den Alpsee und die dahinterliegenden Berge, aber ebenso gut hätten sie auch in den Autos sitzen bleiben können und nur die Fenster herunterlassen.

»Also komm«, drängelte Walcher dann nach wenigen Metern, »raus damit. Was ist los?«

Theresas hilfesuchender Blick traf ihn tief und bestätigte seine Vermutung. Sie wollte ihre Beziehung beenden, und den Grund dafür würde er gleich erfahren. Theresa holte dann auch tief Luft, setzte zu sprechen an, schwieg weiter, um erneut zu beginnen. »Es ist furchtbar … Glaube mir bitte … Ich mag dich doch so sehr.«

Wie fremdgesteuert nahm Walcher sie in die Arme und forderte erneut: »Raus damit.« Ihm war, als habe er diese Einleitung schon einmal gehört oder selbst gesagt.

»Du weißt doch, ich war im Schullandheim ... Und da ist mir etwas geschehen, was mich wie ein Hurrikan aus meiner Normalität gewirbelt hat, schlimmer noch.«

Du hast dich verliebt, wollte Walcher helfen, hielt sich aber zurück. So einfach sollte er es ihr ja auch wieder nicht machen. Allerdings hatte er keinen Grund, sich überheblich auf ein Podest zu stellen. Natalie! Vielleicht konnte man ja ihre beiden Sündenfälle gegeneinander aufrechnen. Im Stillen jedenfalls. Walchers Hoffnung zerstob aber nach den nächsten Worten Theresas.

»Ich habe mich verliebt ...«, flüsterte sie und sah zu Boden wie eine schicksalsergebene Sünderin, »... in eine Kollegin.«

Kollegin – Walchers Gehirn arbeitete leicht verzögert, blieb aber auf der rationalen Ebene und gestand sich ein, dass Männer empfindlicher getroffen wurden, wenn sich die Geliebte in eine Frau verguckt hat anstatt erwartungsgemäß in einen anderen Hengst.

»Glaub mir, ich habe nicht geahnt, dass da eine tiefere ... Veranlagung in mir steckt, außer dass ich manchmal eine Frau hübsch oder interessant gefunden habe. Dass es mich nun derart erwischt hat, irritiert mich ebenso, wie ich es wunderbar finde.«

Schweigend gingen sie ein paar Schritte, vermutlich hing Theresa anderen Gedanken nach als Walcher. Bei ihm stritten sich Kopf und Hose um die Führung. »Du warst nur ein Lückenfüller auf dem Weg zu ihrer Selbstfindung – oder hast du als Mann nichts gebracht, du Schlappschwanz!«, stichelte die Hose, während sich der Kopf gegen derlei blödsinnige Bilder verwahrte. »Letztlich ist ohnehin alles nur eine Frage der Hormonsteuerung«, stellte der Kopf fest. Und dagegen war man ja bekanntlich machtlos, schloss sich Walcher diesem

Standpunkt an. Dennoch tat es weh, Theresa zu verlieren. Vermutlich würde sie vorschlagen, als Freunde verbunden zu bleiben. Er lächelte gequält, als Theresa im selben Moment vorschlug, weiterhin Freunde zu bleiben: »Du musst Helen unbedingt kennenlernen … Du wirst mich dann besser verstehen. Ich will dich nicht verlieren, du bist mir sehr, sehr wichtig.«

Kennenlernen und trennen, nur mit einem gerüttelt Maß an Erfahrung konnte man damit umgehen. »Gerüttelt Maß«, auch er hatte ja das Lebensmaß schon einige Male gerüttelt. Er würde darüber hinwegkommen, zumal sich Hormonstürme mit zunehmendem Alter leichter bändigen ließen. Erfahrung hin oder her, der Weg war plötzlich gepflastert mit Fettnäpfen. Glück wünschte er ihr! Beglückwünschte sie zu dieser neuen Erfahrung und erzählte von seinem schwulen Freund, der auch erst spät auf seine eigentliche …

An Theresas gequälter Miene konnte Walcher ablesen, was er für einen Schwachsinn verzapfte, und brach ab, entschuldigte sich und umarmte sie.

Nach einer Weile, die sie schweigend gingen, machte er einen neuen Ansatz. »Im Ernst, es tut verdammt weh, dich zu verlieren … Da schwafelt man halt erst mal Unsinn. Ich glaube, wir könnten wirklich gute Freunde bleiben.«

»Bestimmt.«

Landlord

Die Fahrt kam ihr kürzer vor als erwartet. In Wirklichkeit brauchte Natalie sogar mehr als die acht geplanten, nämlich etwas über 10 Stunden, bis sie auf dem weitläufigen Platz vor dem Hauptgebäude anhielt.

Der ehemalige LPG-Hof, etwa zehn Kilometer Luftlinie in nördlicher Richtung hinter der kleinen Ortschaft Viereck, nahe dem Ufer der Uecker im nordöstlichsten Bundesland Mecklenburg-Vorpommern und der polnischen Grenze, war zu einem geradezu fürstlichen Gutshof umgebaut und renoviert worden. Dabei war der neue Besitzer nicht zimperlich vorgegangen und hatte die recht schäbigen Wellblechscheunen und Lagerschuppen rundherum einfach abreißen lassen. Übrig geblieben war das Haupthaus, ein roter Klinkerbau aus dem 19. Jahrhundert, links und rechts flankiert von zwei Stallbauten, die auch noch aus jener Zeit stammten, ebenfalls aus Ziegeln gebaut. Hecken und Bäume in bereits respektabler Größe waren eingepflanzt worden und rahmten gepflegten englischen Rasen ein. Ein stabiler, weiß gestrichener Holzzaun umgab das ganze Areal und unterstrich den Eindruck, es handle sich um den Landsitz eines wohlhabenden Menschen.

Dass ein Großteil der Renovierungskosten aus Steuermitteln stammte, damit die neuen Länder auch wirklich zu blühen begannen, wussten natürlich nur Kenner der Materie. Ebenso, dass die stolzen 13 Hektar Nutzfläche der ehemaligen LPG zu einem geradezu lächerlichen Kaufpreis von einer Viertelmillion, damals noch DM, in die Hände eines Westdeutschen mit hervorragenden Verbindungen zur »Bundesanstalt für vereinigungsbedingte Sonderaufgaben«, der Nachfolgerin der »Treuhand«, gelangt waren. Und dass auf dem fruchtbaren pommerschen Ackerland nun großflächig Mais angebaut und zu Biosprit vergoren wird, liegt im Trend der Zeit. Zu diesem Zweck hatte der Besitzer sein Land an die Tochterfirma eines der weltweit führenden Ölkonzerne verpachtet, was ihm jährliche Festeinnahmen garantierte, einer sprudelnden Ölquelle gleich, bezog er doch gleichzeitig auch noch Fördermittel aus dem Europäischen Landwirtschaftsfonds für die Entwicklung des ländlichen

Raums. Fairerweise muss allerdings erwähnt werden, dass diese Fördergelder nicht des Biosprits wegen flossen, sondern für die Zucht von Losinos, einer vom Aussterben bedrohten Pferderasse, die bisher halbwild in den Bergen Kastiliens ein karges Leben fristeten und nun auf satten pommerschen Weiden einer ebenso satten Zukunft entgegenblicken durften.

Natalie wusste um all die verschlungenen Pfade, die dank Wissen und vor allem mit guten Beziehungen möglich waren. Auch sie hatte ihren Anteil daran. Aber daran dachte sie nicht, sondern spürte mit einem seltsam wohligen Schaudern, dass sie sich trotz ihrer Pläne auf eine quasi Abschiedsveranstaltung freute. Drei Pausen hatte sie auf der Fahrt eingelegt und kalkuliert, kurz vor 20 Uhr auf dem Hof anzukommen. Trotzdem musste sie dann ein paar Minuten am Straßenrand warten, etwa einen Kilometer vor ihrem Ziel, denn er legte größten Wert auf absolute Pünktlichkeit. »Allein Pünktlichkeit beweist die Handlungsfähigkeit eines Menschen und unterscheidet ihn von Primaten«, lautete eine seiner Lebensweisheiten, die er großzügig verbreitete.

Der Gedanke an eine Abschiedsvorstellung heizte Natalie derart auf, dass sie kurz die Augen schließen musste, vor Schwindel und aufkeimender Lust, die sich wie eine mächtige Flutwelle in ihrem Körper ausbreitete. Mit einem Mal war ihr Mund ganz trocken. Gierig trank sie den letzten Schluck aus der Wasserflasche und stieg steifbeinig aus dem Wagen.

Zwei Minuten vor 20 Uhr – sie war perfekt in der Zeit – öffnete sie die Tür des Eingangsportals und ging die breite hölzerne Treppe hinauf in den ersten Stock. Sie kannte den Weg. Ihr Körper glühte wie im Fieber, sie musste sich am Handlauf festhalten, sonst wäre sie womöglich umgekippt. Wie erwartet stand oben, am Ende der Empore, die Tür zu seinem Zimmer halb offen. Der warme, etwas flackernde Lichtstrahl einiger Kerzen beleuchtete den dunklen Raum nur schwach. Natalie blieb im Türrahmen stehen und klopfte.

»Du bist pünktlich, komm.« Mehr sagte er nicht, stand nur da wie der Herr der Finsternis, in seinem bodenlangen Morgenmantel aus schwerer dunkler Seide. Furchteinflößend und gebieterisch. Natalie stolperte auf ihn zu und in seine Arme, sie empfand nur noch Lust, ungezügelt, schmerzlich und betäubend. Mit einem »Mach dich frisch« schob er sie abrupt von sich, drehte sie herum und stieß sie in Richtung Badezimmer. Natalie taumelte hinein und zerrte hektisch ihre Kleider vom Leib. Kein Gedanke mehr an ihre Pläne. Sie empfand nur Lust, hemmungslose Lust. Sie hasste dieses perverse Spiel, aber gleichzeitig gierte sie danach. Nur eine Kerze erhellte das Bad, dessen großzügig dimensionierte Fläche, ein spitz zulaufendes Dreieck, sich Wanne und Dusche teilten. Die Wanne war leer, also hatte der Meister heute die Dusche vorgesehen. Sie war raffiniert in dem spitzen Winkel des Dreiecks installiert, und zwar mit einer Unmenge von Düsen, die im Boden, in der Decke und in den beiden Wänden steckten. Als sie sich bückte, um ihren rechten Fuß aus ihren Hosen zu befreien, traf sie der erste Schlag auf die angespannten Pobacken. Nicht fest, aber fordernd und laut klatschend. Das Geräusch kannte sie gut, es stammte von einem breiten Ledergürtel, den sie selbst besorgen musste. Es klatschte noch mehrmals auf ihr Gesäß und Rücken, bis sie sich freiwillig in der Duschecke an Griffe klammerte, die in unterschiedlichen Höhen aus den Wänden ragten. Dann kam das Wasser und seine Hände und Seife. Diesen Teil des Rituals nannte er bezeichnenderweise »die Reinigung«, unterbrochen nur von einigen Hieben, die nun stärker wurden und auch zu schmerzen begannen, denn die Poren ihrer Haut hatten sich unter dem heißen Wasser und der Seife geöffnet. Natalies Stöhnen übertönte das Rauschen der Brausen, die nun aus allen Seiten auf ihre Haut prasselten.

Bevor er wieder begann, sie quälend langsam und rhythmisch einzuseifen, hatte er ihr die Augen verbunden. Er kannte sie, kannte ihre Signale und brach immer wieder ab, verzögerte, gestaltete die »Reinigung« zu einer grässlich süßen Tortur, die sich über eine Ewigkeit hinzuziehen schien, so kam es Natalie jedenfalls vor. Geradezu als Befreiung empfand sie es dann, als er sie endlich aus dem Bad führte und sie sich mit zitternden Beinen auf den weichen Flor des Teppichs knien durfte. Es dauerte, bis er mit ihrer Haltung zufrieden war. Unwirsch korrigierte er sie dabei mit einer Rute, die er gegen den Gürtel ausgetauscht hatte. Natalie kannte die Rute, sie hatte sie selbst von einem Haselstrauch schneiden dürfen. Die Striemen würden noch tagelang schmerzen und wochenlang zu sehen sein. Über eine Viertelstunde dauerte diese Prozedur, bis er sie plötzlich und brutal besprang wie ein Hengst, dass sie aufschrie vor Schmerz, was ihn aber nur anzutreiben schien. Das war ungewöhnlich, denn der Reiz der Prozedur lag auch in ihrer Dauer, dem schmerzlich langsamen Weg zur Erlösung. Natalie reagierte unwillig und wollte ihn von einer derart hektischen Ejakulation abhalten. Sie versuchte sich ihm zu entziehen, aber eine seiner Hände hielt ihren Nacken wie ein Schraubstock.

»Für deinen Verrat, du Hündin«, hörte sie ihn brüllen, und ihr Herz stolperte vor Angst, die sie in einer mächtigen Welle davonschwemmte. Das war ein anderes Spiel. Der Anflug ihres Gedankens, dass sie nicht mehr die Regeln dazu beeinflussen würde, erstarb in einem grellen Blitz, auf den tiefe Dunkelheit folgte.

Der Totschläger in seiner Faust, ein hochwertiger Stahlgriff mit einer Kugel am Ende so groß wie ein Golfball, hatte sie etwas oberhalb des rechten Ohrs getroffen und die Schädeldecke zertrümmert. Diesen Schlag hätte Natalie vielleicht noch überleben können, aber nicht den gleich darauf folgenden, der sie am Hinterkopf traf und ihren Schädel wie eine Kokosnuss zerlegte und die Knochensplitter tief in ihr Gehirn trieb. Sie hörte ihn nicht mehr: »Dreckstück, du bist Dreck, Dreck, Dreck.«

Ein Hauch von Paris

Ganz weltgewandte Grande Dame, begrüßte Irmi Mathilde und Walcher mit Küsschen links, Küsschen rechts und einem herzlich singenden »Salut chèrs amis, j'espère qu'il y a des gnocchis au fromage«.

Mathilde brachte zwar nicht das Allgäuer Nationalgericht Kässpatzen auf den Tisch, dafür aber luftige, zusammengerollte Omeletts, in denen eine köstliche »Allgäuer Füllung« steckte, wie sie verriet und schmunzelnd zugeben musste, dass sie sich die »Allgäuer Füllung« ausgedacht habe. Sie verriet dann nur so viel, dass gebratener Speck, Zwiebelröhrle, Quark, geriebener Bergkäs und noch einige Gewürze enthalten seien. Zur Feier des Tages gab es einen leichten Weißen aus der Wachau, einen Grünen Bio-Veltliner.

Etwas Leichtes zum Abend hin, entschuldigte sich Mathilde und vertröstete sie auf den kommenden Mittag, da habe sie die gewünschten Kässpatzen vorgesehen, und zwar richtig deftige.

Mathilde hatte den Tisch für vier Personen gedeckt, weshalb Walcher den geplanten vierten Teilnehmer des kleinen Begrüßungsfestes, Theresa, mit einem Elternbeiratstermin entschuldigte. Das wurde zwar von Irmi und Mathilde mit Bedauern aufgenommen, aber akzeptiert. Elternbeirat und Schule gingen natürlich vor. Es gab auch sonst genügend Themen, aber bevor Irmi von ihrem Parisaufenthalt erzählte, musste Walcher erst erklären, woher Nora kam und ob sie bleiben würde. Irmi und Nora hatten bereits Freundschaft geschlossen. Auch Rolli bekam genügend Streicheleinheiten ab. Nur Bärendreck, der sich mächtig ins Zeug gelegt haben musste und entsetzlich nach Gülle stank, zog gekränkt davon, nachdem Irmi ihn nur mit einem schrillen »Iiiiiii« begrüßt hatte.

Walcher schwindelte ein bisschen, als er Noras Herkunft erklärte. Ob sie bleiben durfte, versuchte er Irmis Freude über das neue Familienmitglied zu dämpfen, wäre noch nicht geklärt. Noch handle es sich um eine Art Pflegekind, da der Besitzer verunglückt sei. Sowohl von der einen als auch der anderen Geschichte mit einem höheren Wahrheitsgehalt zu berichten, hatte Zeit. Morde und Trennungen eigneten sich nicht als Tischthemen.

Irmi erzählte von ihren Erlebnissen, dass sie nicht nur vom Eiffelturm auf Paris herabgesehen, sondern auch in den Katakomben Paris von unten studiert habe. Alles in allem eine tolle Zeit, wie sie versicherte, und durch die täglichen drei Stunden Sprachunterricht am Vormittag auch ziemlich erfolgreich für ihr Französisch. Genervt hatte eigentlich nur die eigene Klasse. Irmi kam richtig in Fahrt, als sie dieses Thema ansprach, vielleicht lag es aber auch nur am Wein, von dem sie bereits ein Glas zügig geleert hatte.

»Wenn du mit Menschen Zimmer und Zeit teilen musst, die ständig telefonieren, dann schmiedest du irgendwann entweder Mordpläne oder gehst mit gutem Beispiel voran. Ich schalte mein Handy nur noch ein, wenn ich jemanden anrufen will oder um nachzusehen, ob mich jemand angerufen hat. Ob ich dann zurückrufe, entscheide ich. Diese ständige Rufbereitschaft ist einfach unerträglich! Ihr müsst euch vorstellen, da rufen sie aus Paris zu Hause an und erzählen, dass sie gerade an einer roten Ampel vor dem Invalidendom stehen oder in irgendeinem Kaufhaus. Und weil dort der Empfang so schlecht ist, brüllen sie auch noch herum. Egal ob beim

Essen, bei Besichtigungen, in den Pausen, auf der Toilette, immer dieses hirnlose Geplapper … Ihr glaubt ja nicht, wie das auf die Dauer nervt.«

Wie immer, wenn Irmi von einem Aufenthalt aus dem Ausland zurückkam, hatte Walcher den Eindruck, dass sie einen Entwicklungsschub hinter sich hatte. Sie erzählte kritisch und witzig von den Parisern, von der Stadt, die auf den Hauptverkehrsadern nur mit Gasmaske zu ertragen sei, begeisterte sich für die schick gekleideten Pariserinnen, die selbst an normalen Werktagen in schwindelerregenden Absätzen auf dem Asphalt tänzelten, während die Männer hauptsächlich auf Motorrollern durch die Straßen jagten, und zwar in unglaublicher Zahl. In manchen Straßen standen reihenweise Hunderte dieser Roller geparkt, mit Ketten gesichert, an die man Tanker hängen könnte.

Dass der Abend dann doch nicht so harmonisch endete, wie er begonnen hatte, lag an Irmis Mitbringsel oder treffender gesagt, es lag an Walcher.

Mathilde bekam natürlich ein Parfüm, ihrem Alter entsprechend, erklärte Irmi, nämlich den Klassiker Chanel N° 5, der so in etwa bei Mathildes Geburt auf den Markt gekommen sein müsste.

»Dann wäre ich ja über neunzig«, protestierte Mathilde und bewies wieder einmal, dass die Leute auf dem Land nicht unbedingt von gestern sein müssen, »das Zeug gibt es seit 1921.«

Für Walcher hatte Irmi Pastis 51 mitgebracht, das passte zu ihm, fand sie. Auch hier verblüffte Mathilde, die trocken feststellte, dass die 51 der Jahrgang sei, zu dem 1951 Pernod den ersten Pastis abfüllte. Ihr Vater habe mal eine Flasche mitgebracht, und seither war immer ein Pastis im Haus. Zu besonderen Festtagen habe sie auch einen kleinen Schluck bekommen und immer geglaubt, es sei Medizin.

Damit endete dann der harmonische Teil des Abends. Irmi hatte nach der Geschenkübergabe eine Hochglanzmappe aus ihrem Koffer geholt, die sie wie eine Jagdtrophäe präsentierte.

»Von denen«, klopfte sie auf die Mappe und strahlte noch in der Erinnerung nach, »wurden wir während der ganzen Zeit unglaublich freundlich in unserer Freizeit betreut. Da drin war ein ganzes Bündel von Gutscheinen. Für Kosmetik, Museen, Metro, Haartönung, McDonald's, Disneyland, Getränke und sonst noch einiges. Einfach super die Leute und immer gut drauf.«

Walcher blätterte in der Mappe und lächelte gequält. Musste es ausgerechnet eine Werbemappe von Eufoodic France sein, die seine Tochter so begeisterte? Schonauers Worte fielen ihm ein: »Ein Netzwerk, wie es eine Spinne nicht feinmaschiger weben kann.«

Leicht irritiert, wollte Irmi den Grund für seine angestrengte Miene erfahren.

»Auch Sekten fangen junge Leute mit solchen Geschenken ein und machen sie aufmerksam auf Gefahren, die von Sekten, Drogen und Kriminalität oder ungesundem Essen, mangelnder Bildung und so weiter ausgehen. Sie erschleichen sich damit unser Vertrauen. Eufoodic ist eine Werbeagentur der Pharma-, Lebensmittel- und Agrarchemie. Offensichtlich geht sie auch so vor. Verteilt Geschenke und klärt über gesunde Ernährung auf. Aber gerade sie sind es, die mit chemischen Stoffen unsere Lebensmittel anreichern und wertvolle, über Jahrhunderte optimierte Nahrungspflanzen durch genmanipulierte Kunstpflanzen austauschen wollen. Sie propagieren gesunde Ernährung und vergiften mit Spritzmitteln und chemischen Düngern unsere Böden, unser Wasser und letztlich auch uns. Diese Scheinheiligkeit, mit denen vor allem junge Menschen manipuliert werden, finde ich zum Kotzen.«

Er wollte noch anfügen, dass im Auftrag dieser Agentur Menschen umgebracht wurden, aber Mathildes flehender Blick hielt ihn davon ab, und Irmi reichte es auch so schon.

»Du kannst einem wirklich alles vermiesen«, empörte sie sich gekränkt. »Da freut man sich auf zu Hause und bekommt dann eins mit der Klatsche. Diese dummen jungen Dinger lassen sich mit einem Hamburger und ein bisschen Schminke ködern ... Haben ja keine Ahnung, wie das Leben läuft. Nur der Herr Walcher, der blickt es. Danke für das wunderbare Essen, ich gehe ins Bett.«

Post mortem

Der Morgen zeigte sich grau und verregnet und traf ziemlich exakt Walchers Stimmung. Theresa war durch seine Träume gegeistert. Walcher hetzte sich und die Hunde erst einmal durch den Wald.

Danach fühlte er sich zwar etwas besser, aber der Stachel über die Trennung saß tief und würde wohl noch eine Zeitlang schmerzen. Warum passierte so was immer dann, wenn er ohnehin mit einem Haufen anderer Leichen zu tun hatte? Vielleicht sollte er Mathilde mal um eine erklärende Vision bitten.

Doch dann überstürzten sich die Ereignisse, wie das auch bisher oft bei seinen Recherchen der Fall war. Ab einem nicht genau zu bestimmenden Punkt klärten sich manche Fragen von selbst, und fehlende Puzzleteilchen tauchten scheinbar aus dem Nichts auf.

Am Morgen brachte der Postbote, außer der üblichen Werbepost, eine Versandhülle und einen Brief, deren Inhalte Walcher in tiefes Grübeln versetzten. Die Versandhülle enthielt ein rotes Kunststoffalbum mit einer Handvoll Kinderfotos. In der Mitte steckte eine Zellophantüte mit einer rötlichen Haarlocke und der gefaltete Briefbogen des Hotels Alpenblick. Ein Name stand darauf, sonst nichts: Magnus Bonnefeld.

Man musste kein großer Kriminalist sein, um Natalie Westhaus als Absender zu vermuten, die vermutlich auch ganz bewusst das Hotel-Briefpapier benutzt hatte.

Natalie … Sie hatte sich nicht mehr gemeldet. Walcher hatte versucht, sie im Hotel zu erreichen, aber sie war bereits am Samstagmorgen abgereist. Magnus Bonnefeld, er würde nachsehen, was sich hinter diesem Namen verbarg. Weshalb aber schickte sie ihm das Album? Von den Kinderbildern, die eine Entwicklung vom Babyalter bis zu einer etwa Sechsjährigen zeigten, ließ sich keine große Ähnlichkeit mit der Natalie feststellen, die er kennengelernt hatte. Kein Wunder, da lagen ja ein paar Jährchen dazwischen.

Als weit interessanter entpuppte sich der weiße Briefumschlag. Er hatte eine postalische Odyssee hinter sich, denn die Adresse, geschrieben in einer kantigen Handschrift, verlangte den Postlern viel ab: R. Wacher, Hof bei Weiler, Allgäu.

Abgestempelt war der Umschlag am Tag des nicht zustandegekommenen Treffens mit Koenig in der Stephanskapelle. Im Umschlag steckte eine jener Karten, die in Kneipen herumlagen. Auf der Kartenrückseite stand, geschrieben in derselben Handschrift wie die Adresse:

Tantes Sauerkraut

N. Westhaus gehört zu Eufoodic. Vorsicht!

Veröffentlichen Sie mein Manuskript.

Julian Koenig

Wenn Natalie zu Eufoodic gehörte, dann steckte vermutlich diese Agentur hinter den Morden an Koenig, Schonauer und Ruffilus Prestl. Hätte die Adresse auf dem Brief gestimmt und die Zustellung nicht so lange gedauert, vielleicht wären Schonauer und Prestl noch am Leben. Er wäre dann auch mit Natalie Westhaus anders umgegangen und wahrscheinlich auch mit Kommissar Brunner. Wenn, wenn, wenn … *Tantes Sauerkraut.* Ein Rätsel? Eigentlich nicht. Koenig bittet, sein Manuskript zu veröffentlichen, und vermutlich hatte er es in Tantes Sauerkraut versteckt. Natalie Westhaus hatte von einem Ferienhaus im Allgäu erzählt, das Koenigs Mutter gehörte, quasi vor seiner Haustür. Es sollte nicht schwer sein, die Adresse ausfindig zu machen und dort das Sauerkraut zu finden.

Der Tag hatte nun doch Farbe bekommen, fand Walcher. Zwar war ihm Natalies Botschaft noch nicht klar, aber ihre Sendung sah irgendwie nach einer Absatzbewegung mit Rückendeckung aus.

Walcher setzte Teewasser auf und nahm sich vor, im Internet nach Magnus Bonnefeld zu suchen, und auch zu der Ferienhaus-Adresse von Koenigs Mutter hatte er eine Idee.

Während er Mathildes Morgentee in die Kanne löffelte, schlenderte Irmi in die Küche. Irgendwie wirkte sie etwas angeschlagen, strahlte aber überraschend gute Laune aus.

»Machst du mir bitte auch einen«, deutete sie auf die Teekanne in Walchers Hand und setzte sich an den Küchentisch, den Mathilde gedeckt hatte. Während Walcher noch zwei Löffel Tee dazugab und Wasser in die Kanne laufen ließ, freute er sich über die ersten Worte seiner Tochter. Sachlich, ganz die coole Jungintellektuelle, stellte Irmi fest, dass Eufoodic anscheinend wirklich eine Rattenfänger-Agentur wäre. Sie habe die halbe Nacht im Internet verbracht und einiges über Aspartam und Glutamat gelesen und dass man dieses Zeug praktisch überall hineinmischte, obwohl es anscheinend ziemlich gefährlich sei.

»Wenn ich mir vorstelle, welche Mengen Kaugummi ich schon gekaut habe, natürlich ohne Zucker und die ganzen Lights, die ich schon geschluckt habe, und all das andere Zeugs, Burger und Snacks, und überall ist Mist drin … Da ist Mathildes Tee doch wirklich die einzige Hoffnung«, übernahm sie grinsend die Teekanne und füllte zwei Tassen.

Irmi würde in dieser Welt klarkommen, dachte sich Walcher nicht zum ersten Mal und strahlte seine Tochter an.

»Diese Giftmischer wollten einfach unser Vertrauen erschleichen und uns über gesunde Ernährung aufklären … Also das ist doch einfach der Gipfel. Tut mir leid wegen gestern, aber da wusste ich noch nicht, was ich heute weiß.«

Schmerzen

Der linke Hüftknochen tat weh, aber das war nichts gegen den Schmerz, der Sekunden später im Kopf zu toben begann. Irgendwo im Hinterkopf lag das Zentrum. Den Nacken abwärts ins Schulterblatt hinüber, zurück in den Unterkiefer, Ellenbogen, Fingergelenke – wie in einem Flipperautomaten schien eine total durchgeknallte Kugel alle Kontakte anzuprellen, die irgendetwas mit Schmerz zu tun hatten. Die Augenlider gehorchten nur teilweise. Das rechte klebte und ließ sich überhaupt nicht öffnen. Das linke nur einen schmalen Spalt, und der bot auch keine übermäßige Information. Eine Fuge, die sich mit einer anderen kreuzte, zudem nur unscharf. Es dauerte, bis sich die Erinnerung aufbaute, ratternd wie ein älterer Computer, der in Zeitlupe hochfuhr. Fugen, Fliesen, Bad, Waschung … Er!

Sie sah sich auf dem Teppich knien. Auf dem Teppich, auf dem Teppich … Sosehr sie sich auch anstrengte, mehr war da nicht. Die Erinnerung endete mit dem Muster des Teppichs, ein feiner, seidener, ein Geschenk. Er hatte ihr mit Stolz erklärt, dass dieses Kunstwerk aus Seide schier unglaubliche 20 Millionen Knoten aufwies, etwa die doppelte Anzahl eines Teppichs vergleichbarer Spitzenproduktion. Das Geschenk eines Scheichs … Oder war es der afghanische Botschafter? Sie konnte sich nicht mehr erinnern und versuchte es auch nicht, denn jeder Gedanke verstärkte die Schallwellen der Trommel, die im Schädel geschlagen wurde. Den Kopf zu heben, schien unmöglich. Er klebte auf den Fliesen, als gehöre er dorthin. Außerdem beschleunigte sich sofort der Trommelschlag, wenn sie ihn zu bewegen versuchte. Das linke Bein und der linke Arm, die gehörten noch zu ihr, ließen sich bewegen, in Zeitlupe und in aller Vorsicht und jederzeit bereit, den Versuch beim kleinsten Zeichen von Schmerz abzubrechen.

Die Nase funktionierte. Einer der Rezeptoren erkannte die Duftinformation als ihr Shampoo. 95 Dollar hatte sie bezahlt und keinerlei Gewissensbisse empfunden, als sie sich eine Rechnung für Reinigungsmittel hatte ausstellen lassen. Sie konnte zwar nichts mit solchen Rechnungen anfangen, aber er, und er gab ihr den Nettobetrag, ohne jeden Kommentar. Mit der Linken tastete sie ihren Kopf ab, soweit das, ohne ihn zu bewegen, möglich war. Ihre Haare fühlten sich verklebt an, dort, wo sie auf die Fliesen trafen. Auch die Fliesen klebten. Als sie vorsichtig den linken Zeigefinger in den Mund zur Zunge schob, erinnerte sie sich. Immerhin funktionierte ihr Gehirn. Im Waisenhaus gingen um 20 Uhr die Lichter aus. Dann las sie unter der Bettdecke weiter, mit einer Stirnlampe auf dem Kopf. Sie sorgte immer für einen Vorrat dieser flachen Batterien. Ob die noch Saft hatte, ließ sich feststellen, wenn sie mit der Zungenspitze gleichzeitig an den Minus- und Plus-Pol kam. Nach Eisen schmeckte das dann … wie jetzt ihr Finger. Die Trommel im Kopf, das Blut, der Teppich … Er musste sie auf den Kopf geschlagen haben. Die linke Hand fuhr vom Bauch die Hüfte entlang bis zum

Knie, sie war immer noch nackt, wie auf dem Teppich. Sie sah jetzt deutlich das Teppichmuster vor sich und hörte ihn, wie er mitten im Ritual abgebrochen und irgendetwas von Verrat und Hündin gebrüllt hatte. Dann ein greller Blitz und … Nichts, einfach nichts. Keine Helligkeit mehr, keine Dunkelheit, einfach nichts, nicht einmal Zwischentöne in Grau. Sosehr sie sich auch bemühte, es kam nichts mehr. Ihre Erinnerung endete genau mit diesem grellen Blitz. Die Schmerzen im Kopf hingen damit zusammen und auch der klebrige Fleck, das Blut, das war ihr klar. Und noch etwas wurde ihr bewusst – und wenn es nicht so weh getan hätte, hätte sie ein Lächeln versucht –, dass nämlich der erste Schritt in die Freiheit getan war. Über eine Erklärung, warum er schon davon wusste, musste sie nicht grübeln, das schmerzte nur im Kopf. Sein Netzwerk verfügte über die unglaublichsten Verbindungen, und dann hatte er noch seine Sensoren. Mehrmals hatte sie sich schon gefragt, ob er Gedanken lesen konnte. Das war natürlich Blödsinn, aber seinen extrem analytischen Verstand hatte sie bereits bewundern können. Vielleicht hatte er sie beobachten lassen und wusste, dass sie ein Päckchen aufgegeben hatte. Vielleicht hatte man ihm sogar die Adresse genannt, immerhin hatte das Päckchen einen halben Tag in ihrem Zimmer gelegen. Das Zimmermädchen, der Portier, warum nicht auch der Postbeamte auf der kleinen Post in diesem Kaff? Bei ihm war alles möglich. Zu Beginn ihres Jobs wurde sie als Verbindungsfrau für einige Informanten eingesetzt. Schon damals glaubte sie, eine Rolle in einem Spionage-Thriller zu spielen, denn was alles zu seinen Informationsquellen zählte, schien ihr einfach unglaublich. Autovermietung, Flugbuchungen, VIP-Restaurants, Pizza-Service, Friseure, Herrenschneider, Hurenhäuser, Spielclubs, Drogendealer, Börsenanalytiker, Regierungsberater … überall an wichtigen Punkten standen Informanten auf seiner Lohnliste. Das faszinierte sie seit damals, aber sie hatte auch entdeckt, dass es Lücken in seinem Netz gab. Und zwar dort, wo Menschen nicht käuflich waren.

Das Ferienhaus

Nun war klar, warum ihm Natalie die Geschichte mit Koenigs Manuskript und dem Ferienhaus seiner Mutter aufgetischt hatte. Sie hatte ihn benutzt. Sie war nur am Manuskript interessiert und hatte vermutet, dass Koenig mit ihm und Schonauer Kontakt aufgenommen hatte. Wahrscheinlich kannten sie die Adresse des Ferienhauses längst, denn es stellte überhaupt kein Problem dar, sie ausfindig zu machen. Gerade mal eine halbe Stunde dauerte es nach seinem Anruf bei einem ehemaligen Kollegen, der sich vom Journalismus verabschiedet und den gemütlicheren Arbeitsplatz bei einem Adresshändler vorgezogen hatte, bis er wusste, wo das Ferienhaus stand. Die Adresse war allerdings mit dem Vermerk »Nixie« versehen, was auf seine Unbrauchbarkeit im Sinne von Zustellung und Werbeerfolg zu verstehen war. Walcher kannte die Gegend, er war dort schon gewandert. Nach einem Blick aufs Handy, es war kurz nach 14 Uhr, entschloss er sich, das Haus anzusehen.

Das Ferienhaus stand in der Nähe von Geratsried, einem Weiler im Vorgebirge nördlich der Nagelfluhkette. Dort, abseits hektischer Verkehrsströme, endete die Teerstraße, und man befand sich in einem geradezu traumhaften Stück halbwegs unberührter Natur. Das wurde zwar landwirtschaftlich genutzt, ließ aber noch jene Ursprünglichkeit erahnen, die Romantikern freudig den Pulsschlag in die Höhe trieb.

Der Ausblick, der sich Walcher bot, ließ ihn einen Moment sein Ziel vergessen. Wie ein Festungsplateau ragte das Ende des Bergrückens, auf dem eine Handvoll Höfe standen, in eine Tallandschaft hinein. Das bereits satte Grün der Wiesen senkte sich in weichen Wellen hinab in die Täler, aus denen die baumbewachsenen Flanken der Höhenzüge aufstiegen, die den Standort des Weilers wie eine rundum geschlossene Wallanlage beschützten. Die Laubbäume begannen sich mit zartem Grün zu schmücken und füllten damit die winterlichen Lücken zwischen der Überzahl an Fichten und Tannen wieder auf.

Walcher hatte das Navi mitgenommen, musste dann aber doch an einem der Höfe klingeln und nach dem Weg fragen. Sieg der Natur, das Navigationsgerät signalisierte nämlich dasselbe Problem wie das Handy: Funkstille.

Er wanderte den Feldweg hinunter, den ihm die misstrauisch-abweisend wirkende Frau als den einzigen Weg zur Hütte von »dene Städter« gezeigt hatte. Ein Feldweg wie aus einem Bilderbuch. Unzählige Regengüsse, Kühe und Wagenräder hatten ihn in die Wiese gegraben, wie einen Kanal. Links und rechts gesäumt von dürren Grasstoppeln, die, geschützt durch Zaunpfosten und Zäune, den hungrigen Mäulern der Kühe ebenso wie den Sensen und Mähbalken entkommen waren. Erst gemütlich, dann etwas steiler bergab ging es in westlicher Richtung hinunter ins Tal und nach einer leichten Kurve wieder etwa hundert Meter hinauf auf eine natürliche Terrasse in der Wiesenflanke, auf der die Hütte stand.

Ein Stockwerk mit ausgebautem Dach, was ein Fenster unter dem schützenden, weit überragenden Dachgiebel verriet. Der Hütte war anzusehen, dass Städter sie gebaut hatten. Einfach zwar, aber mit verspielten Details, für die, allein schon der Witterung wegen, Einheimische wenig übrig hatten. Da waren die Fensterlaibungen und Sprossen der Fenster in unterschiedlichen Farben gestrichen, die Enden der Trägerbalken zu Fabelwesen geschnitzt wie mittelalterliche Wasserspeier an Kirchendächern, und die ausladenden Fensterbretter lagen auf Stützwinkeln filigraner Laubsägearbeiten. Die Fensterläden zierten gemalte waidmännische Motive, denen harte Wetterwechsel zugesetzt hatten. Das verwaiste und an mehreren Stellen gebrochene Rosenspalier verriet, dass die Stadtgärtner es irgendwann einmal, ebenso wie die Rosen, aufgegeben hatten, gegen die eisigen Winter anzukämpfen.

An der Längsseite zum Tal hin bot eine großzügige Terrasse aus Holzbohlen in der Stärke halber Baumstämme eine ebene Fläche vor dem Haus, geschützt durch ein massives Geländer.

Massiv und ablehnend verrammelt wirkte auch der Einbruchsschutz des Hauses. Ohne schweres Gerät würde er nicht in das Haus kommen. Den Weg hätte er sich sparen können. Etwas ungehalten über seine Zeitverschwendung, umrundete Walcher das Haus und fand auf der Rückseite bestätigt, was die Vorderseite vermuten ließ. Er brauchte ein Stemmeisen.

Toccata und Fuge

Bach fiel ihr ein. Lag es daran, dass sie fror und sich an den Schauder erinnerte, den sie immer bei den röhrenden Tonfolgen zu Beginn der Toccata empfunden hatte, oder lag es an der Fliesenfuge vor ihrem linken Auge, die nach hinten langsam an Schärfe gewann? Wie lange mochte sie geschlafen haben, oder war es eher eine Art Ohnmacht gewesen? Spielte Zeit überhaupt noch eine Rolle in ihrem Leben? In den Fingerspitzen der linken Hand kribbelte es, als hätte sie Brennnesseln berührt, ganz leicht nur. An kühles, frisches Wasser dachte sie, das über ihre trockene Zunge ran. Sie sah förmlich, wie die Tropfen, die sie nicht schlucken konnte, auf die Fliesen platzten. In Zeitlupe, wie in einem Werbefilm, in dem verbrauchte Kraft und Frische aus einem Wasserfall spritzten. Die Hüfte schmerzte immer noch, und als sie den Kopf etwas zur Seite drehen wollte, meldete sich auch die Flipperkugel wieder.

Alles in allem nicht gerade der flüssige Start in ein neues Leben. Vielleicht hätte sie doch einfach abtauchen sollen, aber sie wollte ihn ja noch genießen, den letzten Auftritt, oder hatte sie eher an einen letzten Höhepunkt gedacht? Zum Durst gesellte sich nun ein vages Hungergefühl. Sie konnte locker einen Tag lang ohne Nahrung auskommen, also musste sie schon in etwa so lange hier liegen. Hier? Die Fliesen ... Sie war in seinem Badezimmer. Um die schwarzen Wandfliesen zu erkennen, hätte sie ihren Kopf drehen müssen, aber sie fürchtete den Schmerz.

Auch wenn sie es nicht sehen oder hören konnte, mit einem Mal nahm sie eine Veränderung wahr. Irgendwo im rechten Oberschenkel spürte sie einen dumpfen Druck. Und gleich noch einmal. Wieder dieses indifferente Gefühl von eingeschlafenen Gliedmaßen, mit denen man irgendwo anstieß oder gestoßen wurde. Dann versperrte ihr etwas riesiges Braunes vor dem linken Auge die Sicht auf die Fliesenfuge. Dazu hörte sie Laute, die von ganz weit her kamen. Gefiltert, als trüge sie Ohrenschützer. Ohrenschützer! Plötzlich liefen Bilder im Kopf. Sie sah sich auf einem Schlitten sitzen, und eine Frau beugte sich zu ihr. Die trug eine dicke Wollmütze und hatte rote Wangen wie Weihnachtsäpfel, sie lächelte, hob einen der Ohrenschützer an und flüsterte: »Wir sind ja gleich daheim.« Daheim? War das ihre Mutter? Wie gerne hätte sie mehr von diesem Film gesehen, aber das riesige Braune explodierte im Auge, und der Film brach ab. Dafür spielte die Flipperkugel wieder verrückt. Hatten sich die Ohrenschützer verschoben? Sie hörte nun seine Stimme. Klar und deutlich: »Zäh wie eine Katze.«

Es war seine Stimme.

»Du Dreckstück, dich ...« Den Rest hörte sie nur noch als Gemurmel, als hätte sie wieder die Ohrenschützer aufgesetzt.

Nachttransport

Wie in den Gründungszeiten seiner Agentur fühlte er sich, als er die besonders gefährlichen Arbeiten selbst erledigen musste. Damals hätte er auch nicht den fehlenden Komfort und das winzige Auto verflucht, in dem er durch die Nacht raste. Ein relativer Begriff von Schnelligkeit, der sich eher auf das Fahrverhalten und den Geräuschpegel des kleinen Fiats bezog. Das Gefährt hüpfte und schlingerte wie eine Seifenkiste, nur dass er darin vermutlich mehr Kopffreiheit gehabt hätte. Immer wieder massierte er seine malträtierten Halsmuskeln und bewegte dabei den Kopf in alle Richtungen. Wie ein Riese in einem Spielzeugauto kam er sich vor, wenn er sich bei den stündlichen Pausen aus dem Wagen quälte und seine Beine ausstreckte. Das Einsteigen glich dann auch jedes Mal einer Zaubervorführung, Riese verschwindet in Zündholzschachtel. Da nützte es auch nichts, dass der Sitz auf der letztmöglichen Stufe eingerastet und die Lehne weit nach hinten gedreht war. Weiter abzukippen war nicht möglich gewesen, denn auf der Rückbank lag Natalie, fest eingerollt in seinen wertvollen Teppich. Er wusste um den kriminaltechnischen Standard, mit dem selbst kleinste Blutreste, Haare und Hautschuppen nachweis- und zuordenbar waren. Das gute Stück in eine Reinigung zu geben, wäre einer unverzeihlichen Sünde gleichgekommen, da war es dann schon sinnvoller, sich gleich von ihm zu trennen.

Die Autobahnen waren zwar selbst um die Nachtzeit nicht leer, aber bei einem Fahrzeug mit dieser Spitzengeschwindigkeit spielte das ohnehin keine große Rolle. Wichtig war, dass er in keine Kontrolle geriet oder gar in einen Unfall verwickelt wurde. Allein schon sein seltsamer Aufzug … Er hatte sich in einen der Schutzanzüge gezwängt, die er für den Schutzbunker gekauft hatte. Wie ein zu lang geratenes Wichtelmännchen sah er darin aus. In seiner Größe hatte es nichts gegeben, der Schutz vor atomaren Fallout endete bei maximal 1,80 m. Aber besser, als Spuren im Auto zu verteilen. Leider würde er einmal tanken und dazu die lächerliche Wurstpelle ausziehen müssen. Für die Tankstelle hatte er eine Kappe dabei, deren Sonnenschild sein Gesicht vor den neugierigen Kameraaugen verdeckte. In jeder Pause trank er einen Schluck Wasser, denn dafür hätte er sich im Wagen beinahe querlegen müssen, und kontrollierte die Uhrzeit. Er lag gut in der Zeit und würde rechtzeitig zum vereinbarten Wagenwechsel ankommen. Rechtzeitig, das war wichtig. Die beiden Leute vor Ort schätzte er zwar als recht verlässlich ein, aber er gehörte nicht zu jenen, die einen Fehler wiederholten. Rechtzeitig musste er dort oben die Weichen stellen. Versagten seine Leute erneut, würde er selbst in den Fokus rücken, und wenn seine Auftraggeber etwas fürchteten und gleichzeitig hassten, dann war es eine Zunahme des öffentlichen Interesses, denn nur das brachte Politiker in Bewegung. Immer mehr Störer tauchten auf, und zwar weltweit. Gegen die Handvoll kritischer Bücher, Zeitungsartikel und Informationsveranstaltungen verbohrter Umweltschützer konnte man ja noch vorgehen, aber in letzter Zeit häuften sich kritische TV-Sendungen, und auch im Internet gab es Foren zum Thema. Die Spitzen im Freundeskreis standen zwar noch fest hinter ihnen, aber das konnte sich schnell ändern. Eine verlorene Wahl, und die verlässlichen Größen verschwanden von der Aktionsfläche. Seit die Grünen immer mehr Einfluss gewannen, kostete seine Überzeugungsarbeit nicht nur mehr Zeit, sondern auch wesentlich mehr Geld als vorgesehen. Allein in Baden-Württemberg hatte er ein beinahe komplett neues Netz aufbauen müssen. Die Ehemaligen befürchteten, dass man nun doch an ihre Konten in der Schweiz kam, auch wenn sie noch schnell ein paar passende Gesetze auf den Weg gebracht hatten. Dabei ging es nicht so sehr um befürchtete Steuernachzahlungen oder gar Strafen, sondern vielmehr um Erklärungsnotstände, woher das Geld stammte. Der Freundeskreis reagierte auf solche Veränderungen höchst empfindlich. War ein Politiker zurück in die zweite oder dritte Reihe abgewählt, gingen auch die Verwaltungsleute in den Ministerien, Gremien und Institutionen erst einmal auf Tauchstation. Selbst in den vermeintlich sicheren Grauzonen der staatlichen Informationsdienste verhielten sich die Freunde zurückhaltend. Das reichte bis hinunter in die Provinz, traf die Vereine und Interessengemeinschaften ebenso wie die Meinungsmacher in den Medien. In dieses Vakuum drückten dann die Gegenströmungen. Als besonders besorgniserregend empfand er, dass bei diesen Gelegenheiten Charakterzüge zutage traten, die er geradezu verabscheute. Es mochte zynisch klingen, aber er legte großen Wert auf traditionelle Werte wie Moral und Ethik. Davon wich er nicht ab, auch wenn er diese Leute nach allen Regeln der Kunst bestach, um sie dann ihr Leben lang zu erpressen. Wichtig für ihn war, dass man sich auf ein gegebenes Wort verlassen konnte.

Zweiter Versuch

Bereits bei seinem einsamen Frühstück, Walcher hatte den Wecker auf fünf Uhr gestellt, verspürte er eine diffuse Unruhe, die sich nicht allein durch die menschenfeindliche Uhrzeit erklären ließ.

Da schmeckten dann auch weder der Tee so richtig noch das Brötchen mit Mathildes delikatem Tannensirup, den sie aus den frischen Triebspitzen junger Tannen einkochte.

Als er einen Zettel mit dem Hinweis auf ein frühes Treffen mit einem Informanten geschrieben hatte und das Haus verlassen wollte, schwebte Mathilde die Treppe herunter. Wieder einmal bekleidet mit ihrem roten Bischofsmantel, der auch beim nunmehr vierten Mal, an dem Walcher sie darin zu sehen bekam, nichts an Faszination eingebüßt hatte. Diese Elegie aus rotem Brokat, die am Kragen, den Ärmelenden und am unteren Saum mit dunkelroten Boateilen besetzt war, erzeugten spontan gute Laune.

»Wurden Eure Eminenz Nachtruhe gestört?«, grinste Walcher sie an. Mathilde ging aber nicht darauf ein, sondern stellte ruhig fest: »Gib acht auf dich, irgendetwas geschieht im Gäu. Ich hab Flammen g'sehn und darin die Schreie einer gequälten Seele gehört.«

Walcher nickte artig und meinte, er habe einen Zettel geschrieben und müsse los, um einen Informanten zu treffen. Mathildes Empfindung, Traum oder was auch immer zu kommentieren, verkniff er sich. So kurz hintereinander mit ihrer Gabe konfrontiert zu werden – und er hatte keinen Zweifel, dass auch diesmal wieder etwas dran war –, nagte an seiner rationalen Weltsicht.

Er winkte Mathilde zu, verließ das Haus und nahm kurz entschlossen die Hunde mit, die mit bettelnden Triefaugen an der Haustüre gelauert hatten. Vielleicht war es sinnvoll, sie mitzunehmen, immerhin plante er einen Einbruch. Zu diesem Zweck hatte er schon am Vorabend die wichtigsten Werkzeuge in den Rucksack gepackt.

Vom kommenden Tag war noch nicht viel zu sehen, die Dämmerung begann erst. Halbdichter Nebel waberte um den Hof.

Auf den Straßen war es um diese Zeit noch ruhig, bei dem Nebel auch gut so, stellte Walcher beruhigt fest. Er fürchtete sich vor allem vor jenen Holzköpfen unter den Autofahrern, die glaubten, ihre tägliche Fahrt zur Arbeitsstelle unter allen Umständen mit Höchstgeschwindigkeit durchrasen zu können. Da würde es wenig nutzen, dass er langsam und konzentriert fuhr.

Wegen der schlechten Sichtverhältnisse entschied er sich für den Umweg auf der besser ausgebauten Straße über die Ortschaft Missen-Wilhams. Aber damit hatte es bei dem Dörfchen Wiederhofen erst einmal ein Ende. Die Szene im Nebel war gespenstisch, quer über die Straße nach Geratsried waren Absperrgitter aufgestellt, vor denen zwei Feuerwehrleute in voller Montur standen. Mathildes Warnung schoss ihm durch den Kopf, sollte sie mit ihrer Voraussage schon wieder richtigliegen?

Ob es an der Szenerie lag oder an Mathildes Traum, ein Schauder fuhr ihm über den Rücken, als er das Fenster öffnete und wissen wollte, was los war. Der Feuerwehrmann stieß dicke Atemwolken aus, als er in breitestem Dialekt klarmachte: »Do goht nix, 's hot brennt.«

Es wurde dann ein bisschen mühsam und dauerte einige Funksprüche, die der Mann an die Einsatzleitung durchbrüllte, bis Walcher, der sich als Pressemann ausgewiesen hatte, durchgelassen wurde. Eine Hütte wäre abgebrannt, hinter Geratsried, nur so viel war dem tapferen Löschmann zu entlocken, aber das genügte, um Walchers Fantasie zu beflügeln. Eine Hütte, Koenigs Hütte?

Die Parkmöglichkeiten am Ende des Weilers waren knapp geworden, Walcher stellte sich einfach neben einen Sanka auf eine Wiese. Hunde und Rucksack ließ er im Wagen. Den Weg zum Brandort markierten blaue und gelbe Blinklichter. Am Ende des Feldwegs, auf der Wiese vor der Hütte, standen zwei Löschfahrzeuge der Feuerwehr, ein weiterer Sanka und zwei Polizeiautos. Allerdings gab es die Hütte nicht mehr. Im Scheinwerferlicht der Fahrzeuge und der zunehmenden Helligkeit des Tages waren nur noch dampfende Grundmauern zu sehen, zwischen denen sich die Teile auftürmten, die nicht verbrannt waren. Viel ist es nicht, was von einem Holzhaus übrig bleibt. Ein erschreckend spärlicher Haufen Asche für das Haus, das er noch am vergangenen Tag bewundert hatte. Eine Gruppe Männer stand über eine Plane gebeugt, auf der ein Haufen schwarzer Asche lag.

Walcher ging zu der Gruppe, stellte sich als Journalist vor und deutete auf den Aschehaufen. »Ein Mensch?«

»Kommissar Weidlich«, begann einer der Männer. »Wir können derzeit noch nichts Genaues sagen, Herr …? Hab Ihren Namen nicht verstanden.«

Walcher wiederholte Name und Beruf und deutete noch einmal auf den Aschehaufen: »Sieht nach verkohlter Leiche aus.«

»Für welche Zeitung schreiben'S denn?«, wollte Kommissar Weidlich wissen.

»Ich arbeite als freier Journalist, Sie können ja bei Kommissar Brunner, Kripo Lindau, nachfragen. Wir kennen uns recht gut.«

Weidlich schüttelte den Kopf. »Kein Empfang hier, ich muss Sie bitten, bis zum Weg zurückzugehen. Sind ohnehin schon genügend Leute hier herumgetrampelt.« Dabei musterte der Kommissar giftig die Feuerwehrleute der Runde.

Walcher sah ein, dass er keine guten Karten hatte. Dennoch versuchte er es noch einmal. »Brandursache?«

»Wir werden eine Pressemitteilung herausgeben, gehn'S bitte.«

Nicht grundlos wurde Walcher Zähigkeit zugesprochen. »Wissen Sie denn wenigstens, wann der Brand ausgebrochen ist?«

»Laufende Ermittlungen, gehn'S bitte und lassen'S uns unsere Arbeit machen.«

»Wann wurde der Brand gemeldet?«

»Wenn Sie jetzt nicht gehen …«

Dem Kommissar war anzusehen, dass ihm etwas einfallen würde, um den lästigen Frager zum Schweigen zu bringen.

Walcher gab sich geschlagen. Brunner würde von seiner Anwesenheit erfahren und vermutlich auch, dass er bereits am Vorabend im Ort nach dem Weg zur Hütte gefragt hatte. Indizien, die gut zu Brunners verhärteter Meinung passten.

An der Absperrung, bei den beiden Wehrmännern, bekam er dann doch noch einige Antworten, nämlich dass der Brand um 24.35 Uhr gemeldet worden war, es allerdings vermutlich schon eine halbe Stunde zuvor zu brennen begonnen hatte. Als dann die Wehren eingetroffen waren, gab es nichts mehr zu löschen. Die Hütte hätte es wie Zunderholz abgefackelt. Ob Brandstiftung oder Selbstverschulden könnte man bei Holzhütten, noch dazu wenn sie Schindeldächer hätten, immer schwer sagen, erklärte der Feuerwehrmann. Hitze und Sogwirkung bliesen alle Spuren in den Himmel.

G'schmäckle

Der morgendliche Ausflug endete am Frühstückstisch, der noch gedeckt war, so als hätte Mathilde seine rasche Rückkehr erwartet. Vielleicht hatte sie ja auch so eine kleine Vision gehabt, zwischen Teewasser und Eierkochen. Walcher war ein wenig nach Gehässigkeit zumute, aber das lag mehr an der Begrüßung, mit der Mathilde ihn empfangen hatte: » Hosch so a G'schmäckle, hot's brennt?«

Walcher tat ihr den Gefallen und lobte ihre Gabe und erzählte, was geschehen war. Einmal schon dabei, verriet er Mathilde auch gleich, dass die Partnerschaft mit Theresa dabei war, sich in eine

Freundschaft zu verwandeln, er sich somit wieder ganz seiner Vateraufgabe, der Hühnerhaltung, Hundeerziehung, seinem Beruf und der Aufsicht einer gewissen Haushälterin widmen könne.

Mathilde nickte mit einer Miene, als sei das alles nichts Neues für sie, und verabschiedete sich zu einer Einkaufsfahrt in die Handlung ihrer Freundin Frau Zehner mit anschließendem Besuch einer anderen Freundin, die mit einem heftigen Hexenschuss im Bett lag.

Walcher beschloss, seinen Waldlauf nachzuholen, um sich anschließend mit klarem Kopf an den Computer zu setzen. Seine Recherche nach Magnus Bonnefeld hatte nichts wirklich Interessantes ergeben, es gab zwar ganze Massen von Bonnefelds und eine Hochhaussiedlung in Duisburg-Mündelheim mit gleichem Namen, aber nichts über einen Magnus Bonnefeld. Da musste er wohl andere Quellen anzapfen. Auch über eine Natalie Westhaus fand er nichts im Internet. Petras, Claudias, Gabrielas, Hausbauer, Berater, Architekten, alle mit Namen Westhaus, aber keine Natalie Westhaus. Bei Westhouse, englisch geschrieben, quoll Google geradezu über vor Einträgen. Da hätte er sich tagelang durchquälen müssen, mit fraglicher Aussicht auf Erfolg. Seltsam eigentlich, denn die Suchmaschinen im Internet fischten meist auch Nebensächlichkeiten heraus, über die dann präzisere Suchläufe möglich waren. Vielleicht gab es ja doch ein paar Menschen, die es geschafft hatten, nicht vom Internet erfasst zu werden. Geheimdienstler, Banker, Kriminelle und sonstige Gauner verhielten sich ohnehin vorsichtig, was die Internetnutzung betraf. Wieder fluchte Walcher in Gedanken über Kommissar Brunner und seinen Freund Hinteregger, die ihm bei vergangenen Recherchen wesentliche Informationen geliefert hatten. Der Hacker fiel ihm ein, der bei der Recherche über einen bekannten Pharmakonzern plötzlich aus der unergründlichen Tiefe des Internets aufgetaucht war und ihm wertvolle Tipps gegeben hatte. Vielleicht sollte er einen Hilferuf schreiben, in der Hoffnung, der Hacker würde wieder einmal in seinem Computer herumspazieren. Es schien, als ob er sich dieses Mal neue Verbündete suchen musste. Ein Narr, wer den Brand in Koenigs Hütte nicht als gezielte Brandstiftung vermutete, noch dazu war dort ein Mensch verbrannt. Damit stieg die Zahl der Mordopfer auf vier, kein beruhigender Umstand.

Tantes Sauerkraut

Unglaublich, in welcher Geschwindigkeit sich die Natur entwickelte. Vor ein paar Tagen erst hatten sie begonnen auszutreiben, und schon standen die Laubbäume in dichtem Grün. Aber dafür hatte Walcher keinen rechten Blick. Sein Interesse galt eher dem grünen Schutzzelt der Kripo. Etwas ratlos stand er mit seinem Klappspaten davor. Unter der Wasserlast eines Regenschauers war das Zelt zusammengebrochen und vergrößerte das vorhandene Chaos. Wo sollte er in dem Gewirr anfangen? Wo versteckte ein Mann wie Koenig das Manuskript eines Buches, das erheblichen Zündstoff besaß? Egal ob als Papierausdrucke oder auf einer CD gespeichert, alles, was sich in Reichweite der Flammen befunden hatte, musste zu Asche verbrannt oder zumindest geschmolzen sein. Schutz hätte bestenfalls ein Kellerraum geboten, aber gab es den überhaupt, und wenn ja, wo? Unter der Küche, unter dem Flur? Ohne Kenntnis vom Grundriss der Hütte würde er den ganzen Schutt abtragen müssen, und damit wäre er wirklich auf dem besten Weg, sich strafbar zu machen. Immerhin befand er sich auf fremden Grund, und noch dazu einem, den die Polizei deutlich als Sperrbereich markiert hatte. Die beiden aufgestellten Schilder ließen jedenfalls an Deutlichkeit keine Interpretationen zu: *Betreten der Brandstelle verboten, Staatsanwaltschaft Kempten.* Andererseits, was würde es groß ausmachen, für die Polizei war er ohnehin ein Verdächtiger.

Halbherzig stocherte Walcher in der Mischung aus Asche und Schutt herum. Allein um die Bodenebene freizulegen, bräuchte er Tage. Vor allem mit diesem lächerlichen Klappspaten. Seufzend klappte Walcher ihn zusammen und verstaute das handliche Teil wieder im Rucksack. Wenn es das Manuskript überhaupt gab, hier würde er es nicht finden, und vermutlich war es ohnehin verbrannt. Plötzlich schrak er heftig zusammen, seitlich von ihm bewegte sich ein dunkler Schatten. Polizei, dachte Walcher und formulierte bereits den Tatbestand, nichts an der Brandstelle verändert zu haben, lediglich über die Absperrung gestiegen zu sein. Aber es war kein Wächter. Keine zwei Meter entfernt stand ein Mann, eine Erscheinung wie ein Waldschrat aus einem Sagenbuch, und glotzte Walcher mit offenem Mund an. Weiße Bartstoppeln auf runzliger Haut und ein schütterer, ebenfalls weißer Haarkranz ließen auf ein hohes Alter schließen. Ein paar Sekunden herrschte Stille, bis auf das Krächzen einer Krähe, dann meinte der Schrat mit leicht debiler Stimme im breitesten Dialekt: »A schees Fuir, do hätt d'Dante an Gschbaaß g'het«.

»Sooo, moinsch?« Walcher bemühte sich redlich um einen ähnlich breiten Dialekt.

Die Sekunden tickten.

»Warsch scho amol do«, stellte der Alte dann fest.

»Hosch mi gsea?« Irgendwie baute sich in Walcher das Gefühl auf, dass er diese seltsame Unterhaltung am Leben halten sollte.

»Kenssch'd Dante?«

Walcher schüttelte den Kopf. »Nur den Julian.« Er hatte überlegen müssen, ob der Schrat Dante oder Tante meinte.

»War au do, kirzlich.«

»Der Julian?«

»Julian«, nickte der Alte.

»Mit dem sollt ich mich treffen, er wollt mir was zum Lesen geben.« Der Alte war sicher nicht als Wächter eingesetzt. Vielleicht wusste er ja etwas. Gesegnet mit Wohlstand schien er vermutlich nicht. Seiner dünnen Arbeitsjacke war anzusehen, dass sie schon andere gründlich aufgetragen hatten. Aus der Beintasche der abgewetzten grauen Kordhose ragte der Hirschhorngriff eines Messers. Barfuß stand er im feuchten Gras.

»Bins g'wehnt.« Kam es vom Alten, der Walchers Blick richtig gedeutet hatte, auf seine Füße zeigte und grinste. »No werret'se au amol g'wäscha!«

»Wollt den Keller suchen«, deutete Walcher hinter sich. Vermutlich kannte sich der Alte aus. Der zeigte seine Zahnstummel, schüttelte aber den Kopf und deutete hinter sich in den Wald. »Dante hot oin.«

»Welche Tante?«

»Halt vom Julian.«

»Ja, isch des do gar it d'Hitta vom Julian?«

»Scho, halt vo dr Muatter.«

»Und wo isch d'Hitta vo dr Tante?«

»Halt do«, wieder deutete der Alte hinter sich.

»Isch weit?«, wollte Walcher wissen. Das Männlein schüttelte wieder mit dem Kopf, verstand aber offensichtlich mehr, als man ihm von seinem Äußeren, Verhalten und Ausdrucksweise zutraute. Er drehte sich um und ging voraus.

Etwa hundert Meter führte der nur schwer erkennbare Pfad durch alten Baumbestand, bis er in einen etwas breiteren Waldweg mündete. Hier wandte sich das Männlein zum ersten Mal um und deutete nach links, den Hang hinauf. Dort, nach zirka weiteren hundert Metern, stand eine Hütte zwischen mächtigen Tannen, deutlich kleiner als die abgebrannte. Vor ihr endete auch der Weg. Wer diese Hütte nicht kannte, würde sie vermutlich auch nicht finden, es sei denn, er stieß zufällig darauf.

Sorgfältig trat der Alte die Füße ab, bevor er die unverschlossene Hüttentür aufstieß und hineinging. Walcher folgte ihm, blieb aber hinter der Tür stehen, bis sich seine Augen ans Halbdunkel gewöhnt hatten. Eine kleine Diele, eine Treppe nach oben, links und rechts zwei Türen. Die linke stand offen und führte in den Wohnraum. Dort wartete der Alte und winkte ihn hinein.

Der Raum war mit Holz vertäfelt und einfach, aber gemütlich eingerichtet. Eckbank, Tisch, drei Stühle, Küchenschrank, ein Jugendstilsofa neben dem gusseisernen Ofen. Überall standen Kerzenständer und Petroleumlampen. Vom Wohnraum sah man durch die offene Tür einen Küchenherd im angrenzenden Zimmer. Walcher spürte die Wärme, die der Herd ausstrahlte.

Der Alte war wirklich ein guter Beobachter, denn er meinte, dass Julian ihn beauftragt hätte, nach dem Rechten zu sehen und alle Woche einmal einzuheizen. Er winkte Walcher wieder auffordernd zu und ging voraus in die Küche. Viel war dort nicht zu erkennen, denn das Küchenfenster war dicht mit Efeu bewachsen. Erst als der Alte zwei Kerzen angezündet hatte, sah Walcher, dass die Küche modern und funktional ausgestattet war und sich der scheinbar antike Küchenherd als Nachbau neuester Produktion präsentierte, natürlich wie früher, mit Holz zu befeuern. Ein tolles Stück, dachte Walcher in einem flüchtigen Gedanken an die eigene Küche. Mit einem Grinsen schob ihn der Alte zur Seite und rollte umständlich, aber sorgsam den Webteppich zusammen, der eine Bodenklappe verdeckte. Der Zugang zu Tantes Keller, vermutete Walcher und spürte, wie sein Herz schneller schlug. Sollte er das geradezu unverschämte Glück haben, so einfach an Koenigs Manuskript zu kommen?

Der Keller stellte sich als ein enttäuschend niedriges Loch heraus, in das nur drei Treppenstufen führten und wohl nur gebaut, um die Wasserleitung frostfrei unter die Erde zu legen. Walcher dachte an die Taschenlampe im Auto. Mit einer Kerze war das niedrige schwarze Loch schwer auszuleuchten. Wieder überraschte der Alte, denn er stieß Walcher an und hielt ihm eine Taschenlampe hin. Damit stieg Walcher die erste Stufe in das Loch hinab und vertrieb die Dunkelheit. Dennoch huschten ihm hässliche Bilder durch den Kopf, die seine euphorische Jagdstimmung ganz erheblich beeinträchtigten. Die brennende Hütte, in der sich ein Körper in den Flammen wand, als ob er noch lebendig wäre. Er hörte das Prasseln der Flammen und das Fauchen der Luft, die wie in einem Kamin von der Hitze in den Himmel gesogen wurde. Was, wenn der Alte gar nicht so harmlos war, wie er wirkte? Niemand wusste, wo man ihn suchen müsste, es sei denn, Mathilde hätte eine ihrer Visionen. Einen kurzen Moment zögerte er, aber nach einem Blick auf den Alten nahm er auch die zweite Stufe. Er musste sich hinknien, um an die grobgezimmerten Regale zu kommen, mit denen die Wände des kleinen Raumes verkleidet waren. Weinflaschen lagen darin, von unterschiedlich dicken Staubschichten überzogen, darunter aber auch einige neueren Datums. In einer Ecke standen auf dem gestampften Boden alte Küchengeräte, ein kleines Butterfass, eine Kaffeemühle, einige Töpfe … und – Walcher hätte beinahe einen Freudenschrei ausgestoßen – zwei Sauerkrauttöpfe aus grauem Steingut. Auf den Knien arbeitete er sich in die Ecke zu den Töpfen vor. Tantes Sauerkraut! Der erste war leer, aber aus dem zweiten zog Walcher einen Kunststoffbeutel, dessen Inhalt sich verdächtig nach einer

CD-Hülle anfühlte. Ein wunderbares Gefühl machte sich breit, eine Mischung aus Glücks- und Jagdhormonen. Schade, dass er Koenig dieses Triumphgefühl nie beschreiben konnte.

Auf dem Rückweg zum Auto begleitete ihn der Alte und erzählte von Julian, von der Tante und von Julians Mutter. Wenn einer von ihnen Ferien machte, wäre Alois immer dabei gewesen.

Walcher vermutete richtig, dass der Alte Alois hieß und von sich in der dritten Person sprach. Alois der Depp gehörte zur Familie, mochte allerdings die Tante lieber als die Mutter vom Julian. Auch der Julian hätte meistens bei seiner Tante gesessen. Noch heute achtete Alois auf die Hütten und bekam dafür von Julian jeden Monat eine Überweisung. Er habe nämlich ein eigenes Konto, erklärte Alois stolz. Sparen würde er das meiste, nur Rätselhefte und hie und da mal eine Schokolade würde er sich kaufen, aber wirklich nur selten. Er wäre nur froh, dass es eine Leiche im Haus gegeben hatte, erklärte er mit ernsthafter Miene, sonst hätten sie ihn beschuldigt und gesagt, der Depp hat beim Feuermachen nicht aufgepasst. Und dabei hätte er doch immer aufgepasst und wäre immer beim Ofen sitzen geblieben, niemals die Feuer ohne Aufsicht gelassen. Ein Jägerauto wäre es gewesen, das am Sonntag in der Nacht den Feldweg hinuntergefahren ist. Ganz langsam und mit wenig Licht. Natürlich wollte Walcher sofort wissen, was Alois unter »Jägerauto« verstand und wann das gewesen war. Auf die Frage zur Uhrzeit schwieg Alois, vermutlich kannte er die Uhr nicht. Wozu auch, in seinem Leben gab es Tag oder Nacht. In der Nacht schlief man, und der Tag gliederte sich durch die Mahlzeiten. Nach einer längeren Pause kam dann die Beschreibung des Jägerautos.

»A so a Kischt halt. G'sea hau i nix, g'soicht hots was ra kaa.«

Wie auf Kommando begann es in diesem Augenblick zu tröpfeln, also zu soicha, wie man hierzulande bezeichnete, wenn es regnete.

Walcher zog den Knirps aus dem Seitenfach seines Rucksacks und ließ den Schirm aufspringen. Mit großen Augen verfolgte Alois jede Bewegung und bekam große strahlende Augen, als Walcher ihn unter den Schirm winkte. Das Ding war ein prächtiger bunter Kinderschirm, bedruckt mit allen möglichen Nationalflaggen, und faszinierte Alois derart, dass er kein Wort mehr sprach, bis sie beim Auto angekommen waren. Da konnte Walcher nicht anders, erklärte den Mechanismus des Schirms und drückte ihn dem Alten in die Hand. Es hatte etwas Rührendes, wie Alois stolz erhobenen Hauptes mit dem knallbunten Schirm davonstolzierte, als führe er eine Prozession an.

Koenigs Vermächtnis

Bereits während der ersten Zeilen von Koenigs Vorwort bereute es Walcher, sich nicht gleich mit einem Sherry versorgt zu haben.

Wenn sich jemand mit meinem Nachlass beschäftigt, werde ich nicht mehr am Leben sein. Eine seltsam unwirkliche wie schmerzliche Vorstellung.

Ich habe einige Jahre damit verbracht, Fakten für dieses Buch zu sammeln, und mir durchaus vorgestellt, auch die Lorbeeren einzuheimsen. Eine dunkle Ahnung lässt mich aber befürchten, mich glücklich zu schätzen, sollte meine Arbeit nicht einfach vernichtet werden und es überhaupt jemand wagen, mein Manuskript in die Öffentlichkeit zu bringen.

Walcher sah Koenig vor sich, nippte an seinem Sherry und dachte an die Zufälle, die ihm das Manuskript in die Hände gespielt hatten. Koenigs dunkle Ahnung war nicht unbegründet. Zwar konnte er im Nachhinein seine Furcht vor allzu viel Vertrauen verstehen, aber hätte er bei dem Treffen nicht so vage herumgeredet, sondern klar von seinem Manuskript erzählt und das Thema skizziert, vielleicht wäre einiges anders abgelaufen. Hatte er Koenig nicht ernst genug genommen?

Was trieb einen dazu, eine Nachricht für den Fall seines Todes zu schreiben, ein unsinniges Versteck zu wählen in der vagen Hoffnung, ein Journalist, mit dem er nur ein flüchtiges Gespräch hatte, würde das Sauerkrauträtsel lösen und das Manuskript auch tatsächlich suchen und sogar finden? Die Karte mit dem Hinweis auf Tantes Sauerkraut, anscheinend im letzten Moment auf den Weg gebracht, konnte beim besten Willen nicht als ernstzunehmende und präzise Angabe verstanden werden. War Koenig da bereits klar gewesen, dass er auf der Abschussliste stand? Vermutlich, dafür sprach der Hinweis auf Natalie Westhaus. Westhaus, Walcher musste trotz des traurigen Themas schmunzeln. Seit Koenigs Warnung dachte er an Natalie nur noch mit ihrem Nachnamen. Vorbei war es mit der verführerischen Natalie und seinen durchaus schwärmerischen Erinnerungen. Wahrscheinlich war Koenig von Westhaus verraten oder sogar umgebracht worden. In jedem Fall sollte er die Gefährlichkeit dieser Leute nicht unterschätzen. Koenig, Schonauer und sein Knecht, das Brandopfer, wer war der Nächste? Er selbst? Immerhin hielt er Koenigs Vermächtnis in Händen.

Ich habe mich 2006 gezielt bei Eufoodic beworben, um so an Informationen zu gelangen, wie sie nur Insider erhalten. Von Anfang an bin ich ein hohes Risiko eingegangen, war mir allerdings nicht annähernd über die Skrupellosigkeit bewusst, mit der eine kleine und feine Interessengruppe der Agrar- und Lebensmittelchemie, ich nenne sie Alpha-Group, ihre Ziele verfolgt.

Wer auch immer diese Zeilen liest, muss wissen, dass er ein Todesurteil liest – einmal sein eigenes und einmal das eines Großteils der Menschheit.

Wenn es überhaupt noch Wissenschaftler gibt, die nicht auf den Lohnlisten der Alpha-Group stehen, traut sich der verbliebene Rest schon lange nicht mehr, Wahrheiten zu veröffentlichen, die den Interessen der Alpha-Group gefährlich werden könnten. Zu eng ist inzwischen das Netz mit den Regierenden geknüpft, ein Großteil der politischen Kräfte sogar direkt am wirtschaftlichen Erfolg beteiligt.

Einige Studien von seriösen und ungebundenen Wissenschaftlern habe ich zusammengetragen, obwohl man diese Leute mit beispiellosen Kampagnen mundtot gemacht hat. Dass ich zum Teil an diesen Aktionen, die in nichts den Methoden von Diktaturen oder kriminellen Gruppen nachstehen, beteiligt war, schmerzt mich sehr, und da hilft es nicht einmal, dass ich das Ziel über die Moral stellen musste.

Unsere Ernährungsgrundlage ist bereits heute derart bedenklich geschädigt, dass nicht wenige dieser noch unabhängigen Wissenschaftler glauben, der point of no return sei bereits überschritten. Die Beispiele Süd- und Nordamerika, Indien, Afrika lassen ahnen, mit welcher Geißel die Menschheit rechnen muss. Ehemals erfolgreiche Agrarwirtschaften, die nicht nur die eigenen Völker ernähren konnten, sondern ihre Überschüsse in die ganze Welt lieferten, sind zu hoffnungslosen Armenhäusern verkommen und inzwischen zu großen Teilen im Besitz einer skrupellosen Agrarchemie-Wirtschaft. Auf ergaunertem Land werden genmanipulierte Saaten angebaut, mit unabsehbaren Folgen für die Natur. Bereits heute, nach nur wenigen Jahren des genmanipulierten Anbaus, sind 60 % der landwirtschaftlichen Nutzflächen unwiederbringlich durch Pestizide vergiftet, die Genome von benachbarten, sogar artfremden Pflanzen verändert. Noch in diesem Jahrhundert werden diese Flächen nicht einmal mehr als reines Wurzelmedium dienen können, denn die Gifte, die sich darin angereichert haben, haben Abbauzeiten, die wir definitiv noch nicht kennen. Die Menschheit muss mit einer selbstgemachten Wüstenei biblischen Ausmaßes rechnen.

Die Agrarindustrie hat offenkundig kein Interesse am Menschen, sie wird in ein anderes Land, auf einen anderen Kontinent weiterziehen und vermutlich neues Saatgut entwickeln, das sogar in der Wüste wächst – jedenfalls wird sie das den Menschen vorgaukeln, so wie sie uns mit der Grünen Revolution vorgegaukelt hat, dass die Menschheit mit genmanipuliertem Saatgut ohne Hunger leben könnte. Das Gegenteil ist bisher eingetreten. Genmanipuliertes Saatgut und Spritzmittel haben mehr Menschen und Nahrungstieren Krankheit und Tod gebracht als der Hunger auf dieser Welt.

Ob ich mit diesem Buch die Menschen wirklich wach rütteln kann wage ich zu bezweifeln, auch wenn ich einige der unglaublichsten Machenschaften und Lügen führender Konzerne der Agrarindustrie aufdecken werde. Ich kann beweisen, dass eine große Zahl Politiker auf den Gehaltslisten dieser Industrie stehen, ja teilweise größere Aktienanteile besitzen und maßgeblich an Gesetzesänderungen zugunsten ihrer Unternehmen beteiligt waren. Politiker, die nicht davor zurückschrecken, ihre eigenen Wähler als Testpersonen genmanipulierten Saatgutes, Spritz- und Düngemitteln zu opfern und jede kritische Stimme, die diesen unverantwortlichen Wahnsinn aufzudecken droht, mit allen Mitteln zu bekämpfen.

Profitgier und Machtstreben sind es, deretwegen man uns eine glückliche und satte Zukunft verspricht, stattdessen aber wissentlich zerstörerisch in die Natur eingreift, um uns in die Abhängigkeit genmanipulierter Nahrungsmittel zu bringen.

Ich wünschte, es gäbe sie, diese übergeordnete Instanz, von denen uns alle Religionen dieser Welt erzählen. Und ich wünschte, sie würde endlich Schluss machen mit diesem Wahnsinn, bevor aus unserem wunderbaren Planeten eine unfruchtbare Wüstenei geworden ist.

Julian Koenig, im Januar 2012

Es gab eine ganze Reihe von Büchern, Filmen, TV-Specials und natürlich eine Unmenge an Zeitungsartikeln und Dossiers kritischer und voraussehender Zeitgenossen zu dem Themenkreis, den Koenig in seinem Vorwort ankündigte. Walcher beschäftigte sich seit einem Jahr mit diesen Themen, da war sicher keine neue Hiobsbotschaft zu erwarten, die über die bisherigen Veröffentlichungen hinausging. Interessant war allerdings das Insiderwissen, das Koenigs Manuskript versprach. Deshalb zwang sich Walcher zur Gründlichkeit, auch wenn er am liebsten kreuz und quer in den Dokumenten geblättert hätte, die auf der CD gespeichert waren. Es brachte nichts, wenn er die Informationen nur überflog, er musste sie durcharbeiten. Eine Situation, die seine Journalistenseele eigentlich in positive Schwingungen versetzen müsste, denn selten genug bekam er solch Material frei Haus geliefert. Aber Koenigs Vermächtnis bereitete ihm eher Kopfschmerzen, und das lag an seinen Erinnerungen. Lisa. Auch damals – wie sich »damals« anhörte, Walcher kam es immer so vor, als läge Lisas Tod gerade mal ein paar Monate zurück – hatte er eine CD mit geheimen Informationen aus dem innersten Kreis eines Konzerns in Händen und war zur Herausgabe gezwungen worden. Erpresst durch die Entführung seiner Freundin. Eine ebenso sinnlose wie schmerzliche Aktion, bei der Lisa ermordet worden war. Konnten sich solche Geschichten wiederholen?

Walcher dachte an Irmi, an Mathilde, Theresa, an die Großeltern, an sein unmittelbares Umfeld. Wie erpressbar war er heute? Mit einem tiefen Seufzer und einem weiteren Sherry spülte er solch beunruhigende Gedanken hinunter und begann als ersten Schritt, Duplikate von Koenigs CD zu brennen. Er würde mit Irmi und Mathilde sprechen müssen, spätestens wenn er sich über seine nächsten Schritte im Klaren war.

Brunner! Mit einem leisen Fluch schob er in der Küche den

Teppich wieder zurück über die Falltür zum Keller. In seinem Heiligtum, dem Gewölbekeller, hatte er bei der Renovierung in die Wand unter der Treppe ein Geheimversteck eingebaut, auf das er besonders stolz war. Dummerweise hatte er es Brunner in einer Weinlaune gezeigt, und damit fiel es für dieses Mal als Versteck aus. Bei einer Hausdurchsuchung würde dieser bescheuerte Bulle zielgerichtet in den Gewölbekeller stampfen. Walcher seufzte, ging ins Wohnzimmer und tauschte Koenigs CD mit einem Orgelkonzert auf der Gabler-Orgel in Weingartens Basilika aus. Die zweite Kopie wanderte in eine Hülle von Brahms. Beide Musik-CDs deponierte er ohne Hüllen auf dem CD-Player, damit er sich an seine Verstecke erinnerte. Eine dritte Kopie würde er im Auto zu der kleinen Sammlung von Musikscheiben geben, die er bevorzugt auf langen Autofahrten hörte.

Die letzte Sicherungskopie steckte er in eine Versandhülle, schrieb ein paar Zeilen dazu und adressierte sie an die Adresse seines Freundes Johannes. Hoch oben auf der Ziegenalm im Schweizer Safiental würde sie nur entdecken, wer davon wusste.

Aktion I: H5N1 Vogelfrei

Im Haus herrschte längst Nachtruhe, weshalb Walcher leise die Treppe hinunter ins Wohnzimmer und zum Bar-Schrank tappte.

Nachdem er mit Koenigs Manuskript begonnen hatte, war es mit dem üblichen Schluck Sherry nicht getan. Mit einem Calvados hoffte er, seine aufgeputschten Gefühle zu sedieren, um halbwegs in den Zustand einer Bettschwere zu gelangen. Koenigs Manuskript hatte sich als eine lose Sammlung unterschiedlicher Themen und Vorkommnisse bei Eufoodic und dessen Mitgliedsfirmen herausgestellt, die jedem Bürger den letzten Glauben an Recht und Moral austreiben musste. Horrorvisionen einer internationalen Verschwörung taten sich auf, in deren Fokus der Nahrungsbedarf des Menschen stand. Bereits die Aktion I: H5N1 Vogelfrei – Koenig hatte seine Dokumente nach Aktionen geordnet – stürzte Walcher in ein schwarzes Gefühlsloch. Nach Koenigs Recherchen handelte es sich bei der Vogelgrippe in erster Linie um eine radikale Marktbereinigung. Nicht die riesigen Geflügelfabriken der Marktführer in den USA, die insgesamt jährlich die unglaubliche Menge von 20 Milliarden Pfund Geflügelfleisch auf den Markt warfen, gerieten als mögliche Brutstätten der Vogelgrippe in Verdacht, sondern die kleinen Hühnerfarmen. Die Kleinbauer- und Armeleute-Hinterhofhaltung, eine der wichtigsten Quellen für tierisches Eiweiß und Ernährungsgrundlage für Millionen von Menschen, war in das Fadenkreuz der Marktführer gerückt. Nicht in den Fabriken der Giganten wurden Millionen von Tieren gekeult, sondern in den kleinen Ställen und auf Hinterhöfen in Asien, Südamerika und Afrika wurden die Tiere der lästigen Konkurrenz erschlagen. Diese Tatsache bescherte dem globalen Kartell der Geflügelzüchter einen Umsatzzuwachs von 40 Prozent – in deren Windschatten die Futtermittelhersteller und Pharma-Chemie in ähnlicher Höhe zulegten. Damit schloss sich wieder der Kreis einer unheilvollen Allianz von Nahrung und Chemie. Die Hühner der Großkonzerne wurden hauptsächlich mit Gen-Mais gefüttert, und weil die Massentierhaltung in diesen Dimensionen idealen Nährboden für alle möglichen Krankheitserreger bietet, werden prophylaktisch Antibiotika mitverfüttert. Genmanipuliertes Saatgut, Pestizide, Düngemittel, Antibiotika und Nahrungsmittel, ein blühendes Partnerschafts-Geschäftsmodell. Wo diese Produktionskette nicht bereits in einer Hand liegt, besitzen die Produzenten meist gegenseitig Firmenanteile und sind, spätestens über die Banken, ohnehin in einer Interessengemeinschaft verkuppelt, die hohe Dividenden verspricht.

Koenig stellte in seiner Aktion I die Frage, warum zum Beispiel in Thailand Fälle von Vogelgrippe ausgerechnet im Umfeld von bestimmten Hühnerfabriken auftraten. Oder warum es in der Türkei, Kroatien und Bulgarien zu Ausbrüchen des Virus kam. Er legte dazu einen Untersuchungsbericht von GRAIN vor, dessen Erscheinen Eufoodic nicht verhindern konnte. Darin wird dezidiert aufgeführt, dass die Orte, in denen die Vogelgrippe aufgetreten war, alle an den Transportwegen für verarbeitetes Geflügel aus Betrieben einer bestimmten Erzeugergruppe in Asien lagen. Es mochte ein reiner Zufall sein, jedenfalls für den, der an solche Zufälle glauben mag, kommentierte Koenig die Tatsache, dass zeitgleich mit dem Auftreten von H5N1 das Roslin Institute in Schottland mitteilte, es sei in der Lage, eine neue »Transgene Hühnerart« zu produzieren, die gegen den tödlichen Stamm eines H5N1-Virus resistent sei.

Koenig schrieb, er sei überzeugt, dass H5N1 nicht aus heiterem Himmel entstanden sei, sondern aus einem US-Biochemie-Labor stammte, wofür ihm allerdings eindeutige Beweise fehlten.

Trotz des wunderbar reifen und runden Calvados, der immerhin 40 Jahre in einem Fass verbringen musste, um endlich als Nerventrunk Verwendung zu finden, befürchtete Walcher, von transgener Hühnerproduktion zu träumen, die groß wie Strauße übers Land gackerten. Produzieren, allein schon diesen Begriff für Lebewesen zu verwenden, zeigte die Achtung, die diese Produzenten vor dem Wunder der Genesis besaßen.

Paradies

Als paradiesisch bezeichneten die meisten den Karrer-Hof und seine Lage am Ende des Weilers Geratsried. Der Hoferbe, Mathias Karrer, nannte ihn nicht weniger poetisch: »Vorhölle mit schöner Aussicht«, und entfloh ihr wenigstens einmal im Monat. Bodenständige Gasthäuser in Missen-Wilhams, Oberstaufen oder in Immenstadt waren dann sein Ziel, um unter d'Leit zu kommen. Meist kehrte er in denselben Gaststätten ein, um, wie er sagte, einmal im Monat etwas Ordentliches in den Bauch zu bekommen und sich ebenso ordentlich und ungestört zu betrinken. Ganz tief hinten, in einem bereits halb verödeten Speicherplatz seines Gehirns, schlummerte aber vielleicht auch die Hoffnung, ihm möge doch noch ein heiratswilliges Weib über den Weg laufen.

Kamen ihm solche Gedanken bewusst in den Sinn, wehrte er sich dagegen, denn die Realität sprach einfach dagegen. Zum einen näherte er sich den 50, mithin etwas spät für die Gründung einer Familie, selbst für einen Allgäuer Bauern, dessen Kernigkeit bei Frauen durchaus Nestgefühle wecken konnte. Zum anderen lebte er am Ende der Welt auf einem schon in der vorangegangenen Generation renovierungsbedürftigen Bauernhof, und zum Dritten hatte er einen depperten Bruder am Hals.

»Luagsch noch em Loisel«, hatte sich die Mutter auf dem Sterbebett verabschiedet, und als ihr der Vater zwei Jahre später folgte, waren seine letzten Worte gewesen: »Der Loisel isch dein Bruder, gibsch aufn obacht, gell Mathias.« Verflucht hatte er deshalb oft genug die Alten, im Stillen nur, aber sich an ihre letzten Bitten gehalten. Es war eben sein Schicksal, und man konnte den Alois ja nicht einfach in ein Irrenhaus stecken, nur weil er deppert war. Dazu war Alois inzwischen an die 60, und ihn in ein Heim zu geben, hätte ihm vermutlich das Herz gebrochen. Außerdem half er auf dem Hof, jedenfalls bei den einfacheren Arbeiten. Und dass es mit den Frauen nicht so recht funktionierte, war nicht allein die Schuld des Bruders.

Zweimal hatte er ernsthafte Heiratswillige auf dem Hof gehabt, gewissermaßen zur Probe. Und beide Male waren sie schon nach den ersten Tagen auf und davon. Die Abgeschiedenheit, die harte Arbeit, fehlender Komfort auf dem Hof, der nur von außen noch einigermaßen passabel wirkte, hatten sie vertrieben. Die Küche zum Beispiel stammte noch von den Großeltern, oder hatten sie gar die Urgroßeltern angeschafft? Nur der Kühlschrank war neu, und das Linoleum am Boden hatte er vor drei Jahren erneuern müssen, weil es nur noch angenagelte Fetzen waren, über die man ständig stolperte. Und dann gab es nicht einmal eine Toilette oder ein Badezimmer. Als die letzte Probefrau den Weg aufs »Häusle« wissen wollte und er ihr das Plumpsklo über der Güllegrube zeigte, erkannte er an ihrem Blick, dass die Sache gelaufen war. Da hätte er ihr gar nicht mehr das »Badezimmer« und die Badewanne darin zeigen müssen, also die Waschküche und den großen Kessel, in dem nicht nur gebadet, sondern auch die Wäsche gewaschen und die Kartoffeln für die Schweine gekocht wurden.

Im Schäffler, in Missen, war Mathias der letzte Gast, als er mit breitem Gang aus der Wirtschaft wankte. Bis zu seinem Auto, das er immer am Ortsanfang bei der Abzweigung von der Bundesstraße parkte – gleich in Fahrtrichtung –, würde er schon wieder halbwegs nüchtern werden. Die übereifrigen Blaukittel standen nämlich oft direkt beim Parkplatz der Wirtschaft, und dann hieß es blasen. Diese Wegelagerer! Einmal hatten sie ihn angehalten, hatten ja auch sonst nichts zu tun. Drei Monate Fahrverbot und 400 Euro Strafe hatten sie ihm aufgebrummt. 400 Euro, das waren etwa 1400 Liter Milch, wo doch seine 12 Kühe gerade mal um die 100 Liter pro Tag brachten. Waren ja schließlich keine Turbokühe und bekamen auch nur Gras, aber wen interessierte schon noch artgerechte Viehhaltung? Mathias bekam urplötzlich eine trockene Zunge und wäre am liebsten umgekehrt, aber das Scheffler war dicht, und auch die anderen Wirtschaften hatten längst geschlossen. Da blieb ihm nichts übrig, als sich auf ein letztes Bier daheim zu freuen. Bisher war er immer noch heil nach Hause gekommen, auch wenn die zackigen Serpentinen hinauf zum Hof einem ganz schön was abverlangten. Auch den Rest der teilweise schmalen Strecke hatte er wieder einmal ohne Blechschäden gemeistert, trotzdem stieß er kurz vor seinem Hof einen ziemlich unflätigen Fluch aus. Im Hof brannten noch Lichter, und es war ihm klar, dass Alois wieder mal alles um sich herum vergessen hatte. Wahrscheinlich war er über seinen blödsinnigen Rätselheften einfach eingeschlafen, der Depp. Eigentlich nicht schlimm, aber Mathias war einfach danach, über irgendwen fluchen zu können. Gut gegessen und auch genügend getrunken hatte er zwar, aber keinem Weibsstück war er begegnet. Auch die Helga, bei der er vor der Wirtschaft vorbeigeschaut hatte, um sie zu einem Bier einzuladen, hatte ihn abblitzen lassen. »Es müsste sich auch zu dir Hinterwäldler herumgesprochen haben, dass ich einen Schatz hab und im Frühjahr heiraten werd«, hatte sie ihn angegiftet. Und jetzt hatte der Depp wieder das Licht brennen lassen. Auch unterm Vordach vor dem Stall, wo Mathias immer den Wagen abstellte, brannte es noch.

Bevor Mathias in den Stall sah, was er aus Gewohnheit immer tat, egal wann oder wie besoffen er heimkam, leerte er seine Bierblase. Es dauerte, bis er sich vom Misthaufen abwandte, zum Stall schwankte und leise die obere Hälfte der Stalltür aufstieß. Die warme Luft, die ihm entgegenschlug, stimmte ihn milde. Er liebte diesen Duft nach den Tieren, nach Heu, und dabei störte auch der Gestank vom Mist nicht, das gehörte einfach dazu. Die Tiere waren ruhig. Mathias zog das Türteil wieder zu. Er wäre auch durch den Stall ins Wohnteil gekommen, aber dann hätte er die Ruhe im Stall gestört.

Er tappte zur Haustür, die hier in der Gegend niemand verschloss, auch nicht in der Nacht.

Im Flur brannte Licht, und die Tür zur Küche stand halb offen. »Depp, damischer«, fluchte er leise, stieß die Tür ganz auf … und erstarrte.

Vor ihm lag sein Bruder auf dem Boden. Dass er nicht nur schlief, sondern etwas passiert sein musste, sagten Mathias die Blutspuren. Zögernd ging er auf Alois zu und beugte sich hinunter.

Die Hand fühlte sich kalt und schlaff an. Den Puls zu fühlen, versuchte Mathias erst gar nicht, für solche Feinheiten taugten seine hornigen Finger nicht. Vorsichtig drehte er den Bruder auf den Rücken und hielt sein Ohr an seine Herzgegend, aber da gab es nichts mehr zu hören. Dafür konnte er Alois nun aber ins Gesicht sehen. Sein Magen reagierte. Der Bruder musste in einen Häcksler geraten sein oder unter die Hufe einer wild gewordenen Herde. Übersät mit aufgeplatzten Schwellungen, ein zugeschwollenes Auge, breiige Lippen und alles mit geronnenem Blut verschmiert, erinnerte wenig an das vertraute Gesicht des Bruders. Nur nebenbei nahm Mathias wahr, dass die Küche einer Müllkippe glich. Das wenige, das in den Küchenkästen, im Schrank und in den Fächern der Eckbank verstaut war, lag in wildem Durcheinander auf dem Boden, zum Teil in Scherben.

Mathias stürmte aus dem Haus und kotzte neben die Tür. Mit unsicheren Schritten torkelte er dann zum Brunnentrog und spritzte sich Wasser ins Gesicht. Dann stapfte er zum übernächsten Nachbarn, dort gab es ein Telefon.

Sie waren spät dran in diesem Jahr mit ihrem Boot. Nicht dass sie die Freude am Segeln verloren hätten, aber irgendetwas war immer dazwischengekommen. Immerhin hatte Felix das Boot nach der Eisschmelze schon mal vom Winterdreck befreit.

Das zweite Jahr besaßen sie den Jollenkreuzer, sie hatten ihn gebraucht gekauft und behutsam hergerichtet. Vor allem dem Ausbau der kleinen Kajüte widmeten sie viel Liebe und Zeit, denn nach den beiden Übungsjahren planten sie, sich einen Liegeplatz am Bodensee zu suchen. Auch dieser Schritt sollte als Segeltraining dienen und der Klärung einer der wichtigsten Frage, die sie sich immer wieder stellten: Hielten der Spaß und die Begeisterung für ihr neues Hobby an? Wenn ja, schwebte ihnen das Mittelmeer als Abenteuerspielplatz vor.

So idyllisch der Große Alpsee, der wie ein blauer Faustkeil vor den ersten ernstzunehmenden Bergzügen der Allgäuer Alpen lag, auch sein mochte, ihren Vorstellungen von Freiheit und Weite entsprach er nicht. Kaum war man richtig am Wind, musste bereits wieder abgedreht werden, sonst lief man Gefahr, im verlandeten westlichen Teil steckenzubleiben. Das einzig Interessante und damit auch ein Grund, dort mit dem Segeln anzufangen, lag in seiner Ost-West-Ausrichtung und damit in Richtung der Haupt-Wetterbewegung. Und einen weiteren Grund hatte es gegeben, der für den Großen Alpsee sprach: das Verbot für Motorboote.

Das Wetter war als stabil gemeldet, und Marita hatte deshalb schon mal den Grill aus dem Kofferraum geholt, um den Putztag mit einem kleinen Festessen am Abend zu beenden. Vielleicht würden sie sogar auf dem Boot übernachten. Mal sehen, was sich mit den anderen ergab. Manchmal stieg eine Party, und dann war an Heimfahrt nicht mehr zu denken, und von solchen Abmachungen, du fährst, ich trinke, hatte Marita noch nie etwas gehalten. Die anderen, das waren hauptsächlich drei Paare im Segelclub, mit denen sich Felix und Marita angefreundet hatten. Der unkomplizierte Umgang miteinander lag vermutlich auch an den Bootsklassen, die auf dem See gefahren wurden. Da gab es keine protzigen Angeber-Yachten, also kam auch kein Neid auf.

Felix hatte zwei Eimer neben die Klappleiter gestellt und war dabei, das Stahlkabel aus den Ösen der Persenning zu ziehen. Der Jollenkreuzer lag noch auf dem Bootsanhänger, sie wollten ihn erst nach der Reinigung zu Wasser lassen. Während Felix von der anderen Seite die Persenning abzog, stieg Marita hinauf, einen der gefüllten Putzeimer in der Hand. Plötzlich störte Maritas gellendes Kreischen die idyllische Nachmittagsruhe. Felix fuhr von seiner Arbeit hoch und bekam gerade noch mit, wie sie ruckartig aus seinem Blickfeld abtauchte. Schon im Laufen hörte er die Leiter scheppern und noch einen Schrei, der diesmal aber mehr nach Schmerzen klang. Er wollte schon lachen, denn das Bild der am Boden liegenden Marita, nass gespritzt vom Eimerinhalt, die umgestürzte Leiter daneben, wirkte irgendwie lustig. Aber dann sah er ihren entsetzten Blick, der nicht einmal ein Lächeln erlaubte.

»Was ist denn los?«

Marita deutete zum Boot und flüsterte: »Ruf die Polizei.«

»Sag schon, was ist los?«, forderte Felix noch einmal, erhielt aber wieder nur dieses seltsame Flüstern zur Antwort: »Polizei.«

Nun gehörte Felix nicht zu jenen Befehlsempfängern, die sich ohne halbwegs plausible Begründung in Bewegung setzten. Deshalb stellte er die Leiter wieder auf und stieg die zwei Stufen hinauf, um einen Blick ins Boot zu werfen. Inzwischen waren die Seglerfreunde zu Hilfe geeilt, wollten Marita aufhelfen und sahen fragend zu Felix hinauf. Der kam langsam und sehr steif zurück auf den Boden.

Er war deutlich blasser als vor wenigen Sekunden und flüsterte: »Da liegt einer!« Dabei deutete er mit dem Zeigefinger hinter sich aufs Boot und setzte sich wie in Trance in Richtung ihres Wagens in Bewegung: »Handy holen.« Nach zwei Schritten hatte aber einer der Freunde bereits sein Handy aus der Tasche und wählte den Notruf.

Krisensitzung

Pünktlich neun Uhr betrat Kommissar Brunner den Besprechungsraum und begrüßte der Reihe nach den Forensiker Dr. Kantler und die beiden Kommissare Aumiller und Jünger. Sein verkrampftes Lächeln gewann eine Nuance an Intensität, als er seiner Assistentin, Barbara Müller, die Hand reichte. Die scharfe Babsy, wie Barbara hinter vorgehaltener Hand im Kommissariat genannt wurde, hatte sich wieder einmal höchst dekorativ in eine Art Endlosstrumpf gezwängt, der ihre Körperformen geradezu gefährlich überzeichnete. Auf der Stirn saß ein fetter rostbrauner Punkt, wie ihn manche Inder als Segenszeichen trugen. Farblich abgestimmt lagen ihre Haare gefärbt und geölt eng am Kopf und endeten im Nacken in einer Art Schillerlocke. Entgegen seinem sonstigen Verhalten – Brunner ignorierte ihre spleenigen Maskeraden meist – stellte er diesmal mit grimmigem Gesichtsausdruck fest: »Wir sollten uns doch langsam um einen Therapieplatz kümmern.«

Das traf, und zwar nicht nur Babsi, auch Brunners Mitarbeiter Aumiller und Jünger fühlten sich in ihrer Solidarität gefordert und fixierten stirnrunzelnd den Kommissar, sagten aber nichts. Nur Dr. Kantler, den sie im Dezernat nicht ohne Grund das »Kantholz« nannten, stellte fest: »Na, das lässt ja auf eine erfreuliche Besprechung hoffen.«

Kommissar Brunner ging nicht darauf ein, setzte sich an die Stirnseite, nahm eine der Tassen vom Tablett, auf dem auch eine silberne 3-Liter-Pumpkanne stand, aus der er die Tasse mit der schwarzen Brühe füllte. Allerdings zog er die Tasse zu früh unter dem Auslauf weg. Der restliche Strahl ergoss sich in den Zuckertopf. Die Runde sah gebannt zu, wie Brunner zwei Löffel des aufgeweichten Zuckers in seine Tasse schaufelte und sich zurücklehnte. Als wolle er die Kränkung seiner Assistentin ungeschehen machen, flötete er mit Blick zu ihr: »Es geht halt nichts über deinen Kaffee.«

Kommissar Jünger lachte kurz auf und stellte bissig richtig: »Knapp daneben, den hab ich heute gemacht, Barbara hat noch schnell die neuesten Daten eingeben wollen«, deutete er auf den Laptop.

Brunner nickte nur gequält. »Alsdann, wer macht den Überblick?«

Aumiller und Jünger nickten Barbara zu, aber die konzentrierte sich auf ihren Laptop, bis Dr. Kantler eingriff. »Also, Kinder, jetzt gebt mal ein bisschen Gas, meine Leichen warten nicht.«

Barbara hackte auf ihren Laptop ein und projizierte eine Art Schautafel an die Wand. Kleine Bilder, die sie anklicken, vergrößern und neu anordnen konnte. Sie öffnete zuerst eine Landkarte, die den süddeutschen Raum vom östlichen Bodensee bis zum Forggensee bei Füssen zeigte. In diese Karte zog sie die Porträts von Koenig, Schonauer und seinem Knecht Prestl.

Nach einer kleinen Pause setzte sie das Bild einer verkohlten Leiche an den Weiler Geratsried und daneben das Gesicht eines Mannes, das mit Platzwunden und Schnitten übersät war.

»Zu den beiden neuen Leichen, die beim Weiler Geratsried entdeckt wurden, werden uns Dr. Kantler und die Kollegen etwas sagen.«

»Haben die neuen Leichen etwas mit unserem Fall zu tun?«, wollte Brunner wissen.

Aumiller stand auf, stellte sich neben die Bildfläche an der Wand und deutete auf das Foto. »Ich war gestern Nacht da draußen. Der Mann heißt Alois Karrer und hat mit seinem Bruder Mathias Karrer in dem Bauernhof gelebt, nahe bei der Ferienhütte der Koenigs. Eigentlich müsste man sagen ›Ferienhütten‹, denn es waren zwei, die dieser Alois Karrer versorgt hat. Es gibt nämlich noch eine zweite Hütte ganz in der Nähe, die der Schwester von Koenigs Mutter gehört. Wir müssen also davon ausgehen, dass auch dieser Mord etwas mit diesem Fall zu tun hat.«

»Ich habe die Leiche erst heute Nacht angeliefert bekommen und sie mir vorhin nur kurz angesehen. Der Mann ist methodisch gefoltert worden, so viel kann ich bereits schon jetzt sagen. Woran er gestorben ist, wird unsere Untersuchung ergeben. Mit dem Brandopfer in dieser Hütte sind wir schon ziemlich weit. Den vorläufigen Bericht bekommt ihr noch heute gegen Mittag. Frau, zirka Anfang 40, sportlicher Typ, rotes bis brünettes Haar, teure Uhr am Gelenk, eine Jaeger-LeCoultre, das ist so ein Ding, bei dem man das Gehäuse umklappen kann, entwickelt für Polospieler. Die Frau ist allerdings nicht durch das Feuer umgekommen, sie war bereits wenigstens einen Tag tot. Sie ist erschlagen worden, und zwar mit einem rundlichen Gegenstand. Zudem gibt es keine der üblichen Vitalitätszeichen, die bei Lebendopfern zu erkennen sind, wie zum Beispiel Ruß in Lunge, Magen, Bronchien, CO im Herzblut, Krähenfüße um die Augenpartien und dergleichen mehr.«

Da von Dr. Kantler nichts mehr kam, berichtete Kommissar Jünger von einem Fiat, einem Sondermodell, das ganz in der Nähe, nämlich auf dem Parkplatz der Liftstation Thalerhöhe, entdeckt wurde. Es gab einige Spuren, die die Technik verfolgte.

Ob Zufall oder nicht, im Wagen hätte eine Visitenkarte von Walcher gelegen.

»Machen Sie Dampf, uns sitzt langsam die ganze Führungsspitze im Nacken und fordert Ergebnisse. Von der Presse will ich schon gar nicht reden. Vielleicht sollten wir Walcher in U-Haft nehmen … Immerhin gibt es ja einige Beweise, die …« Kommissar Brunner wurde geradezu grob von Dr. Kantler unterbrochen.

»Schwachsinn«, fauchte er, »wir alle kennen Walcher seit Jahren. Warum sollte er plötzlich zum Massenmörder mutieren? Und die Beweise, von denen du sprichst, halte ich bestenfalls für Zufälle. Sie sind nicht mal den Begriff wert. Klar, dass sich ein investigativer Journalist bei einer Recherche im unmittelbaren Umfeld eines Geschehens aufhält, aber ihn deshalb als Täter zu verdächtigen, halte ich für … wie schon gesagt, Schwachsinn. Hat er sich an deine Frau rangemacht, oder weshalb bist du derart verbissen hinter ihm her?«

Brunner reagierte nicht auf Kantlers Vorwurf, außer dass seine Kiefernmuskeln arbeiteten. »Gibt es weitere Aspekte, die mit diesem Fall zu tun haben?«

Kommissar Jünger meldete sich noch einmal und informierte die Runde über einen Leichenfund unter der Persenning eines Segelboots am Ufer des Großen Alpsees bei Immenstadt.

»Und was soll das mit unserem Fall zu tun haben? Spielen wir jetzt hier Leichensammeln?«, knurrte Brunner, der sich nun keine Mühe mehr gab, seine Laune zu verbergen. Jünger, ein durchaus selbstbewusster Nachwuchs, ließ sich dadurch nicht irritieren.

»Der Tote ist als der vermisst gemeldete Fotograf Hartmuth Kaufmann aus Nürnberg identifiziert worden …«

»Und?«, fuhr Brunner dazwischen, allerdings ohne Jünger aus der Ruhe zu bringen.

»An der Jacke des Toten klebte ein Notizzettel, auf dem drei

Kfz-Kennzeichen stehen. Das Kennzeichen von Schonauer, das seiner Lebensgefährtin und das von Walcher. Deshalb könnte dieser Tote sehr wohl etwas mit den bisher bekannten Todesfällen zu tun haben.«

Brunner, der schon wieder ungeduldig dazwischenfahren wollte, schloss den Mund und nickte. »Lassen Sie die Schrift analysieren, und finden Sie heraus, wo diese Autos gleichzeitig gestanden haben könnten. Was erbt noch mal diese Elisabeth Huizer?« Ohne auf eine Antwort zu warten, stand Brunner auf. »Arbeiten Sie gründlich weiter … Der Besitzer des Fiats, kennen wir den schon? Wie weit sind wir mit Koenigs Verhältnissen, seine Mutter, Freunde, Freundinnen, Arbeitsplatz, Wohnort, alles? Lieber Aumiller, das sollten Sie klären, wenn ich mich recht erinnere. Warum tut sich da nichts? Jünger, Sie übernehmen dieses Folteropfer, einen Bruder hat der. Auch über ihn alles. Wir müssen zweifelsfrei wissen, ob die Fälle zusammengehören. Wie weit«, Brunner wandte sich Barbara zu, »bist du mit der Firma, bei der Koenig beschäftigt war?«

Barbara zuckte zusammen, gab aber sachlich den Stand ihrer Recherche wieder. »Eufoodic stellt sich allerdings zunehmend als Phantom heraus. Paris, London, Berlin, Brüssel, in allen Hauptstätten haben sie Informationsbüros, wie sie das nennen, aber keine wirklich Verantwortlichen. Gesteuert wird die Agentur, jedenfalls nennen sie sich so, von Brüssel aus. Aber auch dort stochert man im Nebel. Die europäischen Tochteragenturen werden von New York aus betreut, sagen die mir, aber dort heißt es, das Headquarter sitzt auf den Bahamas. Also, da muss wohl eher ein Wirtschaftsprüfer ran, vielleicht sollten wir die Finanzämter um Hilfe bitten. Das Einzige, was ich bisher habe, und zwar aus dem Internet der französischen Tochter, ist eine Mitgliederliste.«

»Und was sind das für Mitglieder?«, wollte Brunner wissen.

»Chemie, Pharma, Agrarchemie, Getränke, Ernährung, also wenn Sie in einen Supermarkt gehen, können Sie wahllos in ein Regal greifen und halten mit 90-prozentiger Sicherheit das Produkt eines Mitglieds in der Hand.«

»Gut, bleiben Sie dran.« Brunner schien zufrieden, drehte sich zur Tür, vor der er aber stehen blieb und sich noch einmal zu seinem Team drehte. »Ach ja, noch etwas. Wir werden Verstärkung bekommen, zwei Herren aus dem BfV sind avisiert, die uns bei diesem Fall helfen sollen. Anordnung von ganz oben. Man traut uns wohl nicht zu, diesen Fall, oder sind es mehrere, zu lösen. Morgen um dieselbe Zeit wieder hier. Bereiten Sie sich vor, damit wir die Kollegen einführen können. An die Arbeit.« Schon kurz vor der Tür, wandte er sich Dr. Kantler zu und knurrte: »Kümmre dich um deine Leichen, und lass meine Frau aus dem Spiel. Verstanden, Kollege?!«

Mit einer Miene, als habe man ihn gerade gezwungen, halbgar frittierte Mehlwürmer zu schlucken, verschwand Brunner und knallte die Tür hinter sich zu.

»Kollegen«, stellte Jünger nach einem Moment des Erstaunens fest, »jetzt ist mir wenigstens klar, dass er nicht nur Zahnschmerzen hat.«

Druck

Der erste Anruf weckte Walcher gegen 5 Uhr 30, aber bevor er ans Telefon im Hausflur kam, stand dort schon Mathilde in ihrem Bischofsmantel und hielt ihm stumm den Hörer entgegen. Walcher nahm ihn, meldete sich und hörte … nichts. Er zuckte mit den Schultern und legte wieder auf.

»Will di do wer trätza?«

»Sieht so aus«, meinte Walcher, dachte aber an die zunehmende Zahl dieser Schweigeanrufe, die wohl einer bestimmten Dramaturgie folgten. Er blieb deshalb in der Nähe des Telefons, denn der zweite Anruf folgte bisher gleich dem ersten. Man wollte ihn mürbe machen.

Wie vermutet klingelte es fünf Minuten später wieder. Walcher ließ es dreimal klingeln, bevor er abhob und sich wieder in normalem Ton meldete. Allerdings setzte er hinzu: »Sagen Sie doch einfach, was Sie wollen. Das würde dann weder Ihre noch meine Zeit stehlen. Vielleicht haben Sie ja auch was Wichtigeres zu tun. Also, um was geht's denn?«

Aus dem Hörer drang zwar nur das übliche Umweltrauschen, oder war es das im eigenen Ohr, aber einen Moment lang glaubte Walcher ein Atemgeräusch gehört zu haben. Eine Reaktion? Der Tag hatte ja eben erst begonnen. Vermutlich würde sich heute die Zahl der Anrufe steigern und am Abend dann eine verstellte oder elektronisch zerhackte Stimme ihn auffordern, Koenigs Manuskript herauszurücken. Das würde nämlich nicht ihm, sondern ihnen gehören … Und so weiter. Walcher erlebte das nicht zum ersten Mal. Vielleicht sollte er dem Anrufer das nächste Mal zu bedenken geben, dass mit solch psychologischen Spielchen am Telefon bei ihm nichts zu erreichen war. Sie mussten sich bei ihm schon etwas anderes einfallen lassen. Walcher dachte an Koenig, Schonauer, Knecht Prestl, an die Brandleiche und schüttelte sich. Nein, deren Schicksal musste er vermutlich nicht fürchten, jedenfalls nicht, solange er das Manuskript besaß. Ein lebensverlängerndes Faustpfand, allerdings auch ein ebenso gefährliches, es sei denn, viele, viele Menschen kannten den Inhalt. Er brauchte Öffentlichkeit!

Nachdem er schon einmal geweckt war, würde er erst einmal einen Waldlauf machen, davor aber das Telefon leiser stellen, damit es nur noch schnurrte wie Bärendreck, der sich an seiner Wade rieb und vermutlich gelobt werden wollte. Hatte der Kater doch wieder einmal mit Erfolg eine Jauchequelle ausgemacht und anscheinend darin gebadet, jedenfalls stank er derart infernalisch, dass ihn Walcher relativ unsanft aus dem Haus schob. Ein paar Minuten später trabte auch Walcher aus dem Haus, umtänzelt von den beiden Hunden.

Herrlich, diese staubfreie, vom Nebel gewaschene Luft einzuatmen. Er versäumte es auch an diesem Morgen nicht, seinem Schicksal dafür zu danken. Nach Erde und Harz und all den unbeschreiblichen Gerüchen duftete der Wald. Die frühe Sonne strahlte erst die Baumwipfel an und ließ dem Nebel darunter noch ein paar Minuten Zeit, sich freiwillig zu verkriechen. Walcher mochte aber auch den leichten Nebel, der für eine romantische Unschärfe dieser Welt sorgte. Das lenkte ihn weniger ab als der weite Blick. Er liebte es, während seines Laufs den Tag zu strukturieren und über Probleme nachzudenken. Davon hatte er derzeit genügend. Sollte er Mathilde und Irmi aus ebendieser Problemzone nehmen? Irmi könnte bei einer ihrer Großeltern wohnen, und Mathilde hatte immer noch das Recht auf ihren Altensitz neben ihrem Hof, auch wenn der längst dem Sohn überschrieben war. Er würde mit den beiden sprechen, vermutete aber, dass sich weder Irmi noch Mathilde abschieben ließen. Im Grunde genommen hatten sie ja auch recht, hier oder dort, vor dieser Mörderbande waren sie nirgendwo wirklich sicher. Nein, die Ursache musste beseitigt werden; das war das einzig Richtige. Walcher presste die Lippen zusammen, denn das war leichter gedacht als getan.

Unbehagen und Neugier hielten sich die Waage, als Walcher nach dem Frühstück Koenigs zweite Aktion auf der CD öffnete. Entgegen seiner ursprünglichen Meinung hatte er sich vorgenommen, die Inhalte von Koenigs Sammlung doch nur zu überfliegen, alles andere würde einfach zu viel Zeit kosten, und die – so stand zu befürchten, jedenfalls wenn er die Schweigeanrufe richtig interpretierte –, hatte er nicht.

Koenigs zweite Aktion bestand in der Verhinderung von Studien, die sich gegen gentechnisch veränderte Organismen richteten, in diesem Fall gentechnisch veränderter Mais und Soja. Dafür konnte er das gesamte Instrumentarium einsetzen, sogar mit einem ungedeckelten Budget. Galt es doch, endlich die rückständigen Europäer von den Segnungen der grünen Revolution zu überzeugen.

Sachliche Auseinandersetzung mit solchen Studien war nicht erwünscht, das Verfahren begann mit Gegendarstellungen in allen Medien. Dazu wurden per Brandmails sämtliche Mitgliedsfirmen aufgefordert, auf den eigenen Homepages zu reagieren und eigene Studien anzubieten. In diesem Katalog der Falschinformationen stand unter anderem auch der Vorschlag, die einschlägigen Wikipedia-Artikel zu redigieren. Hier durfte gelogen werden im Dienste der Sache. Die Skala der Bekämpfung von Negativstudien sah dann vor, die Verfasser einzukaufen oder, wenn das nicht gelang, zu verunglimpfen, lächerlich zu machen, Affären zu konstruieren, die wirtschaftliche Basis des jeweiligen Instituts zu prüfen und gegebenenfalls zu untergraben. Am Ende dieser Skala lauteten die Empfehlungen bis hin zu psychischen und physischen Druck, der je nach Härtefall ausgeweitet werden konnte.

Ein internes Eufoodic-Papier forderte die »Cleaner« zu hohem persönlichen Einsatz auf, schließlich ging es um die Ernährung der Weltbevölkerung, und da durften keinerlei Schwächen gezeigt werden. »Unsere Gegner müssen unmissverständlich von unseren Zielen überzeugt werden, mit allen zu Gebote stehenden Mitteln«, so stand es wörtlich in Koenigs Unterlagen.

Koenig beschrieb seine Aktion 2005 gegen die Veröffentlichungen einer Studie mit Gen-Soja am Institut für Neurophysiologie der Russischen Akademie der Wissenschaften. Die Studie belegte den Einfluss von gentechnisch modifiziertem Soja auf das Wachstum und die Sterblichkeit der Nachkommen innerhalb einer Wurfperiode von Ratten, und zwar in einem erschreckenden Verhältnis zu den Kontrollgruppen, von denen eine mit natürlichem Soja und eine ohne Soja, mit üblicher Rattennahrung, gefüttert wurden. Die Studie sprach von einer Quote von über 50 % Ausfall und signifikanter Reduzierung des Wachstums bei genmanipulierter Nahrung gegenüber den üblichen 5 bis 6 % in den Vergleichsgruppen.

Die nach wissenschaftlichen Standards durchgeführte Studie wurde im ersten Schritt als unglaubwürdig und unwissenschaftlich diffamiert, eben als typisch russisch. Querverweise auf die technische Qualität russischer Atomreaktoren, U-Boote und dergleichen wurden offensichtlich erfolgreich in Nebensätzen eingestreut. Die Medien setzten relativ rasch Berichte über diese Studie ab, der verantwortlichen Biologin am Institut wurde das Budget gekürzt und somit weitere Studien verhindert.

Dieses System wirkte europaweit bei allen Themen, auch bei Wirtschaftlichkeitsvergleichen von genmanipuliertem Saatgut zu herkömmlichen Saatgut. Rechnete ein Agrarwissenschaftler öffentlich durch, welche Mehrkosten genmanipuliertes Saatgut gegenüber herkömmlichem Saatgut für Lizenzen, Pestizide und Düngemittel erforderte und dazu den Ackerboden, das Grundwasser und letztlich den Menschen vergiftete, wurden erst einmal Gegenbehauptungen veröffentlicht und anschließend die Verursacher diffamiert und lächerlich gemacht. Parallel dazu lief über die Schiene Politik, Verwaltung und Banken der Angriff auf die wirtschaftlichen Verhältnisse des Instituts des Wissenschaftlers. Nutzte das alles nichts, wurde er persönlich bedrängt.

Koenig listete dazu seitenlang Studien, Analysen und Erfahrungsberichte von Nutzern auf, von denen Walcher einige bekannt waren und ausführlich im Internet behandelt wurden. Sein Interesse kühlte deshalb merklich ab. Hellwach wurde er erst wieder bei dem Kapitel, das Koenig mit »Strategie« überschrieben hatte.

Nicht die Strategien von Eufoodic, sondern die einiger der Auftraggeber beschrieb er in Kurzfassung oder verwies auf die ausführlichen Strategiepapiere, die im Anhang als gescannte Kopien beilagen. Nun schlug Walchers Herz ein paar Takte höher. Aber auch hier stellte sich nach einigen Seiten Ernüchterung ein. Da war nicht wirklich etwas Neues dabei, jedenfalls nichts, was nicht auch jeder Interessierte aus kritischen Büchern oder auf verschlungenen Pfaden im Internet finden würde. Die Strategien der Branchenriesen von Agrar-, Nahrungsmittel- und klassischer Chemie lasen sich zwar martialisch militaristisch, aber sie bewegten sich in den üblichen Business-Terminologien. Dafür hatte man Koenig und die anderen umgebracht?

Wenn die zweite Hälfte von Koenigs Manuskript nicht wesentlich geheimeres Material enthielt, dann konnte das nicht der Grund für die Morde sein.

In einer Art konzentriertem Dämmerzustand hatte er bis gegen 19 Uhr Koenigs CD durchgearbeitet. Studien über Aspartam und Glutamat als Mitverursacher von neurologischen Erkrankungen wie Parkinson, Alzheimer oder multiple Sklerose überflogen und immer wieder festgestellt, dass es hierzu bereits eine breite Front gab, die, wenngleich bisher mit mäßigem Erfolg, gegen die Giganten der Nahrungsmittelchemie vorging. »Die Ernährungslüge« des Autors Hans-Ulrich Grimm zum Beispiel beschrieb das Thema Ernährungschemie weit ausführlicher als Koenig in seinem Insider-Papier. Lustlos zwang sich Walcher zu einem Schnelldurchlauf des letzten Drittels, lockerte dazwischen seine verhärtete Rückenmuskulatur und ging mit den Hunden auf den Hof, um die Hühner in geschütztes Gehege zu treiben. Es wurde Zeit, die Dämmerung hatte bereits eingesetzt und damit auch die Arbeitszeit von Fuchs und Marder.

Mathilde hatte angerufen, dass sie später kommen würde, und Irmi rief in dem Moment an, als Walcher die Hühnerklappe verriegelte.

Irmi hatte nach der Schule ihre Großeltern besucht und sich überreden lassen, bei ihnen zu übernachten. Walcher ließ Grüße ausrichten und fragte nicht einmal nach, bei welchen der beiden Großelternpaare sie war. Er war in Gedanken bei Koenigs CD, weshalb es ihm nicht ungelegen kam, ungestört weiterarbeiten zu können. Irgendwie musste da noch etwas kommen, denn die bisherigen Inhalte stellten keine wirkliche Bedrohung dar. Andererseits kannte die Gegenseite das Material nicht und musste befürchten, dass die CD gefährliches Insiderwissen enthielt.

Seufzend setzte er sich wieder an den PC und nahm den letzten

Teil von Koenigs Vermächtnis in Angriff. Nach einer übergeordneten Regie klingelte das Telefon genau in dem Augenblick, als Walcher beim Kapitel »Netzwerk« angekommen war. Ärgerlich nahm er ab und legte nach einer Schweigeminute wieder auf. Sie wurden ausgesprochen lästig, diese dämlichen Anrufe. In diesem Fall hatte der Anrufer aber genau den richtigen Moment erwischt, denn Walcher war auf die bisher wirklich brisanteste Stelle in Koenigs Manuskript gestoßen.

Koenig beschrieb in seiner Einleitung zum Kapitel »Netzwerk« das Gebilde einer Gespinstmotte, deren Netzwerk einen Baum derart dicht überziehen konnte, dass er wie ein Gespensterbaum wirkte. Ähnlich dicht hatte Eufoodic im Namen seiner Auftraggeber ein Gespinst über den Lebensbaum gesponnen, der früher oder später daran zugrunde gehen würde. Koenig verglich den Lebensbaum mit der ganzen Welt, über die ein Netzwerk gesponnen wurde, wie es nicht engmaschiger sein konnte. Kein Bereich eines Landes wurde davon ausgespart, und selbst im noch jungen Europäischen Parlament waren längst die Fäden gezogen. Hinter jedem Beamten der Führungshierarchie, neben jedem Politiker, neben jedem Menschen, der in irgendeinem der unzähligen Vereine, Kammern, Organisationen, Institutionen oder Parteien eine wesentliche Rolle spielte, standen Berater und Helfer. Hauptsächlich natürlich in den eigenen Wirtschaftssparten, aber auch in den notwendigen gesetzgebenden Ebenen eines Staates. Hinzu kam ein Informationsverbund, zu dessen Netzwerk öffentliche Medien und Nachrichtendienste ebenso gehörten wie die inoffiziellen Nachrichtendienste, die Geheimdienste der Länder. Besonders die US-Dienste hatten sich zu einer Art von Wirtschaftsunternehmen entwickelt, die scheinbar völlig unkontrolliert ihre eigenen Geschäfte betrieben, mit auffällig engen Verbindungen zur US-Agrarindustrie. Erschreckend war auch Koenigs Einschätzung, dass etwa 96 % der Wissenschaftler im Bereich Gentechnik von der Industrie bezahlt wurden. Demzufolge wären nur 5 % der Forscher unabhängig. Aber das war alles nichts gegen die Namensliste des Netzwerks. In den Ministerien saßen sie, in den Regierungs- und Länderkammern, Abgeordnetenhäusern, in den Parteien, in Forschungsinstituten, Kliniken, Universitäten, Staatsanwaltschaften, Medien, Versicherungen, Industrie- und Handwerkskammern und anderen Lobbyvereinen, in den Bauern- und Verbraucherverbänden ... Überall, wo etwas auf den Weg gebracht, entschieden oder abgelehnt wurde. Walcher fiel eigentlich nur ein Tierchen ein, dass vermutlich ebenso an allen Plätzen daheim war, das Silberfischchen.

Der Verleger

Sie kannten sich von der Journalistenschule in Hamburg. Ernst Naurich hielt dort Vorlesungen in Verlagsrecht, und dabei hatten sie sich angefreundet. Dass Naurich einige Jahre älter war, hatte nie eine Rolle gespielt, man fand sich sympathisch, hörte einander zu, und das war weit mehr, als man von einem Menschen, noch dazu von seinem Dozenten oder umgekehrt von einem Studenten, erwarten konnte.

Sein Verlag, den er bezeichnend »Arkadien« getauft hatte, trug sich gerade mal selbst, warf also so gut wie keine Gewinne ab, was auch nicht notwendig war. Die beiden lebten vom Erbe von Naurichs Frau, das in einem Menschenleben nicht durch noch so große Verschwendungssucht aufgezehrt werden konnte. Dafür hatte Aikes Vater gesorgt, als er seinen Papierkonzern verkauft und ihr sein gesamtes Vermögen vermacht hatte. Allein die Zinsen aufzubrauchen, hätte einen völlig anderen Lebensstil erfordert, als ihn Ernst und Aike pflegten. Beide waren nämlich ausgesprochen sparsam.

Naurich brachte Bücher heraus, die sich nur einem überschaubaren, elitären Kreis von Historikern erschloss, deren Lebensziele in der Aufklärung solch bedeutender Fragen gipfelte: ob zum Beispiel 1480 bei der Eroberung der Stadt und Zitadelle Otranto durch Sultan Mehmed II. die Hilfe von Papst Sixtus IV. nur deshalb so zögerlich anlief, weil der Papst damit seinen ungeliebten Erzbischof Stefano Pendinelli in Bedrängnis zu bringen hoffte. Tatsächlich wurde der Erzbischof zusammen mit 800 Zivilisten von den Osmanen geköpft. Sie hatten sich standhaft geweigert, dem christlichen Glauben abzuschwören. Oder ob Agnes Gräfin von Württemberg, älteste Tochter von Ulrich I., bereits vor oder erst nach ihrer Vermählung am 7. Mai 1275 mit Graf Konrad von Öttingen ein Verhältnis mit ihrem Kammerdiener pflegte.

Der Kontakt zwischen Walcher und Naurich fand bisher spontan statt, nämlich immer dann, wenn einer der beiden glaubte, dem anderen etwas Wichtiges mitteilen zu müssen. Das konnte ein besonders gelungener Artikel bei Walcher sein oder ein überdurchschnittlich erfolgreiches Buch bei Naurich. Befanden sie sich zufällig in der Nähe ihrer Wohnorte, so besuchten sie sich. Ansonsten wünschte man sich gegenseitig frohe Ostern und Weihnachten.

Als Walcher Naurich anrief und ihm Koenigs Manuskript erläuterte, stellte Naurich in seinem typisch unterkühlten nordischen Sarkasmus fest: »Das wäre mein erstes Buch, dessen Käufer ich nicht bereits vor Veröffentlichung beim Vornamen kenne.«

Sie vereinbarten, dass Walcher ihm das Manuskript per E-Mail schickte und Naurich es sich sofort ansah.

Bereits eine Stunde später rief Naurich zurück und bat um zwei Tage Bedenkzeit. Währenddessen wollte er einige Fakten in Koenigs Manuskript auf Richtigkeit überprüfen lassen. »Der Stoff«, stellte er fest, »hat gute Chancen, in der Tagesschau zwischen der Rücktrittserklärung des Papstes und der Ausrufung einer konstitutionellen Monarchie in Bayern erwähnt zu werden.«

Bei diesem Gespräch wurde Walcher bewusst, wie viel ihm an einer Zusage von Naurich lag. Dabei spielte weniger Koenigs Bitte um die Veröffentlichung des Manuskripts eine Rolle, sondern die Tatsache, einen Mitstreiter gegen einen übermächtigen Feind zu gewinnen.

Kollegen

Sie wollten ausschließlich Kontakt zum Ersten Kriminalhauptkommissar Brunner halten, ansonsten an keiner Arbeitsbesprechung teilnehmen. Ihr Hauptziel sei die verdeckte Observation der nach dem derzeitigen Ermittlungsstand in Frage kommenden Täter und deren Umfeld.

Brunner hatte nichts dagegen, als er das hörte, sympathischer machte das die beiden allerdings auch nicht. Nicht zum ersten Mal fragte er sich, nach welchen Kriterien der Verfassungsschutz seine Mitarbeiter auswählte. Diese beiden wirkten auf ihn wie abgestürzte Fremdenlegionäre, die man oberflächlich aufgepäppelt und in Anzüge gesteckt hatte. Milan Zchekiz hätte ohne weiteres Werbung für Marlboro reiten können. Er sah aus wie ein Cowboy und roch auch so. Sein Partner Emil Ottersteg reichte ihm zwar nur bis zur Schulter, machte den Größenunterschied aber durch seine Körperbreite wett. Seinem schwammigen Gesicht und den schwimmenden Äuglein sah man den fortgesetzten Konsum harter Destillate an. Sein Händedruck war schlaff, im Gegensatz zum Schraubstoffgriff von

Zchekiz, dem er nie wieder die Hand reichen würde, schwor Brunner sich. Er stufte die beiden in der ersten Sekunde ihrer Begegnung als höchst fragwürdig ein und jenem Klientel zugehörig, auf das er normalerweise Jagd machte. Unglaublich, dass diese beiden Typen Beamte des Bayerischen Landesamt für Verfassungsschutz sein sollten. Aber sie waren als Kollegen angekündigt, ihre Ausweise sahen echt aus, und deshalb nahm er sich vor, sich so sachfreundlich wie notwendig zu geben – eine seiner Wortschöpfungen. Er beschloss aber bereits in der zweiten Sekunde, die persönliche Nähe auf das unbedingt Notwendige zu beschränken.

So bediente er sich auch nicht der üblichen Eröffnungsfloskeln, sondern stieg sofort in die Information der beiden ein und gab konzentriert einen gestrafften Stand der Ermittlungen. Dann schenkte er ihnen ein etwas gequältes Lächeln und seine Visitenkarte, bot an, für Fragen jederzeit erreichbar zu sein, und schlug vor, weitere Besprechungen bei Bedarf und neuen Erkenntnissen spontan einzuberufen. Dafür wäre es sinnvoll, wenn die beiden Herren ebenfalls erreichbar wären.

Brunner durfte sich eine Handynummer aufschreiben und die ungebetenen Gäste verabschieden, wobei er das Tablett mit den Kaffeetassen in die Rechte nahm und somit nur die linke Hand zu einem jovialen Winken frei hatte.

Barbara Müller guckte dann auch überrascht, als Brunner das Tablett in sein Vorzimmer brachte und auf ihrem Schreibtisch abstellte. Brunner war es nur recht, wenn sie seine Schutzhandlung als Wiedergutmachungsgeste verstand. Er hasste es, wenn Zoff in seinem Dezernat herrschte, auch wenn er meist selbst der Anlass dafür war.

Verfolgung

Theresas Stimme klang wie ein Hilferuf aus einem tiefen Kerker, als sie um seinen Besuch im Krankenhaus bat. Walcher hatte deshalb nicht einmal richtig zugehört, sondern Mathilde nur kurz zugerufen, dass er sofort nach Sonthofen zu Theresa fahren müsste, bevor er ins Auto hetzte und vom Hof preschte.

In Gedanken bei Theresa, nahm er den schwarzen Dodge, so ein Pick-up mit verchromtem Kuhabweiser vor dem bulligen Kühler, erst wahr, als er bereits auf der Deutschen Alpenstraße in Richtung Sonthofen raste. Vermutlich wäre ihm das Fahrzeug nicht einmal aufgefallen, wenn dieser auf zivil gestylte Kampfpanzer nicht ständig an seinem Heck geklebt hätte. Zu erkennen, wer in dem Fahrzeug saß, war nicht möglich, die getönten Scheiben ließen bestenfalls zwei Schemen erkennen. Erst nach Oberstaufen überlagerte der blödsinnige Fahrstil seines Hintermannes – Frauen fuhren selten derart aggressiv – die Gedanken an Theresa.

Die Drohanrufe … Walcher verspürte einen heftigen Adrenalinschub mit all den bekannten Reaktionen; vor allem war er mit einem Schlag hellwach beim Geschehen auf der Straße, und zwar mit einer gewissen Wut im Bauch. Zweimal reduzierte er drastisch seine Geschwindigkeit und steuerte jeweils weit nach rechts, um dem Fahrzeug die Möglichkeit zum Überholen zu geben. Der Dodge passte sich aber seiner Geschwindigkeit an und signalisierte damit, dass er etwas anderes vorhatte, als nur von A nach B zu kommen. Walcher beschloss, seine Verfolger – und dass es sich um solche handelte, stand für ihn außer Zweifel – wenigstens ordentlich zu ärgern. Sollte es zu einem Auffahrunfall kommen, so wäre das ein hervorragender Grund, den bereits in die Jahre gekommenen Wagen mit Hilfe der gegnerischen Versicherung gegen ein neueres Modell einzutauschen.

Ihm schwebte da ein VW Multivan vor, in dem auch mal ein solider Bauernschrank Platz hatte.

Beschleunigen, dann mit der Handbremse hart abbremsen, und das einige Male hintereinander, durfte zu Recht als eine ausgesprochene schmutzige, wenngleich kindische Methode bezeichnet werden, einen zu eng auffahrenden Hintermann auf Abstand zu halten. Dieser ansonsten in der Straßenverkehrsordnung nicht vorgesehene Trick funktionierte bestens. Zwar konnte sich Walcher die Flüche seines Verfolgers leider nur vorstellen, aber bis nach Sonthofen hielt der Dodge deutlichen Sicherheitsabstand und verschwand, kurz bevor er auf den Parkplatz der Klinik in Sonthofen abbog. Da erst fiel Walcher ein, dass er sich wenigstens das Nummernschild hätte merken können.

Gipsbein

Nur flüchtig nahm Walchers Nase den Geruch von frischem Bohnerwachs wahr und glaubte, ebenso flüchtig, den Grund dafür entdeckt zu haben, warum er sich in behördlichen Häusern, wie zum Beispiel einem Finanzamt, ähnlich unwohl fühlte. Bohnerwachs. Nirgendwo sonst wurden vermutlich vergleichbare Mengen von Bohnerwachs auf Parkett- oder Linoleumböden verarbeitet wie auf den Böden der öffentlichen Hand. Wahrscheinlich gab es Lieferantenbeziehungen für Bohnerwachs, die von Hausmeister- zu Hausmeistergeneration vererbt wurden, um den Bestand deutscher Institutionsböden zu sichern. Walcher atmete dennoch tief durch und versuchte, seinen deutlich erhöhten Puls abzusenken.

Seine Erleichterung war ihm dann wohl anzusehen, nachdem er mit verhaltener Eile die Zimmertür aufgedrückt hatte und erleben durfte, wie ihn Theresa samt einer ausnehmend gutaussehenden, etwa gleichaltrigen Frau herzlich lachend begrüßte. Zwar steckte Theresas rechtes Bein in einer Kunststoffschiene und hing etwa 15 Grad zum Fußende ansteigend an einem Draht, doch ihre gute Laune war davon offensichtlich nicht betroffen. Immer noch lächelnd, stellte sie ihren Gast vor, der Grund für seine frisch gewonnene Freiheit. Helen sah wirklich gefährlich gut aus. Sportlich schlank, lässig in Jeans und einem vermutlich selbstgestrickten dunkelblauen Pulli gekleidet, strich sie ihre blonden langen Haare aus dem Gesicht und reichte Walcher die Hand. Ihre Augen sprühten in einer irritierenden Mischung aus Witz und Spott.

»Tut mir leid, das mit dir und Theres, aber so, wie sie dich geschildert hat, wirst du's überleben.«

Für Theresas Freundin war anscheinend klar, dass man sich duzte. Walcher überspielte die Begrüßung, deutete auf Theresas Bein, bückte sich zu ihr, küsste sie auf die Wange und stellte mit gespielt ärgerlicher Miene fest: »Da hätte ich mir wenigstens zwei Knöllchen sparen können. Offensichtlich geht es noch nicht um Leben oder Tod.«

»Doch, du kommst nur leider im falschen Augenblick«, versuchte Theresa ernsthaft leidend auszusehen, schaffte es aber nicht ganz. »Im Ernst, ich hätte ebenso auch unten beim Pathologen landen können.« Sie deutete auf den einzigen Besucherstuhl im Zimmer, den Helen ihm mit sanftem Druck in seine Kniekehlen schob. Sie selbst setzte sich auf die linke Bettseite und streichelte Theresas gesunden Fuß, der sich deutlich unter der Decke abzeichnete. Nur kurz überkam Walcher ein vages Gefühl von Eifersucht, das er mit einer an Theresa gerichteten Aufforderung abwürgte: »Erzähl.«

Theresa tat ihm den Gefallen und gab eine knappe und präzise Beschreibung des Unfallhergangs.

»Ich bin heute Morgen, genau 6 Uhr 20, aus dem Haus und zur Bushaltestelle gegangen, du kennst sie. Kurz davor, wo dieser geteerte Feldweg einmündet, hörte ich ein Auto kommen, auf das ich aber nicht geachtet habe. War in Gedanken bei meinem Unterricht. Dann hat's mir die Beine weggerissen, und ich bin durch die Luft gesegelt. Du kannst die Beule an meinem Hinterkopf gerne fühlen, sie ist gigantisch, und ihretwegen kann ich mich an nichts mehr erinnern, bis mir der Nachbar Sprudel ins Gesicht gekippt hat. Der hat meinen Schrei gehört, von dem Auto aber nur noch die Rücklichter gesehen. Irgend so ein großer dunkler Amischlitten. Meine Ohnmacht hat demnach nicht lange gedauert. Fühl mal.« Theresa richtete sich etwas auf, nahm Walchers Hand und führte sie an ihren Hinterkopf. Die hühnereigroße Beule fühlte sich halbgar an und musste wohl schmerzen, denn als er mit den Fingerspitzen seitlich dagegendrückte, piepste Theresa und zog Walchers Hand von ihrem Kopf.

»Mittelschwere Gehirnerschütterung«, stellte sie fest und fixierte ihn mit einem Blick, in dem einige Fragen lauerten, die sie dann auch gleich aussprach.

»Seit ich hier liege, frage ich mich ständig, wer das war. Bin x-mal alles durchgegangen und bleibe immer wieder an zwei Männern hängen.«

»Du hast also doch jemanden erkannt.« Walcher beugte sich neugierig etwas vor, aber Theresa schüttelte unwirsch mit dem Kopf.

»Ich sagte doch, von hinten und ausgeknipst die Bilder. Nein, ich schwanke zwischen meinem Sohn und dir hin und her.«

»Dem Erstgenannten traue ich einiges zu.« Walcher versuchte nicht einmal ein milderndes Lächeln. Ein gutes Gefühl, wie er überrascht feststellte, nun keine Rücksicht mehr auf ihren Sohn nehmen zu müssen.

»Hast du eine kritische Recherche laufen?«, mischte sich Helen ein, »wir haben diese Möglichkeit erwogen. Theres meinte, dass du schon einige Male in ziemliche Wespennester gestochen hast.«

Walcher lächelte und nickte, dachte aber an etwas völlig anderes. Ihm war zum zweiten Mal aufgefallen, dass Helen Theresa Theres nannte, und er erinnerte sich, dass sie ihm bereits bei ihrem ersten Treffen deutlich gemacht hatte, ihren Namen auf keinen Fall irgendwie vernuscheln zu lassen. Sie musste es ja mächtig erwischt haben, sonst hätte sie das Helen nie durchgehen lassen. »Tja, kann man wohl sagen«, wandte er sich wieder dem Thema zu. »Ich fürchte sogar, dass es sich diesmal um Hornissen oder Killerbienen handelt, gelinde ausgedrückt.«

»Du meinst also, wenn ich das richtig verstehe und meinen Sohn herausnehme, dass man dir droht, indem man mich einfach auf offener Straße plattmacht?«

Walcher hielt ihre Theorie leider für durchaus plausibel. Diese Typen wollten ihn dort treffen, wo es wirklich weh tat, und das war sein engerer Kreis, und den hatten sie vermutlich längst als Irmi, Mathilde und Theresa definiert. Dass sich sein Verhältnis zu Theresa verändert hatte, war ihnen entgangen, dass sie aber überhaupt von Theresa wussten, deutete darauf hin, dass sie sein Umfeld gründlich durchleuchtet hatten.

Theresa starrte aus dem Fenster in den rasch dunkelnden Abendhimmel und seufzte. »Es macht vermutlich wenig Sinn, wenn wir das Ende unserer Beziehung veröffentlichen?«

Walcher nickte nur und deutete auf Theresas rechte Hand, auf deren Innenseite ein dickes Pflaster klebte.

Diesmal stöhnte Theresa und meinte: »Dir entgeht ja wohl auch gar nichts.« Dann berichtete sie mit geröteten Wangen, dass ihr Sohn sie am vergangenen Wochenende besucht hatte. Sie stand am

Herd, hatte gekocht und ihre Tätigkeit nur kurz unterbrochen, um die restlichen Einkäufe aus dem Auto zu holen. Als sie sich, wieder zurück, am Herd den Pfannenwender griff, um die Rösti zu wenden, war der metallene Griff glühend heiß gewesen.

Theresa zögerte. »Ich weiß nicht, ob ich dir das überhaupt erzählen soll, es wird nur deine schlechte Meinung von Daniel verstärken. Aber so oft wirst du nun ja auch nicht mehr mit ihm zu tun haben wollen, da kann ich es dir auch sagen. Mein lieber Sohn ist in schallendes Gelächter ausgebrochen. Erst da war mir aufgefallen, dass sich der Griff gar nicht so aufheizen konnte, wo ich ihn abgelegt habe. Also musste Daniel den Griff auf die beheizte Platte gelegt und dann ein Stück über den Herdrand geschoben haben, bevor ich wieder zurückkam. Als ich ihn deshalb zur Rede stellte, meinte er vergnügt, dies sei die Strafe dafür, dass ich ihm den USA-Aufenthalt nicht finanziert habe.«

Theresa war anzusehen, wie sehr sie die ganze Geschichte quälte.

»Ich hab ihm dann zehn Minuten Zeit gegeben, seine Sachen zu packen und zu gehen. Zuerst hat er nur gelacht. Erst als ich die Polizei angerufen habe, kapierte er und suchte seine Sachen zusammen. Was ich in den paar Minuten zu hören bekam …« Theresa kämpfte mit ihren Tränen. »Also das hätte ich nie für möglich gehalten. Er ging dann, kurz bevor die Polizisten kamen, schlug aber noch schnell die Heckscheibe meines Autos ein. Den Stein habe ich aufgehoben, den bekommt er als Erbe. Das Ganze ist so schrecklich, dass ich heute Morgen erst an einen Racheakt gedacht hab, sonst hätte ich dich schon früher angerufen.«

»Deine Reha fällt genau in unsere Ferien, hab mich schon erkundigt«, stellte Helen fest, nachdem Walcher gegangen war, und hielt Theresa ein Foto vor die Nase. Theresa küsste Helens Hand und betrachtete das Foto. Zwei Liegestühle vor einem schmiedeeisernen Balkongitter, dessen Blätter- und Blütenornamente wie ein Scherenschnitt auf der dahinterliegenden Horizontlinie des Meeres saßen. »Deine Wohnung?«

Helen nickte. Sie hatte Theresa schon ausführlich von der Wohnung vorgeschwärmt und wie sehr sie sich auf den ersten gemeinsamen Urlaub dort freute. Eigentlich handelte es sich um ein großes Zimmer mit einem winzigen Bad und einer ebenso kleinen Küche, aber dafür passten zwei Liegestühle auf den Balkon, an den unmittelbar das Meer anschloss ... Jedenfalls wenn man sich Uferstraße und Strand wegdachte. Lange sah Theresa das Foto an, bevor sie Helens Hand freigab. »Ich freue mich riesig darauf ... Das weißt du ...«

»Aber du kannst nicht einfach davonlaufen!«, vollendete Helen den Satz und erntete dafür ein dankbares Lächeln von Theresa.

»Diese Typen wissen auch in drei Wochen nicht, dass ich nicht mehr mit Walcher zusammen bin, es sei denn, ich setze eine Mitteilung in die Zeitung. Außerdem ...«

Helen versuchte sich wieder als Gedankenleserin: »Außerdem willst du Walcher nicht so einfach hängenlassen. Liege ich richtig?«

Helen war etwas lauter geworden als beabsichtigt, was Theresa aber nur mit einem flüchtigen Stirnrunzeln bedachte. »Auch, aber vor allem möchte ICH mich sicher fühlen ... Und das geht nur, wenn die Typen aus dem Verkehr gezogen werden.«

»Versteh mich nicht falsch ... Ich habe nichts gegen ihn ... und eifersüchtig bin ich auch nicht … Aber vielleicht sollten wir das der Polizei überlassen.«

»Wenn ich ihn richtig verstanden habe«, wandte Theresa ein, ohne auf das Thema Eifersucht einzugehen, »liegt er mit seinem Kommissar gerade im Clinch … Ich meine … Also das Ganze ist ja auch nicht so einfach für ihn.«

»Hmmm«, machte Helen, verdrehte die Augen, klatschte in die Hände, sprang vom Bett hoch und stellte sich in Kung-Fu-Manier auf. Dass ihr Kampfschrei die Station nicht in Aufruhr versetzte, war Theresas flehentlicher Geste zu verdanken, die blitzschnell ihren Zeigefinger auf die Lippen gedrückt hatte.

Familienrat

Wie Walcher befürchtet hatte, sahen ihn Irmi und Mathilde verständnislos an, als er ihnen am Abend die Situation erklärte und vorschlug, eine Zeitlang ihren Aufenthaltsort zu verlegen.

Wie lange bei ihm denn eine »Zeitlang« wäre, wollten sie wissen, und auch, ob er ihnen denn eine Garantie geben würde, bei den Großeltern oder in Mathildes Austragshäusle sicherer zu sein als zu Hause, damit sich der ganze Aufwand auch lohnen würde.

Walcher konnte natürlich nichts garantieren, aber er hätte ohnehin keine Chance, Irmi und Mathilde von seinen Befürchtungen zu überzeugen. Die hatten längst von Theresas »Unfall« erfahren, woher auch immer, und sich ihre eigenen Gedanken gemacht.

Dass die beiden geradezu verdächtig intensiv lächelten, nährte Walchers Gefühl, irgendwie ausgegrenzt oder auf jeden Fall nicht ganz ernst genommen zu werden. Mathilde nickte dann, räusperte sich und setzte sich Walcher gegenüber an den Küchentisch. Irmi übernahm die Stirnseite, damit war er mehr oder weniger umzingelt, denn die beiden Hunde platzierten sich vor der Tür, als wären sie genau instruiert worden.

»Ich hab dir doch schon mal erzählt, dass ich zwei Semester Medizin studiert hab, bevor ich den Martin bekommen und geheiratet hab. Dann war's vorbei mit dem Studium.«

Walcher nickte, überlegte angestrengt, wohin diese Einleitung führen könnte, und fühlte sich als Figur in einem abgekarteten Spiel. Sollte Irmi den Wunsch haben, ebenfalls Medizin zu studieren? Wenn ja, dann hätte sie das einfach gesagt und nicht Mathilde vorgeschickt, es musste sich also um etwas anderes handeln. Zumal sie gerade beim Thema Sicherheit waren.

»Was ich dir noch nicht erzählt hab, ich hab damals mit einer Kommilitonin in einer Zweizimmerwohnung zusammengewohnt, und es hat sich eine Freundschaft entwickelt, die bis heute gehalten hat.«

Vielleicht wollte sie diese Freundin besuchen oder einladen … Walcher beschloss abzuwarten, es brachte ohnehin nichts, alle möglichen Szenarien vorab durchzuspielen.

»Manu, Manuela Kraft, lebt in Berlin, und da haben wir beide«, sie deutete auf Irmi, »überlegt, ob wir sie nicht einmal besuchen sollten. So ein verlängertes Wochenende. Mehr Zeit hat Irmi ja auch nicht wegen der Schule.«

»Die Flüge«, mischte sich nun Irmi ein, »sind super günstig, es gibt gerade ein super Sparangebot. 170 Euro hin und zurück, inklusive Transfer vom Flughafen ins Zentrum.«

»Und Hotelkosten fallen nicht an«, übernahm wieder Mathilde, »weil wir bei Manu wohnen können. Die freut sich riesig auf uns und dass wir zusammen shoppen gehen.«

Bis dahin hatte noch alles gestimmt, dachte Walcher, nun begann im Kopf, ein Warnsignal zu piepsen. »Duuu willst Shopping machen?«

Auch an seiner Miene musste sein aufkeimendes Misstrauen ablesbar sein, denn Irmi stellte trocken fest: »Hab ich mir gedacht, dass er uns das nicht abnimmt. Dir nicht und mir auch nicht, jedenfalls nicht so kurz nach Paris. Stimmt, gell?«

Walcher nickte stumm und wartete.

Mathilde stand auf und setzte Wasser auf. Tee zu machen, war ihr Schutzmechanismus, wenn irgendetwas nicht so lief, wie sie es sich vorgestellt hatte.

»Also, bis hin zum Shoppen stimmt eigentlich alles. Wir fliegen supergünstig nach Berlin und besuchen dort Mathildes Freundin«, stellte Irmi fest und strahlte Walcher an, »die freut sich ganz riesig. Und während die beiden von alten Zeiten schwärmen, kann ich mich schon mal nach einem Praktikumplatz umsehen.«

»Aha«, nickte Walcher aufmunternd und überlegte noch krampfhafter, warum sie diesen Zirkus abzogen. Der eigentliche Pferdefuß musste noch kommen.

»Du hast also nichts dagegen«, interpretierte Irmi seine Geste.

»Was sollte ich dagegen haben?«

»Ja, was solltest du dagegen haben?«

Irmi machte nicht den Eindruck, als wäre sie mit der Gesprächsentwicklung glücklich, weshalb Walcher beschloss, ihr ein wenig entgegenzukommen, zumal Mathilde ausschließlich ihren Tee zu besprechen schien, nur um sich nicht einmischen zu müssen.

»Du meinst, ich könnte etwas dagegen haben, was du wirklich vorhast«, stellte Walcher fest und baute die Brücke: »Komm, Karten auf den Tisch.«

Irmi schnitt eine Grimasse, war aber anscheinend froh. »Also, wir haben doch über Eufoodic gesprochen. Die haben in Berlin eine

Geschäftsstelle, und ich …«, Irmi sah Walcher konzentriert in die Augen, als wolle sie dadurch seinen spontanen Einspruch verhindern, »wollte da mal vorbeischauen, mich um ein Praktikum bemühen, so mit meiner Eufoodic-Mappe aus Paris unterm Arm, und mich so ganz nebenbei einfach umhören und umsehen.«

Jetzt war es also heraus und das Teewasser endlich in der Kanne. Mathilde stellte sie auf den Tisch und drei Tassen dazu.

»Ich bin ja in der Nähe«, beteiligte sie sich wieder, »und außerdem ist sie ja kein Kind mehr.«

Auch dazu konnte Walcher nur nicken. Dagegen verlor jedes Gegenargument an Gewicht, unterstellte doch alles, was er jetzt noch dagegen sagte, dass er Irmi nichts zutraute.

»Grundsätzlich habe ich nichts dagegen, was soll schon groß geschehen. Wenn die Eufoodic-Leute eine Verbindung zu mir herstellen, immer vorausgesetzt, dass sie hinter alldem stecken, werfen sie dich entweder raus, ersäufen dich in der Spree oder entführen dich, um mich zur Herausgabe von Koenigs Unterlagen und zum Schweigen zu erpressen. Da wäre es dann immerhin beruhigend, eine G'sundbeterin in der Nähe zu wissen, die hie und da auch mit Visionen aufwarten kann.«

Weil er Mathilde nicht verletzen wollte, schob Walcher hinterher: »Versteht bitte meine Sorge, aber diese Leute sind skrupellos. Vier Menschen sind brutal ermordet worden. Theresa liegt im Krankenhaus mit einem gebrochenen Bein, hier rufen sie ständig an, verfolgen mich und werden wohl demnächst auch sehr deutlich klarmachen, dass sie nicht meine Freundschaft suchen. Ich frage mich ohnehin, warum die so lange herummachen. Im Ernst, ich halte das für keine gute Idee.«

»Gut«, fasste Irmi zusammen, »das haben wir auch schon hin und her diskutiert. Du hast bisher immer das Argument gebracht, stille

Lämmer holt der Wolf. Außerdem ist da noch mein Name, Brettschneider, niemand kommt auf die Idee, mich mit dem Journalisten Walcher in Verbindung zu bringen.«

»Deine Adresse ist auch meine Adresse«, wand Walcher ein.

»Ich werde die Adresse von Mathildes Freundin angeben, wenn ich gefragt werde, und das hier hat mir Andy gemacht.«

Der Personalausweis, den Irmi über den Tisch schob, war genauso in Kunststoff eingeschweißt wie ein richtiger Ausweis und sah auch so aus. Irmi Brettschneider, stand da gedruckt, Grillparzerstraße 16, Berlin.

»Damit bringst du ihre Freundin in Gefahr«, deutete Walcher auf Mathilde.

»In dem Haus wohnen mehrere Leute.« Mathilde füllte Tee in die Tassen.

Walcher nippte an seiner Tasse und überlegte, ob er die Fahrt einfach verbieten sollte. Die Vorstellung, dass sich seine Tochter diesen Killern näherte, blockierte jeden vernünftigen Gedanken. Was konnte da schon vernünftig sein? Dass in der Berliner Agentur keine Killer herumsaßen? Wie sollte er ein Verbot begründen? Ihm fiel einfach nichts ein. Sollte er mit ihnen nach Berlin gehen? Er war selbst überrascht, als er sich sagen hörte: »Eine Bedingung: keine Aktion ohne vorher, ich betone: VORHER telefonische Erlaubnis von mir eingeholt zu haben.«

Mathilde und Irmi tauschten einen vielsagenden Blick, und Walcher war plötzlich sicher, dass die beiden eine Wette über den Ausgang des Gesprächs abgeschlossen hatten.

»Gilt«, nickte Irmi.

»Du kannst dich auf mich, auf uns verlassen«, versprach Mathilde.

»Und wann fliegt ihr?«

»Freitag«, flüsterte Irmi, als stünde sie auf der Bühne.

»Ihr habt schon gebucht!« Walcher überlegte, ob sich ihm hier noch die Möglichkeit zu einem unbeschadeten Nein bot, oder er ihre Chuzpe bewundern sollte. Als er aus den Augenwinkeln Mathildes und Irmis Siegerlächeln wahrnahm, entschied er sich für die Annahme seiner Rolle, zumal Irmi versöhnlich erklärte: »Sonst hätten wir nicht den Super-Flugpreis bekommen.«

Dr. Kantler

Wie es seine Art war, kam Dr. Kantler ohne Umschweife auf den Punkt seines Besuches. »Ich weiß, dass ich mir ziemlichen Ärger einhandle, aber irgendetwas läuft bei Brunner aus der Spur«, dabei tippte sich Dr. Kantler an die Stirn. »Ich überschreite hiermit sämtliche Kompetenzen, aber als Pathologe habe ich auch das Recht, meine ich, mit den Menschen zu sprechen, bevor ich sie auf den Tisch bekomme.«

In Dr. Kantlers Verständnis handelte es sich dabei wohl um eine Art von Sympathieerklärung, vermutete Walcher. Er hatte seinen Besucher durchs Haus auf die sonnenbeschienene Terrasse gebeten und holte eine Flasche Wein aus dem Keller. Ein roter Tropfen aus dem spanischen Herzen Kastilien, der dazu noch aus biologischem Anbau stammte. »La Mancha« sein Name, er passte zu Walchers derzeitigem Gefühl, gegen Windmühlen zu kämpfen, wie der gute Don Quijote.

Ungeduldig hatte Dr. Kantler das Öffnen der Flasche verfolgt und den ersten Schluck lediglich mit einem kurzen Kopfnicken bedacht, sehr zu Unrecht, wie Walcher fand. Er hielt den Wein für einen wunderbar unverfälschten Roten, der viel von der flirrenden

Hitze, der kargen Landschaft der Mancha und der Ehrlichkeit des Winzers erzählte.

»Die Hundehaare auf der ersten Leiche«, begann Dr. Kantler, kaum dass er sein Glas abgestellt hatte, »stammen von drei oder gar vier Tieren, dürften also nicht als Beweismittel zu verwenden sein. Ich erzähle Ihnen das, weil Sie vermutlich Unterstützung brauchen können. Die verbrannte Frau ist mit sehr hoher Wahrscheinlichkeit eine Frau Natalie Westhaus. Jedenfalls ist sie die Fahrzeughalterin eines Fiats, der ganz in der Nähe des Brandortes abgestellt war. Ein abgesplitterter, künstlicher Fingernagel, der in ihrem Fahrzeug gefunden wurde, ist mit denen identisch, die an ihren Fingernägeln verbrannt sind. Die Frau ist aber nicht durch das Feuer gestorben, sondern war bereits eine Zeitlang tot, und zwar erschlagen mit einem runden Gegenstand. Im Fahrzeug dieser Westhaus hat man zwar Ihre Visitenkarte gefunden und auch Ihre Fingerabdrücke auf einer Piccoloflasche, aber die ist definitiv nicht die Tatwaffe.«

Kantler sprach zu Walcher, als habe er ein Mitglied des Ermittlungsteams vor sich. Nach einem weiteren Schluck Wein, den er nun genüsslich auf der Zunge rollte, fuhr er fort: »Also, Schonauer wurde erschlagen, und erst dann ist er eine Felswand hinuntergeschrammt. Vermutlich wollte der Täter dadurch die Spuren beseitigen.«

Walcher hätte ihn am liebsten umarmt, den schrulligen Kauz, schenkte ihm aber stattdessen das Glas voll und meinte: »Ich habe da auch einiges, was ich eigentlich dem Kommissar geben wollte, aber irgendwie befindet der sich auf einem Kriegszug gegen mich. Moment, bin gleich wieder da.«

Walcher holte aus dem Büro die Skizze von Schonauers Alpe, auf der er die Positionen seiner Fundstücke eingezeichnet hatte. Auf dem Rückweg nahm er die Beutel aus dem Kühlschrank, wo er sie deponiert hatte, und legte alles vor Dr. Kantler auf den Tisch.

»Ich war ein paar Tage nach Ihren Kollegen dort oben und habe bei einer Art von … Nachlese diese Sachen entdeckt. Kippen aus dem Stall der Nachbaralpe, von der aus Schonauer vermutlich beobachtet wurde. Ein Hautfetzen am Pfosten, dort, wo es steil hinuntergeht. Ich denke, dass man Schonauer dorthin geschleppt und dann runtergestoßen hat. Näher bei seiner Alpe wäre er nämlich nach zehn Metern auf dem Felsenabsatz liegen geblieben. Ein Holzsplitter von der Banklehne, wahrscheinlich ist Blut drauf, und dann noch diese Wanze, die klemmte hinter dem einzigen Bild in Schonauers Stube, also wurde er auch belauscht.«

»Die Welt ist ein Geben und Nehmen«, grinste Dr. Kantler, steckte die Beutel ein und erzählte von dem geschundenen Behinderten aus Geratsried und dem Toten vom Alpsee, die beide zum Fall gerechnet werden mussten.

Die Nachricht vom totgefolterten Alois traf Walcher an einer besonders empfindlichen Stelle. War er dafür verantwortlich? Hatte er die Mörder auf Alois aufmerksam gemacht? Ein grässlicher Gedanke. »Ich habe den Alois kennengelernt, er hat mich zu einem versteckten Manuskript geführt, um das es wohl eigentlich bei der ganzen Sache geht.«

Kantler sah Walcher fragend an.

»Sechs Tote und eine Verletzte«, Walcher schüttelte den Kopf. Für alles gab es einen richtigen Zeitpunkt. Es dauerte den Rest des Flascheninhalts, bis Dr. Kantler über den größten Teil von Walchers Wissensstand bezüglich Eufoodic und Koenigs Geschichte im Bilde war. Auch von seiner Anzeigen-Aktion erzählte Walcher und dem Attentat auf Theresa, schließlich war es die Stunde der Wahrheit. Deshalb verabschiedete sich Dr. Kantler nicht nur mit den Fundstücken von Schonauers Alpe, sondern auch mit einer Kopie von Koenigs CD. Dass in Dr. Kantler zu gleichen Teilen der Forensiker und der Kriminalist steckten, deutete sich in seinem Vorschlag zum Abschied an, bei dem er zwar spitzbübisch grinste, damit dennoch Walchers Befürchtungen punktgenau im empfindlichen Zentrum traf.

»Eigentlich bräuchten wir Sie nur zu überwachen und darauf warten, dass Ihnen die CD abgenommen wird.«

Spione

Mathilde und Irmi gaben keinen Anlass zu Kritik oder Sorge. Kurz nach ihrer Landung in Berlin hatten sie sich gemeldet und noch mal am Abend aus der Wohnung von Mathildes Freundin. Walchers Anspannung ließ nach, außerdem hatte Irmi ihren Termin bei Eufoodic erst am Montagvormittag. Trotzdem bereute er, diesem blödsinnigen Plan mehr oder weniger zugestimmt zu haben.

Nachdem er am Vormittag Mathilde und Irmi zum Flughafen gefahren hatte, begannen die Selbstvorwürfe. Dagegen anzukämpfen, fiel allerdings nicht allzu schwer, denn zwei Hunde, ein Kater, ein Hahn, sieben Hühner der ersten und fünf der zweiten Generation, ausgebrütet von dem Huhn, das Irmi »Wilde Hilde« getauft hatte, forderten einen ganzen Mann. Dass Walcher bis in die Abendstunden keinen weiteren Gedanken an die Kampftruppe in Berlin verschwendet hatte, lag an den erstaunlichen Kommunikationswegen auf dem Lande. Er hatte auf dem Rückweg vom Flughafen bei Irmis Großeltern Armbruster haltgemacht, die ihn aber gleich mit dem Hinweis weitergeschickt hatten, dass sich fremde Männer auf seinem Hof herumtrieben. Einer von Walchers Nachbarn hatte die Armbrusters angerufen und darüber informiert, »dass do zweu so umanand send, die do it na'kherat«. Da soll noch einer etwas gegen den Landfunk sagen, hatte Walcher gedacht und war weiter zu seinem Hof gerast.

Dort wurde er wirklich von zwei Männern empfangen, die nicht auf seinen Hof gehörten. Sie stellten sich als Mitarbeiter des Wasserwirtschaftsamtes vor und forderten Einlass ins Haus und Keller, um Walchers Wasseranschluss überprüfen zu können. Unaufgefordert erklärten sie auch den Grund dafür und wiesen sich aus. Mitnichten hätten sie etwas mit den Wasserablesern des Wasserwerkes zu tun, sie wären vom Wasserwirtschaftsamt, und das kümmere sich um übergeordnete Probleme. Um die Bäche und Flüsse und um Seen, auch um die im Grundwasserbereich. Und da gäbe es eben einige unverbesserliche Leute, die immer noch oder immer wieder auch mal neu, die Grundwasseradern anzapfen würden, um ihren Wasserbedarf aus eigenem Brunnen zu decken.

Walcher kannte den Kampf der Allgäuer Bauern gegen die von oben verordnete Wasserversorgung. Auch sein Hof war natürlich an die kommunale Wasserversorgung angeschlossen, zwangsweise. Allerdings besaß er, wie auch die meisten Höfe, noch eine eigene Wasserversorgung. Nicht offiziell natürlich und auch gut getarnt. Die eigenen Brunnen wurden gehütet wie ein Goldschatz, und selbst den besten Freunden und Nachbarn gegenüber würde man nicht zugeben, einen solchen zu besitzen und zu nutzen. Man bezog deshalb in etwa die Hälfte des Wasserbedarfs aus dem öffentlichen Netz, während die andere Hälfte dem eigenen Brunnen entnommen wurde. Die Kontrolleure der Wasserversorgung wussten um das Problem, waren meist aber machtlos.

Walcher führte die Spione zum Anschluss der offiziellen Wasserversorgung des Hofes im Stallteil. Dort waren die Wasseruhr, Partikelfilter und Druckausgleichbehälter untergebracht. Man sah den beiden Kontrolleuren an, dass sie nicht zufrieden waren, denn an der Anlage gab es nichts zu beanstanden. Misstrauisch schnüffelten sie im Stall herum, aber es gab nichts zu sehen als das dick isolierte Wasserrohr, das aus dem Boden kam und in den Hausverteiler mündete.

Walcher freute sich geradezu kindisch, denn wie auf vielen anderen Höfen auch war die Zuleitung aus dem eigenen Brunnen geschickt versteckt. Bei ihm traf der Brunnenzulauf mitten in der Brandmauer zum Wohnteil auf das öffentliche Rohr. Der Hahn, mit dem das öffentliche Wasser abgestellt werden konnte, steckte am Heizkörper im Flur, der dort als reine Attrappe hing. War das öffentliche Wasser abgedreht, musste nur noch die Pumpe im Brunnenschacht aktiviert werden, und das geschah durch einen normalen Lichtschalter in der Küche.

Auf Walchers Frage, was diese Kontrolle zu bedeuten habe, stellte einer der beiden mit sauertöpfischer Miene fest, dass der Wasserverbrauch auf diesem Hof unterdurchschnittlich niedrig wäre, und deshalb würde man das künftig verstärkt im Auge behalten.

Walcher nickte freundlich und stellte fest: »Wir sammeln Regenwasser, mit dem wir unsere Wäsche waschen, den Garten sprengen, Fenster putzen und solche Sachen, und auch unsere Fäkalien spülen wir mit Regenwasser in die Grube. Wir betrachten Wasser als ein wertvolles Nahrungsmittel, mit dem wir sehr sorgsam umgehen. Noch Fragen, die Herren?«

Die Herren hatten noch eine, nämlich den Brunnen im Hof betreffend. Womit der denn gespeist würde, wollten sie wissen. Walcher fabulierte etwas von altem Wasserrecht, das ja wohl auch im Wasserbuch eingetragen wäre, aber dass er solche Fragen eigentlich nicht beantworten, sondern die Fachleute fragen müsste.

Mit dem Hinweis, dass man sich kundig machen würde, verabschiedeten sich die beiden, gaben aber gleich die Klinke dem

Postboten in die Hand, der ein Einschreiben brachte. Das Finanzamt kündigte darin eine Außenprüfung für den kommenden Mittwoch an. Wasserbehörde, Finanzamt, Walcher schrieb diese Häufung einer ungünstigen Sternenkonstellation zu, immerhin war die G'sundbeterin aus dem Haus, mithin der Abwehrschirm geschwächt, und da konnten sich solche Negativströme schon mal konzentrieren. Walcher beschloss, einen ausgedehnten Spaziergang mit den Hunden zu unternehmen. Danach würde er Wasser aus dem Brunnen pumpen, nicht nur, um sich daran zu erfreuen, sondern auch, um es analysieren zu lassen. Der Besuch der Wasserspione hatte ihn daran erinnert, die jährliche Probe ans Labor zu schicken. Bisher war immer die Bestätigung gekommen, dass es sich um hochwertiges Mineralwasser handelte. Walcher konnte alle Brunnenbesitzer verstehen, es erzeugte ein wunderbares Gefühl von Versorgtheit, wenn gesundes Wasser aus der eigenen Quelle sprudelte.

Konspirativ

Verleger Naurich rief spät am Abend an und lachte eine kryptische Botschaft ins Telefon, deren Inhalt sich Walcher erst nach einigem Grübeln erschloss.

»Drei Tage nach übermorgen steht auf dem Mittagsmenü Filderkraut, bis einen der Gasdruck abheben lässt. Gib mir kurz eine Nachricht, ob du mitessen kommst.«

Drei Tage nach übermorgen, also Mittwoch, war klar. Filderkraut konnte nur Stuttgart bedeuten, und das Mittagsmenü verriet vermutlich die Uhrzeit. Tatsächlich gab es auf dem Flugplan vom Mittwoch eine Maschine aus Hamburg, die 11 Uhr 35 landete. Also wollte Naurich nach Stuttgart kommen und sich dort mit ihm unterhalten. Ein derart konspiratives Treffen konnte nur bedeuten, dass er Koenigs Manuskript herausbringen wollte.

Freue mich aufs Filderkraut, antwortete er per E-Mail. Dass Naurich auch noch in seinem Büro sitzen musste, bewies seine Antwort, die bereits Minuten später eintraf. *Also dann um die Mittagszeit im Stutengarten, freue mich auch.*

Je mehr Walcher über Naurichs Geheimnistuerei nachdachte, desto schlüssiger erschien sie ihm. Naurich musste mit Ärger rechnen, sobald sein Projekt bekannt wurde. Ob die Gegenseite allerdings mit Begriffen wie Filderkraut und Stutengarten nichts anzufangen wusste, blieb dahingestellt. Auf den Kopf gefallen waren sie nicht und auch nicht zimperlich, wie Koenigs Beispiele aufzeigten. Schließlich ging es um Milliardenbeträge.

Mittwoch hatte sich das Finanzamt angekündigt. Mit einer E-Mail an seinen Steuerberater hatte Walcher das Problem erst einmal vom Hals, aber ein anderes meldete sich, sein Magen. Und der veranlasste die Freisetzung gespeicherter Bilder aus der Großhirnrinde, wie: Wurstsalat, schäumendes Bier, Stammtisch.

Er lehnte sich zurück und freundete sich mit dem Gedanken an, wieder einmal den Stammtisch zu besuchen und nachbarliche Kontakte zu pflegen. Leider klingelte mitten in seinen Überlegungen wieder das Telefon. Er erwog, bald eine Telefonkraft einzustellen, so häufig hatte das Teufelsding an diesem Freitag schon gebimmelt. Als er wieder auflegte, verschob er den Stammtischbesuch auf den nächsten Abend.

Keine Viertelstunde dauerte es, dann schrillte, wie von Elli Huizer angekündigt, die Türklingel. Die Hunde bellten nur kurz und begrüßten die späte Besucherin mit offensichtlich zwiespältigen Gefühlen. Besonders Nora befürchtete wohl, abgeholt zu werden. Nachdem sie Elli kurz zurückhaltend beschnuppert hatte, tapste sie mit gesenktem Kopf und hängender Rute, gefolgt von Rolli, in die vermeintlich sichere Küche.

Elli schüttelte nur den Kopf und stellte mit leichter Bitterkeit fest, wie Walcher herauszuhören glaubte: »Nora hat mit mir wirklich nichts am Hut.« Dann atmete sie tief ein und hielt Walcher die am Telefon angekündigte CD hin. »Wo können wir die ansehen?«

Elli Huizer sah verführerisch bezaubernd aus, stellte Walcher fest, verdrängte aber energisch jeden weiteren Gedanken daran als geradezu pietätlos. Wie lange lag Schonauer unter der Erde? Walcher hatte nichts von einer Beerdigung gehört. Vermutlich lag er noch bei Dr. Kantler im Kühlfach. Walcher deutete die Treppe in den ersten Stock hinauf und ging voraus.

Der PC lief noch, Walcher nahm die CD aus der Kunststoffhülle und legte sie ein. Dann ging er in Irmis Zimmer und kam mit einem Stuhl zurück, den er neben seinen stellte und Elli anbot. Der Ordner auf der CD war mit einem Namen gekennzeichnet: Schonauer. Wenn sich schon bei ihm ein seltsames Gefühl entwickelte, eine Mischung aus Neugier, Erinnerung, Trauer und Spannung, wie musste da erst Elli empfinden? Sie hatte sich mit einem tiefen Seufzer gesetzt und beugte sich vor. Dabei berührte sie zufällig Walchers Schulter und murmelte ein »'tschuldigung«.

Walcher brummte nur, klickte den Ordner an und öffnete gleich darauf die einzige Datei darin. Ein Video. Sprachlos sahen beide, wie Schonauer in Großaufnahme an der Tür seines Kräuterhofs einen Mann begrüßte, Koenig. Der Ton klang sehr gedämpft und schien auch nicht synchronisiert, sondern ein Tick zeitversetzt zu laufen, passte aber zur Handlung. Offensichtlich waren Koenig oder Schonauer, oder beide, bereits seit einiger Zeit observiert worden. Die Sprossen am wilden Wein um die Haustür waren kaum entwickelt.

»Wer ist das, den kenne ich nicht.« Elli starrte gebannt auf den Bildschirm. Es musste für sie nicht einfach sein, ihren Geliebten kurz vor dessen Tod zu sehen.

»Koenig, der Pressesprecher von Eufoodic, den man an Schonauers Lämmerweide gefunden hat und sowohl Schonauer als auch mich verdächtigt, ihn umgebracht zu haben.«

Schonauer machte keine Anstalten, Koenig ins Haus zu bitten oder auf der Hausbank einen Platz anzubieten, sondern stellte klar: »Kommen Sie, wenn Sie was zu bieten haben, ansonsten verschwinden Sie. Mein Wort gilt immer noch.«

Ein schriller Pfiff war zu hören und das Bellen von Nora, die Koenig vom Hof trieb. Koenig schien etwas zu rufen, aber es gab keinen Ton dazu. Koenig reckte den Stinkefinger in die Luft, drehte sich um und ging davon. Da brach die Sequenz ab, und stattdessen saß Walcher am Tisch auf Schonauers Alp-Veranda und nahm einen Schluck Tee aus einer riesigen Tasse, guckte erstaunt und nickte. Auf dem Tisch standen die Geschenke, die er Schonauer mitgebracht hatte, ein Packen Salz, eine 6er-Packung Eier, ein Laib Brot, geräucherter Speck und eine Flasche Roten. Walcher erinnerte sich gut daran. Etwas versetzt kam wieder der Ton dazu. »Kann Ihnen einen Beutel mitgeben, wenn'S wollen, aber eigentlich ham'S doch selber eine Kräuterhexe im Haus.«

Walcher erinnerte sich an Schonauers Worte. Während das Bild weiterlief, Schonauer sprach meistens, und Walcher hörte zu, war der Ton nur noch wie zerhackt zu hören. Walcher war zu hören, wie er sagte: »Ich gehe mal davon aus, dass Sie Koenig erschlagen und ihm Ihren Ausweis zugesteckt haben.« Schonauer nickte und erwiderte stockend, als habe er einen Hundertmeterspurt hinter sich: »Ich habe gedacht, dafür ist endlich Schluss mit dem Wahnsinn.«

Walcher drückte die Pausentaste und erklärte Elli, dass hier der

Ton zusammengeschnitten worden war und die Sätze aus einem völlig anderen Kontext stammten. »Ich erinnere mich ganz genau, Schonauer sprach davon, dass man nach Tschernobyl glaubte, dass endlich Schluss wäre mit dem Wahnsinn. Und davor hatte er gesagt, dass die Großkonzerne zerschlagen werden müssten, das bezog sich nicht auf Koenig, das haben die zusammengeschustert und nicht einmal besonders gut.«

Elli nickte nur und verfolgte gebannt die Bilder auf dem Bildschirm, denn nun trat plötzlich sie auf. Sie versteifte sichtlich und atmete lauter und schneller. Walcher war es peinlich, mitzuerleben, wie sich Elli und Schonauer ans Terrassengeländer klammerten, nackt und voller Wildheit. Der Kameramann schien seinen Spaß daran gehabt zu haben, denn er zoomte in Großaufnahme auf Schonauers Hintern und blieb einige Sekunden auf dem beredten Muskelspiel, bevor er wieder zur Totalen zurückzoomte. Als auch diese Bildsequenz abrupt endete, atmete Elli befreit auf, zuckte dann aber erschrocken zurück. Auch Walcher ging es so, denn formatfüllend waren die toten Augen Schonauers auf dem Bildschirm erschienen, die aus seinem zerschundenen Gesicht in eine weit entfernte Welt glotzten. Ein entsetzlicher Anblick.

»Diese Schweine«, stöhnte Elli und presste die Hände vors Gesicht.

Es dauerte, bis sich Walchers Erstarrung löste und er mitbekam, dass sie weinte. Unbeeindruckt pulsierte die Zeitangabe am Bildschirmrand. Elli nestelte ein Papiertaschentuch aus ihrer Hosentasche und putzte sich die Nase.

»Die wollen, dass ich dich aushorche … Ich könnte doch nicht wollen, dass … dass es dir genauso geht wie Schorsch … haben sie am Telefon gesagt.« Langsam tropften aus Elli die Worte, unterbrochen von ihrem Schnäuzen. »Heute lag die CD im Briefkasten …

aber ich hab keinen Computer und weiß auch nicht, wie das geht … Sonst wäre ich in Schorsch sein Büro … Vorhin haben sie angerufen … deswegen bin ich gleich … 'tschuldigung.«

»Ist schon in Ordnung so«, bestätigte sie Walcher und holte die CD aus dem Laufwerk, nachdem er im Schnelldurchlauf festgestellt hatte, dass der Rest unbespielt war.

»Holst du mir einen Wein?«, bat Elli, und als er bereits an der Tür war, fügte sie an: »Und sei so gut, schieb das Ding wieder rein. Ich will mir's noch mal anschaun … aber bitte allein.«

Walcher nickte und startete die Aufzeichnung wieder, bevor er den Wein holen ging. Das war harter Tobak, den Elli da zu verdauen hatte. Es sprach für die Gefühllosigkeit dieser Leute, ihr ausgerechnet diesen Ausschnitt zu schicken. Eine Zeitlang stand Walcher im Keller vor dem Weinregal, bis er merkte, dass er überhaupt nicht bei der Sache war und die Flaschen nur anstarrte, ohne die Etiketten zu lesen. Er gab sich einen Ruck und griff sich eine Flasche Rotwein, deren Etikett sie als einen kräftigen Roten aus Apulien anpries, ein Pinot nero aus der Cantina del Locorotondo bei Bari. Der richtige Tröster oder besser gesagt »Betäuber«, denn der Alkoholgehalt lag um die 14 Prozent. Mehr als ein Glas durfte er Elli nicht trinken lassen, sonst konnte sie nicht mehr fahren.

Es blieb dann aber doch nicht bei einem Glas, weshalb Walcher zwei Stunden später im Gastzimmer das Bettzeug aufschüttelte und Elli hineinplumpsen ließ.

Die zwei Stunden hatte er hauptsächlich zugehört und Ellis Glas gefüllt, wenn sie darum bat. Ihre Lebens- und Leidensgeschichte war filmreif. Sie hatte bei Schonauer einen Kräuterkursus belegt und irgendwann ihrem Mann den gewünschten Wildkräutersalat vorgesetzt. Drei Tage später war er tot, vergiftet durch das Alkaloid Colchicin der Herbstzeitlose, deren Blätter ihr zwischen dem Bärlauch nicht aufgefallen waren. Sie wäre vermutlich auch umgekommen, aber sie konnte Bärlauch nicht ausstehen. Nach fünf Jahren Therapie war sie dann immerhin so weit, dass sie bei Schonauer den Job im Kräutergarten annahm, allerdings holten sie ihre Selbstvorwürfe in regelmäßigen Abständen immer noch ein. Und nun, etwa sieben Jahre danach, musste sie wieder den Verlust eines geliebten Menschen überwinden.

Berlin

Manuela Kraft hatte die beiden am Flugplatz Tegel abgeholt und mit einer solchen Herzlichkeit begrüßt, dass Irmi das Gefühl hatte, eine liebe Tante zu besuchen. Mit Stadtbussen waren sie dann quer durch Berlin gegondelt und hatten dabei von Manuela eine kleine Stadtführung erhalten, an deren Ende sie ein Imbiss erwartete. Bei original Berliner Bouletten und Pfannkuchen verplanten sie die drei Tage ihres Aufenthalts, vom Montagvormittag abgesehen, da stand Irmis Besuch der Eufoodic-Niederlassung in der Friedrichstraße an.

Mathildes Studienfreundin wohnte in einem Klinkerbau im Stadtteil Steglitz. Zwei Wohnungen in zwei übereinanderliegenden Stockwerken waren mit einer Treppe zu einer Einheit verbunden worden, vergleichbar mit einem großzügigen Einfamilienhaus. Den Garten ersetzten zwei Balkone, die über die gesamte Länge der Wohnungen liefen. Dort saß man wie in einem Park, so dicht wuchsen im Innenhof mächtige Platanen und Buchen. Die Wohneinheit lag im dritten und vierten Stock und konnte als einbruchssicher gelten, mit Ausnahme von Eichhörnchen, die zu den regelmäßigen Besuchern zählten.

Nach der Führung durch die Wohnung und Balkongärten waren

sich Mathilde und Irmi einig, dass es sich in solch einem Paradies, selbst mitten in einer Großstadt, wie im Grünen leben ließ. Dass Mathildes Freundin allein in solch einer riesigen Wohnlandschaft lebte, die immerhin 260 qm maß, erklärte sich aus dem Erbe ihres Mannes und aus der gemeinsamen Leidenschaft für alte Möbel. Warum sollte sie diese Wohnung aufgeben, die vollgestopft mit wunderbaren Erinnerungen steckte, wenn sie es sich leisten konnte? Immerhin profitierten Mathilde und Irmi durch zwei Gastzimmer, von denen Mathildes im Stil des Louis Seize eingerichtet war, das von Irmi mit Möbeln aus der Zeit des frühen Jugendstils.

Mit am Tisch saß Efua-Ama Nkrota aus Ghana, die an der Humboldt-Universität Medizin studierte. Efua-Ama wohnte im dritten Gastzimmer und erhielt ein Stipendium von Manuela Kraft. Efua-Ama war bereits die sechste Stipendiatin, der die Krafts ein Studium ermöglichten. Es war den beiden Medizinern stets ein Anliegen gewesen, mit ihrem hohen gemeinsamen Einkommen jungen Menschen aus Entwicklungsländern ein Medizinstudium zu finanzieren, und Manuela Kraft setzte diese Tradition gern fort. Efua-Ama und Irmi, so Manuelas Überlegung, sollten sich Berlin ansehen und damit den beiden Damen genügend Zeit für Gespräche geben.

Am späten Nachmittag zogen Efua-Ama und Irmi los. Die beiden mochten sich auf Anhieb. Für Irmi war Berlin Neuland – die traditionelle Abi-Fahrt nach Berlin fand erst im nächsten Jahr statt –, weshalb Efua-Ama erst einmal das Brandenburger Tor und den Checkpoint Charlie ansteuerte.

In Berlin

Auch den Samstag verbrachten sie nach Generationen getrennt. Während die beiden Altsemester direkt die Confiserie Reichert ansteuerten, zu Fuß versteht sich, um die Tortenschlacht hinreichend zu begründen, hatte Efua-Ama für Irmi den Besuch der Museumsinsel geplant, als eine Reise durch die Kulturen der Welt. Sie entschieden sich dann aber für Berlins Shopping Malls, eine durchaus vergleichbare Kulturreise.

Efua-Ama freute sich über Irmis große Augen und fühlte sich ganz als großstädtische Fremdenführerin. Sie erinnerte sich aber immer noch gut daran, als sie vor vier Jahren zum ersten Mal durch die Berliner Konsumtempel geirrt war und danach mit schlaflosen Nächten zu kämpfen hatte. Ein solcher Kulturschock war bei Irmi zwar nicht zu befürchten, aber beeindruckt war sie schon. Nach dem Besuch der Gedächtniskirche und dem KaDeWe reichte es Irmi dann aber, Paris war schließlich noch nicht lang her. Die beiden schlenderten noch durch die Seitenstraßen am Ku'damm und bewunderten die exklusiven Boutiquen dort, aber als Efua-Ama mit einem Kaffee im Kranzler lockte, war Irmi sofort dabei.

Der Kaffee von Mathilde schmeckte zwar besser, aber bei dem Ausblick von der Terrasse des Kranzler auf das Gewusel zu ihren Füßen und der Werbewelt rundherum schlürften sie die harmlose Brühe in dem Bewusstsein, dies nicht jeden Tag geboten zu bekommen. Aber auch wenn Berlin lockte, ein bisschen Ruhe zu Hause musste sein, denn der Tag konnte noch lang werden. Irmi wollte in die Clubscene abtauchen und brachte damit Efua-Ama eher in Verlegenheit, da sie sich bisher nur einmal den Luxus erlaubt hatte, im Monarch, einem Club in Kreuzberg, mit Kommilitoninnen einen

Abend zu verbringen. Nach ein paar Telefonaten machten sie sich dann zu den Hackeschen Höfen auf, um dort im *Oxymoron* ordentlich Black Music zu tanken.

Unausgeschlafen entschieden sich Gäste und Gastgeberin nach dem Frühstück, den Sonntag stressfrei zu begehen, nämlich mit einer Bootsfahrt auf der Spree und anschließendem Picknick im Schlosspark Charlottenburg. Immerhin war das Picknick in Berlin erfunden worden, behauptete jedenfalls Mathildes Freundin, und außerdem waren das Schloss und der Park von den Vorfahren gebaut und angelegt worden, gehörte also dem Volk.

Nach der Bootsfahrt machte einsetzender Regen sämtliche Picknick-Pläne zunichte, jedenfalls was den Park betraf. So waren sie wieder in die Grillparzerstraße gefahren, saßen auf dem überdachten unteren Balkon und picknickten dort. Gesprächsstoff hatten die vier Frauen aus zwei Generationen immer noch ausreichend. Allein schon Mathildes Erinnerungen beschäftigten sie den Großteil des Nachmittags. Mathilde hatte auf einem Dorffest einen Mann kennengelernt. Nicht die große Liebe, bestenfalls die Neugier der Jugend. Eine eher flüchtige Begegnung, die aber ihr Leben gravierend verändern sollte. Sie war ungeplant schwanger geworden und hatte daraufhin ihr Studium abgebrochen. Mathilde und Manuela konnten sich noch sehr genau an die Diskussionen erinnern. Nächtelang sprachen sie darüber, ob eine Abtreibung einer anderen Lebensplanung wegen zu rechtfertigen wäre, noch dazu als angehende Medizinerinnen. Zwei Monate später kehrte Mathilde zurück ins Allgäu und heiratete einen Mann, den sie bestenfalls ganz gut leiden mochte. Daran hatte sich nichts mehr geändert. Sie lebte also bis zu dessen Tod mit einem Mann zusammen, den sie eben nur mochte. Für die beiden jungen Frauen unvorstellbar. Ihren entsetzten Mienen hielt Mathilde entgegen, dass sie ihr Leben durchaus als positiv und erfüllt bezeichnen würde, in einem überschaubaren Rahmen allerdings. Und dann war da natürlich der Sohn, der einen wichtigen Lebensinhalt darstellte.

Abends fuhren Efua-Ama und Irmi wieder ins Zentrum und spazierten einen Teil der Friedrichstraße entlang, am Haus vorbei, in dem sich die Eufoodic-Niederlassung befand. Mathilde hatte Irmi vorgeschlagen, sich auf den morgigen Tag einzustellen und den Ort zu inspizieren. Das sei eine alte Allgäuer Tugend, verriet sie augenzwinkernd, wurde aber von Manuela korrigiert, die, ebenfalls zwinkernd, meinte, in diesem japanischen Buch der Fünf Ringe einen solchen Tipp gelesen zu haben. Irmi fand den Vorschlag jedenfalls gut, denn zumindest kannte sie nun das Haus und las auf dem Firmenschild, dass Eufoodic im 4. Stock residierte.

»Du schaffst das schon«, stupste Efua-Ama sie an die Schulter, denn Irmi war anzusehen, dass ihr doch ein bisschen vor der eigenen Courage gruselte.

Im Allgäu

Elli hatte sich vermutlich am frühen Morgen aus dem Haus geschlichen, jedenfalls war sie weg, als Walcher zu seiner üblichen Zeit aufstand, so gegen 6.30 Uhr. Das Bett im Gastzimmer war so ordentlich gemacht, als hätte niemand darin geschlafen. Wahrscheinlich war es Elli peinlich, dass er die Liebesszene gesehen hatte. Grundsätzlich verriet diese Form der Erpressung psychologisches Verständnis. Niemand würde mit solch einer kompromittierenden CD zur Polizei gehen oder ausgerechnet zu demjenigen, den sie ausspionieren sollte. Dass eine Frau wie Elli nicht mit einem Computer umgehen konnte, damit hatte dieses Pack nicht gerechnet.

Mit einem leisen Bedauern einerseits – Walcher hätte Elli noch gerne über Schonauers Vergangenheit ausgefragt, was er natürlich auch noch später machen konnte –, aber auch mit einer gewissen Erleichterung – er eignete sich nur bedingt als Ellis Therapeut –, betrachtete er ihre stille Verabschiedung eher als positiv, und nicht nur deshalb, weil er dadurch beim Start in den Tag auf niemanden Rücksicht nehmen musste.

Als Walcher dann die Hunde aus dem Haus ließ, war Elli doch noch präsent, allerdings nur in Form einer vor der Tür abgestellten Kiste, über die er beinahe gestolpert wäre. Eine dieser grünen Gemüsekisten, befüllt mit sechs Leitz-Ordnern. Ein Zettel lag drauf, beschwert mit einem faustgroßen Stein: Habe ich gestern vergessen. Schonauer hat sie mir zur Aufbewahrung gegeben. Danke, Elli.

Nur kurz blätterte er in einem der Ordner, die auf den Rücken mit Länderabkürzungen gekennzeichnet waren. Briefe, Dokumente, Fotos aus der Landwirtschaft, CDs … Schonauer hatte offensichtlich Fälle dokumentiert, die etwas mit der Agrarchemie zu tun hatten. Walcher stellte die Kiste ins Haus, damit würde er sich am Nachmittag beschäftigen. Fürs Wochenende hatte er eigentlich geplant, den Rest von Koenigs Manuskript durchzuarbeiten. Von wegen Wochenende! Erst einmal die Hühner rauslassen, Waldlauf, Frühstück für ihn und die Hunde bereiten, Zeitungen lesen, einkaufen, aufräumen … Walcher beschloss, den Tag unter den Allgäuer Leitspruch zu stellen: In der Ruhe liegt die Kraft.

Dafür verzichtete er nach dem Frühstück sogar auf das samstägliche Einkaufsritual bei Frau Zehner. Mathilde hatte den Kühlschrank gefüllt, und was sonst noch in Küche und Keller lagerte, würde auch für eine längere Notstrecke reichen. In seiner Lieblingsarbeitshose und einem löchrigen Pullover verdödelte er den Vormittag. Er saß auf der Hausbank in der Sonne, beobachtete die Hunde und die Hühner und duldete selbst Bärendreck neben sich, als der ihn besuchte. Der Kater musste seinen Radius erweitert haben, denn er stank eindeutig nach Schweinekot, und Schweine gab es nicht in der Nachbarschaft.

Erst am Abend, so gegen 22 Uhr, gehorchte Walcher seinem inneren Antreiber und griff sich einen von Schonauers Ordnern. FRANCE, stand in Großbuchstaben, mit grünem Filzstift geschrieben, auf dem Rücken. Der Ordner war ziemlich gefüllt. Offensichtlich handelte es sich um unterschiedliche Vorgänge, separiert durch Trennblätter, auf denen Namen standen, wie Monteros, Belcier, Bertrand, Fillones. Dazwischen waren Briefe, Kuverts, Kopien von Dokumenten und Sichthüllen mit CDs abgeheftet. Meist handelte es sich um Rohlinge, nur mit Markern beschriftet. Einige hatten das aufgedruckte Label einer Organisation und steckten in einer Plastikbox.

Walcher hatte gleich die erste CD herausgezogen. Ein Video, synchronisiert mit deutschem Ton. Das Ehepaar Deborah und Marcel Monteros wurde vorgestellt. Sympathisch wirkende junge Leute, die ihren Traum als Viehzüchter umgesetzt hatten … jedenfalls anfänglich. Sie kauften im Süden der Aubrac einen Hof, samt umliegenden stolzen 34 Hektar Land, mit Blick auf die höchste Erhebung, den Signal de Mailhebiau. Bis die Getreideäcker wieder zu Grünland renaturiert sein würden, wollten sie Futter zukaufen. Sie hatten sich die Zucht von Maraichine-Rindern in den Kopf gesetzt, eine vom Aussterben bedrohte Rasse, aus der das Aubrac-Rind entstanden war. Mit Biosiegel versehen, wäre in etwa fünf Jahren eine solide Existenzgrundlage aufgebaut, so ihre Planung. Bis dahin würden sie mit dem kleinen Erbteil von Deborahs und Marcels

Erspartem sowie einem knappen Bankkredit über die Runden kommen.

Ihre Rinder gediehen prächtig. Im vierten Jahr war aus ursprünglich 15 Kühen eine stattliche Herde von 73 prächtigen Maraichine-Rindern angewachsen, die von sämtlichen Züchtervereinigungen hochgelobt wurden. Gegen Ende des vierten Jahrs aber traten Probleme auf. Jedes zweite Tier erkrankte, obwohl sie ausschließlich das Gras der eigenen Weiden fraßen. Die Tiere bekamen Verdauungsprobleme, magerten ab und fraßen nicht mehr. Tot- und Missgeburten häuften sich. Der Tierarzt veranlasste Boden- und Grasanalysen.

Das Ergebnis war niederschmetternd. Das Land der Monteros war durch Herbizid-Rückstände verseucht, die der Vorbesitzer auf den Äckern ausgebracht hatte. Beinahe alle Bestandteile, aus denen sich die als völlig ungiftig angepriesenen Spritzmittel zusammensetzten, konnten nachgewiesen werden. Alles, was es an Chemie gibt, das auf die Biosynthese von Pflanzen einwirkt.

Das Video zeigte die Geburt eines Kalbes. Das Tier besaß einen deformierten Kopf, der an ein Nilpferd erinnerte. Die Muskulatur der Beine wirkte angeschwollen und saß an ungewohnten Stellen. Das Kalb bemühte sich, konnte aber nicht aufstehen. Eine Weile lang durfte die Mutterkuh ihr Kalb sauber- und trockenlecken, dann kam der Tierarzt und setzte eine Spritze. Bei den folgenden Aufnahmen des missgestalteten Kopfes musste sich Walcher zwingen, nicht die Augen zu schließen. Das Gefühl von Ekel war aber nichts gegen die unendliche Trauer, die in den großen Kinderaugen des Tiers lag. Er würde sich kein weiteres der Videos antun, beschloss er, denn nun wurden der Reihe nach ausgewachsene Tiere gezeigt, die den ausgemergelten Tieren aus Trockengebieten ähnelten, übersät mit grässlichen Geschwüren an den unterschiedlichsten Körperstellen.

Abgestoßen und gleichermaßen neugierig vereinnahmte ihn das Video derart, dass er nicht die Dunkelheit im Zimmer bemerkte. Erst als auf dem Bildschirm ein Feld mit der Aufforderung blinkte, sofort die aktuellen Daten zu sichern, da die Energiereserve nur noch für die Speicherung und dem ordnungsgemäßen Herunterfahren der Systeme ausreichte, registrierte er die erloschene Stehlampe neben seinem Schreibtisch. Walcher schloss die offenen Programme und schaltete den Computer aus.

Auf dem Weg nach unten, zum Sicherungskasten im Hausflur, stellte er fest, dass nicht nur in seinem Zimmer der Strom ausgefallen war, auch die Lichter im Flur, Küche und Wohnzimmer brannten nicht mehr. Das Haus lag völlig im Dunkeln. In der einen Hälfte seiner Gedanken ging er davon aus, dass es an der Hauptsicherung lag, in der zweiten Hälfte lief allerdings ein anderes Szenario ab. Darin sah er dunkle Gestalten um den Hof schleichen, die das Stromkabel zum Hof durchgetrennt hatten. Diese Version erhielt Nahrung, als er im Licht der Taschenlampe, die im Sicherungskasten deponiert lag, sämtliche Sicherungen überprüft hatte. Walcher kontrollierte die Haustür und die zur Terrasse hinaus und hetzte zurück hinauf in den ersten Stock. Von dort konnte er feststellen, dass die Höfe seiner Nachbarn noch Licht hatten und auch im Tal die Lichter brannten. Nur sein Hof lag im Dunkeln. Kein angenehmes Gefühl. Daran änderte auch der Gedanke an Opa Armbrusters Schrotflinte nicht viel. Musste er mit einem Anschlag rechnen, mit einem Überfall? Auch der Telefonanschluss war tot, also musste es sich um bewusst herbeigeführte Störungen handeln. Walcher wählte auf dem Handy Brunners Nummer, der sich auch gleich meldete. »Na, wieder mal über eine Leiche gestolpert?«

Walcher hatte den Standardkalauer des Kommissars noch nie als sonderlich witzig empfunden, in seiner jetzigen Situation stufte er ihn geradezu als dämlich ein. Trotzdem bemühte er sich um seine sachliche Schilderung seiner Befürchtung, dass dem Stromausfall ein Überfall oder Einbruch folgen könnte.

»Bin ich das E-Werk?«

Walcher wollte schon zu einer saftigen Beleidigung ansetzen, als Brunner wissen wollte, ob fremde Personen ums Haus schleichen würden, und wenn das der Fall wäre, der Notruf der Polizei in Lindenberg der sinnvollere Ansprechpartner sei. »Sie wissen doch, ich bin die Kriminalpolizei, Dezernat für Kapitalverbrechen. Wir kommen erst, wenn's vorbei ist.«

Walcher konnte nicht anders. »Arschloch!«, stellte er fest und brach die Verbindung ab.

Während er mit Brunner telefonierte, hatte er den Hofraum vom oberen Flur aus kontrolliert und wechselte nun zum Fenster in seinem Arbeitszimmer. Aber auch von dort konnte er nichts Verdächtiges entdecken. Handelte es sich um einen technischen Defekt? Strom und Telefon? Andererseits verhielten sich die Hunde ruhig. Die Kabel von Telefon und Strom liefen an den Holzmasten bei der Abzweigung zum Hof hinunter in die Erde. Sie waren zwar durch ein aufgesetztes Blech geschützt, aber dort die Leitungen zu unterbrechen, war kein Problem. Notstromaggregat! Was nützte es, wenn er einen ganzen Ordner voll mit Prospekten von diesen Dingern hatte, aber noch keines im Hof stand. Die große Lösung wollte er immer, ein Diesel-Aggregat, das in der ehemaligen Milchkammer stand und das ganze Haus mit Strom und Wärme versorgte, dazu eine Solaranlage auf dem Dach und womöglich auch noch ein Windrad im Garten …

Walcher öffnete leise das Fenster zum Hofraum und lauschte hinaus. Außer seinem Pulsschlag und dem Rascheln der Abdeckplane, die er am Vormittag gewaschen und aufgehängt hatte und die nun von leichtem Wind bewegt wurde, war nichts zu hören. So richtig seinen Kopf aus dem Fenster hängen wollte er nicht. Einmal gespeicherte Bilder im Kopf ließen sich nicht mehr löschen. Walcher dachte an Nachtsichtgeräte, er hatte schon einmal eines testen können, und sah sich im Fadenkreuz einer Zieloptik. Aber im Hofraum gab es nichts Ungewöhnliches zu entdecken. Allerdings würden die Leute vermutlich ja nicht in aller Seelenruhe über den Hof spazieren. Und in den Schattenbereichen der Garage und dem Hühnerhaus herrschte tiefe Dunkelheit. Die Bewegungsmelder, die Hoflichter, ohne Strom taugten solche Sicherheitssysteme nichts. Während Walcher seine Position wieder zum Fenster im Arbeitszimmer wechselte, dachte er kurz an Kühltruhe und Kühlschrank. Aber seit Mathilde den Haushalt organisierte, waren deutlich weniger Lebensmittel eingefroren.

Auch vom Fenster im Arbeitszimmer aus war nichts zu hören, und zu sehen gab es auch nichts. Die Nachtluft roch wie immer, nach einem frischen Allgäu. Ein Kauz rief vom Wald herüber, aber er klang zu weit entfernt, als dass es sich um ein Verständigungszeichen von Angreifern hätte handeln können. Außerdem schlichen im Allgäu keine Indianer herum, und ein durchschnittlich begabter Einbrecher oder Killer konnte vermutlich nicht so täuschend echt den Ruf dieser Eulenvögel nachahmen. Walcher schlich hinunter. Inzwischen hatten sich seine Augen an die Dunkelheit gewöhnt, die, dank des halben Mondes, nicht völlig schwarz war. Die Taschenlampe hatte er nur kurz zur Kontrolle der Sicherungen eingeschaltet, um jedes Signal nach außen zu vermeiden. Sollte er die Schrotflinte bereithalten? Die Hunde streckten sich und gähnten. Sie verhielten sich völlig normal, bestenfalls waren sie neugierig, warum er im Dunkeln durchs Haus wanderte.

Von der Küchentür aus hatte er nur einen begrenzten Blickwinkel zum Garten, trotzdem stand Walcher lange dort und starrte hinaus in die Dunkelheit. Als er an die Kugel dachte, die das Sicherheitsglas abgehalten hatte, machte er unwillkürlich einen Schritt zur Seite. Befand er sich in einer ähnlich bedrohlichen Situation wie damals? Vielleicht sollte er das Stahlrollo herunterlassen? Aber dann wäre ihm der Blick versperrt. Er öffnete den Besenschrank, denn am Haken in der Tür hing die Schrotflinte. Nur für den äußersten Notfall, sagte sich Walcher, schaute wieder angestrengt in die Dunkelheit des Gartens – und zuckte zurück. Aber es handelte sich nur um Bärendreck, der über die Wiese zur Terrassentür stolziert kam, sich davorpostierte und in die Küche glotzte. Als sich nichts tat, miaute er erst im üblichen Betteltonfall, dann, als immer noch nichts geschah, forderte er mit deutlichem Nachdruck Einlass. Walcher öffnete die Tür und ließ ihn herein. Er hatte immer noch Schwein aufgelegt und ließ sich gebührend von den beiden Hunden feiern, die ihn von beiden Seiten schwanzwedelnd bestürmten. Die Tatsache, dass Bärendreck in aller Seelenruhe über die Wiese geschlendert war, beruhigte Walcher. Da irritierten ihn schon eher Motorengeräusche, die von der Einfahrt beim Feldweg zu hören waren. Er wechselte deshalb seine Position und hetzte hinauf in den ersten Stock in Mathildes Zimmer, denn von dort hatte er ungehinderten Blick auf den Feldweg.

Ein großer Kombi stand dort mit laufendem Motor und Strahlern auf dem Dach, die eine grell erleuchtete Lichtkuppel in der Nacht schufen, in deren Zentrum sich der Strommast befand, von dem die Hofversorgung abzweigte. Zwei Männer waren zu sehen, die im Lichtkegel am Masten arbeiteten. Eigentlich konnte nur Brunner das E-Werk benachrichtigt haben. In Gedanken nahm Walcher deshalb das »Arschloch« zurück, aber nur halbherzig. Er beschloss, die Hunde an die Leinen zu nehmen und einen Kontrollgang zu machen. Vermutlich kannten die Monteure den Grund für den Ausfall.

Walcher kam aber nicht dazu. Als er die Haustür öffnete, fuhr ein Fahrzeug auf den Hof: die Polizei.

Freund und Helfer

Wahrscheinlich hatte Brunner auch seine Kollegen in Lindenberg benachrichtigt. Immerhin, versöhnliche Zeichen. Oder steckte dahinter nur eine raffinierte Art der Kontrolle? Walcher warf sich beginnende Paranoia vor und ging den Polizisten entgegen.

Einen der beiden kannte er von früheren Stammtischbesuchen. Sie waren gemütlich ausgestiegen und begrüßten ihn gelassen. Der vom Stammtisch bestätigte Walchers Vermutung, dass der Herr Kommissar sie gebeten habe, mal vorbeizuschauen, weil was mit dem Licht nicht funktionieren würde. Der Herr Kommissar habe auch den Störungsdienst des E-Werks benachrichtigt, die sogar schneller als die Polizei gewesen wären.

»Die haben das hier zufällig in der Nähe vom Masten gefunden«, grinste der Stammtischpolizist etwas verlegen und hielt einen Klarsichtbeutel hoch, in dem ein Seitenschneider steckte.

»Do hot wohl jemand nochg'holfa.«

Walcher sah sich die Zange an. Sicher war er nicht, die Dinger sahen ja alle ähnlich aus, und im harten Scheinwerferlicht des Polizeifahrzeugs fielen kleine Unterschiede nicht sonderlich auf. Aber die Isolierung war am Ende eines der beiden Griffe verschmort. Dort hatte sich das ausgeblichene Grün dunkel verfärbt. Er konnte sich noch gut an den Feuerstrahl des Bunsenbrenners erinnern, der dies verursacht hatte.

In seinem Kopf ratterte es. Wie war die Zange in die Nähe von dem Masten gekommen? Sollte er die Zange gleich als sein Eigentum erkennen, denn vermutlich waren darauf ausschließlich seine Fingerabdrücke? Der erste Reflex, sich dumm zu stellen, konnte sich zu einem echten Problem aufschaukeln, vor allem, wenn er an Brunner dachte. Deshalb spielte er den Überraschten: »Sieht so aus, als ob es eine meiner Zangen ist. Aber wie kommt die in die Nähe von dem Masten?« Walcher trat einen Schritt näher und sah sich intensiv den Beutelinhalt an. »Und damit ist vermutlich das Stromkabel durchtrennt worden und auch das fürs Telefon.«

Der Begleiter des Stammtischpolizisten nahm seine Mütze ab und kratzte sich ausgiebig am Hinterkopf, während er in geschliffenem Hochdeutsch feststellte: »Des wird ma it feschtstella kenna, aber gleaga isch se do.«

»Tschia«, machte Walcher mit einem bedauerlichen Achselzucken, »sieht so aus, als wollte mir da jemand einen bösen Streich spielen, oder glaubt's ihr, ich zwick mir selbst den Saft ab? Weil mir grad langweilig ist oder …? »

»Des hau i it gmoint«, beeilte sich der Polizist klarzustellen und kratzte wieder die Kopfhaut. Auch der Stammtischler schüttelte vehement mit dem Kopf, meinte aber: »Wir nehmen sie trotzdem mit, Vorschrift.«

In diesem Moment gingen im Haus die Lichter an, und auch die Bewegungsmelder im Hof sprachen an und schalteten die Außenstrahler ein.

»Ja, wenn sonst nix mehr ist … Wir sollten dann wieder. War vielleicht nur ein Dummer-Buben-Streich.«

Die beiden tippten sich synchron an die Mütze und verabschiedeten sich. Walcher machte sich auf den Weg zum Masten, um die Monteure zu befragen, drehte aber gleich wieder um. Die Arbeitslichter am Montagewagen erloschen, dafür schnitten die Scheinwerfer einen tanzenden Strahl in die Nacht, als der Wagen langsam davonfuhr.

Einen Moment lang zögerte Walcher, dann holte er die Taschenlampe aus dem Haus und ging mit den Hunden zum Strommast.

Er empfand ein seltsames Gefühl übersteigerter Aufmerksamkeit, als er dort stand und mit dem Strahl der Taschenlampe die Leitung entlangfuhr, die am unteren Teil des Mastes mit einem Blechschutz versehen war. Nichts war zu sehen, was auf durchtrennte Kabel schließen ließ, lediglich am Boden lagen ein paar Stücke der Kabelisolation.

Die Lichter im Hof waren ausgegangen, nur im Haus brannten sie noch. Mit einem Fernglas hätte man gut beobachten können, was sich im Haus tat, und war selbst unsichtbar von der Nacht absorbiert. Walcher schaltete die Taschenlampe aus. Es dauerte ein paar Sekunden, dann hatten sich seine Augen daran gewöhnt, und die Nacht erhielt Konturen. Die Dunkelheit gab ihm ein stärkeres Gefühl der Sicherheit, als wenn er im Licht des Hofes oder dem lächerlichen Strahl der Taschenlampe stand. Je länger er ausharrte, desto heller wurde die Nacht. Der Sternenhimmel leuchtete erstaunlich, eigentlich ein guter Zeitpunkt für einen Spaziergang. Und wenn die Saboteure auch noch unterwegs waren? Hatten sie verfolgt, wie die Monteure den Schaden behoben hatten und dass die Polizei gekommen war? Standen sie immer noch irgendwo in der Dunkelheit herum? Vielleicht war ihr Plan ja aufgegangen, und sie versuchten gerade in diesem Moment, ins Haus einzubrechen, von der Gartenseite her? Walchers Nackenhaare stellten sich bei solchen Gedanken auf, noch dazu schnüffelte Rolli an einer Fährte. Handelte es sich dabei um die Fährte der Saboteure?

Er zwang sich, in normalem Tempo zum Haus zurückzugehen,

und pfiff die Hunde zu sich. Die Haustür stand immer noch offen, und durch die Terrassentür war auch niemand eingebrochen. Wie auch, für diese Tür brauchte man wirklich schweres Gerät. Dennoch, der Zustand innerer Spannung baute sich nur langsam ab, trotz der Hunde und Großvaters Artillerie.

Sonntag

Am Sonntag setzte Walcher seine Junggesellenglückseligkeit fort, zog wieder seine Lieblingskleidung an und gönnte sich gegen die Mittagszeit einige Bruschette, bei denen er sich allerdings nicht darauf beschränkte, den Knoblauch nur auf das geröstete Brot zu reiben, sondern die Zehe genüsslich mitaß. Natürlich war eine derart herzhafte Speise nur mit dem dazu passenden Wein genießbar, einem wahrhaft kraftvollen Montepulciano d' Abruzzo. Noch ein, zwei Tage in diesem Urzustand, und selbst Bärendreck hätte seinen Chef als ebenbürtig anerkannt.

Walcher hatte nach seinem Waldlauf am Morgen einige Runden um den Strommast gedreht, aber nichts entdeckt. Keine Reifen- oder Fußspuren, Kippen oder sonstige Hinweise. Jeder konnte die Zange aus der Garage nehmen, denn das Tor stand so gut wie immer offen, und die Werkzeuge lagen meist auf der Werkbank griffbereit verstreut. Bei dieser Gelegenheit versuchte er, ein bisschen Ordnung in das Chaos zu bringen, gab aber nach einer Stunde wieder auf. Manchmal hatten solche Arbeiten einfach keinen Zweck.

Nach einem ausgiebigen Mittagsschlaf entschied er sich, wieder in Koenigs Sammlung zu blättern, auch wenn ihn Schonauers Ordner mehr gereizt hätte. Er durfte sich nicht verzetteln.

Hatte Walcher geglaubt, die Namensliste sei das Highlight von

Koenigs Arbeit, so traf ihn am Abend dann die Erkenntnis wie ein Schlag, dass die »Aktion 25, Höchste Geheimhaltungsstufe« der wirkliche Grund für Eufoodics Auftraggeber war, jeden vermeintlichen Mitwisser aus dem Weg zu räumen. Was er las, übertraf jede Fiktion aus den Studios in Hollywood und was es sonst noch an Filmen über apokalyptische Visionen gab. Unwillkürlich musste er an Schonauers Anklage denken, dass die Chemiefirmen mit der Kampfgasproduktion im Ersten Weltkrieg das Tor zur Hölle aufgestoßen hatten. Wenn Koenigs Aktion 25 der Wahrheit entsprach, dann hatte die Menschheit ein echtes Problem.

Aktion 25

Höchste Geheimhaltungsstufe

Der Großteil der im Handel frei angebotenen Herbizide wird von Firmen produziert, die bereits in den vergangenen Kriegen hervorragende Teststudien betreiben durften, gewissermaßen an Humanmaterial.

So wurde die unglaubliche Zahl von 80 Millionen Litern Herbizide über dem vietnamesischen Dschungel ausgebracht. Damit beseitigte das Militär nicht nur Urwälder, sondern auch landwirtschaftliche Flächen, um dem Feind die Nahrungsquellen zu nehmen. Hunderttausende Bewohner der betroffenen Gebiete erkrankten, ebenso wie etwa eine Viertelmillion US-Soldaten. Krebserkrankungen, Immunschwächen, Missbildungen bei Kindern und beeinträchtigte Fortpflanzungsfähigkeit sowohl bei Frauen als auch bei Männern, neben einer ganzen Reihe von anderen Krankheitsbildern, die hier zu behandeln den Rahmen sprengen würde, führen noch heute in Vietnam zu offensichtlich irreversiblen gesundheitlichen Problemen unter der Bevölkerung, die alle auf die »Spritzmittel« der US Army zurückzuführen sind. Das Vietnamesische Rote Kreuz nennt die Zahl von etwa vier Millionen Spätfolgen, auch heute noch, in der dritten Generation nach dem Einsatz von Agent Orange. Noch 30 Jahre nach Kriegsende sind die US-Gifte im Nahrungskreislauf nachweisbar – behaupte also niemand, er habe nie etwas von der Gefährlichkeit dieser »Herbizide« gehört.

Wir haben aber nichts aus der Geschichte gelernt, sondern weiter an dem Flaschengeist herumexperimentiert, bis er uns nun entglitten scheint und sich zu einem Monster aufbläht, das weit über die vordergründige Funktion von »Pflanzenschutzmitteln« hinausreicht.

Auch mir fällt es schwer, die Dimensionen zu begreifen, mit denen Agrarchemiker binnen eines halben Jahrhunderts eine Evolution unterbrechen können, die Millionen Jahre andauerte. Es scheint aber zu stimmen, warum sonst werden Untersuchungsergebnisse in Tresoren versteckt und die Forscher mit brutalsten Methoden zum Schweigen gebracht, ebenso wie all diejenigen, deren Ziel es ist, die Öffentlichkeit aufzuklären? Der Zufall hat mir Einblick in Studien gewährt, die aus der ganzen Welt stammen. Sie beschäftigen sich mit der Veränderung von Erbgut. Veränderungen im Erbgut des Homo sapiens wohlgemerkt, nicht nur bei Nutztieren und Pflanzen.

Endet die sieben Millionen Jahre währende Evolution der Hominiden durch Herbizide, von denen stellvertretend das wohl am meisten hergestellte, verkaufte und eingesetzte Roundup zu nennen ist? Einer der wesentlichen Wirkstoffe in Roundup, das aus der Gruppe der Phosphonate stammende Glyphosat, hat zur Schaffung eines neuen Organismus geführt, der sich verselbständigt hat. Verselbständigt in derzeit bedrohlichster Form, nämlich als Virus. Und wie alle Viren bringt es seinen Wirt dazu, das zu tun, was er selbst nicht kann, nämlich von ihm reproduziert zu werden. Der Wirt tut das in dem Bewusstsein, eine sinnvolle Maßnahme im Kampf gegen den fremden Organismus zu ergreifen. Der komplizierte Ablauf ist noch unklar. Nur das Ergebnis scheint deutlich. Der Wirt entzieht sich der weiteren Verbreitung des Virus durch Unfruchtbarkeit. Dieser Prozess findet nicht nur bei Pflanzen und Nutztieren statt, sondern wie bereits erwähnt auch beim Menschen. Aber damit ist das Frankenstein'sche Repertoire noch lange nicht erschöpft.

Dass auf den Feldern der USA, also im Kernland der »Grünen Gentechnik«, Pflanzenmutationen im Vormarsch sind, die sich nicht nur durch stabilen Wuchs einer mechanischen Bekämpfung widersetzen, sondern offensichtlich Herbizidresistenz entwickelt haben, mag die Befürworter der Genmanipulation nicht irritieren. Dass aber die Zahl der Opfer unter Mensch und Tier in einem beängstigenden Tempo ansteigt, wird sie interessieren müssen. Studien an Tieren (Ratten, Mäuse, Hamster) denen Gen-Mais und -Soja verfüttert wurden, zeigen, dass diese langsamer wuchsen als die Vergleichsgruppen, und sie unterlagen einer weit höheren Mortalitätsrate und Missgeburten. Spermazellen, Gebärmutter und Eierstöcke veränderten sich. Tiere, die in einem Langzeittest von immerhin zwei Jahren mit genetisch verändertem Soja gefüttert wurden, verloren ab der dritten Generation ihre Fortpflanzungsfähigkeit.

Die Organisation konnte die Veröffentlichung der Forschungsergebnisse durch unabhängige Wissenschaftler nicht verhindern, obwohl diese mit einer ganzen Menge von Unannehmlichkeiten rechnen müssen. Dennoch geschieht erstaunlicherweise von politischer Seite nicht viel. Unkrautvernichter wie Roundup werden nach wie vor weltweit vertrieben, und die EU steht kurz davor, flächendeckend genmanipuliertes Saatgut zu genehmigen. Missbildungen und Totgeburten bei Menschen in der Nähe von genmanipulierten Pflanzen, die mit Glyphosat besprüht wurden, scheinen keine Behörde zu alarmieren. Erst die erschreckend wachsende Zahl von Tot- und Missgeburten bei Rinderzuchten sorgte für Aufmerksamkeit und zog Forderungen der Politik nach sich, Ursachenforschung zu betreiben. Ausgerechnet jene Politiker fordern nun Ursachenforschung, die überhaupt für die ungeprüfte Verbreitung von genmanipuliertem Saatgut im Zusammenspiel mit Spritzmitteln gesorgt hatten.

Nach wie vor gilt Roundup offiziell von relativ geringer Toxizität und frei von karzinogener oder teratogener Wirkung. Die Pharmakonzerne vertuschen seit 30 Jahren Geburtsschäden bei Mensch und Tier.

Prof. Don Huber, Pflanzenpathologe aus den USA, zieht seit zwei Jahren durch die Welt und predigt die Gefahr eines neuen Organismus, entstanden durch Genmanipulation und Glyphosat. Ein internes Papier schreibt vor, Don Huber agieren zu lassen – er besitzt als ehemaliger Fachberater von US-Militärbehörden hohe Unterstützung in Regierungskreisen –, allerdings soll die Berichterstattung über seine Vortragsreisen mit allen Mitteln unterdrückt werden. Eufoodic und Interfoodic hatten deshalb Cleaner-IT-Gruppen eingesetzt, um der anwachsenden Flut im Internet Herr zu werden. Das Bundesministerium für Bildung und Forschung hält Hubers Warnung für nicht beweisbar. In Deutschland werden ja auch nur ca. 20 000 t Glyphosat und glyphosathaltige Pflanzenschutzmittel jährlich versprüht. »Pflanzenschutzmittel«, auch so eine geniale Wortschöpfung für Chemikalien, die unsere DNA, die Trägerin der Erbinformation, verändern können. Und da in Deutschland die Länder für Einfuhrkontrollen bei Futtermitteln zuständig sind, fühlt sich eigentlich keiner so richtig zuständig.

Walcher musste abbrechen, ihm brummte der Kopf. Wie viel von diesem Horror konnte man ertragen? Schafften die Pharmariesen es wirklich, alle geltenden Menschenrechte auf Leben, auf Unversehrtheit einfach zu kippen? Glaubten sie vielleicht, sie wären unempfindlich gegen die von ihnen produzierten Gifte?

Montag

Walchers Solodasein endete am Montagmorgen abrupt, als es gegen 8 Uhr an der Haustür klingelte und zwei grimmig dreinblickende Männer sich als Abgesandte der Berufsgenossenschaft vorstellten, mit dem Wunsch, die illegal betriebene Hühnerzucht zu inspizieren. Es dauerte ein wenig, bis Walcher verstanden hatte. Seine Reaktion ließ die beiden Männer etwas zurückweichen, was aber hauptsächlich an seinem intensiven Knoblauchatem lag, den er ihnen entgegenblies, bevor er sie aufforderte, mit ihm die Produktionsstätte zu besichtigen. Mit respektvollem Abstand folgten ihm die Herren über den Hof zum Hühnergehege, begleitet von Nora und Rolli, die Walcher nicht von der Arbeitshose wichen.

Obwohl sich die beiden Berufsgenossenschaftler von Walchers Hühnerzucht überzeugen konnten und zugaben, offensichtlich einer Fehlinformation aufgesessen zu sein, blieb in ihren Mienen tiefstes Misstrauen eingebrannt. Dass sie dennoch verzichteten, einen Blick in den Stallteil oder die Scheune zu werfen, lag wohl eher an Walchers Ausdünstungen. In deren Genuss kamen, keine zehn Minuten später, zwei andere Männer. Offensichtlich entwickelte sich der Montag zu einem Tag der offenen Tür.

Kaum waren die Berufsgenossenschaftler vom Hof, musste Walcher das begonnene Frühstück unterbrechen, weil es erneut klingelte.

Diesmal blieben die Hunde allerdings im Haus, denn vor allem Nora zeigte sich Uniformen gegenüber äußerst aggressiv.

Er kannte die beiden Beamten vom Samstag, die mit einem etwas gequälten Lächeln baten, einen Blick in seine Werkstatt werfen zu dürfen. In Walcher keimte tiefer Unmut gegen die Repräsentanten der Staatsmacht auf. Die Beamten ließen sich nicht durch den Knoblauchgeruch irritieren, sondern stocherten auf Walchers Werkbank herum. Was sie suchten, erzählten sie nicht, aber es war ihnen anzumerken, dass sie sich dabei nicht sonderlich wohl fühlten. Der Jüngere machte Walcher – vermutlich als versöhnliche Geste – darauf aufmerksam, dass er immer noch mit Winterreifen fuhr, was zwar nicht grundsätzlich gegen die Vorschrift wäre, aber sicherer seien nun mal im Sommer Sommerreifen. Walcher deutete auf die Berge hinter sich und meinte: »Das Weiße dort oben, ist was? … Richtig, es ist Schnee, und wo Schnee liegt, ist es auch glatt.«

Im Haus klingelte das Telefon, und Walcher spurtete hinein.

Der Anrufer hatte bereits aufgelegt, als er den Hörer abnahm. Trotzdem spielte er ein lautes Gespräch, als handelte es sich um einen wichtigen, geschäftlichen Anruf. Erfolgreich, denn als er nach ein paar Minuten in den Hof ging, saßen die beiden Polizisten bereits in ihrem Fahrzeug. Der Stammtischler winkte heraus, brüllte ein »Nichts für ungut« und gab Gas.

Zurück im Haus, klingelte wieder das Telefon, und wieder war nur dieses seltsame Schweigen zu hören. »Imbezill«, fluchte Walcher in den Hörer und legte auf. Vielleicht animierte er ja damit den Anrufer zur Suche in einem Wörterbuch. Solche Anrufe machten wütend. Man fühlte sich ihnen so erbärmlich hilflos ausgeliefert. Und sie waren zäh, kamen jeden Tag ein paarmal. Irmi, ging es wieder durch seinen Kopf. Berlin. War da irgendetwas geschehen? Er wollte den beiden nicht hinterhertelefonieren, also blieb nur ein ausgedehnter Waldlauf, mit anschließender Rasur und ausgiebiger Dusche. Schließlich sollte er sich spätestens bis morgen wieder in einen zivilisierten Menschen verwandelt haben.

Nachwuchsermittlerin

Sie hatte sich schick gemacht und wirkte wie eine junge Frau auf dem Weg, die Business-Welt zu erobern. Efua-Ama begleitete sie bis zum Café Friedrich in der Nähe des Büros. Dort, so hatten sie am Vorabend abgesprochen, würde sie auf Irmi warten und die Stellung halten. Es war vereinbart, dass Irmi sich stündlich bei Efua-Ama auf dem Handy meldete. Am Morgen hatte Irmi Walcher angerufen, ihn beruhigt und versprochen, sich nach ihrem Besuch zu melden. Andernfalls, drohte er, würde er die Kavallerie ins Feld schicken. Mathilde und Manuela würden ebenfalls in Rufbereitschaft bleiben, weshalb das Unternehmen »Nachwuchsermittlerin« als ein sorgsam behütetes bezeichnet werden durfte.

Dennoch war Irmi aufgeregt, als sie mit dem Fahrstuhl in den vierten Stock zum Eufoodic-Büro hinauffuhr. Dafür gab es allerdings keinen Grund, wie sie bereits bei der Begrüßung erleichtert feststellen konnte. Ein leger, in Jeans und T-Shirt gekleideter junger Mann begrüßte sie wie eine alte Bekannte. Freundlich lächelnd hörte er ihr aufmerksam zu und nickte strahlend. Cool und business-like hatte Irmi aus der Pariser Werbemappe ihre Visitenkarte gezogen und erhielt dafür die von Heiner Hollbring, dem Leiter der Niederlassung. Der junge Mann deutete auf die Empfangstheke und stellte fest: »Das passt hervorragend. Ich bin heute allein und sollte zu einem Termin, der gut eine Stunde dauern wird.«

Er deutete zum Bildschirm auf der Designertheke, überhaupt

war der Empfangsraum der Eufoodic-Niederlassung stilvoll wie eine Anwaltskanzlei eingerichtet, und meinte: »Ich zeig dir gleich das Wichtigste. Das Beste wird aber sein, wenn du mit einer Freundesliste anfängst. Also alle Adressen deiner Mitschüler und Klassensprecher. Wir bauen da nämlich gerade eine Datei auf, die wir dann regelmäßig mit Informationen versorgen wollen, Ausbildungsplätze, Studium, Gesundheit ... Du hast uns ja schon kennengelernt«, deutete er auf Irmis Parismappe. »Wenn jemand anruft, dann schreib dir bitte Namen und Telefonnummer auf, vielleicht noch den Grund des Anrufs, wenn er den verraten will, und sag, dass ich heute Nachmittag zurückrufe. Wenn du etwas trinken willst, dort im Besprechungszimmer stehen Kaffeemaschine und Kühlschrank. Nimm dir, was du brauchst. Ich muss jetzt los. Also, guten Start bei uns. Find ich prima, dass du so überraschend aufgetaucht bist.«

Damit war er aus der Tür, und Irmi stand allein im Empfangsraum und konnte ihr Glück kaum fassen. Das Büro war leer, wirklich leer? Von dem schmalen Gang nach dem Empfang gingen links und rechts vier Türen ab, von denen drei offen standen. Zur Sicherheit guckte Irmi in die Räume und drückte auch auf die Klinke der vierten Tür, aber die war verschlossen. Wie sollte sie vorgehen? In Ordnern herumblättern, die Büros durchsuchen? Irmi setzte sich erst einmal an den Computerplatz im Empfang und sah sich die Infoseite über Eufoodic an, die Hollbring für sie aufgerufen hatte. Die kannte sie aber schon. Sie stöberte deshalb in den Dateiordnern herum, aber auch da gab es nichts, was das Herz einer Ermittlerin höherschlagen ließ. Standardbriefe, die mit Adressen versehen werden konnten, geordnet nach den Empfängergruppen, wie Schüler, Studenten, Unis, den Redaktionen von Tageszeitungen über Magazine und Illustrierten, bis hin zu den Werbezeitungen der Apotheker, Bäcker, Metzger und Kleintierzüchter. Vermutlich war das der

Job am Empfang, Infobriefe auf den Weg zu bringen. Interessanter war da schon der Terminkalender von Hollbring, der ständig in Deutschland unterwegs zu sein schien. Irmi hatte einen USB-Stick dabei, auf den sie kurz entschlossen einige Dateien speicherte. Schließlich würde sie so eine Gelegenheit wohl nicht so schnell wieder bekommen. Danach legte sie eine Datei auf den Desktop, die sie »Freundeskreis« nannte, und begann eine Liste mit Namen und Adressen. Sie wollte wenigstens damit angefangen haben, falls Hollbring früher zurückkam. Bei der sechsten Adresse, die sie einfach aus dem Branchenbuch abschrieb, das sie unter der Theke entdeckt hatte, klingelte das Telefon. Sie zuckte zusammen, als habe sie in eine Steckdose gegriffen, trotzdem nahm sie den Hörer ab und meldete sich geradezu professionell: »Hier Eufoodic Berlin, Irmi Brettschneider, mit wem spreche ich?«

Ein Gefühl der Erleichterung senkte ihren Stressspiegel, als sie Hollbring sagen hörte: »Also du hörst dich an wie ein Profi. Hör mal, ich brauche doch etwas länger. Kannst du bis etwa 14 Uhr die Stellung halten? Du bekommst auch den Job als Praktikantin, und zwar mit ordentlicher Bezahlung. Okayyy?«

Irmi atmete tief ein und stellte fest: »Das geht in Ordnung. Sie brauchen keine Versprechungen zu machen, die Sie vielleicht bereuen. Ich mach das gerne.«

»Nein, nein, ich mein das ganz ernst. Du hilfst uns wirklich sehr. Bis gegen 14 Uhr. Ciao.«

Ein Blick auf die Uhr am Computer hob Irmis Stimmung. Sie hatte nun satte drei Stunden, um in diesem Büro herumzustöbern. Unglaublich. Sie drückte auf ihrem Handy die gespeicherte Rufnummer von Efua-Ama, die sich sofort meldete.

»Es läuft super, aber du musst noch ein paar Tassen Kaffee trinken oder einen Spaziergang machen. Habe hier freies Feld bis gegen

14 Uhr. Bitte gib Mathilde Bescheid. Mannomann, ich kann es gar nicht fassen, sitze praktisch als Hilfskraft allein im Büro. Drück dich und melde mich wieder.«

Anfängerglück

»Unglaubliches Anfängerglück«, strahlte Irmi und hielt ihren USB-Stick in die Höhe. Mathilde, Manuela und Efua-Ama applaudierten und kicherten ausgelassen. Die lockere Stimmung der vier resultierte nicht allein aus Irmis humorvoller Wiedergabe ihrer ersten Ermittlungsrecherche, der Berliner Wein, den Manuela geholt hatte, spielte dabei sicher keine unwesentliche Rolle. Nach ihrem Vortrag, dass dieser Wein aus dem Venedig des Nordens stammte, wie Berlin wegen seiner vielen Kanäle und Brücken auch genannt wurde, hatten alle vier dem Riesling vom Prenzlauer Berg zugesprochen und ihn artig gelobt, denn Manuelas Mann hatte die wenigen Weinbauern persönlich gekannt und das kleine Weinlager angelegt.

Es wurde ein herzlicher Abschlussabend. Die beiden älteren Frauen stellten fest, dass quasi kein Jahr seit ihrer Studienzeit vergangen war. Bei den beiden jungen gab es zwar keine gemeinsame Vergangenheit, aber die Gewissheit, dass sie ebenso wenig den Kontakt zueinander verlieren würden wie die beiden Alten. Alle vier teilten das euphorisierende Gefühl eines gemeinsam bestrittenen Abenteuers, das zudem auch noch den Reiz des Illegalen besaß. Nachdem Irmi nämlich den Computer am Empfangsbereich »abgefischt« hatte, widmete sie sich Hollbrings Büro, der bei seinem überhasteten Abgang vergessen hatte, seinen Computer auszuschalten, und somit Irmis »Recherchen« ungeschützt ausgeliefert war. Auch wenn Irmi mit den Kurzbezeichnungen der einzelnen Dateiordner nichts anfangen konnte, war ihr irgendwie klar, den Zugriff auf ein Netzwerk vor sich zu haben. Mit flatterndem Puls kopierte sie eine ganze Reihe von Dateiordnern, jederzeit bereit, abzubrechen und den Stick abzuziehen. Dass dabei auch noch einige Male das Telefon am Empfang klingelte, trug nicht zu ihrer Beruhigung bei. Sie war geradezu froh, dass die Computer im zweiten Büro und im Besprechungszimmer jeweils ein Kennwort verlangten. Irgendwann hatte sie erschöpft beschlossen, einfach zu gehen. Sie raffte ihre Sachen hinter der Infotheke zusammen und erstarrte: Die Eingangstür öffnete sich, und ein riesiger Mann, der sich in der Tür etwas bücken musste, kam herein. Er blieb vor der Theke stehen und musterte Irmi mit einem derart durchdringenden Blick, dass sie sich wie eine ertappte Kaufhausdiebin fühlte. In einem Ton, der sie noch ein paar Zentimeter schrumpfen ließ und das Gefühl erzeugte, jeden Moment ohnmächtig zu werden, wollte der Hüne wissen, wer sie sei und was sie hier täte und wo die anderen Mitarbeiter wären.

Nachdem sie es ihm erklärt hatte, nickte er und stellte fest: »Und dann auch noch ein hübsches Kind. Wir werden gut miteinander auskommen.« Dann lächelte er, sah ihr in die Augen, als wollte er sie hypnotisieren, winkte lässig mit der Hand und verschwand im vierten Büro.

Irmi brauchte ein paar Sekunden, bis sie wieder auf Touren kam. Die Größe und Ausstrahlung dieses Mannes, der intensive Blick, so etwas hatte sie noch nie erlebt. Sie war irritiert, sogar etwas verängstigt. Sie reagierte so, wie sie es sich für solche Situationen immer vorgenommen hatte: Sie ging. Mit dem Stick in der Tasche und ihrer Info-Mappe unterm Arm flüchtete Irmi aus der Geschäftsstelle. Sie nahm nicht den Fahrstuhl, sondern hetzte die Treppen hinunter. Nur nicht Hollbring begegnen, hämmerte es in ihrem Kopf.

Auf den letzten Treppenstufen wurde sie von einer Panik erfasst, die sie wie ein Blatt im Herbststurm aus dem Gebäude trieb. Erleichtert traf sie Efua-Ama ein paar Minuten später im Café. Vielleicht war sie ja doch nicht die geborene Ermittlerin.

Souvenir aus Berlin

Dieser Hollbring durfte mit Recht als ein gutstrukturierter Manager bezeichnet werden, stellte Walcher fest, als er mit Irmi vor dem Bildschirm saß und sie sich das Souvenir aus Berlin ansahen. Hollbrings Netzwerk oder besser gesagt Eufoodics stellte sich als eine gigantische Namenssammlung heraus. Von Außenministerium, Ausschüssen über Bundesrat, Bundestag, Bundesgerichtshof, Bundes- und den Länderregierungen enthielt sie fein sauber gegliedert alle nur denkbaren Verbände und Organisationen, Parteien, Institute, Universitäten, Fachhochschulen … Jeder, der in Deutschland irgendetwas zu sagen hatte, war anscheinend aufgeführt, mit Namen, Berufsbezeichnung und Funktion. Darüber hinaus besaßen diese Steckbriefe einen Code, der freundlicherweise durch eine Datei mit der Bezeichnung »Schlüssel« erklärt wurde. Irmi gab zwar zu, dass sie diese Datei rein zufällig abgefischt hatte, ließ sich aber gerne von Walcher in den höchsten Tönen loben, denn der Schlüssel ersparte aufwendige Analysearbeit.

»Abgefischt«, der Begriff befand sich auf dem besten Weg, Irmis Unwort des Jahres zu werden, sie benutzte es seit Berlin bei jeder passenden und weniger passenden Gelegenheit. Hatte sie doch erst vor ein paar Minuten zu Rolli geflüstert: »Du musst dich wehren, wenn Nora deinen Napf abfischt!«

Mit einem Seufzer wandte sich Walcher wieder der Datei zu. Ein

»F« stand für Freund, ein »K« für Kritiker und »G« für Gegner. Dann folgten, wie bei einem Hotel oder Weinbrand, ein oder drei Sterne, zusammen mit einer Note von 1 bis 6, der noch die Kennung A, B oder C angefügt war. Laut Schlüssel der Hinweis auf die Verlässlichkeit des Menschen. Der letzte Buchstabe nach einem Trennstrich, erklärte die Funktionsgruppe, also P für Politiker, Pub für Publizist, B für Beamter, F für Funktionär, U für Unternehmer, E für Entertainer und so weiter. Ein »K***1APub« bezeichnete demnach einen absolut verlässlichen Kritiker, der auch noch als Publizist arbeitete, im Gegensatz zu einem »F***1AP«, einem Politiker, der mit drei Sternen und der Note 1 für seine Wichtigkeit mit absoluter Verlässlichkeit einen pflegewürdigen Lobbyist kennzeichnete. Bei manchen dieser Codes gab es dann noch als letzte Info ein Pluszeichen als Hinweis für empfangene Liebesgaben. Eine Wissenschaft für sich, bei diesem System ohne langwierige Decodierung auszukommen. Weniger wäre deutlich mehr gewesen, aber vielleicht versteckte sich dahinter ein ganz besonders gründlicher Kopf. Aber das interessierte nur am Rande, wichtiger waren die Namen in den Listen.

Walcher schüttelte immer wieder den Kopf, als er sich durch einige bekannte Namen kämpfte und die Codes dazu entschlüsselte, ebenso weitere Vermerke, wie zum Beispiel: Ausbaufähig – Kontrollieren – Steuerbar – Druckempfindlich. Diese Dateien glichen einer geballten Ladung Dynamit, auch wenn sie juristisch wohl kaum verwertbar waren. Aber man konnte Druck damit erzeugen. Druck auf diese erstaunliche Anzahl von bezahlten Helfern in allen Bereichen unseres Staates.

Unglaublich, da marschiert dieses Küken in Berlin einfach in die Höhle des Gegners und kopiert eines der wohl am besten gehüteten Geheimnisse dieses Ladens auf den mitgebrachten USB-Stick und kommt ungeschoren davon. Wenn ich das meinen Kollegen erzählen würde … Walcher schüttelte zum wiederholten Mal mit dem Kopf.

»Was du da geklaut hast, kommt dem Ritterschlag eines Investigativ-Journalisten gleich und kann durchaus in einer Reihe genannt werden mit Watergate, der CDU-Spendenaffäre oder der Plutonium-Schieberei des BND, also … Ich bin wirklich begeistert.«

Walcher behielt es für sich, dass er diese Listen von Koenigs CD kannte, allerdings fehlten dort die Codierung und sonstige Hinweise hinter den Namen.

Irmi strahlte über das Lob und meinte: »Vielleicht sollte ich mir das mit dem Gartenbau noch einmal überlegen und doch in deine Fußstapfen treten.«

Filderkraut

Hin und zurück Lindau – Stuttgart Flughafen kostete eine Fahrkarte zweiter Klasse den stolzen Preis von 96 Euro. Dem stand ein Benzinverbrauch von etwa 60 Euro gegenüber, ohne dabei betriebswirtschaftlich relevante sonstige Kosten zu berücksichtigen. Mit einer solchen Steuerungsmethodik könnte die Regierung den Individualverkehr auf deutschen Straßen jedenfalls nicht reduzieren.

Trotz der höheren Kosten liebte Walcher Zugreisen. Sie passten zwar nicht mehr so richtig zum flüchtigen zeitbudgetoptimierten Menschen, boten aber den Romantikern unter ihnen eine Art Besinnungsurlaub. Als Zugreisender konnte man sich hemmungslos gehenlassen. Nachdenken zum Beispiel oder sich in den vorbeijagenden Landschaften verlieren oder einfach vor sich hin träumen.

In einem Zugabteil herrschte ein klein bisschen Einsteins Gesetz von Raum und Zeit. Nur Angeber und Abhängige schafften es nicht, dem Leistungsdruck zu entkommen. Hackten auf ihren Laptops herum, wühlten ständig in Bergen von bedrucktem Papier oder ließen ihre unmittelbar betroffenen Mitreisenden erbarmungslos an endlosen Telefonaten teilhaben.

Walcher bevorzugte eine Mischung aus Dösen und Denken, unterbrach den Spaß daran allerdings in Ulm. Wie ein Agent auf der Fahrt zu einem konspirativen Treffen stieg er dort aus dem Zug, spazierte durch die Unterführung in die Stadt zu einem Teeladen und bestellte ein Glas Schwarztee mit frischer marokkanischer Minze.

Bevor er ging, besuchte er noch die Toilette, denn dort gab es einen Notausgang, das wusste er von früheren Besuchen. Eine halbe Stunde später saß er wieder in einem Zug, um die zweite Etappe nach Stuttgart abzudösen. Sein Verhalten fand er durch die bisherigen Ereignisse hinreichend begründet. Auch dass er sein Handy zwar eingesteckt hatte, aber ausgeschaltet ließ, erschien ihm durchaus vernünftig. Schließlich hatte vor allem sein Freund Hinteregger einige Male mit Bewegungsprofilen Observierter eindrucksvoll die Möglichkeiten heutiger Technik demonstriert. Sollte er telefonieren müssen, so würde er das Handy benutzen, in dem eine Prepaidkarte steckte, die auf den Namen Rolli Neufundländer freigeschaltet war.

Auf dem Stuttgarter Bahnhof, dessen wahren Verlegungsgrund er in der gewaltigen Immobilienblase vermutete, die sich auf dem frei werdenden Gleisgelände bot, drehte er noch eine Schleife um den Bahnhofskomplex. Der Anblick des verstümmelten Bahnhofs tat weh. Bei solchen Gelegenheiten stellte er sich nicht zum ersten Mal die Frage, um wie viele Monate oder gar Jahre die Lebensarbeitszeit von Steuerzahlern verkürzt werden könnte, wenn solche überflüssigen Geldausgaben nicht von einer kleinen Lobby durchgedrückt würden. Erhöhte sich Lebensqualität durch ein paar Minuten eingesparter Fahrtzeit?

Nach der kleinen Runde, die er eigentlich nur für eventuelle Verfolger gedreht hatte, stieg er in den Zubringer zum Flughafen. Dort hatte er noch eine halbe Stunde Zeit, bevor er sich am Inlandsterminal postieren sollte. Erfreut registrierte er, dass der Flug aus Hamburg ohne Verspätung angekündigt wurde. Wartezeiten auf Flughäfen empfand er immer wieder als grässlich. In Gedanken versunken, schlenderte Walcher zum Baggage claim der Inlandflüge. Es dauerte, bis er registrierte, dass er den Mann, der sich ihm in den Weg stellte, kannte.

Naurich umarmte ihn in gewohnter Herzlichkeit. Trotz seiner sonnenbraunen Haut wirkte er müde, allerdings versuchte er, das zu überspielen. Ungewohnt auch Naurichs Kleidung. Walcher kannte ihn als einen überkorrekten Anzugträger, dessen tadellos glatte Hemden noch die Wärme des Bügeleisens auszustrahlen schienen und immer leicht nach Stärke dufteten. Heute hatte er sich für eine abgetragene, blaue Jeans und einen Anorak mit unglaublich vielen Taschen entschieden. Nicht feinstes Leder, sondern halbhohe Wanderschuhe trug er an den Füßen und beantwortete Walchers fragenden Blick: »In jedem von uns steckt ein Jäger.«

Ganz selbstverständlich zog er Walcher mit sich und erklärte seine frühe Ankunft mit dem Hinweis, die Nacht in Frankfurt verbracht zu haben.

»Komm, wir gehen wirklich ein bisschen im Filderfeld spazieren«, deutete er zum Hauptausgang.

Oberste Geheimhaltungsstufe

Während sie auf Feldwegen zwischen frisch bearbeiteten Feldern spazierten, erklärte Naurich seinen Plan. In Frankfurt hatte er die vergangene Nacht mit einem Fachautor das Projekt durchgesprochen und einen Terminplan fixiert. Das Buch sollte nach sensationell kurzer Zeit zu Beginn der Schulferien erscheinen, also spätestens Anfang, Mitte Juni. Bis dahin würde auch die Pressearbeit stehen, um auf einen Schlag sämtliche Medien mit den Informationen über das Buch, seine Hintergründe und den ermordeten Autor zu versorgen.

Naurich sprühte vor Tatendrang und beschrieb in kurzen Zügen seinen Marketingplan. Selbst bei einer Druckerei waren Kapazitäten für eine Startauflage von immerhin 100 000 Stück reserviert. Die würde allerdings erst die zweite Auflage zu drucken bekommen, klärte Naurich mit einem verschmitzten Lächeln Walcher auf, denn er rechne mit einer gnadenlosen Verhinderungsschlacht dieser Chemiebrüder. Allein schon des Buchtitels wegen, Naurich präferierte den Titel »Massenmörder«, sei massivstes Juristenaufgebot zu erwarten.

Aus diesem Grund würde er das Buch in aller Stille bei einer befreundeten Druckerei im Ausland produzieren lassen, mit der er ebenfalls bereits alles vereinbart habe. Dort würden bis zum eigentlichen Drucktermin nur kleine Papierchargen bestellt, um keine Spuren zu legen. Der Papierhandel sei nämlich in der Hand weniger Großhändler, und da genügten ein paar Telefonate, um herauszufinden, welche Druckerei plötzlich eine Großorder aufgegeben hatte.

Parallel dazu plante Naurich juristische Schritte, die Walchers Anzeigen der Gesundheitsminister im großen Stil verstärkte, nämlich vor dem internationalen Gerichtshof.

Was den Wahrheitsgehalt von Koenigs Manuskript betraf, so hatte Naurich parallel zum Autor, der Koenigs Aufzeichnungen bekömmlicher machen sollte, einen Journalisten engagiert, mit dem er ebenfalls seit vielen Jahren zusammenarbeitete. Der würde einige Namen und Behauptungen auf den belegbaren Wahrheitsgehalt recherchieren und auch den Kontakt zu Fachautoren knüpfen, die bereits zu diesem Thema veröffentlicht hatten.

Wie es Naurichs etwas sprunghafte Art war, beendete er abrupt den sachlichen Teil und richtete herzliche Grüße von seiner Frau aus. »Aiken meint, es wäre höchste Zeit, dass du dich wieder einmal blicken lässt. Spätestens die große Pressekonferenz in Berlin solltest du einplanen. Ich werde alle Größen aus Politik, Klerus, Verbänden, Kultur, Wirtschaft und natürlich alles, was sich Presse schimpft, einladen. Wir lassen uns das richtig was kosten. Aiken beschäftigt sich schon seit einiger Zeit mit diesem Thema. Sie will einen Verein gründen und jedes einzelne Patent anfechten, das für natürliche Ressourcen erteilt wurde. Jede Zerstörung natürlicher DNA bekämpfen, und zwar weltweit. Du weißt, Aiken besitzt ein ziemlich schlagkräftiges Vermögen. Damit kann man ordentlich was anstellen. Sie hat eine Stiftung gegründet, damit wir auch noch etwas zu beißen haben, wenn die Gegenseite ihre ungleich größeren Ressourcen einbringt. Ich liebe unsere prominente Verwandtschaft in den USA, aber einige davon leben ihre größenwahnsinnigen Weltsteuerungspläne derart ungeniert aus, dass ihnen längst auf die Finger geklopft gehört.«

Walcher konnte nur nicken, auch wenn er Zweifel an der Durchsetzung von Aikens Plänen hatte. Die amerikanischen Großkonzerne und ihre Freunde verfügten über gigantische Finanzmittel und eigene Großbanken. Sie waren an den weltgrößten Industrien beteiligt, hatten die amerikanischen Regierungen der vergangenen hundert Jahre gestellt, gesteuert oder manipuliert und kontrollierten nicht nur die amerikanische Gesellschaft durch eine Fülle von Organisationen, sondern hatten Weltorganisationen gegründet und mit eigenen Leuten beschickt. Sie würden sich nicht durch kleine Rückschläge von ihrem Führungsanspruch, die USA und letztlich die ganze Welt zu beherrschen, irritieren lassen.

»Hier habe ich noch Vertragsentwürfe dabei«, unterbrach Naurich Walchers Gedanken.

»Verträge kannst du mit Koenigs Erben aushandeln, aber dazu musst du sie erst einmal ausfindig machen. Die würde ich erst suchen, wenn du das Buch herausgebracht hast. Und mit mir brauchst du keinen Vertrag zu machen. Ich habe nur Koenigs quasi letzten Wunsch erfüllt und sein Manuskript weitergereicht. Eine Flasche Sherry vielleicht, als Vermittlungsprovision.«

Naurich schüttelte den Kopf, griff in eine seiner Anoraktaschen und zog ein Handy heraus. »Hier, eine Anzahlung, damit kannst du ungehindert telefonieren. Der PIN-Code steht auf dem Zettel hier und auch die Nummer, unter der du mich erreichst. Habe mir auch so ein Ding besorgt. Wir sollten es allerdings nur im Notfall benutzen, die heutigen Möglichkeiten sollen ja beängstigend sein.«

Chefsache

Die Zeit war reif. Dieser Journalist erforderte mehr Betreuung, als er eingeplant hatte. Allein die drohende Veröffentlichung von Koenigs Nachlass zu verhindern – und dass Walcher das anstrebte, war ihm klar –, belastete sein Zeitbudget. Nur mit Mühe und viel Druck hatte er seine wichtigsten Leute in den Innenministerien und den Diensten aktivieren können. Sie lehnten inzwischen immer häufiger seine Bitten um Unterstützung ab, höflich, aber bestimmt. Mit einigem Respekt hatte er von Walchers Anzeigenaktion der Bundes- und Landesminister gehört. Es gab da einige Leute in den Ministerien, die sich verunsichern ließen. Wer einmal aus fremder Hand gefressen hatte, befürchtete hinter solchen Aktionen gleich einen Angriff auf seine Person und das Ende seiner beruflichen Karriere.

Natürlich unterstellten sie diesem Journalisten fundiertes Insiderwissen, zumal dieser Typ bereits durch einige Recherchen aufgefallen war, deren Wirkung Streubomben glich. Er selbst glaubte ja eher, dass Walcher in dieser Sache bluffte, aber es verunsicherte sein Netzwerk, das er so mühsam aufgebaut hatte. Und jetzt auch noch dieses verdammte Buch von Koenig. Post mortem, aber wenn es nur annähernd das enthielt, was Koenig ihm zum Kauf angeboten hatte, konnte es zu einem Dammbruch führen, dessen Flutwelle auch ihn mitreißen würde.

Bonnefeld saß in der Lobby des Hotels, in dem auch Natalie abgestiegen war. Abgestiegen, das traf das Ende für dieses Miststück. Was mochte das Päckchen an Walcher enthalten haben? Zu gerne hätte er es gewusst, aber der Portier hatte ihm nur die Versandhülle geliefert und sich dann die Schutzfolie des Adressaufklebers aus Natalies Papierkorb gefischt. Immerhin eine respektable Leistung von dem Mann, so kannte man wenigstens den Empfänger.

Bonnefeld steckte mit einem dankbaren Lächeln das Brotzeitpaket in seinen Rucksack, das ihm die niedliche Frühstücksbedienung nach seinen Wünschen zusammengestellt hatte. Mit einem Gruß zum Portier stand er auf und warf sich den Rucksack an einem Riemen über die Schulter. Ein gutgekleideter Feriengast unterwegs zu einer Wanderung. Dass Bonnefeld dann beim Eingang doch kurz die Richtung wechselte und am Informationsregal bei der Rezeption in den ausgelegten Fremdenprospekten blätterte, gehörte ebenfalls zum normalen Verhalten eines Feriengastes. Plötzlich beschleunigte sich sein Puls. Ein Mann, den er bisher nur von dem Foto seiner Steckbriefdatei kannte, betrat ausgerechnet in diesem Augenblick das Hotel.

Bonnefeld hörte Walcher nach Natalie Westhaus fragen, die sich mit ihm noch einmal treffen wollte. Walcher erkundigte sich auch, ob das Unternehmen Eufoodic das Zimmer gebucht hätte und ob Frau Westhaus oder andere Mitarbeiter von Eufoodic häufiger hier wohnten.

Der Portier hatte sich eine Extraprämie verdient, beschloss Bonnefeld, denn er verhielt sich absolut korrekt und ließ keinerlei Verdacht aufkommen, mehr zu wissen.

Bonnefeld hatte eigentlich vorgehabt, rund um Walchers Hof zu wandern, aber nun wollte er keine weitere, »zufällige«, Begegnung provozieren. Es gab ohnehin noch anderes zu tun, das er unbedingt selbst erledigen musste.

Hundeln

Über ein Jahr hatte Kommissar Brunner versucht, mit dem Hund seiner Frau, eine Bergamasker-Hirtenhundmischung mit viel Fell, Frieden zu schließen, vergeblich. Im Normalzustand herrschte Krieg mit Wuschel, wie ihn seine Frau getauft hatte. Nur wenn es Brunner so richtig dreckig ging, er psychisch und physisch gestresst und bereit war, alles hinzuschmeißen, dann führte sich Wuschel geradezu liebevoll mustergültig auf. Bedauerlicherweise nahm Brunner diese Veränderung an Wuschel nicht wahr, wofür der Hund aber großes Verständnis aufbrachte. Es störte ihn auch nicht, von Brunner, kaum hatten die beiden das Haus verlassen oder war Frauchen außer Reichweite, »Stronzo« gerufen zu werden – eine nicht gerade freundliche Bezeichnung. Doch Hunde können bestenfalls den Klang interpretieren, nicht was sich dahinter verbirgt, und das ist gut so, bei den teilweise wundersamen Namen, mit denen der treue Freund des Menschen oft bedacht wird.

Als Brunner an diesem Mittwoch kurz nach 22 Uhr die Haustür

öffnete, entdeckte er als Erstes den Zettel am Band, der ihm ins Gesicht wehte.

Mach mit Wuschel noch einen Gang, bin im Literaturkreis, Bussi, Monica

Brunner begrüßte Wuschel, der sich gähnend und streckend aus seinem Körbchen am Ende des Flurs herausquälte, mit einem herzlichen: »Auf geht's Stronzo.«

Wuschel schien das, ebenfalls wie immer, nicht sonderlich zu stören, sondern tapste auf sein Herrchen zu, spurtete dann durch und war an Brunner vorbei, bevor der sich bücken konnte, um Stronzo an die Leine zu nehmen. Mit einem Fluch hetzte er dem Hund hinterher, der aber an der Garageneinfahrt stand und seine Gebietsmarken erneuerte. Dabei ließ er sich ohne Gegenwehr die Leine ans Halsband knipsen.

Brunner spazierte den Feldweg zum Golfplatz hinüber, sein bevorzugter Spazierweg. Um diese Nachtzeit war es ungefährlich, sich dem Golfplatz zu nähern. Er spürte, wie ihm der Spaziergang guttat, denn außer Ärger hatte der Tag nichts gebracht. Deswegen sträubte er sich auch nicht, als ihn Wuschel hinauf in Richtung Wolfsbachweiher zog. Die beiden Zecken, wie er die LfV-Leute nannte, gingen ihm unentwegt auf den Sack. Das wäre noch zu verkraften, doch da gab es noch die vorgesetzten Dienststellen, die Staatsanwaltschaft, den Innenminister, alle säuselten ständig über diesen so außerordentlich sensiblen Fall, bei dem man sein diplomatisches Händchen beweisen könnte. Außerdem wäre es sicher nicht zum Schaden des Herrn Brunner, wenn er dieses Mal die kriminalistische Arithmetik etwas weniger präzise nehmen würde, quid pro quo Herr Kolleg, in dubio pro reo, und was sie ihm nicht noch alles gemailt, gefaxt und vertraulich durchs Telefon geflüstert hatten, diese angeberischen Lateinschleicher. Vermutlich wollten sie dem kleinen Kommissar deutlich machen, wer das Sagen hatte, und auch wenn er es zum Ersten Kriminalhauptkommissar gebracht hatte, war das nichts gegen einen studierten Staatssekretär.

»Stronzo«, der Ruf galt nicht allein dem Hund, sondern dem ganzen Universum. Stronzo zog heftig an der Leine, und er hatte Kraft, der italienische Hirtenhund. Vielleicht rettete er dadurch Brunners Leben, denn im selben Moment, in dem Brunner dem Ziehen nachgab, zirpte ein Projektil an seinem Kopf vorbei.

Brunner warf sich, ohne zu zögern, in die leichte Böschung am Wegrand. Er kannte sich aus mit solchen Geräuschen, und er konnte in etwa auch orten, aus welcher Richtung es gekommen war. Im selben Moment entdeckte er das Mündungsfeuer am Rand des Golfplatzes, und wieder zirpte dieses hässliche Insekt an ihm vorbei, allerdings über ihn hinweg, denn der Wegrand bot jene Zentimeter Schutz, die das Leben verlängerten. Sogar Stronzo ließ sich widerstandslos in das feuchte Gras drücken. Eigentlich ein braver Hund, kam es Brunner. Gleichzeitig fiel ihm ein, dass er wenigstens sein Handy dabeihatte, wenn schon keine Waffe. Aumiller war am Telefon. Während er ihm die Situation erklärte, starrte er zum Golfplatz hinüber. Sauberes Schussfeld, keine hundert Meter. Der Schütze musste hinter einer der Buschinseln sitzen. Strategisch nicht unklug. Wäre er noch ein paar Meter weiter in die Wiese gegangen, hätte er eine prächtige Zielscheibe ohne Deckung abgegeben. Ein Zufall? Kannte man seinen üblichen Spazierweg? Wer knallte zufällig mitten in der Nacht von einem Golfplatz aus durch die Gegend? Zufälle gab es nicht auf dieser Welt, jedenfalls nicht solche, da war sich Brunner absolut sicher. Das Risiko für den Schützen war derart hoch, dass es sich schon lohnen musste, auf einen Polizisten zu schießen. Was wollte er damit erreichen? Brunner dachte an die Einflüsterungen. Wollte da jemand Druck machen, damit auch wirklich nichts anbrannte? Erleichtert sah er das Blaulicht quer über den Golfplatz rasen. Gleichzeitig tauchte eines hinter ihm auf, und ein anderes kam vom alten Kloster angeschossen. Auf Aumiller konnte man sich einfach verlassen, der dachte mit. Hatte das Gebiet großräumig einkreisen lassen, und das binnen fünfzehn Minuten. Mit einem Seufzer stand Brunner auf und tätschelte Wuschel. Hatte er gerade wirklich *Wuschel* gedacht?

Dunkle Schatten

Der Anrufbeantworter auf Walchers Schreibtisch blinkte unter einem Papierstapel, und wenn es nicht bereits dunkel gewesen wäre, hätte Walcher ihn noch länger nicht bemerkt. So aber war der rote Schein sichtbar, und er legte die Papiere wieder zurück in den Sammelkorb. Es waren Briefe und Rechnungen, die längst beantwortet und überwiesen werden sollten. Vermutlich litt er unter einer Form von Verdrängungspsychose. Nach dem Gespräch mit Naurich am vergangenen Tag war irgendwie die Luft raus, und er hatte sich vorgenommen, sein Büro aufzuräumen … oder wenigstens die Schreibtischplatte freizulegen. Sein Elan verflog aber spätestens nach der zweiten Zahlungsaufforderung, eine wegen unerlaubten Parkens in der Fußgängerzone in Lindenberg und eine wegen Übertretung der erlaubten Höchstgeschwindigkeit innerhalb der geschlossenen Ortschaft Oberstaufen. Kurz entschlossen hatte er sich deshalb für eine längst überfällige Recherche entschieden und war zum Hotel von Natalie Westhaus gefahren. Irgendetwas war immer wieder dazwischengekommen, und im Grunde versprach er sich auch keine allzu tiefschürfenden Antworten von dem Portier.

Wie erwartet hatte das blonde Schlagersängerdouble bei den

meisten Fragen nur freundlich lächelnd mit den Schultern gezuckt. Nein, Frau Westhaus wäre vorher noch nicht in ihrem Haus Gast gewesen, nein, das Unternehmen Eufoodic sage ihm nichts, und auch sonst wäre ihm an Frau Westhaus nichts aufgefallen. Selbständig hatte er dann noch angefügt, dass er allerdings grundsätzlich keinerlei Auskünfte über Gäste geben würde. Der einzige Aspekt, der Walcher bei dieser fruchtlosen Befragung aufgefallen war, betraf einen zufällig anwesenden Gast. Ein gutaussehender Hüne in Wanderkleidung schien die Befragung zu verfolgen, obwohl er scheinbar interessiert in Prospekten blätterte. Es war ein kurzer Blickkontakt, der Walchers Unterbewusstsein berührte und ein seltsames Gefühl von Gefahr ausgelöst hatte, obwohl er sicher war, diesem Mann noch niemals begegnet zu sein.

Die Gedanken an diese Begegnung und daran, was sonst den Tag über geschehen war, versanken in der Bedeutungslosigkeit, als Walcher die Wiedergabetaste drückte. Ellis Stimme klang, als käme sie aus einer anderen Welt. »Dank dir fürs Zuhören und … für deine Offenheit. Du hattest mich beinahe überzeugt, dass es doch lohnt, aber … Die Schatten sind zu groß und zu mächtig. Ich habe mein Erbe angetreten, Schonauer hat mir den Hof vermacht, und ich vermache ihn dir, damit du dich um Nora kümmerst. Es gibt sonst niemand mehr … in unseren Linien. Wir sind die Letzten.«

Einige Sekunden war noch Schweigen zu hören – ein trauriges Schweigen, das Walchers Nackenhaut in Spannung versetzte –, dann war das Ende der Aufnahmezeit erreicht. Walcher stolperte die Treppe hinunter, während er auf dem Handy bereits den eingespeicherten Notruf wählte. Er stand dann in der Küche vor Mathilde und Irmi, die wieder einmal gemeinsam mit einer Brotteigmischung experimentierten, und ließ sie mithören, wie er der Polizei die Situation erklärte. Er kannte zwar Ellis Adresse in Oberstaufen nicht, konnte aber ihre Telefonnummer durchgeben und die Adresse von Schonauers Hof. An einem dieser beiden Plätze vermutete er Elisabeth Huizer, und was sie andeutete, hörte sich nach Selbstmord an.

Mathilde kommentierte sein Telefonat mit bangem Gesichtsausdruck. »Des hert it auf.«

Trotz der Situation musste er lächeln, denn die beiden sahen mit den Teigspuren in ihren Gesichtern und Händen aus wie Teigmonster in einem Kinderfilm.

Walcher nahm Nora ans Halsband und erklärte, sie mit zu Schonauers Hof zu nehmen, Rolli solle aber im Haus bleiben. Vielleicht, so dachte er sich, sprach es aber nicht aus, wurde ja ein Suchhund gebraucht, und da schien ihm Nora zuverlässiger.

Bei Schonauers Hof musste Nora aber nicht aktiv werden. Walcher ließ sie im Wagen, denn die Polizei war vor ihm angekommen. Sie standen im Wohnraum vor der Küche neben Elli, die auf dem Sofa lag. Ihr müdes Lächeln zeigte zwar, dass sie das Leben noch verstand, aber nicht mehr daran teilnehmen würde. Als im selben Moment auch die Sanitäter eintrafen und wissen wollten, was sie eingenommen hätte, hob sie nur eine Hand und ließ sie gleich wieder kraftlos auf ihren Bauch zurücksinken, der ebenso wie ihr ganzer Oberkörper von halbverklebten Erbrochenem bedeckt war.

Walcher erinnerte sich an ihre Geschichte und den Umstand, wie ihr Mann ums Leben gekommen war. Das Gift der Herbstzeitlose hatte ihn getötet. Mathilde hatte erklärt, wie das Alkaloid Colchicin der Herbstzeitlose wirkte und dass daneben noch weitere Alkaloide für bleibende Organschäden sorgten, sollte man eine Vergiftung überleben. Die Sanitäter reagierten sofort auf Walchers Vermutung. Einer der Polizisten hatte in der Küche einen Topf auf dem Herd entdeckt, dessen eingetrockneten Reste einer grünen Suppe Walchers Befürchtung zu bestätigen schienen.

Das Herdfeuer in Schonauers Küche war längst ausgegangen. Der Herd war kalt. Auch die eingetrockneten Suppenreste sprachen dafür, dass Elli ihre todbringende Suppe bereits vor einigen Stunden gelöffelt hatte. Damit war vermutlich jede Chance abgelaufen, die Vergiftung schadlos zu überstehen. Aber das hatte sie ja nicht vorgehabt.

Inzwischen war der Notarzt eingetroffen, der sich die Patientin ansah, ein paar Reflex-Tests machte, ein Kreislaufmittel spritzte und den Transport ins Krankenhaus anordnete.

Nachdem Arzt und Sanitäter mit Elli Huizer davongefahren waren, standen die Polizisten und Walcher noch etwas unschlüssig herum. Einer packte den Kochtopf in einen Beutel, murmelte etwas von Beweisen und forderte Walcher auf, das Telefondokument auf Band zu speichern.

Es roch grässlich nach Erbrochenem und Trostlosigkeit, trotzdem sahen sich die Beamten um, und einer zog mit spitzen Fingern ein Blatt hoch, das er unter dem Sofa entdeckt hatte.

»Na also«, stellte er befriedigt fest und las laut vor.

»Ich hatte das besondere Glück, in meinem Mann einen Menschen zu haben, der mir alles schenkte, was einem Menschen geschenkt werden kann: Liebe und Achtung. Diesen außergewöhnlichen Mann habe ich durch Unachtsamkeit umgebracht. Nun hatte ich wieder einen Mann kennengelernt, für den ich ähnlich empfand, weil er mir Ähnliches schenkte. Ihn hat man ermordet. Solchen mächtigen Schatten kann ich niemals entkommen. Gott wird mich verstehen.

Robert Walcher soll mein Erbe erhalten, er wird sich um die Hündin Nora kümmern, die mit zum Erbe gehört.

Elisabeth Huizer«

Sie löschten die Lichter in Küche und Stube, ein weiteres Indiz dafür, dass Elli sich bereits in den Nachtstunden vergiftet hatte, und verschlossen die Haustür.

Nora begrüßte ihn seltsam zurückhaltend, als er in seinen Wagen stieg. Vielleicht nahm sie ja mehr von den Dramen wahr, die in den Rudeln der Zweibeiner abliefen, als er sich vorstellen konnte.

Abschied

Nachdem er Nora zu Hause abgeliefert, Irmi und Mathilde über Ellis Selbstmordversuch informiert hatte, fuhr Walcher zur Klinik nach Lindenberg, in die man sie gebracht hatte. Es gab dort erst eine längere Diskussion mit dem Arzt auf der Intensivstation, der Walcher nach dem Verwandtschaftsgrad fragte und es ablehnte, eine Besuchserlaubnis zu erteilen.

Ungewohnt aggressiv hatte Walcher den Arzt am Ärmel aus dem Hörbereich der Stationsschwestern gezogen und ihm sehr eindringlich zu verstehen gegeben, dass er all seine journalistischen Verbindungen missbrauchen würde, um ihn öffentlich ans Kreuz des Mitgefühls zu nageln, sollte er ihm verbieten, Elli Huizer auf ihrem vermutlich letzten Gang zu begleiten.

»Glauben Sie mir«, fügte Walcher hinzu, da der junge Arzt immer noch eine ablehnende Miene zog, »Sie werden nicht nur für diese Klinik untragbar sein, sondern in ganz Deutschland als das unreifste und herzloseste medizinische Arschloch bekannt werden. Stellen Sie sich die Titelseite der Bildzeitung vor, Ihr Bild groß und darüber die Headline: »Assistenzarzt verweigert den letzten Freundesdienst!«

»Also gut, aber nur zehn Minuten«, nickte der Mann gnädig.

»Ich werde so lange bei Elli Huizer sitzen, bis klar ist, ob sie überleben wird oder gestorben ist«, stellte Walcher fest, ging zur nächsten Schwester und bat um einen sterilen Umhang. Die Schwestern schoben ihm auch einen Stuhl ans Bett und nickten ihm freundlich zu.

Walcher nahm Ellis Hand, obwohl auf dem Handrücken ein Infusionsschlauch klebte. Elli steckte in einem OP-Hemd und sah nicht gut aus. Ihre Augenlider flatterten kurz, aber sie öffnete sie nicht. Dafür drückte sie zweimal Walchers Hand, als er sagte: »Wenn du nichts dagegen hast, bleib ich ein bisserl bei dir sitzen.«

Noch ein paarmal drückte oder streichelte Elli seine Hand, dann kamen keine Zeichen mehr. Fünf Stunden dauerte es, bis Elli ging, leise und endgültig. Die Giftmengen, hatte eine Schwester ihm zugeflüstert, wären laut Laboranalyse derart hoch, dass selbst ein Wunder ausgeschlossen war.

Walcher hatte noch nie eine Sterbende begleitet. Ein paarmal hatte er seine Hände wegziehen wollen, unerträglich war ihm die seltsame Vertrautheit vorgekommen, die sich aufbaute. Aber dann bewegten sich Ellis Finger wieder, wie eine stumme Bitte, als habe sie seine Gedanken empfunden. Gegen Ende hatte auch der Wirbel in Walchers Kopf nachgelassen und einer milden Trauer Platz gemacht. Der Anfang und das Ende. Nicht nur um Ellis Leben drehten seine Gedanken, auch sein eigenes flog im Zeitraffer vorbei. Was machte er daraus? Am Bett einer Sterbenden nehmen sich wahrscheinlich die meisten vor, künftig ihr Leben bewusster zu leben. Aber was bedeutete das? Eins zu sein mit der Natur? Friedlich und in Liebe vor allem mit den Menschen umzugehen, mit denen man zusammenlebte? Nach dem Sinn des Lebens zu suchen, zu philosophieren, einem höheren Wesen nachzueifern, den Kosmos zu verstehen? Leben zu geben, es großzuziehen? Die Welt würde bald aufgefressen werden von der gewaltigen Menge von Menschen, die alle ihr Recht auf Leben reklamierten und Spaß haben wollten. Elli lag vor ihm und hatte beschlossen, aus dem Leben zu gehen. Zu schwer wog, was sie bisher erlebt hatte. Geliebte Menschen zu verlieren, konnte einem den Atem nehmen und den Sinn. Er konnte sie gut verstehen. Von drei Menschen hatte Elli erzählt, die ihr etwas bedeutet hatten im Leben. Das war weit mehr, als manche erleben durften. Dass diese Menschen gegangen waren und sie zurückgelassen hatten, wer besaß die Kraft, das zu verdauen? An Lisa dachte er und an die Traurigkeit, die immer noch in ihm saß, sein Leben lang bleiben würde. Menschen, die man geliebt hat, vergisst man nicht.

Panik

Der schwarze Dodge war Irmi bereits am Morgen, auf der Busfahrt zur Schule, aufgefallen. Er folgte dem Bus und hielt immer dann, wenn auch der Bus hielt. Auch an der Bushaltestelle bei der Schule blieb er stehen, allerdings mit einigem Abstand.

Nach dem ersten Schrecken hatte Irmi überlegt, was sie machen sollte. Auf dem Stundenplan standen eine der letzten Unterrichtsstunden in Chemie und Biologie. Fächer, in denen sie zum Monatsende geprüft wurde, denn die würde sie ein Jahr vor dem Abi ablegen. Bei ihrem Notenschnitt, sie lag in beiden Fächern bei einer sauberen Vier, hatte sie sich vorgenommen, die letzten Stunden hochkonzentriert mitzuarbeiten, aber das fiel ihr nun ziemlich schwer.

War der Zweimetermann aus Berlin doch auf ihre Spur gekommen? Warum sonst fuhren sie hinter ihr her? Immerhin hatte sie eine hochempfindliche Datei abgefischt … Gestohlen! Vermutlich hatte Hollbring seinen Ehrgeiz darin gesetzt, sie ausfindig zu machen, eine andere Möglichkeit konnte sie sich nicht vorstellen. War ja auch nicht so schwierig, wie sie sich eingestehen musste. Mit ihrer Mappe aus Paris reduzierten sich die Möglichkeiten wahrscheinlich auf eine überschaubare Anzahl deutscher Teilnehmerinnen … Und dann waren sie auch noch von den Eufoodic-Leuten in Paris fotografiert worden, ein Gruppenfoto auf einer Seine-Rundfahrt. Dann ihr Dialekt, er war Hollbring sicher aufgefallen, obwohl sie sich immer einbildete, einwandfreies Hochdeutsch sprechen zu können. Ein paar Eigenheiten machten ihre Allgäuer Herkunft für jeden deutlich. Siedend heiß fielen ihr noch ein paar Details ein, die eine Suche nach ihr relativ einfach machten, für einen Profi allemal. Zerknirscht musste sie sich eingestehen, dass Walcher wieder einmal richtig mit seinen Bedenken gelegen hatte. Aber was nützte es? Da draußen standen die Gangster und lauerten auf sie. Was hatten sie vor, sollte sie entführt und zur Herausgabe der gestohlenen Daten gezwungen werden?

Endlich war Pause, und Irmi stürzte zu den Toiletten, denn auf dem gesamten Schulbereich war die Nutzung von Handys untersagt, und sie hatte sich bereits mehrere Einträge eingefangen. Walcher ging nicht ans Handy und auch nicht an den Festanschluss. Eine Nachricht zu hinterlassen, hatte keinen Sinn, denn sie musste ihr Handy wieder ausschalten, bevor sie ins Klassenzimmer zurückkehrte.

Der Chemieunterricht ging an ihr vorüber, als wäre sie überhaupt nicht anwesend. Langsam bekam sie Panik. Sollte sie sich der Lehrerin anvertrauen oder gleich die Polizei anrufen? Wie sollte sie nach Hause kommen, ohne von den Leuten im schwarzen Dodge abgefangen zu werden? Vielleicht war es besser, zu Fuß zu den Großeltern zu schleichen und nicht den Bus zu nehmen. Aber was, wenn ihr jemand unauffällig folgte, dann hatte sie eine Spur zu den Großeltern gelegt. Irmi hielt es nicht mehr aus, meldete sich zu einem

Toilettengang ab und versuchte noch einmal, Walcher zu erreichen. Gott sei Dank meldete er sich und reagierte in seiner gewohnt beruhigenden Art.

»Fahr wie gewöhnlich mit dem Bus her, ich bin in der Nähe, und die Polizei wird auch in der Nähe sein, also, wann ist die Schule aus?«

Beruhigt ging Irmi zurück zum Unterricht und konnte sich sogar konzentrieren, wenngleich sie dem Ende des Unterrichts entgegenfieberte. Was würde geschehen? Ein paar Krimi-Szenen huschten ihr durch den Kopf, wie man sie täglich im Fernsehen sehen konnte: quietschende Reifen, Martinshörner, blinkende Blaulichter, Straßensperren. Als ihr Heimweg eine Stunde später völlig unspektakulär ablief, fand sie das geradezu enttäuschend.

Zuerst fiel ihr auf, dass kein schwarzer Dodge zu sehen war. Hatte sie sich das alles eingebildet, oder hatte Walcher die Polizei gleich zum schwarzen Auto geschickt? Sie war dann doch beruhigt, dass sich ab dem Stadtrand von Lindenberg doch noch der schwarze Dodge an den Bus hing und dranblieb.

An ihrer Haltestelle geschah es dann. Ein Polizeikombi kam ihnen entgegen, fuhr am haltenden Bus vorbei und blieb neben dem Dodge stehen, der nun eingesperrt war, denn auch von hinten waren plötzlich zwei Polizeiwagen aufgetaucht. Der Bus fuhr langsam davon und machte einem weiteren Polizeiwagen Platz, der sich vor den Dodge setzte. Das Schauspiel wurde mittlerweile von einer lärmenden Kinderschar verfolgt, die sich auf der Rückbank um einen guten Platz am Fenster drängelte, und fachmännisch kommentierte, was es zu sehen gab. Zwei der Polizisten sahen aus, wie man es aus dem Fernseher kannte, mit Helmen und Schutzwesten und natürlich mit Pistolen im Anschlag. Aus einem Lautsprecher dröhnte die Aufforderung, mit erhobenen Händen aus dem Wagen zu steigen, sonst würde das Fahrzeug mit Gewalt gestürmt.

So weit kam es nicht. Zwei Männer in grauen Anzügen stiegen aus dem Dodge. Sie entsprachen eigentlich so gar nicht dem erwarteten Bild von Gangstern, eher glichen sie Bankern oder Beamten der Stadtverwaltung. Den Rest konnten die Kinder nicht mehr verfolgen, denn der Busfahrer setzte seinen Weg fort, gab aber über Lautsprecher die Info an Irmi durch, sie würde an der nächsten Haltestelle abgeholt. Kaum außer Sichtweite der Haltestelle stand ein Kombi, noch im alten Grün der Polizei. Einer der Polizisten winkte aus dem Fahrerfenster, der Bus hielt, und Irmi stieg aus.

Schwarzes Schweigen

Walcher maulte zwar im Stillen, nahm aber die Auskunft des Busfahrers, Irmi wäre mit der Polizei gefahren, freundlich und ohne Misstrauen zur Kenntnis. Es waren halt Landpolizisten, keine TV-Helden, und da wurden Abmachungen schon mal geändert, ohne den Beteiligten darüber zu informieren.

Das Gefühl, irgendetwas lief schief bei dieser Aktion, kam Walcher erst, als er im Haus vergeblich nach Irmi rief. Das Telefonat mit der Lindenberger Polizei trug auch nicht gerade zur Klärung bei. Der Beamte wusste nur, dass es sich bei den beiden »Gangstern« um Staatsbeamte handeln würde, die zufällig am Morgen und am Mittag auf derselben Strecke wie der Bus unterwegs waren, mitnichten Menschenhändler auf der Jagd nach ländlichen Jungfrauen.

Ein solches Szenario hatte Walcher nämlich am Vormittag der Polizei geschildert, etwas unfair, wie er eingestand, aber mit welchen vergleichbar zündenden Argumenten hätte er sonst die Polizei zu einem derartigen Einsatz gebracht. Der Beamte in der Zentrale ließ durchblicken, dass es sich bei den Gangstern um Beamte des LfV handelte und sich die Dienststelle ziemlich verarscht fühlte. Nicht von den Kollegen vom Verfassungsschutz, sondern von einem gewissen Herrn Walcher. Wo Irmi steckte, wusste der Diensthabende nicht, sondern mutmaßte zynisch: »Na, bei Ihren Menschenhändlern.«

Es dauerte, bis sich nach einigen Telefonaten herausstellte, dass es keine Polizisten sein konnten, die Irmi in Empfang genommen hatten. Letzte Sicherheit gab der Busfahrer, der das Polizeifahrzeug als tannengrünen Einsatzwagen beschrieb, die Zentrale dagegen verneinte, ein derartiges Fahrzeug noch im Fuhrpark zu haben, alles sei auf grün-silberne Wagen umgestellt.

Das war der Moment, in dem in Walchers Kopf ein grässlicher Film ablief. Er musste sich setzen. Sein Magen zog sich zusammen, das Herz schlug nur noch verzögert, dafür aber mit gewaltigen Paukenschlägen. Irmi war entführt worden. Nur dieser eine Gedanke kreiste eine Zeitlang durch den Kopf: entführt, entführt, entführt, entführt …

Das Schrillen des Telefons riss ihn aus dieser Endlosschleife, aber bereits nach den ersten Sekunden ahnte Walcher, dass ihn gleich das Grauen aus dem schwarzen Schweigen anspringen würde. Er riss sich zusammen und schwieg ebenfalls, bis die Verbindung abgebrochen wurde und sich der Dauerton durch das Trommelfell bohrte. Holte ihn die Vergangenheit ein? Lisa? Wieder klingelte das Telefon. Ein Polizist meldete sich und wollte wissen, ob Irmi aufgetaucht sei. Sie hatten inzwischen eindeutig geklärt, dass der tannengrüne Kombi nicht zur Polizei gehörte, demzufolge man damit rechnen müsste, dass jemand die Situation … äh …

Der Polizist ließ seine Vermutung unausgesprochen. Situation! Ausgenutzt! Wer auch immer, er musste über die Aktion der Polizei informiert gewesen sein. Mehr fiel Walcher im Moment nicht ein.

»Ich werde jetzt der Reihe nach alle Freundinnen und Freunde meiner Tochter anrufen und überall dort, wo sie sein könnte. Ich glaube allerdings nicht, dass sie einfach irgendwo herumhängt, ohne mir Bescheid zu sagen.«

»Wir schicken Ihnen unsere Spezialisten«, hörte Walcher noch, bevor er auflegte und das abgegriffene Adressbuch aufschlug, in dem er und Irmi die eine oder andere Nummer notiert hatten. Freundinnen und Freunde, kopfschüttelnd musste er feststellen, dass er aus Irmis Freundeskreis gerade mal zwei, drei Namen kannte. Da war es vermutlich sinnvoller, ihre Freundin anzurufen und nach derzeitigen Verbindungen zu fragen. Bei den Großeltern musste er vorsichtig sein, sie nicht beunruhigen, bevor noch alles irgendwie in der Schwebe hing. Mathilde, wo steckte Mathilde? Das Telefon läutete. Schweigen. Diesmal kostete es all seine Kraft, nicht hineinzutoben, in diese grässliche Leere, aber er schaffte es und schwieg eisern. Er musste tief Luft holen, als die Gegenseite endlich aufgelegt hatte. Wenn seine Vorstellung über deren Dramaturgie stimmte, würden sie ihm beim nächsten Anruf sagen, er solle ihnen Koenigs Manuskript geben. Im Tausch gegen seine Tochter.

Am späten Nachmittag kam Mathilde zurück, sie hatte im Garten ihres Austragshäusles gearbeitet und von dem Ganzen nichts mitbekommen. Mathilde setzte sich wortlos in die Küche und starrte vor sich auf die Tischplatte. Nicht einmal die Hektik rundherum schien sie wahrzunehmen, so sehr hatte sie die Nachricht getroffen.

Inzwischen glich nämlich der Hof einer Leitstelle. Die Telefone waren angezapft. Straßenkontrollen wurden koordiniert, die Gegend rund um den Hof und zwischen den beiden fraglichen Bushaltestellen abgesucht. Bisher gab es aber noch kein Zeichen von Irmi, und auch der erwartete dritte Anruf war noch nicht gekommen.

Er war erleichtert, dass Mathilde endlich im Haus war, und beschloss, sich selbst auf die Suche zu machen. Das mochte rational betrachtet Unsinn sein, aber er musste einfach etwas tun. Die Warterei auf einen Anruf zerrte unerträglich an seinen Nerven. Mit den Hunden fuhr er zu der Stelle, an der Irmi aus dem Bus und in den grünen Kombi gestiegen war. Der Busfahrer hatte die Stelle genau beschrieben. Die Polizei hatte dort bereits Reifenspuren gesichert und den Platz abgesucht.

Walcher versuchte sich in die Entführer zu versetzen. Sie hatten vermutlich gewartet, bis der Bus außer Sichtweite war, und mussten von der Kreisstraße abgebogen sein, sonst wären sie an der nächsten Bushaltestelle vorbeigekommen, an der Walcher wartete. Ein grüner Kombi war aber Walcher definitiv nicht aufgefallen, auch nicht, als er die Strecke zurück nach Hause gefahren war. Dass der Kombi die Strecke, vorbei an der Straßensperre der Polizei, gewählt hatte, schien nicht sehr wahrscheinlich.

Drei Wege gingen von der Kreisstraße ab. Zwei Waldwege und einer, der beinahe unsichtbar durch Wiesen führte. Walcher war bis zur nächsten Bushaltestelle gefahren, machte dort kehrt und fuhr bis zum ersten Waldweg zurück. Der begann gleich an der Kreisstraße mit einer ziemlich großen Pfütze, durch die jeder hindurch hätte fahren oder gehen müssen, denn links und rechts bildete der Straßengraben ein unüberwindliches Hindernis. Weder in der Pfütze noch danach auf dem ebenfalls sehr feuchten Weg waren Reifenspuren zu sehen.

Walcher überprüfte sein Handy auf einen Anruf und fuhr zu der nächsten Abfahrt, dem Wiesenweg. Er kannte den Weg, weil er ihn schon einmal gegangen war und am Bach umkehren musste, an dessen Ufer der Wiesenweg endete. Kein Fluchtweg für eine Entführung also. War es eigentlich eine Entführung? Oder wollte nur jemand Druck ausüben? Walcher war ausgestiegen und ein paar Schritte gegangen. Unbewusst schüttelte er den Kopf, keine Spuren, obwohl sich der Boden weich und feucht anfühlte. Wenn von diesem Straßenstück zwischen den beiden Bushaltestellen jemand abgebogen war, dann nur bei dem nächsten Waldweg.

Wieder sah Walcher auf sein Handy. Sie ließen sich Zeit, vorausgesetzt die Rufumleitung der Spezialisten funktionierte auch. Vielleicht sollte er doch auf den Hof zurück. Aber da war er bereits an der letzten Abzweigungsmöglichkeit angekommen und hielt am Straßenrand. Die erste Aufregung über die Reifenspuren relativierte ein genauerer Blick. Da war nicht nur ein Fahrzeug von der Straße abgebogen, sondern mehrere, und beinahe alle Spuren hatten sich überlagert und sahen ziemlich frisch aus. Walcher stieg wieder in den Wagen und fuhr ein Stück in den Waldweg hinein. Wenn ihn sein Orientierungssinn nicht im Stich ließ, musste der Weg auf die Straße zur österreichischen Grenze führen. Nach einer leichten Rechtskurve teilte sich der Weg und bot drei Möglichkeiten. Walcher hielt an, stieg aus und ließ die Hunde heraus. Die Fahrspuren verteilten sich gleichmäßig auf alle drei Wege, vielleicht konnten die Hunde ja eine Spur wittern.

»Wo ist Irmi, such, sei einmal ein guter Hund, such«, flüsterte er beschwörend in Rollis Ohr. Dessen Sinne konzentrierten sich allerdings auf Nora, die ihre Blase leerte. Er verfluchte im Stillen die verspielten Hunde, als sich Nora dem mittleren Waldweg näherte und dabei Witterung aufnahm. Hoffentlich nicht nur ein Kaninchen. Walcher fühlte sich plötzlich wie ein Jäger, obwohl er noch nie an einer Jagd teilgenommen hatte. Aber Jagdfieber musste man nicht erlernen.

Rolli hatte anscheinend dieselbe Spur aufgenommen. Nach etwa 30 Metern blieben beide stehen und schnüffelten.

Walcher hielt sich zurück, einer Hundeschnauze konnte er ohnehin keine Tipps geben. Außerdem kamen ihm Zweifel am Sinn seiner Einmannsuche. Vermutlich stammten die meisten Reifenspuren von Fahrzeugen der Polizei. Warum sollte er mehr Glück haben? Die Hunde hatten sich wohl auf eine Richtung geeinigt und trabten nach rechts in den alten Teil des Waldes. Walcher fogte ihnen. Tannen wuchsen hier, hohe, mächtige Bäume, deren ausladenden Äste nur wenig Licht zum Waldboden durchließen. Ein Specht traktierte in einer überraschenden Lautstärke direkt über ihm einen Stamm, vermutlich empfand er ihn und die Hunde als Störenfriede. Sonst herrschte Stille im halbdunklen Tann.

Walcher hatte die Hunde aus den Augen verloren und wollte nach ihnen pfeifen, als er sie winseln hörte. Ein Winseln, das ihn seinen Schritt beschleunigen ließ. Dann sah er etwas. Eine Futterkrippe für Wildfütterung, die Hunde und … sein Puls erreichte kurz eine gefährliche Frequenz … einen Menschen, der halb lag und halb aufgerichtet mit dem Oberkörper an den Füßen der Krippe lehnte. Irmi. Die Hunde, links und rechts von ihr, leckten ihr Gesicht und stupsten sie mit der Schnauze an.

Noch auf den letzten Metern wählte Walcher bereits die Nummer der Einsatzzentrale und fühlte mit der freien Hand Irmis Puls. Sie hielt die Augen geschlossen, atmete langsam, aber sie atmete. Für einen normalen Schlaf zu tief, vermutlich war sie betäubt. Vorsichtig zog er ein Augenlid hoch. Irmis Pupille wirkte verengt und starr. Am Liebsten hätte er seine Angst herausgebrüllt, aber da meldete sich die Zentrale.

Bis der Arzt eintraf, sollte Walcher bestenfalls Händchen halten und für eine bequeme Lage sorgen.

Er hielt sich daran und hatte zehn Minuten Zeit für einen stillen Schwur. Irmis Lippen waren mit einem grellroten Lippenstift verschmiert. Die obersten Knöpfe ihrer Bluse hatte man gewaltsam aufgerissen. In ihrem BH steckten zwei 50-Euro-Scheine und ein aufgerolltes Präservativ. Durch die Schübe von ohnmächtiger Wut, Schmerz und Mitleid, Selbstvorwürfen und Racheschwüren blitzte die rationale Hoffnung, dass hinter dieser Bildsprache nicht wirklicher Missbrauch stehen musste, sondern der Druck auf ihn eine weitere Dimension erreicht hatte.

Abgefischt

»Die haben dich abgefischt« war einer von Irmis letzten Gedanken, als sie in den Kombi eingestiegen war und einen Pikser im Arm spürte, kaum dass sie sich auf die Rückbank neben den Typ in schwarzer Windjacke gesetzt hatte. »Das waren keine Polizisten!«

Bis sie ihre letzten Gedanken der Polizei und dann zu Hause Walcher und Mathilde erzählen konnte, vergingen der Rest des Tages und eine ganze Nacht. Nach den Untersuchungen konnten die Mediziner immerhin die Wirkung des Knockout-Mittels abschwächen. Erleichtert hatte Walcher die Mitteilung der Mediziner aufgenommen, dass man Irmi definitiv nicht missbraucht hatte. Tröstlich auch die Ausführung des untersuchenden Arztes zum Thema einer möglichen Traumatisierung. Dank der Wirkung des Knockout-Mittels musste man vermutlich nicht einmal dann eine Traumatisierung befürchten, wenn ein Missbrauch stattgefunden hätte.

Irmi beschrieb ihren Zustand mit einer Magen-Darm-Grippe und dem Gefühl, ein Stück ihres Lebens versäumt zu haben. Ihre Wahrnehmung setzte nämlich erst wieder im Krankenhaus ein. Vom Einstieg in den Kombi bis dorthin hatte sie keinerlei Erinnerung, sosehr sie sich auch anstrengte.

Alle Beteiligten am Mittagstisch sahen etwas lädiert aus, wenngleich auch aus unterschiedlichen Gründen. Mathildes Gemüsebrühe würde aber zumindest den Magen wieder einrenken, hatte sie versprochen und konnte sich nicht sattsehen, als Irmi brav ihre Suppe löffelte. Auch Walcher löffelte tapfer, obwohl er sich am liebsten hingelegt hätte. Die ganze Nacht hatte er an Irmis Bett gesessen und war höchstens zwischendurch für ein paar Minuten eingenickt. Immerhin hatte er die Zeit genutzt, um die Entwicklung des Falls zu überdenken. Dabei war immer wieder die Frage aufgetaucht, warum sich Kommissar Brunner so eigenartig verhielt. Vermutlich unterstellte ihm der Kommissar, dass er die Entführung selbst inszeniert hatte. Da lief einiges ziemlich verkehrt. Warum um alles in der Welt fuhren Beamte vom Verfassungsschutz in dieser Gegend hinter einem Schulbus her, in dem zufällig seine Tochter saß? Walcher kam zu keinem vernünftigen Ergebnis, außer dass dahinter eigentlich nur Brunner stecken konnte, der diese übergeordneten Helfer gerufen hatte. In jedem Fall empfand er die Anwesenheit von Staatsschützern eher bedenklich. Er stufte die Leute, egal ob vom BND, MAD, vom BfV oder dessen Länderausgaben, als gefährlich ein, weil sie faktisch nicht zu kontrollieren waren. Es gab keine wirkliche Aufsicht dieser Geheimdienste, die in Deutschland in liebenswerter Vernebelung als Nachrichtendienste bezeichnet wurden. Weder die parlamentarische Aufsicht noch die Staatsanwaltschaften hatten das System im Griff. Nein, Staatsschützer in der Nähe zu wissen, versetzte ihn mehr in Unruhe, als dass es ihn beruhigte. Seine Erfahrungen mit dieser Spezies warfen eher die Frage auf, wann diese Schlapphut-Truppe endlich unter rechtliche Aufsicht gestellt wurde. Allein diese Hoffnung musste wohl begraben werden. Angesichts der Angst vor wachsendem Terror, egal aus welchem Sumpf, galt ohnehin jegliche Rechtsbeugung von Beamten als tolerabel.

Dabei könnte er Brunners Unterstützung langsam gut brauchen. In den vergangenen Tagen hatten sich die Ereignisse förmlich überschlagen, so als ob die Gegenseite das Ziel eingekreist hätte und nun an der Schraube drehte. Bei diesem Gedanken erschienen die Bilder einiger dieser mittelalterlichen Folterinstrumente vor ihm. Er musste aktiv werden, angreifen, aber nur, wenn er genügend Munition besaß. Er musste sein Dossier über die Hintergründe von Koenigs Tod schreiben, über dessen Maulwurfarbeit, und ein paar Details über gefälschte Studien oder die Verfolgung von Wissenschaftlern, die noch nicht auf die Linie der Agrarchemie eingeschwenkt waren, einfügen. Er konnte eigentlich nicht warten, bis Naurich das Buch herausgebracht hatte. Wenigstens sollte er die Arbeit an diesem Thema ankündigen und sie den Zeitungen anbieten, die sich erstaunlich positiv über die schöne neue Welt der Ernährungschemie äußerten. Die für eine Freigabe von Genmanipulation und Stammzellenforschung in Deutschland warben und die drohende Abwanderung deutscher Wissenschaftler als die Apokalypse deutschen Forschertums schlechthin geißelten. Wozu hatte er eine Namensliste? Wenn einige Leute über seine Pläne auf diesem Weg informiert würden, müsste Eufoodic umgehend davon erfahren. Das müsste Druck erzeugen … Noch mehr Druck?

Elli, Theresa, Irmi … Was geschah als Nächstes? Konnte er das überhaupt verantworten? Oder sollte er diesen Leuten Koenigs CD einfach als Geschenk anbieten?

Bringt nichts, meldete sich der Kritiker in Walcher, die wissen natürlich, dass du Kopien gezogen hast, und außerdem bist du als ein zäher Hund bekannt.

Mathilde und Irmi holten ihn aus seiner Gedankenwelt. Er musste dringend Schlaf nachholen.

Zwischenbericht

Es dauerte, bis das Klingeln des Telefons in sein Bewusstsein drang und den Mittagsschlaf am späten Nachmittag beendete. Als Walcher den Hörer abnahm, hatte der Anrufer aufgelegt. »Ohne Kennung«, verriet die Anzeige. Walcher gähnte und vermutete, dass es sich vielleicht um den seit Irmis Entführung erwarteten dritten Anruf gehandelt hatte.

Bis auf die Hunde und Kater Bärendreck, die unter der Treppe zusammengekuschelt schliefen, war das Haus leer. Der Zettel auf dem Küchentisch verriet, dass Mathilde und Irmi bei den Großeltern waren. Vermutlich, um die Gerüchteküche nicht überkochen zu lassen und aus erster Hand zu bestätigen, dass Irmi wohlauf war.

Der Schlaf zeigte Wirkung, und Walcher überlegte, ob er seinen Morgenlauf nachholen sollte, entschied sich aber für eine Tasse Tee und den PC. Mit ein wenig Bedauern gab er die letzten getrockneten Minzeblätter der Ernte des vergangenen Jahres in die Teekanne. Die Minze wuchs gut in diesem Jahr, aber wieder würde die Frage anstehen: frisch verwenden oder für das Winterhalbjahr trocknen? Vielleicht sollten sie einfach mehr anpflanzen, denn schließlich ging nichts über Tee aus dem eigenen Garten.

Tief sog er den Duft ein und probierte den aromatischen Tee, während der Computer hochfuhr. Einige E-Mails waren eingegangen, doch Walcher interessierte nur die von Naurich. Zwischenbericht, hatte Naurich als Betreff in seine Mail geschrieben.

Gedeiht prächtig, der Kohl. Meine Kochkunst macht enorme Fortschritte, habe Bierkraut gekocht und meine Frau damit begeistert. Denke, ich werde demnächst ein Kochbuch über Kohl und Kraut herausbringen.

Also war Koenigs Vermächtnis auf dem Weg. Wenn zeitlich passend dazu die Öffentlichkeit darüber informiert wurde, in welchen Netzwerken die Entscheidungsebene des Staates steckte ... Vielleicht tat sich etwas. Angst konnte zu einer mächtigen Triebfeder anwachsen.

»Lämmerweid«, überschrieb er seinen ersten Entwurf, denn auf Schonauers Lämmerweid hatte der Wahnsinn begonnen.

Irmis Entführung motivierte Walcher, sich beherzt an seinen Entwurf zu machen, aber es fiel ihm schwer, sich zu konzentrieren. Panik und Schrecken des vergangenen Tages waren einfach noch zu präsent, außerdem hatte er bisher seine Dossiers immer erst geschrieben, wenn eine Recherche mehr oder weniger abgeschlossen war. Diesmal schrieb er aus Selbstschutz, obwohl er noch nicht annähernd genügend Fakten zusammengetragen hatte. Über Eufoodic wusste er einfach zu wenig und auch über diesen schwer greifbaren Magnus Bonnefeld. Er würde bei Eufoodic einen Interviewtermin anfragen, das war bisher immer noch die einfachste Methode, einen Gegner kennenzulernen.

Als Walcher seine E-Mail abgeschickt hatte, war von Naurich eine neue E-Mail eingegangen.

Aiken liegt im Krankenhaus. Ein Auto hat sie angefahren. Fahrerflucht! Diese Kohlbauern hier oben sind gefährlicher, als man es für möglich hält.

Soll dir von ihr Grüße ausrichten, sie hat den ersten Schock überwunden. Nur ein gebrochener Arm und Hämatome. Bin in Eile, herzlich Naurich

Theresa, Irmi, Aiken ... Dasselbe Muster. Würde Naurich einknicken? Walcher kramte Naurichs Handy aus der Schublade und wählte seine Nummer. Naurich meldete sich sofort und klang deutlich hektisch.

»Gut, dass du anrufst. Ich werde dir eine E-Mail schicken, in der ich dir erkläre, dass ich das Buchprojekt abbreche. Offiziell bin ich auf zu viele nicht haltbare Anschuldigungen gestoßen. Ich denke, das wird sie beruhigen. Der Unfall von Aiken war eindeutig eine Warnung. Das war ein Könner am Steuer. Wenn der gewollt hätte, wäre nicht nur der Arm gebrochen. Ich bin ziemlich beunruhigt. Habe bei meiner offiziellen Druckerei bereits den Auftrag storniert. Denke, das sollte fürs Erste genügen. Ansonsten liegen wir bestens in der Zeit und kommen gut voran. Ich sage dir, das gibt einen gewaltigen Knall. Bin auf dem Weg ins Krankenhaus, deshalb etwas kurz. Hast du noch etwas anderes auf dem Herzen?«

Nachdem Walcher verneinte, verabschiedete sich Naurich. Diese Leute waren bestens informiert und organisiert ... und beängstigend skrupellos. Morde, Unfälle, Entführung, Bedrohungen, scheinbar gab es keine rechtsstaatlichen Grenzen für sie. Hinteregger, der Gedanke an seinen Freund bohrte sich mit einer quälenden Langsamkeit durch den Kopf. Auch Hinteregger verfügte mit seinem Sicherheitsapparat über die technischen Mittel, ein solches Szenarium Realität werden zu lassen. Spielte er am Ende sogar mit? Diese Vorstellung tat weh, verdammt weh. Da tat es gut, an den eisernen Naurich zu denken.

Primat des Handelns

Theresa hatte ihn um einen Besuch gebeten. Diesmal war ihm auf der Fahrt ins Krankenhaus kein schwarzer Dodge gefolgt, vermutlich hatten sie keine Lust auf Wiederholung. Allerdings genügte auch der Krankenhausduft, um den Schleier, der ohnehin schon auf seiner Stimmung lag, noch eine Nuance grauer zu färben. Wie ein

Maikäfer vor dem Flug pumpte er sich vor Theresas Zimmer ein positives Strahlen ins Gesicht.

Theresa lag nicht mehr im Bett, sondern saß auf dem Besucherstuhl, und die beiden Krücken verrieten, dass sie mit ihrem Gehgips herumhumpeln durfte. Sie zauberte ein Lächeln auf ihr müdes Gesicht, das Walcher an die Vergangenheit erinnerte. Er mochte sie immer noch, stellte er fest, sie war einfach eine wundervolle Frau. Im Zimmer duftete es weniger verlockend, zu Mittag hatte es vermutlich irgendetwas mit Zwiebeln gegeben, gegen die Theresas zurückhaltende Parfümnote nicht ankam. Walcher schlug vor, ein wenig das Fenster zu öffnen, was Theresa auf sich bezog, weshalb Walcher klären musste, dass es nach dem Mittagessen müffelte. Es habe Zwiebelrostbraten gegeben, bestätigte Theresa.

Laut stöhnend stemmte sie sich mit ihren Krücken vom Stuhl hoch, erlaubte eine kurze Umarmung, wenngleich auch mit deutlicher Distanz, und ließ sich auf dem Bett nieder. Da lag sie in ihrem Bademantel wie die verkleidete Venus, stellte Walcher fest, aber dieser Eindruck verflüchtigte sich, denn Theresa kam gleich zur Sache.

»Ich weiß, der Begriff vom Primat des Handelns kommt ja mehr aus dem Business, aber in ihm steckt sehr passend, dass man die Führung nicht den anderen überlassen darf. Also, Irmi hat mir von der Entführung erzählt. Meinst du nicht, dass es an der Zeit ist, diesen Typen ihre Grenzen aufzuzeigen? Du hast bei deinem Besuch von einer Westhaus erzählt, die dir den Hinweis auf einen Bonnedorf gegeben hat …«

»Bonnefeld«, korrigierte Walcher und überlegte, welche Teile dieser Informationen von Irmi oder Mathilde kamen, denn er erinnerte sich nicht, Theresa davon erzählt zu haben, beschloss aber, nicht nachzubohren, sondern nickte zustimmend.

»Ich habe die vergangenen Tage kombiniert und liege vermutlich nicht falsch, wenn die Westhaus deshalb als Verräterin umgebracht wurde. Und weil man mit der Beseitigung der Leiche auch noch dich in Verdacht bringen kann, wurde sie mit dieser Hütte eingeäschert. Kannst du mir folgen?«

Walcher nickte wieder. Theres, viel lieber hätte auch er sie Theres nennen wollen, aber da musste erst Helen erscheinen. Vielleicht ahnte ja Theresa, was nebenbei in seinem Kopf vorging, denn sie zog endlich die Bettdecke über ihre Beine, von denen er sogar das in Gips noch einmal gerne gestreichelt hätte, abschließend, versteht sich, und dabei Theres flüsternd.

»Was hältst du davon«, kam Theresa nun auf den Punkt ihrer Überlegung, denn sie richtete sich unbewusst auf, »diesem Bonnedorf eine Falle zu stellen?«

»Bonnefeld«, stellte Walcher noch einmal richtig, »kenne ich noch nicht, aber ich versuche, ihn zu interviewen. Grundsätzlich halte ich überhaupt nichts davon, wenn Laien sich in Polizeiarbeit mischen.« Walcher lächelte dabei und dachte an Kommissar Brunner. »In diesem besonderen Fall könnte es allerdings notwendig werden. Bevor die uns nämlich nacheinander aus dem Verkehr ziehen, sollten wir der Polizei einen Anlass geben, sich um die zu kümmern.« Spontan erzählte er von Naurichs Frau Aiken, die auch von einem Auto angefahren wurde.

»Das hat bei denen wohl Methode«, stellte Theresa fest und sah ihn provozierend an. »Mathilde erzählte mir auch, dass diese Westhaus mein Zwilling sein könnte.«

Einige Sekunden vergingen, in denen Walcher aber mehr an das Bohnerwachs dachte, das vor der Zimmertür mit brummender Maschine den Linoleumgang zum Glänzen brachte. »Nach dem Interview, in Ordnung?«

Interview

Herr Bonnefeld macht Wanderurlaub ganz in Ihrer Nähe, im Hotel Alpenblick in Weiler, stimmt dennoch einem Interview mit Ihnen zu. Bitte nehmen Sie direkt mit Herrn Bonnefeld Kontakt auf. Beat Kungus, Sekretariat Eufoodic Germany, Berlin

Walcher wusste, wenn sein Unterbewusstsein zuschlug, konnte er darauf vertrauen. Im selben Moment, in dem er »Alpenblick« las, sah er den großen Mann in Wanderkleidung im Foyer stehen und in Prospekten blättern. Bonnefeld! Walcher hätte jede Wette darauf abgeschlossen, dass Bonnefeld dieser Mann war und es deshalb auch zu diesem winzigen, aber intensiven Blickkontakt gekommen war. Bonnefeld kannte ihn. Hatte nicht auch Irmi von einem großen Mann in Berlin erzählt? Also befand sich der große Unbekannte, über den nicht einmal im Internet etwas zu finden war, ganz in der Nähe. Zufall?

Walcher rief das Hotel an und erhielt vom Portier die Auskunft, dass ihn Herr Bonnefeld gegen 18 Uhr im Foyer erwartete. Walcher fühlte sich, als hätte er den Termin zu einem Duell erhalten. Zwei Stunden war noch Zeit. Er würde das kleine Diktiergerät in die innere Jackentasche stecken und das große auf den Tisch stellen. Wollte der Herr keine Tonaufnahme, so blieb es uneingeschaltet auf dem Tisch stehen, das beruhigte die Leute, und sie dachten nicht an ein möglicherweise verstecktes zweites Gerät. In der Hoffnung, vielleicht an Fingerabdrücke zu kommen, nahm er zwei Gefrierbeutel mit. Die üblichen Requisiten eines Journalisten, Block und Bleistift, durften natürlich auch nicht fehlen – zumal ja vermutlich keine Tonaufnahme erlaubt sein würde –, ebenso wie die kleine Kamera, vielleicht stimmte Herr Bonnefeld wenigstens einer Aufnahme zu, gleich zu Beginn des Gesprächs. Er schien eitel zu sein, und das machte die Leute manchmal unvorsichtig.

Kurz bevor er aus dem Haus ging, rief Naurich an, und Walcher war schon versucht, es klingeln zu lassen, aber ein paar Minuten würde Bonnefeld warten können.

»Unglaublich«, wetterte Naurich, und es klang nicht gespielt. »Ich habe bei der hiesigen Staatsanwaltschaft Anzeige gegen unbekannt erstattet, und nichts geschieht, außer ein paar dämlichen Ratschlägen. Aiken wird angefahren, meine Telefone abgehört, mein Computer offensichtlich überwacht, und ständig begleiten mich unauffällige Typen. Ich habe die Leute fotografiert und die Fotos der Staatsanwaltschaft übergeben, habe die Situation geschildert und sogar Auszüge aus Koenigs Manuskript geliefert, um die Gründe für die Aktionen gegen mich plausibel zu machen. Der Polizist und der Staatsanwalt lächeln mich milde an und empfehlen mir, Urlaub zu machen, mal auszuspannen. Man lebe hier in Deutschland und nicht in Russland, Irak, Nordkorea oder einem der bekannten Bananenstaaten, glänzte der Staatsanwalt mit seinem geopolitischen Wissen. Ach ja, dass ich's nicht vergesse vor lauter Frust, hab mir ein neues Handy besorgt, vergiss also die alte Nummer.« Naurich gab die neue Nummer durch und berichtete, dass Aiken wieder zu Hause wäre und als Erstes den Garten erneuert hatte.

Walcher schmunzelte. Die beiden liebten zwar den Dachgarten um ihr Penthouse herum, das auf dem riesigen Neubau eines Wohnkomplexes in der Kieler Peripherie stand, verfügten allerdings nicht über den besagten grünen Daumen. Ihre Küchenkräuter, Blumen und Büsche, die sie dort oben in Kübeln angepflanzt hatten, mussten sie regelmäßig austauschen, denn entgegen der üblichen Meinung gab es auch in Kiel regenarme Zeiten. Trotzdem kämen die beiden nie auf die Idee, in einem Haus mit einem richtigen Garten zu wohnen. Naurichs bezeichneten sich als Urbanbürger und liebten die Stadt. In der Natur machte man Urlaub, aber da draußen leben?

»Ich habe eine Detektei damit beauftragt, unsere Überwachung zu dokumentieren und herauszufinden, wer die Leute sind, die mir immer hinterherfahren, und wer sie beauftragt hat. Das habe ich auch dem Staatsanwalt vorgeschlagen, denn eigentlich ist das ja Aufgabe der Polizei, die Bürger zu schützen. Die haben mich aber nur ausgelacht. Was treiben sie bei dir?«

Walcher erzählte es ihm und dass sich bisher die Staatsanwaltschaften noch nicht gemeldet hätten. »Na, vielleicht beschleunigt das Buch ja Arbeitstempo und Sichtweisen unserer Staatsgewalten. Wenn die uns bis dahin nicht …«

Naurich ließ das Ende seines Satzes bedeutungsvoll unausgesprochen und verabschiedete sich. Nach einem Blick auf die Uhrzeit unterließ es Walcher, den Verleger über sein Treffen mit Bonnefeld zu informieren, das hatte Zeit.

Bonnefeld

Wie erwartet lehnte Bonnefeld beides ab, sowohl eine Tonaufnahme als auch ein Foto. Dafür wäre die Presseabteilung zuständig, und selbst er scheue den Ärger mit den sehr energischen Damen dieser Abteilung, bat er jovial um Verständnis.

Walcher hatte innerlich triumphiert, als sich der vermutete Wandersmann aus dem Korbsessel im Foyer stemmte und ihn wie einen alten Bekannten begrüßte. Eine beeindruckende Erscheinung, neben der sich selbst Walcher mit seinen 1,80 Metern wie ein Zwerg vorkam. Bonnefelds Händedruck entsprach der Beißkraft einer Hyäne. Er trug wieder Blut-&-Boden-Loden, und seine Füße steckten in schweren Bergstiefeln, die Alois Trenker zu einem Freudenjodler veranlasst hätten. Mit seinem markanten Kopf hätte Bonnefeld für jede Versicherung, Investmentfonds, Cognac oder Zahncreme werben können, derart multimedial kam er daher. Sein antrainiertes Lächeln erreichte allerdings nicht seine Augen, die Walcher mit der Strahlkraft von Pistolenmündungen musterten. Nur einen flüchtigen Wimpernschlag lag auf seinem Gesicht ein Ausdruck, als würde sich ein Biologe Sorgen um die Entwicklung eines Bakteriums in einer Petrischale machen, dann lächelte er wieder strahlend.

Bonnefeld ließ keinen Zweifel aufkommen, wer das Zepter der Gesprächsführung in der Hand hielt, und schlug vor, einfach im Foyer sitzen zu bleiben; hier wäre es ruhig, und zu trinken gäbe es sicher auch etwas.

Walcher stimmte zu und bestellte beim Portier, der dienstbeflissen den Schutz seiner Theke verlassen hatte, einen Sherry. Bonnefeld schloss sich an, was zumindest als Akt der Diplomatie ausgelegt werden konnte. Dieser Eindruck erwies sich aber als grobe Fehleinschätzung, mit Diplomatie hatte Bonnefeld nichts am Hut. Bevor Walcher seine erste Frage loswerden konnte, stellte Bonnefeld unmissverständlich fest: »Sie haben sich eine Informationssammlung unrechtmäßig angeeignet, die uns gehört. Wir haben nichts gegen Sie, hätten diese Sammlung aber gerne zurück, und zwar ohne großes Brimborium.«

»Von welchem Medium sprechen Sie?«

Bonnefeld lächelte müde. »Es spielt doch überhaupt keine Rolle, in welcher Form Ihnen unser ehemaliger Mitarbeiter Interna unseres Hauses übergeben hat. Sie gehören uns, und jede Nutzung außerhalb unseres Hauses ist rechtswidrig. Sie werde ich doch nicht über Urheberrechte aufklären müssen, denke ich. Also, wie stehen Sie dazu? Wollen Sie eine Anzeige wegen Diebstahls, denn auch der Hehler ist ein Dieb, oder kooperieren Sie?«

»Ihr Mitarbeiter, Sie sprechen vermutlich von Koenig, hat mir aber nichts übergeben.« Walcher nahm das Glas Sherry, das der Portier gebracht hatte, und prostete Bonnefeld zu, was der allerdings ignorierte.

»Tun Sie mir einen Gefallen und verzichten Sie auf derlei Spielchen. Hat mir, hat mir nicht, habe ganz zufällig, ist eine Fundsache … Das ist nicht Ihr Stil, Herr Walcher.«

»Koenig, Schonauer, Prestl, Westhaus, Alois Karrer, Anschläge auf meine Freundin, Bedrohung meines Familienumfeldes … Sie wollen nicht ernsthaft meinen Stil kritisieren.« Walcher hatte sich spätestens nach dem Telefonat mit Naurich für eine harte Gangart entschieden. Bei Bonnefeld und seinen Adlaten war jede andere Vorgehensweise vergeblich. Diese Leute brauchten Gegendruck.

Bonnefeld nahm einen kleinen Schluck, stellte bedächtig das Glas auf den Tisch zurück, schüttelte den Kopf und meinte lächelnd, während er Walcher in die Augen sah: »Sie geben mir die Unterlagen, und ich verspreche Ihnen, dass Sie am Leben bleiben. So einfach ist das.«

Walcher drehte sein Sherryglas und sah hinein, als ob er dort auf ein Orakel hoffte. »Erzählen Sie, wie hoch ist Ihre jährliche Kriegskasse bei Eufoodic?«

»Koenig wollte uns auch erpressen.«

»Ich will Sie nicht erpressen, aber Sie haben mir ein Interview zugesagt, und ich habe einige Fragen zu Eufoodic.«

Bonnefelds Miene signalisierte eine kurze Irritation, aber wirklich nur sehr kurz.

»Unser Budget sagt nichts über unsere Arbeit aus; nächste Frage.«

»Die Liste Ihrer Auftraggeber liest sich wie ein Unternehmerverband der Agrar- und Lebensmittelchemie. Sind Sie deren Speerspitze?«

»Das hört sich zu sehr nach Krieg an. Wir sind eine Agentur für Presse- und Öffentlichkeitsarbeit.«

»Mit einer riesigen Menge freier Mitarbeiter, wie mir scheint.«

»Ich kann Ihnen nicht folgen, wovon sprechen Sie?«

»Staatsbeamte, Politiker, Institutionen, Verbände, Schulen, Krankenhäuser, Medien ... Es gibt so gut wie keinen Bereich, in dem Eufoodic nicht besticht, schmiert und wenn es sein muss auch nötigt und erpresst.«

Bonnefeld verfügte ohne Zweifel über ein erstaunliches Stehvermögen. Seine Mimik deutete zwar an, dass seine Galle nicht einwandfrei arbeitete, aber er hatte sich im Griff. Er schüttelte den Kopf und unterbrach Walcher, der gerade gefragt hatte, was wohl geschehen würde, wenn das Eufoodic-Netzwerk bekannt würde.

»Sie unterschätzen uns, aber kommen wir zurück zu meinem Vorschlag. Sie geben uns, was uns gehört, und bleiben am Leben.«

Damit stand er auf, als wolle er seine Größe einsetzen, die, aus der Perspektive eines Sitzenden, geradezu bedrohlich wirkte. Bonnefeld deutete auf die Gläser und stellte fest: »Sie waren mein Gast. Ich höre von Ihnen morgen genau um 20 Uhr.«

Lässig fuhr er mit der Hand durch die Luft und schlenderte aus dem Foyer. Walcher steckte Bonnefelds Glas in den mitgebrachten Gefrierbeutel und verließ ebenfalls das Foyer, allerdings in der entgegengesetzten Richtung und mit einem säuerlichen Gefühl in der Magengegend. Eine Entscheidung am folgenden Tag war nicht möglich. Zwar hatte er keine Idee, wie das Gespräch anders hätte verlaufen können, aber die Fronten sahen nach Verhärtung aus. Hatte er nicht genügend Druck gemacht? Er musste sich in jedem Fall für den von Bonnefeld genannten Termin – oder handelte es sich eher um ein Ultimatum – etwas einfallen lassen.

Schon bedenklich, welchen Zufällen man manchmal seine Gesundheit verdankte, grübelte Walcher am folgenden Morgen. Begonnen hatte es damit, dass Mathilde verschlafen hatte, was bisher höchstens ein- oder zweimal vorgekommen war, jedenfalls konnte sich Walcher nicht an mehr erinnern. Ein Zufall?

So trafen sich Walcher, Mathilde und Irmi gleichzeitig in der Küche und teilten sich die Arbeiten für das Frühstück. Irmi beaufsichtigte die kochenden Eier, Mathilde bereitete Tee und Kaffee, Walcher deckte den Tisch. Die Hunde nervten und standen ständig im Weg, weshalb Walcher sie durch die Küchentür in den Garten scheuchen wollte. Nora trabte auch folgsam hinaus, nur Rolli weigerte sich und tapste zurück in den Flur und an die Haustür.

»So, der Herr will zum Portal hinaus«, maulte Walcher, stutzte dann aber, als er die gefalteten Enden der Zeitungen entdeckte, die ein Stück weit aus dem Briefschlitz der Haustür ragten.

Rolli knurrte sie an, als handle es sich um einen seiner ärgsten Feinde. Dieses Knurren hatte Walcher bereits einige Male erlebt. Es kam aus der Urtiefe der Hundeseele und stammte vermutlich aus einer Zeit, als hinter jeder Hecke noch Säbelzahntiger lauerten.

Walcher unterdrückte seinen Impuls, die Zeitungen ganz herauszuziehen. Sie gelangten dank einer ausgeklügelten Lieferstafette noch vor der Frühstückszeit jeden Morgen auf den Hof. Ludwig Hefer, der Milchfahrer, nahm im Morgengrauen die Zeitungen von den angelieferten Stapeln beim Kiosk im Dorf, weil er gleich nebenan wohnte. Hatte er auf seiner Tour dann die Milchkannen des Nachbarn Markus Adler geleert, die auf einem Lattengerüst an der Bundesstraße standen, steckte er in die erste davon die Zeitungen, geschützt in einer Plastiktüte. Markus holte dann so gegen sechs Uhr seine geleerten Milchkannen und warf auf dem Rückweg die Zeitungen auf einer Ehrenrunde vor Walchers Haustür. Aber an diesem Morgen steckten die Zeitungen im Briefschlitz. Dass der überhaupt nicht verschlossen war, wunderte Walcher, denn die Haustür gehörte zu jener Sicherheitsausstattung, die bei der Renovierung des Hofes eingebaut worden war. Haustür, Küchentür zur Terrasse und sämtliche Fenster verfügten über die Sicherheitsstufe einer Bankfiliale und konnten nur mit schwerem Gerät überwunden werden. Das entsprach nicht etwa seinem übersteigerten Sicherheitsbedürfnis, sondern lag an der Konkursmasse eines Bauherrn, die seit einigen Jahren bei der Baufirma herumstand und deshalb weit unter Neupreis angeboten wurde. So war Walcher zu einer Sicherheitsausstattung gekommen, die sich inzwischen bereits einige Male bewährt hatte. Zum Sicherheitskonzept der Haustür gehörte auch, dass der Briefschlitz beim Schließen der Tür automatisch arretiert wurde. Aber meist war die Haustür nicht verschlossen, auf dem Land war man misstrauisch, aber nicht ängstlich, und wozu hatte man einen Hund, inzwischen sogar zwei, im Haus.

Walcher schnupperte an den Zeitungen. Sie rochen nach Zeitung, aber auch deshalb schrillte in Walchers Kopf eine Alarmglocke. Irgendetwas stimmte nicht, denn in seinen Zeitungen hing bisher immer eine süßliche Note frischer Milch. Er informierte die beiden Frauen in der Küche und ging ums Haus herum, um die Sache von außen zu betrachten. Rolli folgte ihm bei Fuß, wie ein gut erzogener Polizeihund, und Nora hatte sich ebenfalls angeschlossen.

Auch von außen knurrte Rolli die Haustür beziehungsweise die beiden Zeitungen an, die zusammengefaltet den Briefschlitz ausfüllten. Walcher kniete sich davor und entdeckte zwischen den beiden Zeitungen einen braunen Kartonstreifen, etwa so groß und dick wie eine Zigarillos-Schachtel. Ein Werbegeschenk? Aber warum lag es dann nicht in einer der beiden, sondern zwischen den Zeitungen? Und warum knurrte Rolli? Er kannte den Geruch vom Nachbarn. Vermisste auch er den Milchgeruch an den Zeitungen?

Die Fantasie ging mit Walcher durch. Was, wenn es sich bei dem Karton um eine Art Briefbombe handelte? Sollte er Brunner anrufen und um ein Spezialistenteam bitten? Brunner fiel aus. Selbst war der Mann, sprach sich Walcher Mut zu und ging wieder zu Mathilde und Irmi, die inzwischen gefrühstückt hatten. Bevor Walcher von seiner Befürchtung berichten konnte, verabschiedete sich Irmi wie meist am Morgen, fahrig und hektisch, um den Bus zur Schule zu erreichen. Walcher begleitete sie mit den Hunden zur Bushaltestelle. Das sollte keine Gewohnheit werden, aber eine Zeitlang konnte es nicht schaden. Zumindest gab es Irmi das Gefühl, behütet zu sein.

Nach seiner Rückkehr, als er seine Vermutung geäußert hatte, musterte Mathilde ihn mit tiefer Skepsis.

»Trink erscht amol an Tee«, schlug sie vor und füllte seine große Tasse.

Während er Tee trank und das übriggelassene halbe Brot von Irmis Teller nahm, ging Mathilde zur Haustür. Gut, dass Walcher sie dabei nicht beobachtete. Es hätte seinem Unbehagen gegen jede Form übersinnlichen Hokuspokus nur Nahrung gegeben. Mathilde stand nämlich mit geschlossenen Augen vor der Haustür und griff mit den Händen in die Luft, als wollte sie unsichtbare Partikel einfangen. Dabei saugte sie tief Luft ein, dass ihre Nasenflügel heftig vibrierten. Eine Weile ging das so, bis sie die Arme sinken ließ, die Augen öffnete und normal atmend zurück in die Küche ging.

»Hast recht«, stellte sie fest und nickte dazu, »der Markus war es nicht. Aber von innen kann ich sonst nichts feststellen, vielleicht von außen?«

»Lass gut sein.« Auf mehr wollte sich Walcher nicht einlassen.

Vielleicht hielt sie ja vor der Haustür eine parapsychologische Session ab und zündete die Briefbombe mittels Telekinese, denn dass es sich um einen Sprengkörper handelte, davon war er inzwischen fest überzeugt. Diese Typen ließen nicht locker. Eine weitere Warnung. Das würde zu all den anderen Vorfällen passen und natürlich zum Gespräch mit Bonnefeld.

»Ich denke, ich teste mal unsere Sicherheitstür.« Mit einem breiten Grinsen stand Walcher auf und ging hinaus auf die Terrasse.

Am Himmel kräuselten sich weiße Dauerlocken und hielten die Sonne zurück. Dennoch war der Morgen angenehm temperiert. Kurz überlegte Walcher, ob er erst seinen Waldlauf machen sollte, aber die Hühner meldeten sich missmutig aus ihrem Stall. Sie wollten in die tägliche Freiheit entlassen werden. Außerdem konnte der Postbote kommen und im Briefschlitz Platz für eine Sendung machen wollen.

Mit einer kleineren Schraubzwinge und einem Bergsteigerseil kam Walcher in die Küche zurück, ignorierte Mathildes äußerst kritischen Blick und band das Seil an die Schraubzwinge. »Könntest du oben die Türen und Fenster öffnen, nicht dass sie zu Bruch gehen«, bat er sie, während er mit seiner Zugvorrichtung in den Flur ging, die Schraubzwinge über die beiden Enden der Zeitungen steckte und zudrehte. Vorsichtig ließ er die Zwinge los und legte das Seil locker durch Flur und Küche hinaus auf die Terrasse. Dort wartete er auf Mathilde, die inzwischen alle Fenster im Haus geöffnet hatte.

»Wenn ich pfeife, ziehst du langsam. Du musst nicht die Zeitung mit Gewalt durch den Schlitz ziehen, sondern nur, so weit es geht. Ich hol noch schnell meine Kamera und filme von der Hausecke aus.«

Wenige Minuten später stand die Kamera auf dem Stativ, die

Haustür im Sucher. Mit ausgestrecktem Arm drückte Walcher den Auslöser und pfiff Mathilde zu.

Nichts geschah, und Walcher wollte sich schon seinen Irrtum eingestehen, als eine heftige Explosion die Morgenruhe zerfetzte. Einen Wimpernschlag später jagten die beiden Hunde um die Ecke und verbellten wütend die grauweiße Wolke aus Explosionsnebel, flatternden Asche- und Papierschnitzeln, die sich vor der Haustür ausgebreitet hatte. Um den Briefschlitz herum war die Farbe der Tür angekokelt, mehr nicht. Also doch: Sicherheitsqualität. Walchers Untersuchung wurde von einem gewaltigen Chor der Anklage begleitet, der aus dem Hühnerstall kam. Hühner konnten enorm vorwurfsvolle Töne ausstoßen.

Er wollte die Haustür öffnen, aber sie wurde von innen aufgestoßen. Mathilde wedelte mit einem Küchentuch den Qualm aus dem Flur. »Des stinkt, als hätt der Luzifer einen g'lassen«, stellte sie fest und lächelte, das erste Mal an diesem Morgen.

Im Flur lag die Schraubzwinge mit den Resten der an den Kanten verkohlten Zeitungen. Vermutlich wäre niemand verletzt worden, von dem Schock einmal abgesehen. Also nur eine Warnung, oder hatten die Täter die Wehrhaftigkeit der Haustür unterschätzt? Die Aufzeichnung der Kamera zeigte einen imposanten Feuerblitz. Die Warnungen häuften sich, es wurde höchste Zeit, zu reagieren.

Die Jammerlaute der Hühnerschar unterbrachen Walchers Gedanken. Sie durften nun aus ihrer Sicherheitshaft entlassen werden, vermutlich würden sie nach der Explosion in einen befristeten Legestreik gehen. Dementsprechend trippelten sie zögerlich, eine nach der anderen, durch die geöffnete Klappe und drückten deutliches Missgefallen aus, für diese Form der morgendlichen Ruhestörung.

Zeit schinden, mit denselben Mitteln zurückschlagen – Walcher suchte krampfhaft nach einer schlüssigen und vor allem wirkungsvollen Strategie. Nicht ganz einfach, nach dem Stress gerade. Da fielen die meisten Ideen erst einmal durch. In jedem Fall musste er die Zeit bis zum Erscheinen des Buches und seines Dossiers überbrücken, vermutlich wäre »überleben« der treffendere Ausdruck. Aber wie konnte er das schaffen? Urlaub machen? In 14 Tagen sollten die Pressekonferenz stattfinden und das Buch vorgestellt werden. 14 Tage. Eigentlich ging das nur, wenn der Gegner mitspielte oder getäuscht wurde. Staub aufwirbeln, dem Gegner etwas vortäuschen, das konnte so falsch nicht sein. Zum Beispiel könnte er Koenigs Datensammlung häppchenweise abgeben, jeden zweiten Tag ein paar Ausdrucke, 14 Tage lang. Ob Bonnefeld dieses Spiel mitmachen würde, war allerdings mehr als fraglich. Und Druck ausüben, ohne dabei Gesetze zu übertreten – die Gegenseite tat sich da ungleich leichter. Dennoch stand nach einer Stunde ein Maßnahmenplan, der stufenweise umgesetzt werden konnte. Stufe eins erledigte er mit einem Anruf bei einem Bekannten aus Lindau, der sein Dasein mühsam als Detektiv fristete. Gegen eine Pauschalsumme für zunächst drei Tage in Höhe von 900 Euro, eindeutig ein Freundschaftspreis, sollte er ab sofort Bonnefeld beschatten und Fotos machen, wenn der Herr mit jemandem sprach. Dabei war es nicht wirklich wichtig, etwas herauszufinden, musste Walcher dem enttäuschten Detektiv erklären, sondern die sichtbar-unsichtbare Präsenz der Überwachung sei der Auftrag. Walcher hoffte, dass sein Detektiv das auch richtig verstanden hatte. Wer wurde schon Detektiv!

Für die nächste Stufe brauchte er eine Handvoll Holzasche mit lauter angekohlten Teilen. Mathildes fragenden Blick, als er im Ofen ein Feuer entzündete, ließ er erst einmal unbeantwortet. Auch als er eine Viertelstunde später die noch kokelnden Reste wieder aus dem Ofen holte und auf dem Hof mit Brunnenwasser ablöschte, klärte er Mathilde nicht auf, die deswegen sichtlich verschnupft im Gemüsegarten zu arbeiten anfing.

Einen passenden Versandkarton zu finden, war nicht das Problem, da bereitete Walcher das Nachahmen der Handschrift von Natalie Westhaus deutlich mehr Schwierigkeiten, aber nach einigen Versuchen bekam er Bonnefelds Adresse im Hotel Alpenblick gut hin und auch die Zeilen: Asche zu Asche.

Walcher ging davon aus, dass Bonnefeld ihre Handschrift kannte, zumindest hoffte er das, denn im Zuge von Computer- und Handykommunikation gab es ja wirklich Menschen, von denen einst keine einzige Zeile, außer ihrer Unterschrift vielleicht, überliefert sein würde.

Der Zettel kam zu der Asche ins Paket und auch das Foto eines Fiats, wie ihn Westhaus gefahren hatte. Walcher hatte es auf den Werbeseiten eines Fiathändlers im Internet entdeckt und ausgedruckt. Das hübsche Päckchen würde natürlich nur dann wirken, wenn Bonnefeld etwas mit der Ermordung von Westhaus zu tun hatte, aber Walcher ging davon aus, und das Prinzip Hoffnung spielte ja auch eine große Rolle bei seinem Spiel.

Erfolgreich war schon mal das Telefonat mit der Lindenberger Polizeidienststelle, denn da erwischte er Thomas Neidhardt, den er vom Stammtisch kannte und von einigen Einsätzen zusammen mit Kommissar Brunner. Neidhardt hatte überhaupt kein Problem damit, die Namen der Dodgefahrer zu nennen. Lachend erzählte Neidhardt auch von dem Anschiss, den sie von ganz oben bekommen hätten. Ihr Einsatz gegen die vermeintlichen Kindesentführer hatte im Polizeiapparat für Aufsehen gesorgt, schließlich würden nicht jeden Tag Beamte des LfV von Schutzpolizisten hopsgenommen. Auch die derzeitige Adresse der beiden, eine Pension in Lindau, gab Neidhardt durch. Er gab diese Informationen mit einer hörbaren Genugtuung und dem abschließenden Hinweis, vorsichtig zu sein, denn die beiden seien »besonders giftige Pausenclowns«.

Walchers Stimmung hatte sich während des Gesprächs mit Neidhardt erheblich verbessert. Ein gutes Gefühl, hie und da auf einen stinknormalen Menschen zu treffen, der auch eine kleine Regelwidrigkeit nicht scheute. Die Namen Milan Zchekiz und Emil Ottersteg hatte er notiert und sich vorgenommen, ihnen in der Pension Seeblick in Lindau in den nächsten Tagen einen Besuch abzustatten. Vielleicht sollte er auch sie von einem Detektiv beschatten lassen. Detektiv beschattet Schattenmänner des LfV, eine hübsche Schlagzeile. Walcher dachte an Brunner und an sein Konto. Sich vorzustellen, dass er einmal für eine Beschattung Geld ausgeben würde und nicht einfach den Kommissar darum bitten konnte, hätte er vor diesem Fall auch nicht für möglich gehalten. War nur zu hoffen, dass seine Ausgaben wieder durch Artikelhonorare ausgeglichen wurden, andererseits mochten seine Aktionen ja durchaus förderlich sein, zum Beispiel gesundheitsfördernd, wenn nicht gar lebenverlängernd.

Schmunzelnd brachte er die vorerst letzte Aktion des Tages auf den Weg zum Empfänger. Seit einem Lauschangriff auf ihn, vor ein paar Jahren, lagen zwei Wanzen in seiner Schreibtischschublade. Es handelte sich um raffiniert getarnte Dinger, die kleinen Bachkieseln verblüffend ähnelten. Mit einem hätte er gerne Bonnefelds Zimmer dekoriert, allerdings so, dass es Bonnefeld auch auffallen musste. Der Blick auf Mathilde, die im Garten werkelte, drängte die Lösung förmlich auf. Eine halbe Stunde später drückte er der Blumenhändlerin in Weiler ein großzügiges Trinkgeld in die Hand und platzierte die Wanze neben ähnlichen Steinen rund um das kleine Zierbäumchen, das demnächst in Herrn Bonnefelds Zimmer im Alpenblick stehen würde. Das Geschenk einer heimlichen Verehrerin. Auf das Papierherz, das in dem Kiefernbonsai steckte, hatte er die Initialen N. W. gekritzelt und hoffte, auch hierbei wieder Natalies Handschrift getroffen zu haben.

Waldlauf

Das Wichtigste vor dem zweiten Treffen mit Bonnefeld war erledigt, und nun wurde es Zeit für einen Waldlauf. Es war zwar schon knapp vor dem Mittag, aber Walcher brauchte eine Erholungspause für seinen Kopf. Außerdem tat den Hunden die Bewegung gut, und Rolli bei diesen Gelegenheiten klarzumachen, dass er nicht der Rudelchef war, schien sich zu einem Dauerthema zu entwickeln. Im Hundebuch stand als Empfehlung, deutliche Dominanz zu zeigen, etwa in der Form, den Hund wie einen Welpen im Nackenfell zu packen, ordentlich zu schütteln, bis eine Unterwerfungsgeste erfolgte. Vermutlich würde man damit nur das Muskelgewebe verletzen. Rolli musste aber diese Empfehlung geahnt haben, denn er verhielt sich ausnehmend normal. Ebenso Nora; erstaunlich, wie die beiden miteinander umgingen. Es war eine gute Entscheidung gewesen, Nora aufzunehmen, noch dazu in solchen Zeiten.

Dass Nora einen Hof als Mitgift im Gepäck hatte, wurde anscheinend Realität. Irgendwie verrückt. Elli hatte ihren Tod nicht spontan beschlossen, sondern geplant. Es gab nicht nur den von Hand geschriebenen Abschiedsbrief, auch ein notarielles Testament existierte.

Tod und Wald, für Walcher eine Symbiose. Schon einige Male war er durch den Wald gelaufen, um mit dem Tod von Menschen klarzukommen, die ihm viel bedeutet hatten. Ellis Tod stimmte ihn zwar traurig, aber ihre Bekanntschaft empfand er eher als flüchtig und hauptsächlich geprägt durch die Tode von Schonauer und Rufillus Prestl. Dennoch konnte er Elli gut verstehen. Einen Menschen zu verlieren, den man liebte, konnte einen zur Aufgabe bringen. Die Vorstellung, nur noch in der Erinnerung leben zu können, verdunkelte den Blick auf die Zukunft. Da tauchte dann das dunkle, tiefe schwarze Loch wie ein Versprechen auf, darin endlich Ruhe vor den wirbelnden Gedanken und dem Schmerz zu finden.

Ellis Beerdigung war auf den Freitag gelegt worden. Er hatte sich bereit erklärt, die Kosten zu übernehmen, und mit dem Pfarrer eine schlichte Zeremonie abgesprochen. Irgendwie deprimierend, aber weder Elli noch Schonauer hatten Verwandte, die man benachrichtigen konnte. Schonauers Leiche war noch nicht freigegeben, aber auch um diese Beerdigung würde er sich kümmern.

Die Hunde liefen mustergültig neben ihm. Ein Verhalten, das Walcher schon oft aufgefallen war, wenn er mit schweren Gedanken durch den Wald lief. Vermutlich besaßen sie einen Sensor, waren irritiert oder konnten sogar Mitgefühl entwickeln.

Walcher lief in lockerem Tempo an der Stelle vorbei, an der zu beiden Seiten des Weges der Holzschlag vom Winter lagerte. Jedes Mal geriet er an diesem Platz in einen Zwiespalt. Auf der einen Seite liebte er diesen wundervollen Geruch nach Ölen und Harzen, aber der Romantiker in ihm schielte zu den mächtigen Bäumen und entschuldigte sich für diese Barbarei. Die Hunde hielten plötzlich, witterten in die Luft und begannen, wütend die Richtung zu verbellen, aus der sie gekommen waren. Walcher stoppte und versuchte, den Grund für die nervige Bellerei zu entdecken. Im Wald hatte Stille zu herrschen. Irgendetwas zupfte an seinem linken Oberarm und fuhr hinter ihm mit einem klatschenden Geräusch in einen der Stämme.

Walcher besah sich seinen Arm, im selben Moment kam der Schmerz, und er verstand. Gellend pfiff er nach den Hunden, die nur zögernd folgten, und hetzte mit ein paar Sätzen hinter den Baumstapel, duckte sich und wiederholte den Pfiff. Es brauchte noch einen nächsten Pfiff, bis sie folgten und zu ihm kamen. Rolli schnüffelte an seinem Arm und winselte irritiert, während Nora weiterhin laut den Wald verbellte.

Vorsichtig ertastete Walcher die Wunde am Oberarm. Sie blutete, aber schmerzte nicht wirklich. Er presste ein schon älteres Papiertaschentuch darauf, das zwar nicht mehr dem Anspruch von Sterilität entsprach, aber wer trug schon beim Waldlauf einen Verbandskasten mit sich herum?

Die Hunde hatten sich beruhigt und warteten auf die Fortsetzung des Laufs. Was, wenn er sich weiterhin im Fadenkreuz befand? Der Schütze musste oben am Hang stehen, sonst wäre die Kugel nicht hinter ihm in den Stapel der Baumstämme gelandet. Ob vor oder zurück, von dort oben bot sich in jedem Fall ein ziemlich übersichtliches Schussfeld, also war es egal, in welche Richtung er floh. Ein paar Minuten noch, dann würde er zurücklaufen. Die Bäume boten immerhin eine gewisse Deckung, und vermutlich war der Schütze längst auf und davon. Er hatte ja seinen Job trefflich ausgeführt. Unglaublich, man hatte auf ihn geschossen. Das anonyme »man« ersetzte Walcher in Gedanken sofort durch Bonnefeld oder seine Helfer. Vermutlich brauchte er nicht einmal wirklich eine Deckung, sondern konnte einfach ungefährdet nach Hause spazieren. Der Schütze wollte ihn nicht töten, ein Streifschuss, ungefährlich und lediglich als Warnung zu verstehen. Klar, schließlich hatte er Koenigs Unterlagen noch nicht abgeliefert. Man brauchte ihn noch. Wunderbar, da hatte er doch gerade das beste Argument für das zweite Treffen mit Bonnefeld am Abend erhalten.

Von Baum zu Baum, immer auf Deckung zum Hang hin bedacht, spurtete Walcher in kurzen Sprint-Intervallen den Weg zurück. Obwohl er sicher war, dass dem Warnschuss kein zweiter folgen würde, beflügelte ihn dennoch die Vorstellung, dass ein Gewehr auf ihn gerichtet war und er im Fadenkreuz wie ein Hase von Baum zu Baum hoppelte. Selbst die Hunde machten den Eindruck, als würden sie sich über die Pausen freuen, die Walcher immer dann einlegen musste, wenn seine Lungen zu pfeifen begannen und sein Herz schneller trommelte als die Füße auf dem Waldboden. Erst am Waldrand, mit Blick auf seinen Hof, fühlte er sich sicher und trabte die letzten Meter mit leicht untersäuerten Beinmuskeln. Er war eben Langläufer und kein Sprinter.

Es reicht …

»Richtig los was heit«, kommentierte Mathilde in ihrer scheinbar unerschütterlichen Ruhe, obwohl ihre Miene Besorgnis ausdrückte, als sie sich bei Walchers Rückkehr die Armwunde ansah. Eine harmlose Fleischwunde, diagnostizierte die G'sundbeterin, holte ihren Arztkoffer und versorgte die Wunde mit zwei Nähten, als würde sie das Loch in einem Strumpf stopfen. Auf seinen fragenden Blick hin meinte sie trocken: »Hab ich bei den Viechern schon oft machen müssen.«

Überhaupt entwickelte sich der Tag ziemlich tierisch, jedenfalls spätestens ab dem Mittagessen, das mit einer gewissen Zähigkeit begann, als Mathilde zwei gebratene Hähnchen auf den Tisch stellte, die sie von ihrer Nachbarin als Gegenwert für gelieferte Eier erhalten hatte. Seit dem Vorwurf der gewerblichen Hühnerzucht mit angeschlossenem Eierhandel verschenkte sie die Eier der Hühnerschar, die nicht aufgebraucht wurden. Nun kam der Dank dafür auf den Tisch. Knusprig gebraten, mit ebenso knusprigen Pommes, natürlich selbstgemacht aus dem Backofen, und dazu grünen Salat.

Zu einem anderen Zeitpunkt hätte das – vermutlich jedenfalls – auch alles gepasst, wenn nicht Irmi und Walcher am Vorabend im Internet einen Film über die Produktionshallen der USA-Hühnchenzüchter angesehen hätten.

Entsetzliche Bilder aus einer riesigen Halle, in der Fütterungsroboter ein Meer aus Tausenden von Hühnerkörpern mit Nahrung berieselten. Rollte der Automat vorbei und schleuderte das Futter auf die Tiere, flatterten sie ebenso aufgeregt um die Körner, wie sie den Fangeisen der nachfolgenden Arbeiter zu entgehen versuchten, die tote und kranke Tiere aus den Gehegen angelten. Die Bilder hätten aus dem Horrorszenarium einer Science-Fiction stammen können. Sie erzählten Mathilde davon.

»Das macht keinen Appetit, geb ich zu, und ich hab darüber auch gelesen, Antibiotika, Vogelgrippe, Futtermittel aus Gen-Mais und so … Aber diese beiden kenn ich von klein auf. Da ist nichts Schlechtes dran. Auch unsere müssen mal geschlachtet werden.«

Mathilde seufzte, sammelte die Schlegel ein und stellte sie ins Bratrohr. »Jetzt esst's mir wenigstens die Pommes und den Salat.«

»Und dann«, stellte Irmi mit großem Ernst fest, »halten wir Familienrat. Ich lege nämlich in 14 Tagen Bio und Chemie ab, und überall lauern schwarze Gestalten, im Briefkasten stecken Bomben, Theresa ist einfach umgenietet worden, ich bin entführt worden, und jetzt hat man auch noch auf dich geschossen … Also ich meine, es reicht langsam. Mir geht das ziemlich an die Nerven.«

Ihr letzter Satz war eindeutig an Walcher gerichtet, der sich auch angesprochen fühlte, zumal ihn auch Mathilde auffordernd ansah.

»Es hat alles seine Zeit, und die ist jetzt noch nicht reif«, stellte er fest und nickte zur Bestätigung. »Wir können schließlich keinen Kleinkrieg gegen eine Organisation führen, über die wir so gut wie nichts wissen und gerade mal eine Handvoll Leute kennen. Wenn ich sicher bin, dass Bonnefeld nicht nur ein Handlanger ist, dann liefern wir den Herrn der Polizei. Glaubt mir, ich habe da schon ziemlich genaue Ideen, wie das funktionieren kann. In ein paar Tagen sehe ich klarer, dann verrate ich meinen Schlachtplan.«

Irmi guckte zwar ziemlich mürrisch drein, aber gab sich zufrieden. Sie konnte sich allerdings nicht verkneifen, mit einem Augenaufschlag zu murmeln: »Wenn wir dann nicht alle bereits im Krankenhaus liegen. Wo steckt eigentlich dein Freund Brunner, und warum hilft uns Hinteregger nicht, das wollte ich dich schon lange fragen.«

Walcher erklärte es ihr und gab auch zu, wie enttäuscht er von seinen sogenannten Freunden war.

Bonnefeld II

»Ein Wiesel saß auf einem Kiesel inmitten Bachgeriesel.« Bonnefeld hatte sichtlich Freude daran, sein literarisches Wissen zu präsentieren, kaum dass sie sich gesetzt hatten. Walcher sah ihn fragend an und hoffte, richtig zu reagieren, Bonnefeld hatte also die Wanze entdeckt.

»Wisst ihr weshalb?«

Bonnefeld musste die Szene vorab einstudiert haben, denn er strahlte nun förmlich wie ein braver Schüler und rezitierte weiter: »Das Mondkalb verriet es mir im Stillen: Das raffinierte Tier tat's um der Neugier willen.«

Aber Walcher tat ihm nicht den Gefallen, das Spiel mitzuspielen, sondern fragte mit unverändert sachlicher Miene: »Schön, dass Sie Morgenstern kennen, aber Sie wollen mir doch sicher damit etwas sagen?«

Bonnefeld stutzte, und in seinem Blick flackerte einen Wimpernschlag wieder jener Ekel auf, den Walcher bereits beim ersten Treffen wahrgenommen hatte; jedenfalls bildete er sich das ein. In jedem Fall war Bonnefelds gute oder gespielt gute Laune mit einem Schlag dahin. Er gab sich natürlich nicht die Blöße, die Wanze anzusprechen, die er vermutlich mit Kennerblick in dem Bonsaitopf entdeckt hatte. Es sollte ja tatsächlich Leute geben, die sich mit so etwas auskannten.

»Sie haben mir etwas mitgebracht?« Bonnefeld deutete auf die Versandhülle in Walchers Hand. Walcher nickte, drehte sich aber zu dem Portier und gab ihm ein Zeichen, das ihn in Windeseile zu ihrer Sitzgruppe trieb. Offensichtlich hatte er ziemlichen Respekt vor Bonnefeld, der gute Hansi. Spontan war Walcher der Name des blonden Schlagersängers eingefallen, dem der Portier so ähnlich sah. Walcher bestellte sich einen Sherry, Bonnefeld verlangte denselben Roten, den er zu Mittag getrunken hatte.

War das früher doch einfach gewesen, dachte Walcher, als man noch rauchte und Einleitungen oder zähe Lücken mit dem Anzünden einer Zigarette überbrücken konnte. Jetzt musste man Bestellungen aufgeben, hatte dabei aber nicht das zeitliche Procedere in der Hand. Bis ihre Bestellung eintraf, konnte Zeit vergehen, die man mit Schweigen nicht ausfüllen konnte, deshalb schob Walcher den Umschlag zu Bonnefeld hinüber. »Die erste Rate«, lächelte er, wartete aber vergebens auf einen Einwand von Bonnefeld. »Wenn ich in einer Woche noch lebe, erhalten Sie die nächste.«

»Sie glauben doch nicht im Ernst, dass ich mich hier dauernd mit Ihnen treffen? Ich denke …«

Bonnefeld unterbrach, weil der Portier die Gläser brachte, griff aber nicht zum Glas, sondern zum Umschlag, öffnete ihn und sah hinein. Dann deutete er auf sein Glas und bemühte sich um einen süffisanten Ton: »Passt das auch in Ihre Gläsersammlung?«

Walchers Antwort schien ihm etwas zuzusetzen, denn kurz bildete sich eine ärgerliche Falte auf Bonnefelds Stirn.

»Mir reicht das Sherryglas von gestern, wir haben wunderbar deutliche Abdrücke Ihrer rechten Hand, genau das, was wir wollten.« Mit dem Plural hatte Walcher offensichtlich ins Schwarze getroffen. Bonnefeld konzentrierte sich auf die Kopien und stellte zutreffend fest: »Das sind Kopien.«

»Die Originale erhalten Sie als letzte Rate, im Pack.«

»Sie glauben also wirklich, Sie könnten so etwas wie Forderungen stellen?« Bonnefeld lehnte sich zurück und fixierte Walcher mit einem Blick, dem einiges zuzutrauen war.

»Gute Geschäftspartner gehen aufeinander zu«, lächelte Walcher leichthin, »weder Ihnen noch mir kann daran gelegen sein, dass einer von uns ausfällt.«

Bonnefeld zog wieder seine Stirnfalten, aber diesmal schien eher Erstaunen der Grund. »Was kann Ihnen daran gelegen sein, dass ich nicht a u s f a l l e?«

Er dehnte das Wort wie eine Steinschleuder, um damit giftige Blicke zu schießen. Die reicherten sich dann noch mit einer Portion Hass an, als Walcher nämlich, wieder um eine fiese Lockerheit bemüht, feststellte: »Meine Verleger fordern einen Schuldigen … Zum Vorzeigen.«

Bonnefeld schien angezählt, stierte Walcher mit einem wütenden Blick an, stand auf und verließ grußlos das Foyer, allerdings nicht ohne sich vorher die Kopien zu schnappen. Es handelte sich dabei um eine Aspartam-Studie, die man sich allerdings auch aus dem

Internet holen konnte. Alle Hersteller von Chemie-Süße hatten versucht, die Studie lächerlich und unglaubwürdig zu machen, auch heute noch boten alle meist wortgleich dieselben Gegenargumente. Walcher hatte Bonnefeld also kein Geheimnis aus Koenigs CD geliefert. Da würde ihm der Ausdruck einer Seite des »Schlüssels« aus dem Berliner Büro, der ebenfalls als Kopie dabeilag, schon mehr Kopfzerbrechen bereiten. Wie würde Bonnefeld darauf reagieren? Vermutlich war es sinnvoll, die nächsten Nächte mit den Hunden im Wohnzimmer zu schlafen, Großvater Armbrusters geladene Schrotflinte griffbereit.

Vergangenheit

Erfolgreiche Recherchearbeit durfte durchaus belohnt werden, sagte sich Walcher und goss sich einen zweiten Sherry ein.

Seit seiner Rückkehr vom Treffen mit Bonnefeld saß er am PC und arbeitete auf mehreren Ebenen gleichzeitig. Einmal sammelte er weiter Material für ein Dossier über Eufoodic, deren Organisation er in Gedanken mit den Hunden des Herrn verglich, die an der Front die Drecksarbeit zu erledigen hatten. Zum Zweiten arbeitete er sich immer noch durch die enorme Datenmenge von Koenigs CD. Auf der dritten Ebene trieb er eine Reihe von Recherchen voran, soweit das über das Internet möglich war. So hatte er im Fotoalbum von Natalie Westhaus auf der Rückseite eines der Abzüge ein verblasstes Kürzel entdeckt, geschrieben mit Bleistift. Mit einer starken Lupe, einem Fadenzähler, war das Kürzel lesbar geworden: G. P. 72/374S. Im Deckel des Albums war er ebenfalls fündig geworden, dort klebte nämlich ein kleines Etikett, das »Schreibwaren Merlin Hamburg« als den Händler auswies. Zwei Ansätze, denen er gefolgt war. Tatsächlich hatte es bis in die 80er Jahre eine Schreibwarenhandlung Merlin in Hamburg gegeben. Grund genug, dort auch den Fotografen zu suchen. In den Branchenbüchern von Hamburg aus den Jahren um 1970 tauchte ein Fotostudio in der Rosenhofstraße auf, ein Günther Pokusch, der seine künstlerische Fotografie für Porträts und Familienfeste aller Art anbot. Abgeglichen mit den heutigen Adressen von Hamburger Fotografen, entdeckte Walcher einen Heiner Pokusch, der in derselben Straße ein Studio betrieb, allerdings war er ausschließlich auf Akt- und Erotikfotos spezialisiert. Auf seine Anfrage per E-Mail hatte sich Pokusch gemeldet. Tatsächlich handelte es sich um den Sohn, der das Kürzel ohne Probleme entschlüsseln konnte, denn sein Vater, so schrieb er, hatte das Herz eines Steuerbeamten besessen. Demnach verbarg sich hinter G. P. 72 das Aufnahmejahr und der 374. Auftrag eines Selbstabholers.

Damit wäre es dann normalerweise erledigt, denn bei Selbstabholern habe der Vater normalerweise keine Adresse vermerkt. In diesem Fall aber lagerte in dem umfangreichen Archiv des Vaters eine Fototasche unter demselben Kürzel, in dem die Negative steckten. Bei besonderen Aufnahmen bat der Vater um Erlaubnis, für Eigenwerbung ein Bild zu nutzen, und schrieb dann auch die Adresse auf. Demnach gehörten die Aufnahmen einer Henriette Bonnefeld, wohnhaft in einer Randgemeinde Hamburgs, Neu Wulmstorf, im Lönsweg. Eine Hausnummer stünde leider nicht dabei, schrieb Heiner Pokusch, und bot an, Walcher die Negative zu senden, wenn er einen berechtigten Anspruch geltend machen könne.

Henriette Bonnefeld, die Mutter, die Schwester oder eine Tante von Bonnefeld? Und in welchem Verwandtschaftsverhältnis stand Frau Bonnefeld zu Natalie Westhaus? Mutter, Tante, Ziehmutter? Walcher verfluchte Kommissar Brunner, dem es ohne Probleme möglich gewesen wäre, im Einwohnermeldeamt von Hamburg diese Fragen zu klären. Für ihn als Journalisten war es zwar nicht unmöglich, aber es würde Wochen dauern, bis er eine Antwort auf solch eine Anfrage bekam, und dann vermutlich mit dem Hinweis, dass eine Suche in den damaligen Archiven aus personellen Gründen nicht möglich sei, weil es eine elektronische Datenerfassung erst ab dem Jahr 2000 gäbe … Wenn überhaupt. Manchmal bekam man keine Antwort, weil der betreffende Sachbearbeiter derartige Anfragen als Störfaktoren seines Arbeitsfriedens betrachtete und den Brief in den Schredder steckte. Auf eine E-Mail erhielt man ohnehin keine Antwort. Die Realität in der deutschen Verwaltungswelt entsprach meist nicht der Eigenwerbung der Städte, die in glühenden Farben Bürgernähe anpriesen.

Explosiv

Für größere Meetings traf man sich im Jagdschlösschen des Marquis de Griscal, verkehrsgünstig am östlichen Ende des Forêt Domaniale de Notre-Dame, nahe dem Flughafen Orly, gelegen. Der Urenkel des Markgrafen erfreute sich eines soliden Erbes, das neben blauem Blut auch solch profane Güter wie ein solides Aktienpaket, einige Wohnhäuser in Paris und eben auch jenes Jagdschlösschen umfasste. Letzteres hatte er als Konferenz-Center ausbauen lassen. Dort war man unter sich, wenn es das eine oder andere zu besprechen galt. Schließlich musste sich bereits der Urgroßvater mit aufsässigen Anrainern auseinandersetzen, als er 1876, im eigenen Park wohlgemerkt, eine kleine Treibjagd veranstalten wollte. Die glorreichen Jahrhunderte, in denen der Adel leben konnte, wie es ihm beliebte, gehörten – offiziell und in den Köpfen von Romantikern – endgültig der Vergangenheit an, jedenfalls in den meisten demokratisch regierten Ländern. Im Rest der Welt, also in der Mehrzahl der Nationen, hatte die Rolle des Adels längst gemeinsam mit der Politik das Kapital übernommen.

Nicht dass sich Bonnefeld der falschen Seite zugehörig fühlte oder gar revolutionäres Gedankengut über Gleichheit oder Brüderlichkeit mit sich herumschleppte, aber immerhin hatte er noch einiges vor sich, bis es für ein Jagdschloss reichte.

Besitzneid als Triebfeder, das hatte er sich längst eingestanden. Irritiert hatte ihn bei diesem Treffen bestenfalls, dass kein großes Meeting stattfand und die Amis trotzdem das Jagdschloss reserviert hatten.

Leicester, der Geschäftsführer von Interfoodic, und sein Wachhund Petersen, der immer noch als Sekretär vorgestellt wurde, obwohl der gesamte Club wusste, dass es sich bei dem öligen Typen um seinen Bodyguard handelte, hatten zum Gespräch gebeten, ohne einen Grund anzugeben, allerdings mit höchster Dringlichkeitsstufe. Bonnefeld, in der weltweiten Hierarchie in etwa mit einem Landeschef vergleichbar, war also angereist, und das trotz einer ganzen Reihe von Problemen, die sich aufzuschaukeln begannen.

Er kam aus Berlin, wo er noch ein deutliches Gespräch mit seinem Büroleiter Hollbring führen musste. Ein Leck im System. In Unternehmen wie dem ihren ein ebenso unverzeihlicher wie gefährlicher Fehler. Allerdings konnte das nicht der Grund für das Treffen mit Leicester sein, denn noch wusste nicht einmal der Berliner Zweigstellenleiter, woher die Kopie seines Code-Schlüssels stammen könnte. Hollbring, ein Fehlgriff? Allein schon die Tatsache, dass ein Externer sich an seinem Rechner bedient haben könnte, betrachtete Bonnefeld nicht als vertrauenfördernd. Aber gute Leute, die auch noch jenes Quantum krimineller Energie besaßen, waren selten. Die meisten wollten nur mit möglichst wenig Aufwand möglichst viel verdienen. Bonnefeld verwarf seine Gedanken, ohnehin hatte er sich bereits auf dem Flug damit beschäftigt und einen präzisen Maßnahmenplan aufgestellt. Petersen begrüßte ihn am Portal, das wunderte Bonnefeld, denn das konnte nur bedeuten, dass kein Personal im Schloss war. Dass er mit seiner Vermutung richtiglag, bestätigte Leicester, der im kleinen Salon saß und statt eines frischen Kaffees auf eine monströse metallene Thermoskanne deutete.

»Sorry, aber diese Woche war hier eigentlich eine Reparatur vorgesehen.«

Bonnefeld nickte und setzte sich seitlich von Leicester, der wie üblich den Platz vor dem hellen Fenster gewählt hatte. Bonnefeld konnte ein leichtes Schmunzeln nicht unterdrücken. Leicester verhielt sich bei jedem Gespräch so, als wäre es ein Verhör und er immer noch bei der CIA, und dazu gehörte es nun einmal, mit einer starken Lichtquelle im Rücken das Gesicht des Delinquenten auszuleuchten, sein eigenes aber im Schatten zu halten.

»Du hattest einen guten Flug?«

Bonnefeld nickte und beantwortete auch gleich die nächste Frage, mit der Leicester jedes Gespräch begann, so wie er es für eine vertrauenschaffende Aufwärmphase gelernt hatte.

»In der Familie alles in Ordnung?«

Bonnefeld tippte mit dem Zeigefinger auf sein linkes Handgelenk, dort, wo unter dem Jackett die Uhr saß: »Ich habe den Rückflug um 17 Uhr gebucht, also komm bitte zur Sache.«

Leicester stöhnte und breitete die Hände aus, als wollte er Bonnefeld segnen. »Die jungen Leute, immer in Eile.«

Obwohl um einiges jünger als Bonnefeld, konnte er sich solchen Schwachsinn erlauben – er war der Boss, und er kostete diesen Umstand jedes Mal aus, wenn er mit Bonnefeld zusammentraf. Er hatte auch noch nie versucht, seine Aversion gegen Bonnefeld zu verbergen. Sie hatten miteinander zu tun, weil es das Geschäft erforderte und weil sie Respekt füreinander empfanden, nicht, weil sie sich mochten. Der Stachel saß tief, und das würde sich niemals ändern. Leicester war zwei Köpfe kleiner als Bonnefeld, inklusive seiner raffiniert gefertigten Plateausohlen. Was das Aussehen betraf, so lagen ebenfalls Welten zwischen dem wabbeligen Brillengesicht Leicesters und Bonnefelds markanten Zügen. Nach diesem Eindruck kam niemanden mehr in den Sinn, auch noch den Körperbau vergleichen zu wollen. Bonnefeld war athletisch, während Leicester einem Kartoffelsack glich. Obgleich diese Unterschiede nie formuliert worden waren, hatten sich derlei Makel tief in Leicesters Bewusstsein gegraben, und deshalb bereitete es ihm durchaus ein Gefühl der Befriedigung, Bonnefeld auf dem Weg zum Absturz zu sehen.

»Wir möchten dir bei deinen Problemen gerne helfen ...« Leicester hatte lange an dieser Eröffnung gefeilt, und es war ihm anzusehen, dass er sie für genial hielt. Gerne hätte er noch angefügt, dass es ja letztlich die eigenen Probleme seien und die Gruppe füreinander einstünde, aber Bonnefeld unterbrach ihn.

»Was du als Probleme bezeichnest, betrachte ich als ganz normales Tagesgeschäft.«

Das saß zwar, aber Leicester hätte es nicht an die Spitze einer solch mächtigen Interessengemeinschaft gebracht, hätte ihn dies irritiert. »Fünf Tote, darunter dein Pressesprecher, ein bekannter Kämpfer für natürliches Leben, ein Fotograf, ein geistig Behinderter ... und deine ... deine Gespielin. Also ... Das bezeichne ich durchaus als ein Problem.« Leicester hatte »Gespielin« gedehnt, als ob er die Ausdauer seiner Lungenflügel habe testen wollen. »Oder habe ich ein paar Leichen vergessen?«, fügte er an und lehnte sich zurück, sichtlich mit sich zufrieden.

Bonnefeld fragte sich nicht zum ersten Mal, welche besonderen Fähigkeiten diesen Fettsack an die Spitze einer Weltagentur geschwemmt hatten. Er hob leicht verzögert sein linkes Augenlid. »Seit wann bezeichnen wir solche Kollateralschäden als Problem?«

»Über deine ›Kollateralschäden‹ flüstern eine ganze Reihe unserer Freunde, und zwar nicht nur in deinem Deutschland. Du kennst unsere Strategie, die Zeit der Muskelspiele ist vorüber, wir brauchen diplomatische Lösungen.«

Bonnefeld wäre Leicester am liebsten an die Gurgel gegangen, aber für dessen fetten Hals hätten vermutlich nicht einmal seine langen Finger gereicht. Wieder zog er als einzig sichtbare Körperreaktion – Leicester achtete auf die kleinsten Signale, das wusste er – sein linkes Lid in die Höhe. »Ich kenne natürlich deine Quellen nicht, aber du solltest daran arbeiten. Du weißt, wir haben in Deutschland die Anbauflächen verdreifacht, dito die Versuchsflächen. Sämtliche politischen Eingaben, Anfragen und dergleichen wurden qualifiziert abgehandelt. In der EU bewegen wir uns kontinuierlich auf der Siegerstraße, Kennzeichnungspflicht, Zulassungen etc.; wir sind in jedem einzelnen unserer Strategiepunkte absolut im grünen Bereich, bei uns ist die Welt in Ordnung. Was man von der Neuen Welt nicht gerade behaupten kann. Komm mir also nicht mit Problemen.« Bonnefeld tippte, wie zu Beginn des Gesprächs, wieder auf sein linkes Handgelenk. »Mein Flieger, hast du noch etwas Wichtiges?«

Leicester nickte. »Unsere Einschätzung ist eine andere, eine völlig andere. Sonst hätte ich nicht den weiten Weg gemacht, das kannst du mir glauben. Nein«, wehrte er Bonnefelds Einwand ab, »du hörst mir jetzt zu.«

Bonnefeld wollte dennoch etwas erwidern, aber Petersen, der wie ein Geist aus dem Hintergrund zwischen die Sitzgruppe geschwebt war und nun gegenüber Bonnefeld stand, schüttelte nur leicht mit dem Kopf. Das nächste Mal, nahm sich Bonnefeld vor, würde er auch mit solch einem Mafiosi aufkreuzen. Die Präsenz eines solchen »Sekretärs« blieb nämlich selbst bei ihm nicht ohne Wirkung.

Kontrollgang

Erbte er wirklich Schonauers Hof? Einen prächtigen Hof, mit Stall und Land und allem Drumherum. Vermutlich sogar mit Kühen und der Alpe, wenn sie nicht nur gepachtet war, sondern auch zu Schonauers Besitz gehörte. Unglaublich, so etwas gab es eigentlich nur in Märchen. Natürlich hatte er sich seit Ellis Tod hie und da mit dem Gedanken beschäftigt. Was würde er machen, wenn ihr letzter Wille erfüllt würde? Den Hof betreiben, Kühe melken und Kräuter züchten? In den Familien von Elli, Schonauer und der von Rufus, dem Knecht, nach Erben suchen, die eine größere Berechtigung hätten als er? Eine Stiftung gründen, für Menschen, die es aus dem Leben gekickt hatte, noch bevor sie damit begonnen hatten? Es gab ja genug, die Unterstützung verdient hätten.

Oder würde er nur der Verwalter von Noras Erbe werden?

Mit solchen Gedanken war Walcher zu Schonauers Hof gefahren, vor allem, um nach dem Rechten zu sehen, wie er sich einredete. Kaum hatte er unter dem Walnussbaum geparkt, bedauerte er, die Hunde nicht mitgenommen zu haben.

War es die Erinnerung an die schrecklichen Bilder, oder war er einfach sensibel? Als er in Richtung Haustür ging, stellten sich seine Nackenhärchen auf, und sein Puls legte einen Takt zu. Dabei gab es noch keinen Grund dafür. Erst kurz vor der Haustür bemerkte er, dass die Tür nicht verschlossen war, sondern einen Spaltbreit offen stand.

War die Polizei noch einmal da gewesen, oder besaß sonst noch jemand einen Schlüssel fürs Haus? Walcher trat zögernd auf die Türschwelle und drückte langsam gegen das wetterraue Holz. Er unterließ das blödsinnige Hallo und horchte nur gespannt in den Hausflur hinein. Nicht nach Ellis Erbrochenem, wie er erwartet hatte, sondern nach Heu und Kräutern roch es aus dem Haus, angenehm frisch. Trotzdem knisterte es in Walchers Kopf. Wieso stand die Haustür offen? Nach einem Schritt in den Flur ahnte er es. Die drei Schubladen der Kommode im Flur waren herausgezogen und lagen, zusammen mit ihrem Inhalt, auf dem Boden.

Gefaltete Papiertüten, Tragetaschen, zwei Kartenspiele, Zündhölzer, Kerzen, Wander- und Straßenkarten, einige Telefonbücher, Arbeitshandschuhe, ein Buch über Pilze ... Lauter Dinge, die aus unerklärlichen Gründen in Schubladen Asyl fanden und selbst bei einem Großputz nicht entsorgt wurden.

Nach einer polizeilichen Durchsuchung sah das jedenfalls nicht aus. Walcher lauschte intensiv in das Haus hinein und näherte sich dem Raum vor der Küche, links vom Flur, in der Elli auf dem Sofa gelegen hatte. Die Tür zu dem Raum, eine Art Ess- und Wohnzimmer mit Zugang zur Küche, stand offen. Als er ins Zimmer trat, knisterte es immer noch in seinem Kopf, obwohl er kein Geräusch gehört hatte und vermutlich allein im Haus war. Wie im Flur war auch hier alles durchsucht worden, und zwar mit der Feinfühligkeit eines Berserkers. Alles, aber auch wirklich alles, was sich im Schrank, in der Anrichte und auf dem schmalen Regal zwischen dem alten Kachelofen und der Küchentür befunden hatte, lag in einem wilden Durcheinander auf dem Boden. Selbst die Polster der beiden Armlehnenstühle waren aufgeschlitzt und aus den Stuhlgerüsten gerissen worden. Vasen und andere Gefäße aus Porzellan lagen in Scherben vor dem Kachelofen, vermutlich hatte sie jemand an die Kacheln geworfen, entweder um den Inhalt zu kontrollieren oder aus Zerstörungswut, weil sich nichts darin befand. Tabula rasa, hier war kein Feingeist am Werk gewesen, das stand fest. Walcher stellte sich überhaupt nicht die Frage, wer für diese Sauerei verantwortlich sein könnte. Es war klar, dass nur Eufoodic und mithin Bonnefeld dafür verantwortlich war. Koenig hatte mit Schonauer Kontakt, also hätte er auch Schonauer sein Manuskript übergeben können. In Schonauer einen Verbündeten zu suchen, schien er ja vorgehabt zu haben. Spuren! Das Haus, der Hof musste nach Spuren durchsucht werden, vielleicht hatten die Einbrecher ja irgendetwas hinterlassen. Und sei es nur eine Kippe im Hof oder ein Haar oder sonst etwas. Auch auf der Nachbaralpe hatten sie Spuren zurückgelassen. Warum sollten sie hier vorsichtiger gewesen sein. Vermutlich handelte es sich um dieselben Leute. Walcher streckte den Kopf in die angrenzende Küche, sah dabei aber gleichzeitig auf das Handy, um die gespeicherte Nummer der Polizei zu wählen. Vielleicht sollte er die Polizeidienststellen im Kreis unter APO und mit den Autokennzeichen der Städte speichern, dann stünden sie im Telefonverzeichnis ganz vorne, überlegte er, als er eine Bewegung rechts von sich wahrnahm. Dann spürte er nur noch einen dumpfen Schlag.

Zunge in Gemüsebrühe

Von zwei Seiten schlabberten Zungen über sein Gesicht, und Walchers erster Gedanke war, dass er mit Mathilde über das Rezept sprechen sollte, denn ein vergammelter Spüllumpen hatte darin nichts zu suchen. Es dauerte dann einige Sekunden, bis er erkannte, dass die Zungen nichts mit Mathildes Rezept zu tun hatten. Da richtete er sich auf und drückte die Schnauzen von Rolli und Nora weg. »Hundeatem verrät, was du ihnen fütterst«, erinnerte er sich an einen Satz in seinem schlauen Hundebuch. Vielleicht sollte er es mit einem anderen Hundefutter versuchen, denn sowohl aus Rollis als auch Noras Maul grüßte der Odem eines Mülleimers, der einige Tage in der Sonne gestanden hatte. Dazu kamen grässliche Kopfschmerzen und die Frage, warum ihn Mathilde und Irmi anglotzen, als habe er etwas Schreckliches verbrochen.

»Was starrt ihr mich so an?«, stöhnte Walcher und tastete gleichzeitig seine rechte Kopfhälfte ab. Er unterließ den Versuch, die Verdickung weiter zu untersuchen, offensichtlich hatte er einen ordentlichen Schlag auf den Schädel kassiert.

»Lass mich mal«, befahl Mathilde und drehte Walchers Kopf etwas ins Licht der Küchenlampe. Küchenlampe? Wenn die brannte, dann musste es bereits dunkel sein.

»Wie spät ist es?«, wollte er denn auch wissen, erntete von Mathilde aber nur ein »Pssssst!«.

Gut, dass Irmi noch etwas Respekt vor ihm besaß und auf ihr Handy sah.

»Kurz nach 20 Uhr.«

»Dann muss ich etwa zwei Stunden geschlafen haben«, stellte Walcher fest und befreite sich unwirsch aus Mathildes heilenden Händen. »Ruft mal jemand die Polizei an, hier ist nämlich eingebrochen worden«, stellte Walcher fest und deutete auf das Chaos, an das er sich erinnerte und das sich auch in der Küche fortsetzte. Mühsam kam er hoch, und schon überkam ihn eine Schmerzwelle, die es in sich hatte.

»Gehirnerschütterung«, nickte Mathilde, »du solltest das ansehen lassen und dann ins Bett und ordentlich ausschlafen.«

Walcher widersprach nicht, dazu fühlte er sich viel zu elend. Trotzdem wollte er wissen, was Mathilde unter »ansehen« verstand.

»Schädelverletzung«, gab sie kurz zur Antwort und fügte aber hinzu, als sie Walchers fragenden Blick mitbekam, »wenn der Knochen verletzt ist, sollten wir einen Mediziner ranlassen. Wer weiß, womit du eins draufgekriegt hast.«

Walcher nickte, wartete geduldig, bis ein Streifenwagen eintraf und er den Polizisten die Situation schildern konnte. »Es wäre sinnvoll, wenn sich die Spurensicherung hier umsehen würde«, endete er und bat Mathilde, ihn ins Krankenhaus zu fahren, denn nicht nur sein Magen rebellierte, sondern auch der Blick in die Welt nahm an Unschärfe zu. Walcher setzte sich und hoffte, möglichst bald wieder liegen zu können.

In diesem Moment trafen die Sanitäter ein, die Irmi bei ihrem Anruf gleich mit angefordert hatte. Geradezu dankbar ließ sich Walcher von ihnen in den Sanka führen und widerstandslos auf eine Trage schnallen. Dann schreckte er aber doch noch hoch und winkte einen der Polizisten zu sich, auch Mathilde und Irmi rief er. Offenbar funktionierte sein Kopf, und darin war die Vision aufgetaucht, dass dieselben Barbaren gerade ihren Hof durchsuchten. Das leuchtete den Polizisten zwar nicht ein, sie kannten schließlich die Zusammenhänge nicht, aber Mathilde und Irmi nickten und rannten mit den Hunden zum Auto.

So kam es, dass alle gleichzeitig von Schonauers Hof starteten. Walcher mit Blaulicht im Sanka in Richtung Krankenhaus, die Polizei mit Blaulicht zum Walcher-Hof, gefolgt von Mathilde und Irmi als Nachhut.

Eine halbe Stunde später, Walchers Kopf war gerade untersucht und geröntgt worden, erhielt er den erwarteten Anruf, dass nämlich auf dem Hof alles in Ordnung war. Niemand hatte versucht einzubrechen, berichtete Irmi und vermutete, dass Bärendreck mögliche Einbrecher verscheucht hatte, denn der lag vor der Haustür auf der

Hausbank, groß wie ein Löwe, jedenfalls was sein Gestanksvolumen betraf.

Walcher konnte schon wieder schmunzeln, denn auch die Ärzte hatten die gute Nachricht, dass es sich bei ihm nur um eine schwere Gehirnerschütterung handelte. Er könnte abgeholt werden, bat er Irmi Mathilde auszurichten, denn er sehnte sich nach zu Hause, seinem Bett und der Ruhe dort. Immerhin hatte er im vergangenen Winter drei Wochen in einem der Krankenzimmer dieser Klinik verbracht, und das reichte erst einmal für ein paar Jahre.

Bergkonferenz

Walcher verschob seinen Plan, am folgenden Tag Johannes und Magdalena auf ihrer Ziegenalm im Safiental zu besuchen, und hörte auf Mathildes Rat, sich wenigstens zwei Tage ins Bett zu legen und so viel wie möglich zu schlafen. Es sprach nichts dagegen, denn aus Bonnefelds Büro war eine E-Mail eingetroffen, die zwar durchaus doppeldeutig ausgelegt werden konnte, in jedem Fall aber Zeit verschaffte: Sie hatten einen Unfall, deshalb kommt Ihnen Herr Bonnefeld entgegen. Erneutes Treffen in einer Woche. Die genauen Daten übermitteln wir Ihnen. Beat Kungus, Sekretariat Eufoodic Germany, Berlin

Walcher wunderte sich zwar über Bonnefelds plötzliche Großzügigkeit, fand aber keine Antwort. Vielleicht lag das aber auch nur an seinem lädierten Denkapparat. Er hielt sich deshalb an seine Krankenschwester und stand erst nach zwei Nächten und einem durchgeschlafenen Tag auf, verzichtete allerdings auf den Waldlauf. Er fühlte sich gut, auch wenn ihm noch etwas der Kopf brummte. Nach dem Frühstück verabschiedete er sich von Mathilde und startete in

Richtung Schweiz. Im Bett hatten sich seine Gedanken ausschließlich um die Bedrohung durch Eufoodic gedreht, und das trieb ihn an. Er konnte es auch nicht lassen, wenigstens ein bisschen am PC zu arbeiten, und war über den Umweg des befreundeten Adressenhändlers an Bonnefelds Anschrift gekommen. Deshalb machte er einen Umweg über Chur und gab dort im Postamt ein Päckchen auf. »Weichkochen«, »Zähne zeigen«, »Primat des Handelns«, wie auch immer er diese Aktion bezeichnete; auf jeden Fall würde sie Bonnefeld verunsichern. In dem Päckchen, das an Bonnefelds Privatadresse adressiert war, wieder in der nachgemachten Handschrift von Natalie Westhaus, lag nur eine Flasche Desinfektionsmittel und der Ausdruck der Werbebotschaft des Herstellers. Darin wurde besonders darauf hingewiesen, dass mit diesem Desinfektionsmittel auch ein hoher Grad an Sterilisation erreicht würde, bis hin zur Zerstörung von Viren, Prionen, Plasmiden und anderen DNA-Fragmenten. Die hundertprozentige Hand-, Haut- und Flächendesinfektion wurde angepriesen. Bonnefeld würde den Hinweis verstehen, war doch die Spurenbeseitigung bei einem Verbrechen oberstes Gebot. Vielleicht verunsicherte ihn ja Natalies Handschrift, vielleicht steckte in dem knallharten Manager ein abergläubischer Kern …

Erst ab Chur, so als habe er damit schon einen wesentlichen Teil seines Ausflugs erledigt, begann Walcher, die Fahrt durch die Berglandschaft der Schweiz zu genießen, soweit das die enorme Verkehrsdichte zuließ. In jedem Fall zwang die Geschwindigkeitsbegrenzung auf Schweizer Straßen schon mal zu einer wohltuend entspannten Fahrweise. Jedes Mal wenn er Deutschlands Straßen verließ, fragte er sich, wann endlich auch dort der Raser-Wahnsinn ein Ende hatte. Selbst bei den stolzen Rennfahrern Italiens hatte die Begrenzung etwas gebracht, und durch die Schweiz zu fahren, kam geradezu einer Therapiestunde gleich.

Spätestens ab Thusis fühlte sich Walcher in die gute alte Zeit zurückversetzt, in der noch nicht jeder mit dem eigenen Auto unterwegs war. Nachdem er von der Bundesstraße ins Safiental abgebogen war, wurden Begegnungen mit anderen Fahrzeugen seltener, jedenfalls an diesem Donnerstag.

Walcher fuhr am Safien-Platz vorbei hinauf auf die Camaner Alp bis kurz vor dem Berghof, in dem sein Freund Johannes mit Magdalena, ihrem Hund und einer inzwischen vermutlich gewachsenen Ziegenherde ein beneidenswertes Leben führte. Die Kulisse war gewaltig. Rundherum türmten sich Spitzen, Zacken und Grate zu einem faszinierenden Chaos, auf dem sich Wolken ausruhen konnten. Die Ziegenalp befand sich auf etwa 1700 Metern, beschützt von den Dreitausendern Graubündens.

Wenn Walcher auf die Ziegenalp kam, öffneten sich einige Fenster der Erinnerungen, aber meist kam er nicht weit, die Gegenwart schob sich davor. Diesmal in Form eines Berner Sennenhundes namens Suser, der ihn wohl erkannt hatte und ihm freudig entgegensprang, kaum dass Walcher aus dem Auto gestiegen war. Johannes und Magdalena liefen ihm auch entgegen und drückten den seltenen Besucher. Die beiden hätten ein gutes Bild auf einem Fremdenverkehrsprospekt abgegeben: wettergegerbte Haut, herzliches Lachen, vitale Ausstrahlung, urige Arbeitskleidung.

Sie hatten ihn erwartet und sich den Nachmittag bis zum Abendmelken freigenommen, denn bei aller Freiheit ihrer Lebensform bestimmten die Tiere den Tagesrhythmus, und zwar erbarmungslos das ganze Jahr hindurch.

Schon während der Vesper, die im Wesentlichen aus Produkten eigener Erzeugung bestand, wie Milch, Käse und Ziegensalami, beschrieb Walcher seine Situation, für deren sinnvolles und befriedigendes Finale er in Johannes einen abgeklärten Ratgeber suchte.

Immerhin hatte man eine ganze Reihe von Recherchen gemeinsam durchgestanden, auch kannte Johannes den Hof und das Allgäu und hatte selbst als Journalist sein Brot verdient, bevor er Magdalena kennengelernt hatte.

Es war aber dann nicht Johannes, der ein brillantes Drehbuch entwickelte, sondern Magdalena.

»Du solltest«, begann sie und verbesserte sich nach einem Seitenblick zu Johannes, »ihr solltet das nicht allein versuchen. Ich habe einen alten Bekannten, über den ich sogar erst vergangene Woche etwas gelesen habe. Wenn das klappt, dann bräuchte ich mir auch nicht so große Sorgen um euch zu machen. Ich seh's dir ja an«, meinte sie zu Johannes, »dass du ihm helfen willst.«

Johannes nickte, anscheinend kannte er diesen alten Bekannten auch, und öffnete die Flasche Rotwein. »Mit Milch«, grinste er Walcher an, »wirst du nicht anstoßen wollen.«

»Da sind ja die beiden Richtigen zusammen«, stellte Magdalena fest, hielt aber Johannes auch ihr Glas auffordernd hin.

Nachtsitzung

So ganz sicher war sich Walcher nicht, ob sein Brummschädel von Johannes' Wein, den Gesprächen oder von der Rückfahrt stammte, er war in jedem Fall froh, wieder zu Hause zu sein. Vermutlich hatte er seine Gehirnerschütterung doch unterschätzt, aber die erhoffte Ruhe war ihm noch nicht vergönnt. Im Haus brannten noch Lichter, obwohl es bereits auf 23 Uhr zuging. Das beunruhigte Walcher zunächst, aber es war nichts geschehen, außer dass Irmi und Mathilde auf ihn gewartet hatten und sich bei dieser Gelegenheit die Fotos ihrer Berlinreise auf Irmis Laptop ansahen.

Auf dem Bildschirm war gerade das Bild eines Mauerteils zu sehen, das Irmi allerdings in der Mauergedenkstätte geschossen hatte. Mathilde deutete darauf und schüttelte den Kopf und stellte fest: »Die einzigen Mauern, die jemals einen Sinn gehabt haben, stützen Weinberge, Reisterrassen und Olivengärten.«

»Ein wunderbares Wort«, würdigte Walcher ihre Feststellung, die geradezu philosophisch anmutete, und nahm sich ein Glas von dem Rotwein, den die beiden geöffnet hatten. Er prostete ihnen zu und wollte mit den Hunden auf den Hof hinaus, wurde aber zurückgehalten. Irmi bestand darauf, zu erfahren, ob er mit Johannes einen Plan ausgeheckt hätte oder nur zum Käsekaufen gefahren wäre. Sie deutete dabei auf den handlichen Käselaib, den ihm Magdalena mitgegeben hatte. Walcher richtete erst einmal die aufgetragenen lieben Grüße aus und erklärte, dass der Käse aus Magdalenas Versuchsreihe ihrer Hartkäse stammte und etwa acht Monate gelagert habe. Wunderbar trocken sei er und würde gut zu Rotwein passen, habe sie empfohlen.

Walcher erläuterte die wesentlichen Aspekte der Aktion, die sie »Scharade« getauft hatten, ging es doch darum, die Eufoodic-Leute zu täuschen und möglichst endgültig vom Hals zu bekommen. Das ganze Unternehmen musste aber erst noch mit ein paar Helfern abgesprochen werden, vor allem mit Theresa. Denn die würde die Hauptrolle spielen. Bis alles geklärt und auch der Zeitpunkt festgelegt war, sollte jeder sehr aufmerksam sein, denn sie müssten mit weiterem Druck rechnen.

Nachdem Irmi und Mathilde in ihren Zimmern verschwanden, drehte Walcher mit den Hunden noch eine Runde ums Haus. Die kühle Nachtluft tat seinem Kopf gut und auch, dass nichts Ungewöhnliches zu erkennen war, jedenfalls nichts, was er oder die Hunde bemerkt hätten. Das Allgäu lag in tiefem Schlaf.

Vorbereitungen

Walcher hatte sich offensichtlich übernommen und war mit hämmernden Kopfschmerzen aufgewacht. Trotzdem ging er mit den Hunden in den Wald, allerdings spazierte er in ruhigem Tempo bis zum Holzlagerplatz. Dort machte er es sich auf den Stämmen gemütlich, allerdings nur, um nach der Kugel zu suchen, die man auf ihn abgefeuert hatte. Ihm war in der Nacht eingefallen, dass es gut wäre, das Projektil als Beweis zu sichern, bevor die Stämme abtransportiert wurden.

Obwohl er sich noch ziemlich genau an seinen Standort erinnerte, als ihn die Kugel streifte, und auch das Klatschen der einschlagenden Kugel noch im Ohr hatte, schien es unmöglich, die Stelle in den Baumstämmen dahinter zu finden. Ein winziges Loch in rauer Fichtenrinde in einem Berg aufgestapelter Stämme, da bräuchte er Stunden, wenn nicht Tage … oder einen Metalldetektor.

Metalldetektor, das war das Schlüsselwort! Im Stall musste noch das Ding liegen, das er vor Jahren Irmi geschenkt hatte. In weiblichen Genen schien diese Form der Schatzsuche allerdings nicht vorgesehen, denn Irmi hatte das Gerät sehr schnell als blödsinnigen Bubenkram abgetan, und da half es auch nicht, dass er einige Münzen und einen Ring im Garten vergraben hatte. Irmi durchschaute das Spiel, sie wusste, dass alte Münzen und Ringe verrostet sein mussten, und wenn gültige Zahlungsmittel ausgerechnet in Walchers Garten lagen, konnte das nur bedeuten, dass die Beete umgegraben werden sollten.

Das Gerät funktionierte noch, nachdem Walcher es mit einem Satz frischer Batterien ausgestattet hatte. Die Tests mit einer Schraube, einem Nagel und mit einem Messingring stimmten ihn positiv. Hoffentlich begegnete er keinem Förster, denn der Lagerplatz der Stämme lag weit hinter seinem schmalen Waldstreifen, und Schatzsucher in Wäldern wurden Wilddieben gleichgesetzt. Schon Mathilde hatte ihn fragend gemustert, als sie mit dem Eierkorb aus dem Hühnerstall kam und sich ihre Wege auf dem Hof kreuzten. Sie hatte aber nichts gesagt.

Auf dem Weg zum Lagerplatz schaltete Walcher das Gerät ein und konnte Schatzsucher gut verstehen. Eine andere Art von Jagdfieber durchströmte ihn, und als das Ding laut knatterte wie ein Geigerzähler, stocherte er mit dem Schraubenzieher im Waldweg und förderte tatsächlich ein Stück Metall zutage. Nun, jeder Schatzsucher hatte vermutlich klein angefangen, weshalb er sich durch das Stück Eisenscharnier aus der Jetztzeit nicht entmutigen ließ. Trotzdem schaltete Walcher das Gerät aus, bis er bei den Stämmen angekommen war – er hatte sich an den immensen Energiebedarf des Detektors erinnert.

Keine zehn Minuten später hatte er das Projektil aus dem Stamm gepult, ein Vollmantelgeschoss, wie es hauptsächlich das Militär verwendet, Kaliber so um die fünf oder sechs Millimeter. Damit gingen normalerweise keine Jäger auf die Jagd, also war es kein Zufall. Walcher überlegte, ob er mit dem Metalldetektor nach der Patronenhülse suchen sollte, am Standort des Schützen, der sich oben am Hang befinden musste. Ein vermutlich nutzloses Unterfangen, Profis ließen nicht solche Visitenkarten zurück, und dass der Schütze mit dem Gewehr umgehen konnte, bewies der Streifschuss. Andererseits, wieso versteifte er sich darauf, dass es sich nur um einen gezielten Streifschuss gehandelt hatte? Vielleicht hatte ihn der Schütze umlegen sollen und nur vorbeigeschossen. Was sprach gegen diese Theorie? Eigentlich ebenso wenig wie für den gezielten Streifschuss. Bonnefeld ließ ihn einfach abknallen und konnte dann in aller Ruhe nach Koenigs Unterlagen suchen. So oder so, das Projektil in seiner

Tasche war nur nützlich, wenn man das Gewehr fand, dessen Lauf Spuren hinterlassen hatte.

Das laute Gebell der Hunde schreckte Walcher aus seinen Gedanken, und beinahe unbewusst drückte er sich an den nächsten Fichtenstamm. Vielleicht sollte ja die zweite seiner Theorien umgesetzt werden.

Auch wenn sich die Hunde wieder beruhigten, die Freude am Waldspaziergang war erst einmal stark gemindert. Überhaupt trübte die latent vorhandene Bedrohung seine Lebenslust. Da war auch die kleine Kraftreserve, die er am vergangenen Tag bei Johannes und Magdalena getankt hatte, rasch verbraucht.

Ein bisschen Stimmung kam dann doch wieder auf, als Walcher später die E-Mail von Naurich las.

Hallo mein Freund, Hase und Igel lieferten sich ihren Wettlauf auf einem Kohlfeld, nicht auf einem Rübenacker. Der Igel rief auch nicht »Ich bin schon da«, sondern »Bin im Druck«. Der Chronist meint, dass an diesem Druck wohl das Sauerkraut der Tante schuld war.

Aiken geht es gut, sie baut ebenfalls Druck auf. Bis zum Fest, Naurich

Naurich lag offenbar in seinem Zeitplan. Jetzt musste er noch mit Theresa die Details durchsprechen, vorausgesetzt, sie hatte es sich nicht anders überlegt. Blieb noch Brunner, wie ging er mit dem Kommissar um? Sollte er ihn einweihen? Walcher beschloss, Dr. Kantler zu informieren.

Gnadenlos

»Spaß macht nur, hinter der Kanone zu stehen« war auch so ein Leitsatz von Bonnefeld. Seit dem Gespräch mit Leicester in Paris und den Ereignissen der jüngsten Zeit war er sich nicht mehr so ganz sicher, ob er noch hinter oder schon vor der Kanone stand. Dass er im Allgäu von einem dilettantischen Möchtegerndetektiv beschattet wurde, hatte er erst Walcher zugeschrieben, ebenso wie die Wanzen und auch das Päckchen mit der Asche. Stammte von ihm auch das Desinfektionsmittel? Irgendwie traute er Walcher so was nicht zu, und es passte eigentlich auch nicht zur Vorgehensweise eines Journalisten. Leicester? Hatte der seine Finger im Spiel? Oder hatte Natalie dem Journalisten eine Spur gelegt, um dann im erhofften Chaos untertauchen zu können? Dass sich dieses Dreckstück auf dem Absprung befand, war ihm seit einem halben Jahr klar gewesen, und ein Journalist bot die Chance der Öffentlichkeit. Wer ihm die Asche und das Desinfektionsmittel geschickt hat, musste in jedem Fall einen Verdacht haben. Hatte er irgendetwas übersehen? Der Transport, der Brand, es gab da einige Möglichkeiten, die man nie so ganz im Griff hatte. Aber es musste jemand sein, der einzelne Teilchen in einen Kontext bringen, der einen Zusammenhang herstellen konnte, und dazu bedurfte es einer verdammt guten Kenntnis seiner Lebensumstände ... Und über die verfügte eigentlich nur Leicester. Kein angenehmer Gedanke. Er musste die Sache abschließen. Das Buch war gestoppt, jetzt musste nur noch dieser aufsässige Journalist aufgehalten werden. Der Weg über die Kripo funktionierte ja offensichtlich nicht.

Bonnefeld wuchtete sich aus dem niedrigen Sessel und trank im Stehen den letzten Schluck aus dem schweren Whisky-Tumbler. Ein Armorik Single Malt aus der Bretagne. Ein beachtenswertes Destillat. Nach seiner Trainingseinheit würde er sich noch einen gönnen, nahm er sich vor und drehte sich zur Tür. Kurz zögerte er, in Gedanken sah er immer noch den wunderschönen Teppich vor sich. Er sollte sich nach einem Ersatz umsehen.

Schon auf der Treppe nach unten, rief ihn das Handy zurück, das noch im Zimmer lag. Hollbring. Er hörte sich an, als ob ihn Schmerzen quälten. Der IT-Spezialist hatte alle Computer durchleuchtet und festgestellt, dass die Netzwerkdatei samt Schlüssel genau an jenem Montag kopiert wurde, an dem auch Bonnefeld überraschend in Berlin gewesen war.

Bonnefeld brach wortlos die Verbindung ab und tappte langsam die Treppe nach unten. Hollbring. Ohne Rückendeckung von Leicester würde sich diese kleine Ratte niemals erlauben, einen derartig obszönen Verdacht auszusprechen. Die Zeit für ein zurückhaltendes oder gar gnädiges Vorgehen war verstrichen, es ging allmählich um das eigene Überleben.

Die Falle

Sehr bedauerlich empfand es Walcher, in Berlin nicht dabei zu sein, wenn Naurich den wohl bedeutendsten Buchtitel seines Klein-Verlages der Öffentlichkeit vorstellte. Aber die Termine überschnitten sich.

Einen Tag vor dem Termin mit Bonnefeld fuhr Johannes mit der Schweizer Mannschaft auf den Hof.

»Magdalena«, richtete er von ihr aus, »wäre gerne mit von der Partie, aber dann hätte sie die Ziegen mitbringen müssen.«

Johannes zu umarmen, tat Walcher gut. Etwas gewöhnungsbedürftig erschienen dagegen die fünf jungen Männer, die er mitgebracht hatte. Walcher fiel nur ein Begriff dazu ein: Milchbubis. Johannes freute sich sichtlich über Walchers Miene und stellte fest, ihm wäre es ähnlich gegangen, aber er sollte sich überraschen lassen.

Die fünf Jungs stellten sich wohlerzogen höflich vor und wirkten dabei wie klösterliche Internatszöglinge, die mit Auszeichnungen und Segenswünschen der Schulleitung ihre Schule gerade mal vor einer Woche hinter sich gelassen hatten. Dabei erweckten sie den Eindruck, als würden sie sich sehnsüchtig die klösterliche Sicherheit zurückwünschen. Das waren also die Bodyguards, die Kommissar Brunner und seine Polizisten überflüssig machen sollten? Walcher war kurz davor, die ganze Sache abzublasen. Das Risiko, dass Theresa oder jemand anderem etwas geschah, schien einfach zu hoch angesichts dieser Pfadfindertruppe. Aber Johannes nahm ihn zur Seite und beschrieb kurz, was die Jungs bisher schon alles auf die Beine gestellt hätten. Ihnen war in der Schweiz regelmäßig die Sicherheit besonderer Gäste anvertraut worden, und zwar aus allen Ebenen des politischen Wanderzirkus, also musste an den Jungs etwas dran sein. Anscheinend hatte Johannes recht, denn die Gruppe hatte begonnen, Haus und Umgebung zu inspizieren und die Positionen für das technische Equipment festzulegen. Die Art und Weise, wie sie das anstellten, machte Walcher Hoffnung.

Zwei Stunden später waren in und um den Hof herum Kameras und Mikrofone postiert, die prächtige Bilder samt Ton in die Zentrale funkten, die sie im Raum über der Garage eingerichtet hatten. Danach vergruben sie im Hof alle möglichen Geräte und schickten ein Fluggerät aus weißem Styropor in den Allgäuer Himmel, das eine verblüffende Ähnlichkeit mit einer fliegenden Untertasse hatte und Johannes zu dem Ausspruch animierte: »Kein Wunder, dass die Ufologen nicht aussterben.«

Das Fluggerät hing an einem dünnen Kabel und brummte nicht lauter als ein Haarföhn. Aber auch dies minimale Geräusch, erklärte einer aus der Truppe, wäre bei seiner Arbeitshöhe von etwa 50 Metern absolut nicht mehr hörbar. Eine einfache Elektronik steuerte das Gerät und hielt es wie einen kleinen weißen Punkt am Himmel. Die Funktion des Spions war auf einem der Bildschirme in der

Zentrale zu bewundern, nämlich ein Vogelblick auf Walchers Hof, der beliebig herangezoomt werden konnte und in der Nacht auf Infrarot und Restlichtverstärkung umgestellt wurde. Bis zu einer Windstärke von 5 Beaufort, was einer frischen Brise entspricht, hielt sich der Spion am Himmel; darüber musste er eingeholt werden. Das galt auch für starken Regen, aber der war nicht zu befürchten, jedenfalls laut Wetterbericht. Dank der Stromversorgung über das Kabel konnte der raffinierte Himmelsspion praktisch unbegrenzt arbeiten.

In der Küche hielten sich Mathilde, Theresa, Helen und Irmi auf und sorgten sich um das leibliche Wohl der vielen Gäste, während Theresa von einem aus dem Team zu Natalie geschminkt wurde. Für diese Aktion waren Walcher und Mathilde kompetente Berater, denn sie waren die Einzigen, die Natalie lebend gesehen hatten.

Das Ergebnis war beeindruckend, und alle kamen, um den Lockvogel zu bewundern.

Lockvogel

Man durfte Natalie allerdings nur flüchtig gekannt haben, um sie hinter Theresas Maskierung zu erkennen. In Walcher keimten Zweifel, ob der Plan funktionieren würde.

Theresa hatte, ohne groß zu zögern, ihre Haare geopfert, sie verschwieg dabei allerdings, dass sie ohnehin vorgehabt hatte, ihr Äußeres zu verändern. Der Maskenbildner durfte deshalb einige Haare abbrennen, dort, wo der Verband den Kopf nicht verdeckte. Nach einer Stunde Arbeit ähnelte sie immer mehr einem Zombie, der einen Waldbrand überlebt hatte. Dass es in der Küche auch noch nach verbranntem Haar stank, unterstrich diesen Eindruck. Verschrumpelte Gummiblätter zierten Theresas Gesicht, und das Brandopfer konnte vorgeführt werden. Nun musste Theresa den Rest des Tages und die Nacht mit dieser Maske leben, denn die Übergabe von Koenigs CD an Bonnefeld würde erst am folgenden Vormittag gegen 10 Uhr stattfinden. Bis dahin sollte Walchers Hof wieder Normalität ausstrahlen.

So war es dann auch ab dem späten Nachmittag. Mit Getränken und belegten Broten versorgt, tauchte Johannes' Pfadfindertruppe an strategisch wichtigen Plätzen ab. Auch Johannes nahm seinen zugeteilten Platz in der Zentrale ein, als Verbindungsmann zu Walcher. Jeder auf dem Hof bekam ein winziges Mikro angesteckt und einen ebenso winzigen Lautsprecher ins Ohr.

Als Walcher dann mit den Hunden einen Spaziergang um den Hof machte, konnte er nichts Ungewöhnliches feststellen. Der Kombi der Mannschaft stand versteckt in der ehemaligen Tenneneinfahrt, Walchers Wagen im Hof vor der offenen Garage. Vielleicht scharrten die Hühner etwas eifriger als sonst im Hofsand herum, aber das würde keinem Beobachter auffallen. Und das hielt Walcher für wichtig, wenn nicht sogar lebenswichtig, denn spätestens am Abend oder in der Nacht vor der Übergabe, so vermutete er, würden Bonnefeld selbst oder seine Leute den Hof observieren.

Mathilde und er würden deshalb normale Welt spielen, wie immer am Abend die Hühner einsperren, mit den Hunden noch eine Runde drehen, allerdings angeleint, denn sonst würden sie einen Fremden, der sich zu nahe an den Hof gewagt hatte, wittern und verbellen.

Walcher würde dann den Abend im Wohnzimmer verbringen, sichtbar für alle dort am Laptop arbeiten, ein oder zwei Gläser Sherry trinken, telefonieren und gegen Mitternacht in sein Zimmer gehen. Mathilde durfte wie üblich in ihrem Zimmer fernsehen und sich schlafen legen. Im Gästezimmer neben dem Bad im Parterre sollten Theresa und ihre Freundin schlafen, hinter geschlossenen Vorhängen und mit der strikten Anweisung, kein Licht zu machen.

Walcher hatte Mathilde gebeten, während dieser Aktion in ihrem Haus zu übernachten, schließlich konnte man nicht alles voraussehen. Gekränkt lehnte sie seinen Vorschlag derart vehement ab, dass Walcher sich entschuldigte. Wenigstens Irmi war aus der Schusslinie, sie würde in der Schule sein, was sie schlicht »ätzend« fand.

Irgendwie baute sich allmählich Spannung auf, auch wenn sich jeder um Normalität bemühte. Als Walcher dann am Abend im Wohnzimmer am Laptop saß und den unermüdlichen Journalisten mimte, entwickelte er großes Verständnis für die Ziege, die am Pflock gefesselt den Tiger locken sollte. 23 Uhr war es, als er Johannes' Stimme im Ohr hörte, leise, aber verständlich.

»Auf der Bundesstraße ist ein BMW neueren Baujahrs zweimal am Feldweg zum Hof vorbeigefahren und hat nun gehalten. Das Kennzeichen war bisher beleuchtet und erkennbar gewesen. Zugelassen ist das Fahrzeug in Berlin. Drei Männer steigen aus, sie kommen den Feldweg herauf. Jetzt teilen sie sich auf. Einer bleibt auf dem Feldweg, die anderen beiden gehen links und rechts auf der Wiese weiter. Der Linke zündet sich eine Zigarette an. Unglaublich, wie scharf die Bilder sind. Also, von diesen drei Typen könnte man Passfotos machen. Der Rechte hat sich auch eine Zigarette angezündet. Mann, bin ich froh, dass ich das hinter mir hab. Der in der Mitte ist wohl der Nichtraucher, ein Mordslackl. Wenn du jetzt aus dem Fenster guckst, könntest du ihn wahrscheinlich sehen, er schlendert vor der Einfahrt herum und hat so einen kleinen Operngucker vor den Augen. Der Linke kann jetzt auf deine Terrasse sehen, bleibt aber auf der Wiese stehen.« Johannes unterdrückte einen Lacher. »Der Rechte hat sich die Hose am Stacheldraht eingerissen. Da können wir später Spuren sichern. Und seine Kippe hat er auch einfach in die Wiese gespickt. Sehr leichtsinnig, der Gute. Fühlen sich wohl wie in Abrahams Schoß.«

»Mordslackl«, Walcher fand Johannes' Bezeichnung von Bonnefeld für ausgesprochen treffend und Grund genug, mit seinem leeren Glas zur Bar im Eckschrank zu schlendern. Dabei dachte er an Mathilde, die tatsächlich vorgeschlagen hatte, Tee in eine Flasche abzufüllen. Walcher hatte den nicht ganz ernstgemeinten Vorschlag mit dem Hinweis abgelehnt, dass er unbedingten Wert auf Authentizität lege.

Zu wissen, dass man wie auf einer Bühne stehend beobachtet wurde, erzeugte ein seltsames Kribbeln im Nacken und verstärkte die ohnehin vorhandene Anspannung. Was, wenn die drei sich an der Haustür trafen und läuteten, um sich bereits heute die CD abzuholen? Der ganze schöne Plan würde kippen, denn er konnte sich ja schlecht taub stellen, vor allem weil die Hunde bellen würden. Die beiden guckten ohnehin schon den ganzen Abend seltsam drein.

Was, wenn diese Typen verrückt spielten und versuchten, ihn einfach durchs Fenster abzuknallen? Spätestens dann wäre die ganze Sache geplatzt. Das Fensterglas war zwar Panzerglas und knickte erst bei Stahlmunition ein, aber wirklich beruhigend war das nicht. Walcher fiel siedend ein, dass er vergessen hatte, Johannes' Truppe über die Sicherheitsausstattung des Wohnteils aufzuklären. Ausgerechnet heute, aber das konnte er nachholen, allerdings nicht im Moment, denn Johannes' Stimme im Ohr forderte ihn auf, jetzt nicht zu sprechen, da das Fernglas auch eines dieser modernen kleinen Richtmikrofone beinhalten könnte. Johannes fügte gleich noch seine Meinung an: »Fluch der Technik. Was bin ich froh, wenn ich wieder bei meinen Geißen bin.«

Erleichtert hörte Walcher ein paar Minuten später die Entwarnung von Johannes. »Die marschieren wieder ab. Der auf dem Feldweg gäbe 'ne gute Figur als Gulliver ab, etwa dieselbe Größe, Masse und Haltung. Ist wohl der Boss, jedenfalls halten die anderen beiden auffallend Vasallendistanz ein.«

»Vasallendistanz«. Walcher musste über Johannes' Wortschöpfung schmunzeln. Überhaupt war er richtig froh, seine Stimme im Ohr zu hören. Die berichtete nun, dass die drei Spione eingestiegen wären und in Richtung Lindenberg abfuhren. Dabei hing sich ein Fahrzeug an, das von außerhalb des Erfassungsbereiches des Himmelsspions kam. Johannes mutmaßte in versuchsweise breitestem Schweizer Dialekt: »Entwedder die g'höret zämma, odr die Drü werrat au überwachet, das meint auch hier unser Kapo an der Technik. Jetzt könntest du mit den Hunden Gassi gehen und dann in die Heia. Wir bleiben bei unserem vereinbarten Ablauf, auch wenn es so aussieht, als wäre die Luft rein. Mein Kapo hier sagt, dass die anderen auch all das könnten, was wir hier machen. Lass in jedem Fall den Knopf im Ohr, gute Nacht und erst mal Ende der Sendung.«

»Nicht ganz«, meldete sich Walcher, »hab auch noch etwas. Erst einmal danke, ihr schafft ein verdammt gutes Gefühl der Überlegenheit, und zum Zweiten, lieber Johannes, kläre deine Schweizer Garde bitte über meine Sicherheitseinrichtung auf, Türen und Fenster und das Panzerrollo an der Terrassentür. Das hab ich tatsächlich vergessen. Danke und gute Nacht.«

»Längst geschehen«, brummte Johannes im Ohr.

Übergabe

Ob, und wenn ja, wie viel er geschlafen hatte, wusste er nicht genau, aber dieses Problem teilte er mit der gesamten Hofbesatzung. Mathilde werkelte bereits in der Küche, aus der es köstlich nach Kaffee,

Tee und frischen Brötchen duftete. Beobachter hin oder her, der Mensch braucht zu Tagesbeginn etwas Vernünftiges im Magen, stellte Mathilde klar. Außerdem hatte sie ja auch so einen Knopf im Ohr gehabt und die Observation um Mitternacht mitbekommen.

Während sie die Mannschaft unauffällig mit Frühstück versorgte und die Hühner herausließ, trafen sich Theresa, Helen, Irmi und Walcher in der Küche. Beim Anblick von Theresa in der strahlenden Morgensonne verging Walcher allerdings für einen Moment jede Lust auf Nahrungsaufnahme. Irmi bat Theresa, sich nicht den Hühnern zu zeigen, und fand sie absolut IRRE. Das Brandopfer sah derart real aus, dass selbst die Hauptdarstellerin zugab, den Blick in den Spiegel vermieden zu haben. Helen fand das Ganze ebenfalls skurril, aber durchaus mit hohem Unterhaltungswert. Walcher stellte mit einer gewissen Bitternis fest, dass sich die beiden dennoch anhimmelten, als befänden sie sich noch im Schullandheim. Er zwang sich, Helen nicht anzuglotzen wie die personifizierte Morgenröte, sondern sich auf Theresa zu konzentrieren, denn die hatte deutlich an Attraktivität verloren. Sie trug nun ein rotes T-Shirt mit einem tiefen rechteckigen Ausschnitt. Natalie hatte so ein ähnliches getragen. Die Beschaffung war im Gegensatz zu ihrem Ledermantel kein großes Problem. Der hatte Walcher beinahe einen ganzen Tag gekostet, bis er endlich einen ähnlich geschnittenen Mantel in einem Secondhandshop in Kempten entdeckt und für immerhin noch stolze 250 Euro erstanden hatte. Es ging um den ersten Eindruck, um eine spontane Wiedererkennung, die war wichtig. Ob nun dieser Mantel vom selben Designer stammte oder das Rot des T-Shirts nicht hundertprozentig übereinstimmte, konnte vermutlich vernachlässigt werden. Mathildes Erinnerung war bei der Rekonstruktion von Natalies Erscheinungsbild keine besondere Hilfe. Sie hatte nur deutlich klargestellt: »I schau de Leit ins G'sicht!«

Irmi machte sich mit dem Hinweis auf den Weg zur Schule, dass sie den Zeitpunkt der Selbstbestimmung herbeisehne wie den ersten Kuss. Bis auf Theresa zeigten alle Verständnis für Irmis Wunsch, das Finale, wie sie es nannte, miterleben zu wollen.

»Den ersten Kuss hast du längst hinter dir, aber Bio und Chemie warten auf dich«, versuchte Theresa mit ihrer Maske zu lächeln.

»Das muss ich mir von einer Wiedergängerin sagen lassen, die sogar als Schulleiterin den Unterricht schwänzt«, knurrte Irmi und verabschiedete sich. Theresa klopfte auf ihren Gehgips, der vom langen Mantel verdeckt wurde, und protestierte: »Ich schwänze nicht, sondern bin mit deinem Vater befreundet! Klar?!«

Ab neun Uhr begann sich unter der Frühstücksrunde Nervosität breitzumachen. Mathilde hatte die Küchentür geschlossen, denn die Hunde durften nicht in den Hausflur. Johannes meldete sich in Walchers Ohr und bat ihn, einmal die Haustür zu öffnen, weil der Techniker noch einmal die Kameras testen wollte. Walcher tat ihnen den Gefallen und hörte: »Das sieht alles prächtig aus, ich sehe dich von hinten, oben, vorn, praktisch rundum. Kannst wieder zu den anderen.«

Schließlich ging es letztlich darum, Bonnefelds Reaktion zum Auftritt von Natalies Double bis ins kleinste Detail festzuhalten. Walcher hoffte dabei auf Bonnefelds Geständnis an dem Mord an Natalie. Ganz schön aufregend die ganze Aktion!

Mathilde wurde von Johannes angewiesen, ein Fenster im Wohnzimmer zu öffnen und die Vorhänge im Gästezimmer aufzuziehen. »Wenn ich immer so ein Ding im Ohr stecken hätte, wär ich bald reif für die Anstalt«, stellte Mathilde fest und machte sich auf den Weg.

Noch eine Viertelstunde. Die Spannung war greifbar. Walcher dachte an eine Zigarette, wie meist in vergleichbaren Situationen.

Dieser Mist würde vermutlich das ganze Leben eingespeichert bleiben.

Theresa zupfte den Mantel zurecht und sah Walcher fragend an. Der nickte. Sie sah beängstigend echt aus, einem Racheengel gleich. Nur der weiße Verband deutete darauf hin, dass es sich nicht um einen Geist aus dem Totenreich handelte. Helen flüsterte ein ehrfurchtsvolles »Wow«, und Mathilde stellte fest: »Jesses Maria, man könnt meinen, des Mensch steht vor einem.«

Johannes flüsterte mit rauer Stimme, dass der BMW vom vergangenen Abend von der Bundesstraße auf den Feldweg abgebogen wäre und sich dem Hof näherte. Walcher nickte Theresa zu, es wurde Zeit, die Positionen einzunehmen. Theresa würde im Flur nahe der Haustür stehen, Walcher die Haustür öffnen und dahinter verdeckt stehen bleiben, um sofort eingreifen zu können, wenn Bonnefeld sich auf Theresa stürzen sollte. Am Ende des Flurs, versteckt hinter der Ecke zum Bad, und im Wohnzimmer neben dem offenen Fenster stand jeweils einer aus Johannes' Mannschaft. Die beiden trugen kugelsichere Westen, waren aber unbewaffnet. Ihre Waffen, hatte Johannes bedeutungsvoll erklärt, seien ihre Körper. Das Team, bis auf den Techniker in der Zentrale, besaß die höchsten Weihen asiatischer Kampfsportarten.

Vielleicht hätte er doch Kommissar Brunner um Hilfe bitten sollen, warf sich Walcher vor, doch er war sich der Unsinnigkeit seines Gedankens bewusst, denn im Ohr flüsterte Johannes, dass der BMW vom Feldweg rückwärts in den Hofraum fuhr, vermutlich um gleich in der richtigen Richtung zu stehen. Die Sekunden dröhnten wie ein Schmiedehammer. Walcher hörte, wie Mathilde mit den Hunden sprach, vermutlich um sie am Bellen zu hindern. Dann schrillte die Türklingel, und sowohl Theresa als auch er zuckten zusammen. Walcher versuchte ein Lächeln, nickte ihr zu und legte die Hand auf die Türklinke. Im Ohr hörte er Johannes: »Er steht vor der Tür und die beiden von gestern Abend neben dem Auto. Du könntest jetzt, Kameras laufen, wir sind bei dir.«

Er holte Luft, nickte noch mal Theresa zu, drückte die Klinke und zog die Tür langsam auf, damit Theresa wie eine Erscheinung ebenso langsam sichtbar wurde. Eine unerträgliche Spannung stieg in Walcher hoch. Fest umkrampften die Finger der rechten Hand seine Waffe, ein kurzes Stück Rundholz aus Buche. Theresa ging, nein, sie schien der Türöffnung entgegenzuschweben. Deutlich hörte Walcher den Besucher vor der Tür aufstöhnen. Dann reduzierte sich der Lichteinfall, und ein Schatten schoss auf Theresa zu.

»Ich hätte es wissen müssen«, brüllte er und versuchte, ihren Hals zu greifen, aber Theresa schlug seine Hände zur Seite. Bonnefeld schien völlig durchzudrehen. Mit riesig geweiteten Pupillen versuchte er, Theresas Hände zu fassen, und schrie dabei: »Erschlagen und verbrennen reicht nicht für dich!« Theresa hielt seine Rechte mit beiden Händen fest umklammert und hinderte ihn wohl dadurch daran, in seine rechte Tasche zu greifen, jedenfalls versuchte er es mit der Linken. Was immer er in der rechten Tasche hatte, so weit musste es nicht kommen, das Wesentliche war erreicht. Walcher wunderte sich, mit welchem Selbstverständnis er zuschlug. Bonnefeld knickten die Beine ein, als wären es Stelzen, die man ihm weggeschlagen hatte. Als Erstes griff Walcher in Bonnefelds rechte Jacketttasche und zog eine handliche Pistole heraus. Hinter Theresa kam der Schweizer um die Ecke, legte Bonnefelds Hände auf dessen Rücken zusammen und verband sie mit zwei Kabelbindern. Dann fühlte er den Puls an Bonnefelds Halsschlagader und nickte Walcher beruhigend zu, während er gleichzeitig mit seinem Fuß die Haustür zustieß. Draußen tat sich nämlich was. Bonnefelds Begleiter näherten sich der Haustür, beide hielten Pistolen im Anschlag. Sie zögerten allerdings und blieben sofort stehen, als Johannes' Stimme aus einem Lautsprecher dröhnte: »Bleibt stehen, ihr Pausenclowns. Waffen auf den Boden, drei Schritte zurück und flach mit dem Gesicht auf den Kies.«

Trotz der Situation grinsten sich Walcher, Theresa und der Schweizer an. Dann peitschte ein Schuss, und Johannes' Stimme dröhnte wieder: »Auf den Boden, oder wir pusten eure Hirne zu den Hühnern.«

In Walchers Ohr meldete sich Johannes mit der Feststellung: »Lief doch prächtig bisher. Wir müssen aber bald Platzkarten ausgeben, da kommt eine ganze Polizeikarawane. Ihr könnt rauskommen, die beiden sind verpackt.«

Als Theresa, Helen, Mathilde und Walcher auf den Hof traten, spielte der Techniker frenetischen Beifall auf die Lautsprecher, wie bei einem Open-Air-Konzert. Mitten im Hof lagen Bonnefelds Begleiter, ebenso mit Kabelbindern gefesselt wie ihr Chef, daneben zwei von der Schweizer Truppe, die gerade die Waffen auflasen. Etwas rustikal schleppte ihr Kollege Bonnefeld aus dem Flur und legte ihn neben der Tür ab, so wie man einen Sack an die Wand lehnt. In diesem Moment wirbelten zwei Polizeiwagen den Staub vom Hof auf, und aus einem der Lautsprecher der Fahrzeuge brüllte der Befehl, die Waffen abzulegen.

Johannes hielt mit der weit höheren Lautstärke seiner Technik dagegen: »Das sind doch die Guten, ihr Schlafmützen.«

Trotzdem warf der Schweizer die Waffen vor sich auf den Boden und ging mit erhobenen Händen zu der Gruppe vor der Haustür, während weitere Fahrzeuge nun etwas stockend nach einer Parkmöglichkeit suchten. Typisch Johannes, der sich nicht verkneifen konnte, dazu seinen Kommentar zu geben, gerade in dem Moment, als Kommissar Brunner aus einem der Wagen stieg und auf Walcher zuging und verkniffen grinste, als er in Schweizerdeutsch hörte: »Jo ihr chönnt dochanüt s'ganze Gras do zammafahra, odder. Saubagage garschtige!«

»Sieht so aus, als bräuchten wir nur noch abräumen. Sie haben sicher das ganze Spektakel gefilmt, so wie ich das hier einschätze.«

Kommissar Brunner zuckte erschrocken zurück, als ein Schuss knallte und neben ihm eine Staubfontäne aufspritzte. Gleichzeitig dröhnte aus dem Lautsprecher Johannes mit deutlich hörbarem Lächeln: »Entschuldigung, ich bin da an so einen Schalter der Pyrotechnik gekommen. Das war natürlich kein Schuss, sondern der Vorspann für die Szene, Auftritt der Ordnungsmacht. Wir drehen hier nämlich einen Werbefilm ›Abenteuer Polizei‹.«

Einige Polizisten entspannten sich wieder und steckten ihre Waffen weg. Brunner grinste sauertöpfisch und rief seinem Kollegen Aumiller zu: »Verhaften Sie diese drei Leute, der Herr Walcher wird Ihnen den Grund der Festnahmen nennen.« Damit drehte sich Brunner um und stampfte zu seinem Fahrzeug. Einen der Beamten fauchte er auf dem Weg dorthin an, sie sollten gefälligst bis auf zwei Fahrzeuge abrücken.

Siegesfeier

Eine Stunde später herrschte ausgelassene Stimmung auf Walchers Hof. Der Himmelsspion war eingeholt und ebenso eingepackt worden wie die anderen Geräte des Schweizer Teams. Sämtliche Aufnahmen waren auf einer CD gespeichert, samt einer Sicherung auf einem USB-Stick. Für den Einsatz der Schweizer würde er eine Rechnung erhalten, erklärte Johannes. Mit um die 4000 Franken müsste er rechnen, aber gegen die Überführung einer Mörderbande und dem Ende des Dramas wäre das geradezu eine Okkasion. Schließlich würde eine Musikkapelle dasselbe Geld für einen Abend kosten.

Kommissar Aumiller hatte eine Kopie der CD erhalten, gegen Beleg und Unterschrift. Theresa war abgeschminkt und trug eine Wollmütze auf dem Kopf. Den letzten Feinschliff an ihrer neuen Frisur wollte sie doch lieber von einer Fachkraft vornehmen lassen.

Je nach Gusto stießen die Sieger mit Tee, Kaffee, Prosecco oder Wein auf die gelungene Aktion an. Sie saßen und standen im Wohnzimmer, und im Fernseher lief mehrmals die Wiederholung, aufgenommen aus allen möglichen Blickwinkeln. Besonders eindrucksvoll empfanden alle Theresas Auftritt und entwickelten geradezu Mitgefühl für Bonnefeld, dem ihr Auftritt nicht ohne Grund sein Mordgeständnis entlockt hatte. Auch Walchers Attacke mit dem Buchenholz wurde gebührend gewürdigt. Johannes fasste es zusammen: »Zack und aus, so ist er, wenn er ein Ziel vor Augen hat.«

Faszinierend fanden alle auch die Luftaufnahmen, die dem Geschehen eine zusätzliche Dimension gaben. Einige Male wurde der Schuss wiederholt, den es nur als Knall aus dem Lautsprecher gab, synchronisiert mit einer kleinen Explosion, die eine Staubfontäne in die Luft blies, so als wäre dort eine Kugel eingeschlagen. Der dafür zuständige Techniker des Schweizer Teams war von seinem Werk begeistert, er bedauerte nur, dass man nicht die verschärfte Variante gebraucht hatte, nämlich eine MP-Salve, die er quer über den Hof verlegt hatte. »Rat-tat-tat-tat-tat-tat-tat«, beschrieb der Pyrotechniker auf dem Bildschirm den Verlauf.

Kurz nach Abfahrt der Schweizer und Johannes kam ein neuer Besucher auf den Hof, der sich als Steuerprüfer Fritz Honold vorstellte. Man habe einen Prüfungstermin vereinbart. Er würde auch nicht groß stören, sondern wollte lediglich in das Büro gelassen werden.

»Nicht in mein Schlafbüro, allein schon deshalb setze ich die Kosten dafür steuerlich nicht ab. Und was den Termin betrifft, so haben Sie den mit meinem Steuerberater, dort liegen auch alle meine Unterlagen.« Walcher hatte sich um einen freundlichen Ton bemüht, allerdings fiel ihm Mathilde in den Rücken, denn aus der Tiefe des Flurs war laut und deutlich zu hören: »Jöches noi, dr Fritzi, jo zindlesch immer no?«

Herrn Honold war anzusehen, dass ihm diese Begrüßung ziemlich zusetzte, denn er wollte nur noch den Namen von Walchers Steuerberater wissen und eilte zu seinem Wagen, wobei er vermied, in Mathildes Richtung zu blicken.

»Der Fritzi hot als Bua bei uns zwoi Hoiza azunda. Dass aus dem amol was wird, hätt auch koiner denkt.«

Als Nächste verabschiedeten sich Theresa und Helen. Langsam kehre wieder Normalität ein, stellte Mathilde fest und ließ die Hühner aus ihrem Freigehege. Mit einem Seufzer begrüßte sie deshalb Dr. Kantler, der im selben Moment ankam, als Theresa und Helen abfuhren.

Er käme als Parlamentär mit der weißen Fahne, erklärte er schmunzelnd und beglückwünschte Walcher zu seinem Einfall und der gelungenen Durchführung. Was er von Aumiller und Brunner gehört hatte, ergab zusammen mit den Ermittlungsergebnissen der Polizei eine erdrückende Beweislast. Aber darum ginge es ihm nicht, sondern sein Besuch ziele darauf ab, eine Brücke zu bauen. Brunner sei niemals wirklich gegen Walcher gewesen, sondern habe nur den unbeirrbaren Ermittler gespielt. Nicht weil er endlich mal diesem Querulant Walcher eins auswischen wollte, sondern weil die Zeichen von Anfang an auf erhebliche Einflussnahme aus der Verwaltungsspitze standen. Man hätte Brunner einfach den Fall entzogen, wenn er das Spiel nicht mitgespielt hätte. Allerdings hätte er hinter den Kulissen recherchiert und war zu erstaunlichen Ergebnissen gekommen, nämlich welche Leute auf welchen Posten sich für die Ermittlungen interessierten. Das würde quer durch die Ministerien gehen und quer durch deren gesamte Beraterstäbe.

Bei einem Glas Wein, Walcher war der Anlass ein 1997er Chablis, ein Grands crus aus der Domaine des Malandes, wert, zählte Dr. Kantler einige Fakten und Zusammenhänge auf, die Walcher noch nicht kannte. So gehörten die beiden Beamten nicht etwa zum Bayerischen LfV, als dessen Mitglieder sie sich mit echten Ausweisen ausgegeben hatten, sondern waren V-Männer, die bei Bonnefeld als Chauffeur und Schutzdienst angestellt seien. Bezahlt wurden die Gehälter von Eufoodic, deren Mitbegründer Bonnefeld wohl den Ausputzer in der Grauzone spielte.

»Hervorragender Tropfen«, lobte Dr. Kantler den Wein und fuhr fort: »Die beiden haben auch Schonauer observiert, zusammen mit einem dritten Mann, einem Fotografen aus Nürnberg, den wir in dem Segelboot auf dem Großen Alpsee gefunden haben, mit einem Betäubungsmittel im Blut, eingeschlagenem Schädel und Klebebändern an Füßen und Handgelenken. Das Betäubungsmittel fanden wir in dem Wohnmobil der beiden V-Leute, das einige Tage auf dem Wanderparkplatz unterhalb von Schonauers Alpe geparkt hat und deshalb einem Förster aufgefallen war. Das Wohnmobil stand dann im Hof der Pension Gerda in Lindau, wo die beiden zwei Zimmer gemietet hatten. Unglaublich selbstsicher … oder wohl eher unglaublich bekloppt. Die Fingerabdrücke im Mobil und auf den Klebebändern des Toten vom Alpsee sind identisch. Da wussten wir allerdings noch nicht, dass die beiden Jungs mit den angeblichen Beamten vom LfV identisch waren, die Brunner, wie Läuse im Pelz, auf Schritt und Tritt begleitet hatten.«

Dr. Kantler schüttelte den Kopf, leerte sein Glas und stellte fest:

»Eigentlich darf man niemanden erzählen, dass im heutigen Kommunikationszeitalter eine solche Köpenickiade nicht durch einen Kontrollanruf aufgeflogen ist. Aber Brunners Vorgesetzter hat wohl ein echtes Fax und einen Anruf aus dem Innenministerium erhalten, mit dem die beiden angekündigt wurden, um die Ermittlungsarbeit des Kommissars in diesem sensiblen Fall zu unterstützen. Unglaublich, aber es funktionierte, jedenfalls am Anfang. Dann gingen die beiden Brunner wohl derart auf die Eier, dass er auch in dieser Richtung ermittelte. Glauben Sie mir, Brunner hat mir in den letzten Wochen im Kommissariat den Rang als Ekel abgelaufen, wo er nur konnte.«

Dr. Kantler hielt Walcher das leere Glas hin und beobachtete, wie der es füllte. Erst nach einem langen Schluck, den er genussvoll sekundenlang im Mund behielt, sprach er weiter.

»Der Hautfetzen, den Sie mir gegeben haben, weist eine identische DNA mit einem Haar aus dem Wohnmobil auf, stammt also mit hoher Wahrscheinlichkeit von Schonauers Mörder oder einem Mittäter. Vielleicht blieb er an dem Pfosten mit der Hand hängen, als er Schonauer in den Abgrund warf. Das werden wir untersuchen. Meine Mitarbeiter sind angewiesen, die beiden nach entsprechenden Hautverletzungen abzusuchen. Wenn meine These stimmt, haben wir die Mörder von Schonauer und seinem Knecht, den Prestl, denn dort haben wir noch mal gründlich gesucht und eine Zigarettenkippe gefunden, deren Speichel dieselbe DNA aufweist wie Haar und Hautfetzen. Dass einer der beiden auf der Alm von Schonauer die Wanze gelegt hat, beweist übrigens ein winziger Teil eines Fingerabdrucks, der allerdings von einem anderen überlagert ist …«

»Von meinem vermutlich«, unterbrach Walcher. Dr. Kantler nickte. »Das rote Zeug auf dem Holzsplitter der Banklehne ist nicht Blut, sondern Holundersaft, aber immerhin haben Sie zwei wertvolle und wichtige Beweismittel sichergestellt. Das sollten wir aber nicht an die große Glocke hängen. Ist schon ohnehin alles ziemlich quergelaufen. Im Moment stellen wir die DNA von Bonnefeld fest. Stimmt sie mit den Spuren im Fiat von Westhaus und dem Sperma überein, das wir bei ihr gefunden haben, dann wird es sehr eng für diesen Herrn, trotz bester Verbindungen. Ebenfalls nicht gerade entlastend ist die Übereinstimmung der Fingernägel von Frau Westhaus einzustufen. Wir haben das geschmolzene Zeug analysiert, es stimmt genau mit dem künstlichen Fingernagel überein, den die Kollegen in Bonnefelds Badezimmer gefunden haben und auch in ihrem Fahrzeug. Eine Indizienkette, die schwer als Zufälle zu deklarieren sein dürfte. Als ich mich vorhin mit Brunner unterhielt, erwähnte er einen Anruf aus dem Innenministerium, dass Bonnefeld ein wichtiger Informant sei, der unbedingt aus allem herauszuhalten wäre. Sie sehen, Brunner steht ordentlich im Schussfeld.«

Pressekonferenz

Gerne wäre Walcher dabei gewesen, als Naurich am selben Abend in Berlin seine »Buchneuheit« der Presse und somit Öffentlichkeit vorstellte. Vergeblich warteten Irmi, Mathilde und Walcher auf einen Hinweis in den Abendnachrichten, obwohl sie die mehrmals in allen möglichen Sendern verfolgten. Selbst im Internet stießen sie gerade mal auf eine knappe Notiz, dass im Foyer Friedrichstadtpalast eine Buchpräsentation des Arkadien-Verlages stattfand. Weder der Buchtitel noch etwas von dem brisanten Inhalt wurde erwähnt. So hatte sich das Naurich ganz sicher nicht vorgestellt. Irmi und Walcher durchforschten die Zeitungsseiten und News im Internet mit demselben deprimierenden Ergebnis. Keine Pressenotiz, kein Hinweis, nichts, als fände die Veranstaltung überhaupt nicht statt.

Walcher versuchte mehrfach, Naurich zu erreichen, aber der hatte vermutlich keines seiner Telefone dabei oder nicht eingeschaltet. Verständlich bei solch einer Veranstaltung. Aber das Buch war fertig gedruckt und wurde auf der Verlagsseite des Arkadien-Verlages abgebildet und ausführlich beschrieben. Walcher hatte am Vortag ein Paket mit fünf Exemplaren erhalten. Also war die Produktion ohne Zwischenfälle gelungen. Sollte Eufoodics Macht so weit reichen, dass sie jede Information darüber flächendeckend unterdrücken konnten? Gut, die Nachrichtensender in Deutschland zeichneten sich durch eine gewisse Fürsorge aus, die Bürger nicht unbedingt mit den aktuellsten und grässlichsten Wahrheiten zu versorgen, aber sie konnten beim besten Willen nicht als käuflich eingestuft werden. Oder doch? Auch von den Aufständen im Nahen Osten und Nordafrika erfuhr man meist verzögert und auch nur, was den Interessen Europas diente. Wer aber bestimmte, was das Volk sehen durfte? Waren die Sender wirklich so frei? Über die Flüchtlingswelle wurde zum Beispiel hauptsächlich nur berichtet, welche Probleme damit die angrenzenden Europa-Länder hatten oder wenn ein größeres Boot gesunken oder gestrandet war.

Die Vorstellung, dass in Deutschland die Pressekonferenz eines zwar kleinen Verlages, der aber einen Titel zu einem bedeutenden Thema veröffentlichte, gerade mal eine winzige Zeile auf der Homepage einer Berliner Stadtteilzeitung wert war, erschütterte Walcher. Hatte nicht Koenig in seinem Manuskript eine IT-Abteilung erwähnt, die ausschließlich darauf spezialisiert wäre, das Internet sauber zu halten, jedenfalls aus der Perspektive von Eufoodic? Der Gedanke, Eufoodic besäße wirklich so viel Macht, verursachte deprimierende Bitterkeit bei ihm. Sollte im Jahrhundert nach George

Orwell seine Vision Realität werden? Selbst bei den dpa-Meldungen stand nichts über Naurichs Neuerscheinung.

Nach einer Sherry-Pause schrieb Walcher eine Notiz und schickte sie an sämtliche Nachrichtenagenturen, Verlage und Kollegen, deren E-Mail-Adressen sich in seinem Adressbuch befanden. In unglaublich kurzer Zeit bestätigten die Empfänger der Reihe nach den Eingang seiner E-Mail und bedankten sich für den Hinweis.

Immerhin, prostete sich Walcher zu.

Versöhnung

Er habe noch ein paar Tage gebraucht, einige Analysen abwarten wollen, um nicht mit leeren Händen zu kommen, außer den beiden Flaschen, die er Walcher entgegenstreckte.

Brunner begann zu reden, während er noch im Wohnzimmer stand – die Küche war von Mathilde und einer ihrer Freundinnen besetzt.

»Eines müssen Sie mir wirklich glauben, zu keinem Zeitpunkt habe ich Sie verdächtigt oder Ihnen etwas anhängen wollen. Mir war aber sehr schnell klar, wenn ich aus Ihnen keinen Verdächtigen mache, dann tun die das, und dann hätte ich jeden Einfluss verspielt. Glauben Sie mir, wer vom Staatsschutz in die Nähe vom Paragraphen 129a, also der Bildung einer terroristischen Vereinigung, gebracht wird, hat schlechte Karten. Da sind Sie schneller im Loch, als Sie denken können, und das Fatale daran ist, dass Ihnen erst einmal niemand etwas beweisen muss. Die Unschuldsvermutung ist längst einer Schuldvermutung gewichen. Gut, ich habe Fehler gemacht, denn ein offenes Wort wäre von Anfang an sinnvoller gewesen als meine Heimlichtuerei. Aber dann hätten Sie sich vermutlich nicht so verhalten, wie Sie das getan haben. Wie auch immer, ich entschuldige mich und bitte um Absolution.«

»Kann ich Ihnen beim besten Willen nicht erteilen«, Walcher konnte Brunner ansehen, dass ihn das traf, und beendete rasch seinen Satz, »bin ja nicht ihr Beichtvater, aber annehmen kann ich sie, Ihre Entschuldigung, und mich darüber freuen, dass wir wieder normal miteinander umgehen.«

»Schön, dann können wir ja zur Tagesordnung übergehen«, strahlte jetzt Brunner und drückte Walcher die beiden Flaschen in die Hand.

Ein edler Tropfen und weit über der üblichen Preisklasse seiner bisherigen Mitbringsel, aber das fand Walcher durchaus in Ordnung und dem Anlass entsprechend. Es freute ihn wirklich, dass sich seine Befürchtungen nicht bewahrheitet hatten, sondern er Brunner weiterhin als Freund bezeichnen konnte. Zwar gab es die eine oder andere Begebenheit, die er nicht so einfach vergaß, aber im Großen und Ganzen waren sie beide wieder auf dem richtigen Weg. Dieser Eindruck verstärkte sich, als Brunner aus seiner Sicht den Fall analysierte und die vielen Fallen erklärte, die man ihm gestellt hatte. Aber die Sache war noch nicht abgeschlossen, denn die Mörder waren noch nicht angeklagt und verurteilt. Eine starke Lobby arbeitete weiterhin im Untergrund und ließ einige Überraschungen erwarten. Was die Polizeiarbeit betraf, so stand eindeutig fest, dass Bonnefeld als Natalie Westhaus' Mörder überführt werden könnte.

»In seinem Haus haben die Kollegen aus Pasewalk einen Totschläger gefunden, der mit den Dellen im Schädel der Westhaus identisch ist. Außerdem gab es verwertbare DNA-Spuren von ihm in ihrem Auto und dazu noch einen Überraschungstreffer, den wir einer Benzinquittung in Bonnefelds ordentlicher Belegsammlung zu verdanken haben. Auf den Überwachungsvideos der Tankstelle konnte Bonnefeld zweifelsfrei identifiziert werden, wie er in der Nacht von Sonntag auf Montag Westhaus' Fiat betankt hat. Und dann natürlich Ihre geniale Inszenierung, die quasi einem Geständnis gleichzusetzen ist. Absolut beeindruckend, Sie sollten Kriminalstücke schreiben, dann stünden Sie mir auch nicht dauernd zwischen den Füßen.«

Walcher nutzte die Gelegenheit und bat Brunner um Hilfe bei der Klärung der Vergangenheit von Natalie Westhaus und einer Henriette Bonnefeld, ehemals wohnhaft in Neu Wulmstorf bei Hamburg. »Interessant wäre in diesem Zusammenhang für mich ... und ja auch für Sie, denke ich ... ob unser Bonnefeld etwas mit der Henriette Bonnefeld zu tun hatte und damit auch mit Natalie Westhaus.«

Da Brunner seinen üblichen misstrauischen Blick aufgesetzt hatte, erzählte Walcher von dem Album und dem Fotografen in Hamburg und dass er dem Kommissar selbstverständlich auch diese Beweisstücke aushändigen würde, wie ja auch schon die Beweisstücke von Schonauers Alpe, die die Polizei übersehen hatte. Ein bisschen Schmerz musste schon sein.

Der Kommissar reagierte aber erstaunlich souverän und meinte nur, dass es manchmal von Vorteil wäre, wenn die Hobbykriminalisten noch eine Nachlese veranstalteten. Um die noch empfindliche Annäherung nicht weiter auf die Probe zu stellen, wechselte Walcher das Thema und sprach die Eufoodic-Namensliste an.

»Da sind einige bekannte Namen drauf.«

»Ich bin von der Mordkommission, bleiben Sie mir mit Politik vom Hals. Heute gehören Wirtschaftsverbrechen, Bestechung oder Vorteilsnahme im Amt, wie das ja inzwischen sehr wohlwollend bezeichnet wird, zum Selbstverständnis unserer Führungsschicht. Man könnte den Eindruck gewinnen, dass ein politisches Mandat lediglich als Eintrittskarte in die Führungsetagen von Großkonzernen dient und dass es niemanden interessiert, was jemand in seiner Amtszeit alles reguliert oder welche seltsamen Gesetze durchgeboxt werden, damit er nach der Abwahl einen guten Job angeboten bekommt. Früher wurden ausrangierte Politiker nur in staatseigenen Betrieben geparkt, heute hängen die überall herum. Sie brauchen ja nur in die Zeitung zu sehen!«

Brunner deutete auf das Exemplar »Die Massenmörder«, das Walcher dekorativ auf den Tisch gelegt hatte. »Koenig hatte Glück, dass er auf Sie gestoßen ist.«

»Von Glück könnte Koenig reden«, widersprach Walcher, »wenn er sein Buch hochhalten und sagen könnte, seht her, das habe ich geschrieben, ich habe mich getraut, den Goliaths ans Bein zu pinkeln, weil es höchste Zeit ist, dass wir anfangen, selbst zu denken und uns zu wehren. Nein, Koenig hat kein Glück gehabt. Ihn hat man zum Verstummen gebracht, noch bevor er überhaupt begonnen hatte zu reden. Aber darüber können wir uns stundenlang aufregen. Wer hat ihn eigentlich umgebracht? Sind Sie da weitergekommen?«

Brunner schüttelte bedächtig den Kopf. »Wir wissen es noch nicht. Unter uns gesagt, ich hasse es, Mördern nachzujagen, die im Auftrag töten. Selbst wenn wir sie schnappen und sie sogar verurteilt werden, ändern wir dadurch etwas an der Ursache? Nein, gar nichts. Und deshalb kläre ich lieber Morde auf, die aus Eifersucht begangen wurden oder aus Rache, im Affekt oder meinetwegen auch aus Habgier. Auftragsmorde zu klären, ist unbefriedigend. Die wirklichen Mörder im Hintergrund bringen wir bestenfalls in Verlegenheit. Auch mit diesem Bonnefeld oder seinen Helfern werden wir das Problem nicht beseitigen, bestenfalls seine hässlichen Auswirkungen. Wir werden es auch nicht schaffen, die Verantwortlichen von Eufoodic zu belangen. Die werden Bonnefeld vermutlich anzeigen, wegen

Geschäftsschädigung oder Ähnlichem, und behaupten, er habe sein eigenes Süpplein gekocht und das Unternehmen ausgenutzt, ja sogar hintergangen. Und wenn das nichts nützt, lassen sie ihn und seine Handlanger umlegen. Es gibt ja genügend.«

»Seit wann hatten Sie eigentlich vermutet, dass diese beiden LfV-Beamten falsch waren?«

Mit dieser Frage hatte Walcher den Kommissar ins rechte Fahrwasser gebracht. Brunner lehnte sich zurück, nahm einen kleinen Schluck Wein, setzte ein staatstragendes Gesicht auf und stellte fest: »Von Anfang an. Bevor wir Koenig entdeckt hatten, wurden Sie mir über ein vertraulich internes Papier aus dem Innenministerium bereits als der, mit hoher Wahrscheinlichkeit, mutmaßliche Mörder präsentiert. Das machte mich natürlich stutzig und vor allem, dass kurz nach Schonauers Tod diese beiden Typen auftauchten und ständig versuchten, mich auszuhorchen, da habe …«

Mathilde stürmte herein. »Sie bringens grad auf allen Sendern. Dein Freund ist verunglückt, im Auto.«

Fassungslos starrte Walcher sie an. »Johannes?«

»Nein, nicht der Johannes, der Verleger von dem Buch da«, deutete sie auf »Die Massenmörder«. »Ist von einer Pressekonferenz mit dem Taxi zum Hotel gefahren und von einem Lastwagen gerammt worden. Sei ein tragischer Unfall. Seine Frau ist unverletzt geblieben.«

»Verstehen Sie, was ich gerade meinte?« Brunner war vor Erregung aufgesprungen. »Ein tragischer Unfall. Dass ich nicht lache. Ein Signal an alle, die etwas Ähnliches vorhaben. So ein Buch kann man ja vom Markt kaufen. Ich wollte mir eins besorgen, ist bereits vergriffen. Ich war in drei Buchhandlungen, überall dasselbe, vergriffen, vergriffen. Selbst im Internet war kein Exemplar aufzutreiben. Die wahre Botschaft lautet: Seht her, so geht es Störern, die uns in die Suppe spucken wollen.«

Brunner wanderte noch einige Sekunden schweigend auf und ab, blieb dann am Fenster stehen und starrte in die Nacht hinaus. Mathilde stupste Walcher an die Schulter und ging aus dem Zimmer. In Walchers Kopf war nur Leere. Erst ganz allmählich drang die Nachricht von Naurichs Unfall in sein Bewusstsein. Er sah Bilder von ihm, von Aiken, ein Schrottauto, Bonnefeld und Namen, große Firmennamen und große Politiker, die in den Diensten dieser Firmen standen und an allem, was diese Firmen taten, mitschuldig waren. Naurich tot. Unglaublich. Diese Leute schreckten nicht einmal davor zurück, den Verleger umzubringen, der ein kritisches Buch über sie herausgebracht hatte. Wie konnte man diese Leute stoppen, mit Recht und Gesetz? Oder musste man sich derselben Mittel bedienen wie sie?

Aufruf

Es gab nur eine Möglichkeit, Naurichs Tod zu verarbeiten, nämlich die Öffentlichkeit mit allen Mitteln auf diese so unglaubliche Sauerei aufmerksam zu machen.

Nachdem Brunner gegangen war, mit Naurichs Buch in der Hand, hatte sich Walcher an den PC gesetzt und an seinem Dossier über Koenig gearbeitet, zu dem nun auch noch der Verleger in der Liste der bereits getöteten Menschen hinzukam.

Walcher hatte sich entschlossen, Koenigs Aufruf an den Anfang zu setzen, denn damit war bereits das Wesentliche gesagt.

Wir werden unseren Kindern nicht nur eine ausgebeutete Erde hinterlassen, sie wird auch noch chemisch und radioaktiv verseucht sein. Aber das wird bestenfalls unseren Kindern auffallen, denn Kindeskinder wird es nicht mehr geben. Die Pharmakonzerne sind in das Ureigenste unserer Schöpfung eingedrungen und haben Gott gespielt. Aus reiner Gier haben sie an unseren Genen herumgebastelt und das Tor zu Bereichen aufgestoßen, für die unser Wissen noch mit jenem der Steinzeit vergleichbar ist. Die Natur ist aus den Fugen geraten, und die Antwort darauf lautet: Noch mehr Herbizide, noch verrücktere Gen-Versuche, noch mehr Chemie, noch mehr Gifte.

Resistent? Dann entwickeln wir neue Stämme. Unfruchtbar? Dann klonen wir eben.

Es kann nur ein Ziel geben, nämlich diesen Flaschengeist mit allen Mitteln zu bekämpfen, vor allem mit den Waffen des kleinen Mannes: Verweigerung!

Weigert euch, diesen chemischen Müll zu essen, der euch als Lebensmittel verkauft wird. Verweigert alle Früchte, Getreide und Gemüse, die mit Herbiziden gespritzt bereits auf vergifteten Böden gewachsen sind, dessen Gene manipuliert wurden, um den Hunger der Menschheit zu manipulieren. Verweigert das Fleisch von Tieren, die mit ebendiesen genmanipulierten Pflanzen gefüttert wurden und aufgewachsen sind unter Bedingungen, die tägliche Zugaben von Antibiotika erforderlich gemacht haben.

Glaubt nicht den verlockenden Werbebotschaften einer goldenen Zukunft, die ebenso giftig ist wie goldener Reis, Mais oder Kartoffeln. Erinnert euch an eure Wurzeln. Unsere Großeltern lebten von Produkten, die direkt vom Acker auf den Tisch gekommen sind. Bio war die Normalität. Erst die Chemie hat uns vorgegaukelt, dass wir nur mit chemischem Dünger, chemischen Spritzgiften und genmanipulierten Pflanzen überleben können. Verweigert euch, wenn ihr überleben wollt!

Julian Koenig

Vergeblich hatte Walcher immer wieder versucht, Aiken Naurich zu erreichen. Eine Mischung aus Angst und schlimmsten Befürchtungen stauten sich bei ihm auf und brachten ihn schließlich dazu, eine Kieler Detektei zu beauftragen, ihren Aufenthaltsort herauszufinden und Kontakt aufzunehmen. In Kiel konnte sie nicht sein, denn warum sollte sie auf seinen Rückruf nicht reagieren. Vermutlich hatte sie sich irgendwohin verkrochen, samt ihrer beiden Söhne. Offiziell war ihr nichts passiert, jedenfalls hatte die Kieler Polizei keinen Vorfall registriert, lautete die Antwort auf seine Anfrage bei Brunner. Die Kollegen vor Ort versprachen, gelegentlich bei Aiken Naurichs Wohnung vorbeizusehen, für eine Observation ihrer Wohnung gäbe es keinen Grund. Es stimmte schon, so richtig kümmern könnten sie sich erst dann, wenn wirklich etwas geschehen ist – bei der Personaldecke, dachte sich Walcher beim Telefonat mit Brunner. Der hatte sich geradezu herzlich bedankt, Walcher einen Gefallen tun zu können. Einen Gefallen eben, mehr konnte er bei anderen Dienststellen nicht anstoßen.

Am Abend hing Walcher vor dem Computer und durchforstete sämtliche Nachrichtenagenturen nach Neuigkeiten über Naurich. Dabei musste er an Brunners Hinweis denken, dass Naurichs Buch vom Markt gekauft war. Warum nicht auch Nachrichten über ihn, über das Buch und über seinen Unfall, überhaupt über die ganze Angelegenheit vom Markt kaufen, aus dem Internet löschen. Die Presseagenturen schwiegen sich aus, die Zeitungen auch. Daran hatte auch seine E-Mail nichts geändert. Walcher taumelte in eine Stimmung, die nicht allein mit Naurichs Tod zu begründen war. Weltuntergang, ein treffenderer Ausdruck fiel ihm dazu nicht ein. Glyphosat – Unfruchtbarkeit – Parkinson – Glutamat – Alzheimer

– Aspartam – ADHS – Adipositas – Allergien – Antibiotika ... Hinter alldem standen Milliarden leicht verdienter Dollars. Welche Chancen hatte er mit seinen lächerlichen Anzeigen, gegen einen Verein anzukämpfen, der solche Informationen wie Naurichs Buch und Unfall einfach aus den Tagesmedien heraushalten konnte?

Irgendwie musste er es schaffen, Kontakt zu Aiken Naurich aufzunehmen. Die Stiftung oder der Fonds, den Aiken gründen wollte. Würde es dazu kommen? Es gab ja inzwischen einige Kreise, die sich gegen die Allmachtsansprüche dieser Chemie- und Gen-Lobby stemmten. Wenn die wenigen unabhängigen Wissenschaftler richtiglagen, dann ging es inzwischen um weit mehr als um Macht und Umsatzmilliarden, es ging um das Überleben der Menschheit.

Walcher schüttelte den Kopf und atmete tief durch. Er musste sich vor solchen Gedanken hüten! Ratio war angesagt. Gefühle waren schlechte Ratgeber. David mit seiner Steinschleuder gegen die Chemie- und Agrochemie-Giganten und den von ihnen gegründeten Stiftungen, in denen Milliarden Dollars steckten, um sich in geradezu biblischen Ausmaßen die Welt untertan zu machen. Was waren das für Wissenschaftler, die ihr Wissen und ihre Fähigkeit so bedingungslos in den Dienst dieser Unternehmen stellten? Mit welch unglaublicher Leichtfertigkeit spielten sie gottgleich mit Genen herum, als würden sie mal kurz einen neuen Cocktail kreieren! Ein bisschen DNA vom Paprika, ein bisschen DNA vom Reis, etwas Unkrautvernichter dazu ... Hatte Goethe mit seinem Faust bereits diese Entwicklung vorausgesehen? Schillers Vers aus der »Glocke« fiel ihm ein:

Gefährlich ist's, den Leu zu wecken,
verderblich ist des Tigers Zahn.
Jedoch der schrecklichste der Schrecken,
das ist der Mensch in seinem Wahn.

Dieser Wahn war es, der die Leute an der Schöpfung herumspielen ließ, als hätte man ihnen zum Geburtstag einen Experimentierkasten geschenkt. Sie brauchten auch offensichtlich nicht die Folgen ihres Tuns zu fürchten. Wer sollte ihnen denn auch nachweisen, dass auf dem Nachbarfeld von genmanipuliertem Korn nicht auch bereits diese unkontrollierbare Saat aufging. Man musste es sich immer wieder vor Augen halten, schon heute waren vermutlich ungezählte traditionelle Pflanzen unwiederbringlich verändert. UNWIEDERBRINGLICH! Und keiner der Verantwortlichen hatte auch nur eine vage Vorstellung davon, welchen Höllenbrand sie in Gang gesetzt hatten. Welche Folgen für Lebewesen daraus entstanden. Da half auch kein Sherry. Walcher fühlte sich elend und müde. Koenig, Schonauer, Prestl und die anderen, was bedeuteten schon die paar Toten gegen das, was auf die Menschheit zukommen würde. Das Gebell der Hunde hielt Walcher davor zurück, noch weiter in das tiefe Loch zu stürzen, das sich aufgetan hatte. Seit Nora im Haus war, fühlte sich Rolli als Wachhund und Rudelbeschützer. Gut so, ließ sich Walcher ablenken. Er hatte sich immer vorgestellt, dass auf einsamen Höfen der Hund das Anwesen beschützte.

Die Bewegungsmelder hatten die Hofbeleuchtung aktiviert und eine helle Lichtglocke über den Hof gestülpt, in deren Mitte ein komfortables Mobilhome stand. Walcher stand an der Haustür und blinzelte durch den Spion, konnte aber nicht erkennen, wer da auf dem Hof stand. Hinter ihm kam Mathilde die Treppe herunter und meinte: »Ist dein Freund.«

Walcher war versucht zu fragen, um welchen Freund es sich handeln sollte, denn er kannte niemanden, der ein solches Gefährt besaß. Auch überraschte es ihn, dass Mathilde noch angekleidet war. Gleichgültig öffnete er die Haustür und ließ die beiden Hunde hinaus, die zwar um das Fahrzeug jagten, aber, seit er auch im Hof stand, mit ihrer Bellerei aufgehört hatten. Gespannt näherte sich Walcher dem Mobil und versuchte, den Fahrer zu erkennen, der nun die Seitenscheibe absenkte.

»Ich liebe Hunde, wenn sie angeleint sind oder im Zwinger stecken«, brüllte eine Stimme aus dem Wagen, die Walcher fassungslos staunend flüstern ließ: »Du Schlitzohr. Irgendwie hätte ich es mir denken müssen!« Dann spurtete er los, riss die Fahrertür auf und umarmte Naurich, soweit der mit ergonomischer Armlehne versehene und dazu noch höher liegende Sitz, samt Sicherheitsgurt, das überhaupt zuließen.

Naurich lachte herzlich, ließ es geschehen und kletterte dann herunter. »Entschuldige, aber die waren derart nahe an uns dran, dass ich mich wirklich nicht melden konnte.«

Walcher nickte nur und ging auf die andere Seite, um auch Aiken zu begrüßen. Dabei blieb es aber nicht, denn aus der Seitentür kletterten zwei verschlafene junge Männer heraus, die Aiken als ihre Söhne Thorsten und Arno vorstellte.

Es wurde eine lange Nacht, in der Naurichs, Mathilde, Irmi und Walcher im Wohnzimmer zusammensaßen und auf eine ganze Reihe von wichtigen Anlässen anstoßen mussten. Einer davon betraf Mathilde, als sie erklärte, gewusst zu haben, dass Naurich nichts geschehen sein. Sie habe sich nur nicht getraut, Walcher schon wieder von einer Vision zu erzählen.

Walcher gab den Naurichs eine Kurzfassung ihrer Fähigkeiten, die Mathilde natürlich als eine ganz normale Gabe von Menschen herunterzuspielen versuchte, wie sie im Allgäu häufig anzutreffen wäre. Obwohl Walcher von einigen ihrer Visionen sehr sachlich berichtete, die er als Zeuge bestätigen könne, war ihm vermutlich seine Skepsis anzumerken. Nachdem Mathilde Naurichs Begeisterung – er schlug sofort ein Buchprojekt über die Seherinnen aus dem Allgäu vor – ein wenig mit dem Hinweis gedämpft hatte, dass sie für derartige Pläne nicht zur Verfügung stünde, wandte sie sich mit einem Lächeln, das nicht unbedingt Gutes verhieß, Walcher zu. Jedenfalls empfand er es so und sollte damit richtigliegen.

»Ich kenne ja dein anhaltendes Misstrauen«, stellte sie fest, »hab deswegen was aufg'schrieben und in deinen Postkorb gelegt.«

Da blieb Walcher nichts anderes übrig, als in sein Büro hinaufzugehen und nach dem Zettel zu suchen. Ihn beschlich dabei das bekannte Gefühl einer kindlichen Hilflosigkeit. G'sundbeten, Visionen, Seherei, Handauflegen … Wir leben schließlich in einem aufgeklärten Jahrhundert. Im Moment saßen ihm die Giftmischer der Chemieindustrie im Nacken, und er suchte nach einem Papier, das vermutlich dem Glaubensspektrum des Mittelalters entsprach … Mit solchen Gedanken griff er seinen Postkorb aus vertrauenerweckendem Fichtenholz heimischer Bäume und leerte den Inhalt auf die überschaubar freie Fläche seines Schreibtisches.

Seine Angewohnheit, die Briefe unliebsamer Absender erst nach einer gewissen Phase der vorbereitenden Einstimmung zu öffnen, erleichterte die Suche nach Mathildes Botschaft. Da lag ein Blatt, fein säuberlich gefaltet, zwischen dem Brief seines Steuerberaters und dem Brief der Industrie- und Handelskammer. Die beiden Sendungen waren am 20. und 24. des Monats eingegangen. Um sich nicht ganz unvorbereitet der Meute im Wohnzimmer auszuliefern, las Walcher den Text, dessen Handschrift er eindeutig als die von Mathilde erkannte.

Dienstag, den 23.

Im Fernsehen kamen die Bilder vom Unfall Roberts Freund. Spontan habe ich aber etwas anderes gesehen. Ich wollte es Robert aber nicht erzählen, weil er es mir ohnehin nicht glauben würde. Deshalb schreibe ich es auf und lege es in seinen Postkorb. Sein Freund, der Verleger, ist nicht bei dem Unfall gestorben. Es hat überhaupt keinen Unfall gegeben, sondern alles war wie eine Filmszene arrangiert. Es gibt auch einen Film darüber, denn ich habe einen Kameramann gesehen, der um den Unfall herumtanzte. Der Lastwagen kommt aus Russland und der Fahrer auch. Er hat ein sehr einfaches Gemüt und denkt sehr laut. Im Unfallauto saß überhaupt niemand, nur Schaufensterpuppen. Aber das reicht aus, um das Gerücht zu streuen, der Verleger Aurich sei darin gestorben. Mathilde Brom

Walcher stöhnte und ging langsam nach unten. Es half alles nichts. Irgendwann sollte er sich ernsthaft mit dem Gedanken anfreunden, dass Mathilde aus einer anderen Welt stammte, nämlich aus dem Allgäu.

Systemschutz

Kommissar Brunner klang am Telefon, als hätte ihn seine Frau verlassen oder ihm war zumindest gekündigt worden. Das konnte natürlich nicht sein, korrigierte Walcher sich. Einem EKHK, einem Ersten Kriminalhauptkommissar, konnte vermutlich nicht gekündigt werden. Wenn überhaupt, dann wurde er vom Dienst suspendiert, was einem lang verdienten Urlaub gleichkam, bei vollen Bezügen, versteht sich. Und dafür musste man wahrscheinlich etwas mehr angestellt haben als die berühmten goldenen Löffel stehlen, die ohnehin in keinem Kommissariat herumlagen.

»Haben Sie einen Moment Zeit für mich?«, hatte Brunner gefragt und dann auch wirklich eine Pause für Walchers Antwort eingelegt. Natürlich hatte Walcher erfreut bestätigt, dass er alle Zeit dieser Welt für den Herrn Kommissar habe, denn er konnte sich nicht erinnern, all die Jahre von Brunner diese Frage gehört zu haben. Es musste ihm wirklich dreckiggehen. Es dauerte ein paar Sekunden, bis Brunner begann, und Walcher meinte schon, merkwürdige Schluckgeräusche zu hören. Aber das war wohl Einbildung, denn Brunner klang dann wieder recht normal.

»Stellen Sie sich vor, unsere beiden Hauptzeugen sind verschwunden.«

»Verschwunden?« Walcher traute Bonnefelds Organisation ja einiges zu, aber dass zwei Leute aus deutscher Untersuchungshaft verschwanden, das nun auch wieder nicht. Belastende Akten waren schon mal verschwunden, Belege, Protokolle, Fotos, aber dann hatte es sich um Angriffe auf führende Köpfe unserer Gesellschaft gehandelt, um den Präsidenten, den Kanzler oder um wichtige Minister. Auch Zeugen verschwanden spurlos, allerdings bevor sie inhaftiert wurden. Wer in einem deutschen Gefängnis saß, konnte nicht mehr so einfach verschwinden. Immerhin hatte man diese Institution noch nicht an Privatunternehmen outgesourct, sondern hielt sie fest in der Hand der Staatsgewalt ... Noch jedenfalls.

»Ja, verschwunden«, drang Brunners Stimme wieder in Walchers Überlegungen. »Die beiden sollten nach München überführt werden, aber sie sind dort nicht angekommen.«

»Wieso nach München?«

»Die Order kam von der Staatsanwaltschaft, die beiden seien umgehend an das LKA München zu überführen, genauer gesagt in die Haftanstalt im Polizeipräsidium in der Ettstraße.«

»Wie sollten sie denn überführt werden?«

»Normaler Gefangenentransport.«

»Also grüne Minna und zwei Beamte, oder? Lassen Sie sich doch nicht jeden Buchstaben abbetteln, sonst hängen wir noch in zwei Stunden am Telefon.«

»Sie hätten ja sagen können, wenn Sie keine Zeit haben«, maulte Brunner.

»Nein, nein, ich habe ja Zeit. Also, der Gefangenentransport, was ist mit dem geschehen?«, beeilte sich Walcher, keine Missstimmung aufkommen zu lassen. Die wiederhergestellte Beziehung wollte behütet sein.

»Na, eben verschwunden.« Es dauerte einige Sekunden, bis wohl auch Brunner einsah, dass diese Form der Informationssplittung recht langwierig werden konnte. »Fahrzeug, die beiden Beamten und die beiden Untersuchungshäftlinge, die gleichzeitig unsere Täter sind und Hauptbelastungszeugen gegen Bonnefeld und Eufoodic. Die letzte Nachricht erreichte uns vor etwa 10 Stunden, da befand sich das Fahrzeug kurz vor Landsberg, wo sich einer der Beamten weisungsgemäß meldete, um seine Position durchzugeben. Seitdem herrscht Funkstille. Uns ist auch nichts von einem Unfall bekannt oder dergleichen. Zurzeit fliegen zwei Hubschrauber die Strecke ab, und mehrere Streifenwagen suchen am Boden. Ich halte Sie auf dem Laufenden, wenn sich etwas Neues ergibt. Dachte mir, Sie sollten das wissen, immerhin haben Sie die Jungs der Polizei übergeben.«

»Was ist mit Bonnefeld?«

»Der sitzt noch in seiner Zelle.«

»Soll der vielleicht auch nach München überführt werden?«

Als Antwort hörte Walcher nur ein Stöhnen aus dem Hörer und den Hinweis: »Ich melde mich wieder.«

Walcher legte auf und sah durchs offene Fenster hinaus in die sonnige Landschaft. Das beruhigte ihn immer. Die zarten grünen Wiesenhügel, eingerahmt von Fichten und Tannen wie aus dem Baukasten eines Riesenspielzeugs. Dazwischen als Einsprengsel rotbraune Dächer einzelner Höfe, die sich an einigen Stellen zu

Dörfern gruppierten. Bis ganz hinauf an die Felsregion zog sich das Grün, vom hellen Wiesengrün bis tiefem Blaugrün der Tannen. An manchen Stellen trugen die hohen Grate und Gipfel noch weiße Kappen, die sich nahtlos mit dem Weiß der Wolken vermählten und gemeinsam den blauen Himmel zu stützen schienen. Eine wunderbare Welt. Gab es hier wirklich all diese Menschen, die ihr Lebensziel in der Macht über andere, im Besitz und in der bewussten Zerstörung sahen? Zart klangen Glocken ins Zimmer und vereinigten sich mit dem Piepton des Radiosenders, der die Mittagsnachrichten ankündigte. In Japan wurde von einer neuerlichen Monsterwelle gewarnt, die einem Erdbeben der Stärke 6,8 folgen könnte. Gefahr für die Kernkraftruinen Fukushima bestünde angeblich nicht. Warum auch, gab es noch eine höhere Potenz als die bisher eingetretene? An Liguriens Küste traten wieder einmal die Flüsse über die Ufer und rauschten auf den Hauptstraßen ins Mittelmeer. Eine Amsel schimpfte lauthals vor dem Fenster, vermutlich schlich Bärendreck, der Erzfeind, durch den Garten. In Afghanistan hatte ein Anschlag Dutzende Leben ausgelöscht. Zählte überhaupt noch jemand mit? Die Glocken waren verstummt, auch die Amsel, stattdessen duftete es durchs Fenster nach gerösteten Kartoffeln. Die USA kündigten millionenschwere Schiffsladungen mit Getreide in die Hungergebiete am Horn von Afrika an. Vermutlich handelte es sich um genmanipuliertes Getreide mit einer Extradosis Glyphosat darin, das inzwischen nicht einmal mehr an Viecher verfüttert werden durfte, jedenfalls nicht in Europa. Da konnte man leicht großzügig sein, lief man doch nicht Gefahr, auf überquellenden Silos sitzenzubleiben. Ging nicht so ganz auf, die Rechnung der Agrarchemie-Riesen, jedenfalls nicht, solange es noch Widerstand in Europa gab. Die Hunde bellten, es war ein freudiges Bellen, vermutlich war Irmi heimgekommen. Gleich würde Mathilde zu Tisch rufen. Berlusconi bewarb sich erneut um das Amt des Ministerpräsidenten, Griechenland näherte sich wieder einmal der Zahlungsunfähigkeit, und England kehrte reumütig in den Schoß Europas zurück. Eine dicke Wolke schob sich vor die Sonne und legte einen zarten Grauton über das Land. Im Norden Frankreichs hatte es in einem der Atomreaktoren von Gravelines einen Störfall gegeben, unbedeutend, nur der Ablauf in den Atlantik war kurzfristig verstopft. Die Schweiz kündigte an, das unbefristete Asylrecht für Bankkunden einzuführen. Über die Untergrenze der Einlagen wurde keine Mitteilung gemacht. Irmis Stimme klang herauf und kurz danach Mathildes Ruf: »Essen ist fertig!«

Walcher lächelte und stellte das Radio ab. Es duftete wunderbar. Im Ofen gegartes Gemüse in einer deftigen Sahnesoße wartete auf ihn, dazu gab es Rösti, vermutlich wie bei Mathilde üblich, außen unvergleichbar knusprig mit innen nur zart gerösteten Kartoffeln, unter die eine kleingeschnittene Zwiebel eingearbeitet war. Gutes Essen konnte so einfach sein.

Nebelschatten

Die Amsel im Holderbusch am Waldrand kurz hinter dem Hof zeterte entrüstet über die Störung ihrer Morgenruhe. Die Hunde kamen nicht in Frage, sie waren bereits vorausgehetzt, getrieben vermutlich von der Hoffnung auf ihre gefüllten Fressnäpfe. Auch Walcher fühlte sich nicht als Verursacher der ausgesprochen giftigen Töne. Vielleicht war ja Bärendreck in der Nähe, manchmal wartete der Kater am Waldrand auf Walchers Rückkehr. Als Störfaktor kamen allerdings auch einige andere Waldbewohner in Frage, das Eichhörnchen zum Beispiel. Sein Kobel hing im Geäst der nahen

Buche, sehr zum Ärger der Amseln. So niedlich Eichhörnchen auch anzusehen waren, der Eindruck täuschte, verschmähten sie doch weder die Eier ihrer gefiederten Nachbarn noch deren geschlüpften Nachwuchs ... Wenn es denn eines so weit geschafft hatte.

Walcher war in Gedanken bei den Naurichs, die sich am Morgen nach ihrem überraschenden Auftauchen gleich wieder verabschiedet hatten und mit ihrem Wohnmobil inzwischen ihrem Ziel an der portugiesischen Atlantikküste ein Stück näher gekommen sein mussten. Ihr Haus auf Rädern hatte Walcher fasziniert. Es barg alles, was der Mensch zu einem hochtechnischen, zivilisierten Leben benötigte. Auch er hatte nicht zum ersten Mal mit den Möglichkeiten geliebäugelt, die so ein Mobilhome bot, aber wohin sollte er in solch einem Ungetüm fahren, wo er doch in einem Paradies lebte?

Die Amsel zeterte unermüdlich weiter und machte Walcher neugierig. Der Morgennebel endete am Waldrand, hüllte aber noch zur Hälfte den Holunderbusch ein. Mit ein paar Schritten näherte er sich dem Busch, lief aber in einem Bogen weiter in Richtung Hof, denn es war nicht zu erkennen, was die Amsel derart in Rage versetzte. Erst als er den Busch nur noch seitlich im Augenwinkel hatte, fiel ihm eine Bewegung darin auf. Ein Schatten löste sich aus der nebeldurchwobenen Graufläche der Äste und verließ damit seinen Sichtschutz. Walchers Adrenalinspiegel stieg sprunghaft an. Bonnefeld war zwar verhaftet, aber damit war für die Gegenseite ja nicht der Störfaktor beseitigt. Im Gegenteil, seit dem Erscheinen von Koenigs Recherchen mussten Bonnefelds Auftraggeber mit weiteren Enthüllungen rechnen, in jedem Fall würden sie davon ausgehen, dass er, Walcher, auch weiterhin am Thema blieb. Es gab da ja auch noch die öffentlichkeitswirksamen Anzeigen der Minister, und vielleicht hatte sich bei Bonnefelds Freunden herumgesprochen, dass Walcher nicht gerade zu ihrem Streichelzoo gehörte.

Der Mann, etwa dieselbe Größe wie Walcher, trat mit erhobenen Händen aus der Nebelzone. Walcher war dennoch vorsichtig, hielt erst einmal Distanz und sah sich den Nebelmann an. Er trug grüne Gummistiefel, eine grüne Kordhose und eine feste, grüne Jacke, wie sie Jäger trugen, die stundenlang auf zugigen Ansitzen ausharren mussten. Das Einzige, was diesem Waidmann fehlte, war das Gewehr, aber vielleicht hatte er es ja nur versteckt. Immerhin war erst kürzlich auf ihn geschossen worden, nicht weit von diesem Platz entfernt.

Der Grüngewandete lächelte überzeugend und rief: »Keine Sorge, Herr Walcher, ich bin nicht Ihr Feind.«

Das konnte zwar jeder behaupten, aber es wirkte ähnlich wie erhobene Hände. Walcher ließ den Fremden näher an sich heran und verwarf auch die Idee, nach den Hunden zu pfeifen.

»Koenig mein Name, Julian Koenig. Sie erinnern sich, wir haben miteinander telefoniert und uns einmal auch kurz getroffen.«

Das saß. Sein Gegenüber hatte wirklich eine gewisse Ähnlichkeit mit Koenig, wenngleich ein Vollbart und eine Hornbrille einen Menschen stark verändern konnten. Aber Koenig war tot, erschlagen und auf die Lämmerweid von Schonauer gesetzt. »Dann müssen Sie sein Geist sein. Den Koenig, den ich kenne, hat man erschlagen.«

»Davon weiß ich natürlich und entschuldige mich auch, dass ich mich nicht mehr gemeldet habe. Ich hatte … Ich bin kein Held. Entschuldigen Sie bitte. Aber … Sie haben das alles so wunderbar hinbekommen, dass ich keinen Grund sah, mich da einzumischen.«

»Haben Sie etwas, womit Sie Ihre Identität beweisen können?«

Der Mann, der sich Koenig nannte, nickte und stellte, während er in die Seitentasche seiner Jacke griff, mit einem Lächeln fest: »Damit hatte ich gerechnet.« Er hielt Walcher eine Klarsichthülle hin: »Die beglaubigte Abschrift meiner Geburtsurkunde.«

Walcher zuckte mit den Schultern: »Das halte ich nicht unbedingt für einen Beweis, selbst meine Tochter besitzt einen gefälschten Ausweis.«

Koenig nickte wieder und seufzte. »Ich weiß eigentlich gar nicht so richtig, warum ich Sie unbedingt treffen wollte. Aber ich wollte Ihnen danken, bevor ich endgültig abtauche. Es war eine kindische Idee, das muss ich zugeben, aber ich war davon besessen. Ich habe Ihnen so vieles zu verdanken, vor allem mein Leben … mein neues Leben.«

»Wer war der Tote?«

»Mein Cousin, der mir ein wenig ähnlich sieht … sah.«

»Und den haben Sie an die Front geschickt?« Walcher wollte seine Entrüstung nicht verbergen.

»Um Gottes willen, nein, natürlich nicht. Das ist eine seltsame Geschichte, die Sie mir vermutlich nicht abnehmen werden.«

»Versuchen Sie's.«

»Mein Cousin hatte eine Autoimmunerkrankung … und zwar bereits in der fortgeschrittenen Phase. Bauchspeicheldrüse, Thymus, Nebennierenrinde, also mit einem ziemlich eindeutigen Zeitfenster. Er wusste allerdings von meinen Plänen und verstand, was ich vorhatte. Es war sein Wunsch, sich als Zielscheibe anzubieten, damit ich den Rücken frei hätte. Er … er bezeichnete die Sache als sinnvolle Sterbehilfe …« Koenig wandte sich ab und zog ein Taschentuch aus der Hosentasche. »Entschuldigen Sie bitte, aber das alles … ist nicht so einfach gewesen. Ich bin kein berechnender Killer und habe mich lange dagegen gesträubt, aber mein Cousin beharrte darauf, die Rolle zu spielen, solange er noch konnte. Er … ließ sich denselben Haarschnitt machen, die Haare färben und besorgte sich die gleiche Brille. Er sah mir dann wirklich zum Verwechseln ähnlich. Und den Rest kennen Sie ja.«

Walcher überlegte einen Moment. Was wollte Koenig? Warum dieses Zufallstreffen am Waldrand? »Was wollen Sie wirklich?«

»Ihnen danken … und das hier geben.« Koenig hatte eine CD-Hülle aus der Tasche gezogen und hielt sie Walcher hin. »Da ist auch der Rest meiner Recherchen drauf. Ich … ich bin kein Kämpfer, ich stehe das nicht durch … Ich werde ab sofort zurückgezogen leben und ein bisschen Forschung betreiben, eigentlich bin ich ja Biologe.«

»In der Hütte Ihrer Tante?«

Koenig schüttelte den Kopf. »Das würde mich immer an Alois erinnern, nein, ich verkrieche mich ans Ende der Welt.«

Walcher musste unter die Dusche, sonst würde er sich mit seinen durchgeschwitzten Sachen sonst was holen. »Kommen Sie, ich muss dringend unter die Dusche, ich lade Sie auf einen Kaffee ein.«

Wieder schüttelte Koenig mit dem Kopf: »Herzlichen Dank, aber ich bin niemals hier gewesen. Haben Sie nochmals herzlichen Dank, ich werde Ihnen das nie vergessen!«

Koenig hob seine Rechte zu einem flüchtigen Gruß, deutete eine leichte Verbeugung an, drehte sich um und ging mit großen, schnellen Schritten um den Holunderbusch in Richtung Wald, wo er nach ein paar Metern verschwand. Walcher sah auf die CD in seiner Hand und spurtete zum Hof. Höchste Zeit für eine heiße Dusche.

Stochern im Nebel

Bevor Walcher dazu kam, sich die CD von Koenig anzusehen, meldete sich Kommissar Brunner am Telefon. Seine Eil-Ermittlungen, wie er stolz betonte, hatten ergeben, dass es wirklich eine Henriette Bonnefeld gegeben hatte, und zwar im Lönsweg, in Neu Wulmstorf bei Hamburg. Der Kommissar verstand es hervorragend, sich auf gesattelte Pferde zu schwingen. Immerhin hatte er diese Adresse von Walcher bekommen, er musste also nur im Einwohnermeldeamt nachfragen, für einen Kommissar wohl ein ziemlich einfacher Akt. Es versöhnte ihn dann aber, dass die »Ermittlung« des Kommissars doch noch um einiges weiter ging.

»Henriette Bonnefeld hatte einen Sohn mit Namen Magnus, also identisch mit unserem Herrn, auch dessen Alter stimmte in etwa, Magnus Bonnefeld wurde nämlich 1949 in Hamburg geboren. Ihr Mann kam 1945 in der Schlacht um Berlin ums Leben, konnte mithin nicht der Vater ihres Sohnes sein. Dennoch stand er in den Papieren als leiblicher Vater, was wohl keinem der Beamten aufgefallen war. Aber jetzt aufgepasst!«

Brunner hatte offensichtlich wieder seine alte Form erreicht und legte eine jener Kunstpausen ein, die Walcher geradezu hasste. Geduldig lauschte er in den Hörer und vermied jedes Signal, das Brunner als übermäßige Neugier auslegen konnte, da sich das Ganze sonst zu einem endlosen Gespräch ausdehnen würde.

»Henriette Bonnefeld hatte 1970 die Vormundschaft ihrer Nichte Ursula Kreede übernommen, deren Eltern bei einem Hausbrand ums Leben kamen, Ursache ungeklärt. Stella Kreede, die Mutter des Kindes Ursula, war die Schwester von Henriette Bonnefeld. Zwei Jahre später wanderte Henriette Bonnefeld nach Amerika aus, ganz offiziell mit allen Papieren, allerdings nur mit ihrem Sohn Magnus. Henriette Bonnefeld war am 25. 12. 1972 mit der Queen Elisabeth 2 von Southampton nach New York geschippert, wo sie am 3. Januar ankam und registriert wurde. Und jetzt staunen Sie, Herr Journalist, der Polizei entgeht kein noch so dunkles Geheimnis. Zwei Tage vor Henriette Bonnefelds Abreise, also am 23. 12. 1972, war ein vierjähriges Mädchen am Haupthaus der St.-Ansgar-

Stiftung, ein Kinderheim, in Hamburg abgestellt worden. Das völlig verstörte Kind, das keinen Namen oder eine Adresse nennen konnte oder wollte, wurde Natalie Westhaus genannt, weil es Weihnachten war und das Kind am Westeingang des Heims stand. Na, jetzt sind Sie hoffentlich einmal sprachlos.«

»Das hätten wir alles schon wesentlich früher wissen können«, stellte Walcher fest. Brunner hatte wirklich zu seiner alten Form zurückgefunden, denn er sprach weiter, ohne auf Walchers versteckten Vorwurf einzugehen.

»Henriette Bonnefeld ist in den USA spurlos untergetaucht, jedenfalls haben uns die Kollegen aus den Staaten mitgeteilt, dass eine Person dieses Namens niemals irgendwo gemeldet war. Auch von ihrem Sohn ist nichts bekannt, jedenfalls nicht unter dem Namen Bonnefeld. Wie auch immer, das Hamburger Jugendamt muss sich die Frage gefallen lassen, warum es nicht nach Ursula Kreede gesucht hat, die so einfach von der Bildfläche verschwunden ist. Andererseits taucht in deren Unterlagen eine Natalie Westhaus auf, nach deren Herkunft allerdings erfolglos geforscht wurde. Das Kind konnte sich nie an seine Vergangenheit erinnern, was bei einem vierjährigen, unter Umständen traumatisierten Mädchen medizinisch durchaus erklärbar ist. Der Typ vom Jugendamt deutete an, bei Natalie Westhaus wären bei der angeordneten Aufnahmeuntersuchung Spuren sexueller Misshandlungen entdeckt und aktenkundig gemacht worden. Näheres würden sie aber nur bei Einhaltung des behördlich vorgeschriebenen Procedere mitteilen, soll heißen einen richterlichen Beschluss und einen Haufen Papier. Gut, so weit dieser Teil der Geschichte.«

Walcher nickte in den Hörer, tat dem Kommissar den Gefallen und flüsterte: »Kommen Sie, Herr Kommissar, foltern Sie mich nicht unentwegt.«

Dass er den richtigen Ton getroffen hatte, bestätigte Brunners herzliches Lachen. Er verschluckte sich beinahe, bevor er weitersprach. »Unser Magnus Bonnefeld taucht 1970 in den Hamburger Polizeiakten auf. Er stand unter Anfangsverdacht, der Brandstifter des Hauses der Familie Kreede gewesen zu sein. Nachbarn hatten vor dem Brand einen jungen Mann um die 20, auffallend groß, das Haus verlassen sehen. Na, tickert's? War ihm aber nicht nachzuweisen, er hatte ein Alibi. Die Akte wurde dann irgendeinmal eingestellt. Hamburg hatte im Vergleich zum Bundesrest immer schon die höchsten Zahlen von Hausbränden, und neuerdings ist das Anzünden von Autos anscheinend zum Volkssport geworden, aber das nur nebenbei.«

»Was wurde aus Magnus Bonnefeld?«

»Nach einem Abi mit Auszeichnung, von der Bundeswehr wegen Übergröße als untauglich eingestuft, wandert er mit Mutter nach Amerika aus und taucht 1992 als Geschäftsführer von Eufoodic in Berlin auf und meldet sich dort und später in Mecklenburg-Vorpommern an. Schon erstaunlich, keine Ausbildung, kein Studium, bei dem Abi. Denke, er hat wahrscheinlich irgendwo studiert, vermute mal bei der Mutti in den Staaten, aber das finden wir noch heraus.«

»Kompliment, Herr Kommissar, das hörte sich wirklich spannend an. Ich würde gerne mit Bonnefeld sprechen, könnten Sie das einrichten?«

Brunners lautes Stöhnen klang erst einmal nicht sonderlich erfreut. »Der Mann sitzt wegen eines Kapitalverbrechens in U-Haft. Außer seinem Anwalt und uns geht da nichts ... Aber ich könnte Sie in unsere Ermittlungsgruppe nehmen.«

»Wie bei der SOKO Winterstarre?«, fragte Walcher zur Sicherheit nach.

»Mmmmhhhh«, knurrte Brunner und brach die Verbindung ab.

Im Gegensatz zum Treffen im Hotel war das »Gesprächszimmer« der Kripo ein deutlicher Abstieg. Ein karger Raum ohne Fenster, Linoleum, ein Tisch mit drei Stühlen. An der Decke hing eine Neonleuchte, die eine ähnlich warme Atmosphäre schuf wie die Leuchten in der Pathologie. Das Spiegelglas an der Seite gegenüber der Tür, von dem inzwischen jedes Kind wusste, dass dahinter Beobachter zusahen, trug auch nicht gerade zur Behaglichkeit bei.

Bonnefeld saß bereits am Tisch, wirkte aber nicht wie ein Verlierer, eher wie ein Dampftopf, dessen Sicherheitsventil nicht funktionierte. Dennoch glich seine Miene einem Mann, der erwartete, dass sich im nächsten Moment die Tür öffnete und ein Oberstaatsanwalt sich für den ungeheuerlichen Irrtum entschuldigte, der seine Verhaftung und alle damit verbundenen Unannehmlichkeiten verursacht hatte.

Brunner hielt seine Eröffnung ungewohnt knapp: »Sie hatten ja bereits das Vergnügen. Herr Walcher hat noch ein paar Fragen an Sie.« Damit wandte er sich zur Tür und öffnete sie, drehte sich aber genau in dem Moment um, in dem Bonnefeld wütend und laut feststellte: »Warum sollte ich mich mit einem Journalisten unterhalten?«

Brunner lächelte ein ausgesprochen fieses Lächeln, wie Walcher fand, und säuselte freundlich: »Sie sollen sich nicht mit Herrn Walcher unterhalten, sondern möglichst seine Fragen beantworten, er ist Mitglied unseres Ermittlungsteams.«

Erstaunlich, mit welcher Gelassenheit Bonnefeld diese Information aufnahm, er nickte nur leicht, so als würde ihm das einiges erklären.

Walcher setzte sich Bonnefeld gegenüber und musterte ihn

ungeniert. Wie selbstverständlich übernahm Bonnefeld die Gesprächsführung.

»Machen Sie's nicht so spannend, was wollen Sie?«

Walcher wartete noch ein paar Sekunden und fixierte Bonnefeld, der allerdings seinem Blick keinen Lidschlag auswich. Ein harter Brocken. »Mich interessiert nur eine kleine Lücke in Ihrer Vita. Das meiste kenne ich ja. Wie wird man ohne vernünftige Ausbildung Geschäftsführer einer solch mächtigen Organisation?«

Bonnefeld verscheuchte einen imaginären Mückenschwarm, überlegte kurz und entschied sich für eine Antwort. »Frankreich, USA und England, Betriebswissenschaft, Biologie und internationales Recht, durchaus eine akzeptable Qualifikation für dieses Unternehmen.«

Walcher dankte mit freundlichem Lächeln und nickte. »Vor oder nach dem Brandanschlag auf das Haus Ihrer Tante in Hamburg, wann haben Sie Ursula Kreede alias Natalie Westhaus zum ersten Mal missbraucht?«

Walcher hatte lange an diesen beiden Fragen gefeilt und sie mit Brunner abgesprochen. Eigentlich hätte Bonnefeld explodieren müssen, aber er saß nur da und starrte mit einem abwesenden Blick in Walchers Richtung.

»Ich versuche, mir ein kleines wehrloses vierjähriges Mädchen vorzustellen und deren Cousin, der so um die 20 Jahre alt ist und an die zwei Meter lang. Mir fällt dazu nur eines ein: abartig. Abstoßend und abartig.«

Bonnefeld starrte weiter durch Walcher hindurch.

»Was musste Ihre Mutter für Ängste ausgestanden haben, dass sie ihr Mündel an einem Waisenhaus abstellte und aus dem Land flüchtete.«

Er zeigte immer noch keine Reaktion. Walcher fiel eigentlich nichts mehr ein. »Wie halten Sie das aus? Kindesmissbrauch, Inzest und 38 Jahre später einen Mord an derselben ...«

»Cousine«, hatte Walcher sagen wollen, aber dazu kam er nicht mehr. Bonnefeld war blitzschnell über den Tisch gehechtet, hatte Walcher eine steinharte Faust an die Schläfe geknallt und drückte ihm, noch während der Bewusstlose seitlich zu Boden sank, den Hals zu, aber das bekam Walcher nicht mehr mit. Kein Gehirn überstand unbeschadet innerhalb kürzester Zeit zwei Niederschläge.

Als Walcher wieder zu sich kam, brüllte ihn Dr. Kantler an: »Hören Sie mich, verdammt noch mal, Sie müssen mich doch hören!«

Der Pathologe musste wohl Walchers entsetzte Miene richtig interpretiert haben, denn er tätschelte geradezu liebevoll seine Wangen und meinte in gutturalem Tonfall: »Keine Angst, Sie sind nicht bei mir, ich war nur zufällig in der Nähe.«

Walcher richtete sich auf und stellte fest, dass ihm nicht nur der Schädel brummte, sondern auch der Hals furchtbar brannte und das Schlucken beinahe unmöglich schien. Neben ihm lag ein zertrümmerter Stuhl, was ihn automatisch vorsichtig die Schläfe abtasten ließ.

»Nicht der Stuhl«, hörte er Brunner, »den musste ich auf Bonnefelds Schädel zertrümmern. Er hatte Sie ordentlich im Schraubstock. Hat übrigens gemeint, auf einen mehr oder weniger würde es ihm nicht ankommen. Ob das als ein weiteres Tatgeständnis durchkommt, wage ich allerdings zu bezweifeln. Immerhin wissen wir jetzt, wo er sich dazwischen herumgetrieben hat. Toll, einfach toll Ihr Einsatz.«

Keine normalen Kriminellen

Walcher hatte glücklicherweise bei dem Angriff keinen ernsthaften Schaden genommen, außer eben Schmerzen beim Schlucken. Aber die würden sich geben, hatte der Mediziner gesagt, der Walcher im Lindauer Krankenhaus untersucht hatte, bevor Brunner ihn nach Hause fuhr. Der Kommissar hatte auf die Untersuchung bestanden. »Vorschrift, damit Sie nicht irgendwann mit Rechtsanwälten und Gutachtern daherkommen und eine Frührente vom Staat einklagen wollen.«

Den Rest der Heimfahrt beschrieb Brunner die Szene im Besprechungsraum, die er mit seinem Kollegen Aumiller hinter der Spiegelwand verfolgt hatte. »In diesem Bonnefeld steckt eine so unglaubliche kriminelle Energie, wir beide waren richtig geschockt, so etwas haben wir noch nicht erlebt.«

»Hauptsache rechtzeitig«, fasste sich Walcher kurz, denn auch das Sprechen schmerzte und klang, als hätte er eine Flasche Schwarzbrand geleert.

»Rechtzeitig«, sinnierte Brunner und war anscheinend bei einem anderen Thema, »gerade noch rechtzeitig haben Kollegen den Transporter mit den beiden Beamten gefunden. Stand in einer Scheune bei Landsberg, irgendwo in der Pampa. Hätte der Bauer nicht ein Gerät gebraucht, das in der Scheune stand, wären die beiden wohl jämmerlich …«

Nach einer Pause stellte Brunner fest: »Gutmenschen sind das wirklich nicht. Lagen gefesselt neben den Leichen von Zchekiz und Ottersteg, so, dass sie weder schreien noch sich befreien konnten. Mund und Augen zugeklebt, sie hätten keine Chance gehabt. Das waren keine normalen Kriminellen, so skrupellos gehen nur Berufskiller vor. Zchekiz und Ottersteg sind exekutiert worden, jeweils durch einen Schuss in die Stirn und ins Genick, beide aufgesetzt. Unsere Beamten haben zwar überlebt, aber die Ärzte meinen, dass wohl beide dienstunfähig bleiben werden.«

Brunner nickte, als ob er sich vorstellte, was es bedeutet, drei Tage neben Leichen zu liegen, gefesselt, blind und stumm. Walcher stimmte dem Kommissar im Stillen zu, als der feststellte: »Und das alles für eine lächerlich geringe Bezahlung, eine lächerlich niedrige Rente und für eine Wertschätzung in der Bevölkerung, die der eines Steuereintreibers entspricht.«

Mit einem gequälten Seufzer gab Brunner so urplötzlich Vollgas, dass Walchers ohnehin malträtierter Kopf schmerzhaft an die Kopfstütze gepresst wurde. »Wollen Sie mich auch umbringen?«

Der Kommissar entschuldigte sich und reduzierte sein Tempo ebenso ruckartig und für Walcher damit nicht weniger schmerzhaft.

»Apropos umbringen, ich habe Koenigs Buch gelesen ... Also ... da fällt einem eigentlich nichts mehr ein. Ich dachte immer, ich lebe gesund, wenn ich nicht rauche, nicht zu viel Alkohol trinke, ausgewogene Kost und so ... Habe gestern eine Aufstellung gemacht, was ich meinem Körper so alles zumute, von dem ich noch nie etwas gehört habe. Aspartam, Glutamat, Glyphosat, Geschmacksverstärker, E 621, E 622, 23, 24, Cola light, Kaugummi ... Unglaublich. Im Internet hab ich mich darüber hinaus ein bisschen umgeschaut.« Brunner schüttelte mehrmals den Kopf. »Stand eigentlich alles drin, man muss sich nur schlaumachen. Was ist eigentlich mit Ihrem Naurich und seinem Buch?«

»Ist abgetaucht mit seiner Familie, ich hatte kurz Kontakt mit ihnen. Sie sind sehr vorsichtig geworden. Die Neuauflage wird derzeit wohl ausgeliefert. Naurich lässt in drei verschiedenen Druckereien fertigen und von unterschiedlichen Gesellschaften ausliefern. Müsste demnächst im Handel auftauchen. Auch alle Mitglieder im

Bundestag, Bundesrat, die Länderparlamente, jeder, der irgendetwas in Deutschland zu sagen hat, bekommt ›Die Massenmörder‹ per Post. Die Naurichs lassen sich das richtig was kosten.«

»Das macht Hoffnung«, lächelte Kommissar Brunner, als er Walcher vor dessen Haustür absetzte. »Und passen Sie auf sich auf. Bleiben Sie mal wirklich einen Tag im Bett.«

Koenig II

Mit einem Kräuterwickel um den Hals, einer Tasse Tee, den er schluckweise trinken sollte, wie Mathilde ihn energisch angewiesen hatte, saß Walcher am späten Nachmittag vor dem PC. Ein Mittagsschlaf musste genügen, um wieder einigermaßen fit zu werden. Dass er Brunner nicht von Koenigs neuer CD erzählt hatte, begründete er mit der immer noch nicht so ganz ausgeheilten Kränkung. Außerdem musste er sich ja erst einmal selbst ein Bild machen. Ohnehin war klar, dass Brunner sofort die Suche nach Koenig angeordnet hätte. Gab es einen Grund, ihn zu schützen? Walcher hatte sich die Frage gestellt und beschlossen, Koenigs Vorgehen einfach zu akzeptieren, schließlich war er weder Polizist noch Richter. Er wollte sich auch nicht schuldig an Koenigs Tod machen, denn sollte bekannt werden, welches Spiel dieser inszeniert hatte, musste mit seinem baldigen Ableben gerechnet werden.

Koenigs CD bestand nur aus einer Handvoll Dateien. Sie handelten alle von demselben Thema, nämlich Glyphosat. Eine Sammlung neuester Studien, die unisono auf die erbgutschädigende Wirkung von Glyphosat hinwiesen. Ferner wurde durch den überbordenden Einsatz von Glyphosat im Windschatten genmanipulierter Pflanzen eine reduzierte Artenvielfalt entlang der Nahrungskette festgestellt.

Die biochemischen Eigenschaften von Glyphosat führten zu einer höheren Anfälligkeit gegenüber Pflanzenschädlingen und reduzierten gleichzeitig die Verfügbarkeit der im Boden enthaltenen Nährstoffe. Koenig erwähnte in seinem Bericht über die Ist-Situation immer wieder den Geschäftsführer der Eufoodic-International in den Staaten, einen Roman Leicester. Obwohl auch Leicester sämtliche der neuesten Analysen über Roundup und Glyphosat bekannt waren, organisierte er den Abwehrkampf, als ob all diese Wissenschaftler ihn persönlich angegriffen hätten. Als extrem gefährlich bezeichnete Koenig den Mann, der nach seiner Meinung von wahnhafter Überzeugung getrieben sogar Druck auf die Mitgliedsfirmen ausübte. Koenig hatte erfahren, das Leicester unumwunden zugab, Anhänger der Idee einer weltweiten Bevölkerungskontrolle zu sein. Leicester hatte seine berufliche Laufbahn beim CIA begonnen, arbeitete dann im US-Verteidigungsministerium, wechselte zu einem pharmazeutischen Unternehmen und übernahm 2005 die Geschäftsleitung von Interfoodic.

Tamiflu, Vogelgrippe, US-Verteidigungsministerium ... Walcher überraschte die Kausalkette, auf die er im Internet stieß, nicht sonderlich. Hatte nicht der amerikanische Präsident die WHO seinerzeit aufgefordert, das Medikament gegen Vogelgrippe einzusetzen, Tamiflu? Förderte dieser Präsident nicht auch ganz massiv die »grüne Revolution« der Agrarchemie, und gab es da nicht auch deutliche Verbindungen zu all den Stiftungen, die diese Projekte unterstützten?

Reichten die Machenschaften der Agrarchemie wirklich bis vor seine Haustür ins Allgäu? Verfolgten diese Leute in der Tat solch »kleine« Stänkerer wie Schonauer? Hatten sich Koenig und sein Cousin in einen Sumpf gewagt, in dem der falsche Koenig bereits umgekommen war und der echte Koenig nun auf der Flucht war? Welt, USA, Europa, Deutschland, Allgäu ... Gab es überhaupt eine

Chance, irgendwelche Auftragsmorde zu klären und die Verantwortlichen samt ihren gedungenen Mördern ins Gefängnis zu bringen? Walcher druckte zwei Studien von Koenigs CD aus, über die Wechselwirkung von Unkrautvernichtern und genmanipulierten Pflanzen, und gab sie Mathilde zu lesen.

Als es Zeit für einen Sherry wurde, traf Walcher im Wohnzimmer auf Mathilde, die sich dort zur Lektüre der Studien zurückgezogen hatte. »Sei so gut und gib mir auch so eine … Medizin.«

Walcher schenkte ihr einen milden Oloroso aus der Bodega Emilio Lustáu ein, und zwar einen ordentlichen Schluck, er hatte schließlich auch die Studien gelesen. Mathilde stürzte den Sherry mit Todesverachtung hinunter und schüttelte immer wieder mit dem Kopf, so als hätte sie gerade ein Erdbeben mit gleichzeitiger Feuersbrunst erlebt, die ihr heimatliches Dorf zerstört hatte. »Es ist eine Sünde und pervers dazu«, begann sie stockend mit gequälter Stimme, »wozu braucht eine Tomate ein Fisch-Gen … Nur damit sie monatelang im Kühlschrank liegen kann? Es ist Sünde, eine Pflanze genetisch zu verändern, damit sie das hauseigne Pestizid verträgt, während rundherum alles verreckt. Ja denkt denn niemand mehr selber nach, wir müssen dieses ganze Gift doch mitessen. Über die Pflanze, über den Boden, das Wasser. Diese Unmengen Gifte, die jeden Tag auf die Felder gesprüht werden, das ist doch wie im Krieg. Und wenn wir nicht daran verrecken, dann unsere Kindeskinder. Dass wir uns wie die Lämmer zur Schlachtbank führen lassen, ohne einen Mucks zu machen, das hätte ich nicht gedacht. Manchmal glaub ich sogar, die Agrarchemie hat einen göttlichen Auftrag wie die apokalyptischen Reiter.«

Mathilde sah Walcher an, als wartete sie auf seine Frage. Er tat ihr den Gefallen und wollte wissen, was sie damit meinte.

Mit verschwörerische Stimme flüsterte sie: »Diese Agrar-apokalyptischen Reiter, sie tragen die Saat des Verderbens um die Welt, weil sich die Menschen versündigt haben.«

Walcher nickte und beschloss den Rückzug. Er hatte noch zu tun, und im PC wartete die letzte Datei von Koenig, die er noch nicht gelesen hatte, sein Nachwort nämlich.

Wehrt euch!

Wir befinden uns im Krieg! Einem Krieg der Chemiekonzerne gegen die Menschheit, gegen die Natur, gegen die Schöpfung.

Die Pharmakonzerne scheuen sich nicht, uns mit allen Mitteln zu vergiften, allein der Gier nach Macht und Umsatz wegen. Die genetischen Codes, ob von Saatgut oder Lebewesen, die als Nahrung dienen, werden dabei ohne jede Verantwortung, Moral oder Ethik manipuliert. Als begleitende Maßnahme wird unser Globus mit Spritzmitteln vergiftet. Aber das ist noch lange nicht das Ende der Attacken auf unsere Gesundheit. Mit chemischen Zusätzen in unseren Nahrungsmitteln, damit sie bunter aussehen, besser schmecken und länger haltbar werden, geht es weiter. Und dann werden auch noch Tonnen von Antibiotika an Tiere verfüttert. Resistenz der gefährlichsten Krankheitserreger gegen Antibiotika ist die Folge und damit der Verlust eines der wirkungsvollsten Schutzschilde.

Wenn sich die Menschen nicht endlich gegen diesen nicht wiedergutzumachenden Kahlschlag unseres natürlichen Erbes auflehnen, wird es vermutlich bald zu spät sein. Der Eingriff in unsere natürlichen Ressourcen und Genetik ist bereits fortgeschritten und beginnt sich zu verselbständigen. Ein Großteil unserer Politiker, Verwaltungsbeamten und Wissenschaftler unterstützen diesen Krieg persönlicher Vorteile wegen und haben sich zu dienstbaren Henkersknechten jener Konzerne und Investoren gemacht. Für eine Handvoll Silberlinge wird ein wesentliches Erbteil der Menschheit zerstört.

Wehrt euch gegen kriminelle Geschäftemacher, die in einem Maße in unsere Lebensweise eingreifen wie niemals zuvor in der Geschichte der Menschheit. Verwehrt ihnen Patente auf Nahrung, die uns die Natur geschenkt hat.

Boykottiert Nahrungsmittel, deren Genome verändert wurden und mit Spritzmitteln und Dünger behandelt werden müssen, die jegliche Balance unserer bisherigen Nahrungsmittel zerstören. Boykottiert eine Agrarwirtschaft, die unsere Böden und unser Wasser auf Jahre hinaus verseuchen.

Die Pharmakonzerne haben eine Tür zur biologischen Hölle aufgestoßen, die vermutlich nicht mehr geschlossen werden kann. Unsere Körper produzieren bereits – unabhängig davon, ob die Zufuhr dieser genmanipulierten Nahrung gestoppt wird – einen Antikörper. Das bedeutet, der Mensch hat derart in die Natur eingegriffen, dass nun Prozesse ablaufen, die wir definitiv nicht mehr unter Kontrolle haben. Neueste Studien aus verschiedenen Ländern zeigen eine ungeheuerliche Entwicklung auf. So wurde festgestellt, dass Menschen und Tiere in den untersuchten Gebieten bereits unwiderruflich unfruchtbar sind. In ihren Körpern wurden Toxine festgestellt, die nicht von außen, sondern bereits vom eigenen Körper produziert wurden. Unsere Organismen haben also die verschlüsselte Botschaft in genmanipulierter Ernährung so gedeutet, dass dieses Gift nur durch die Eigenproduktion gestoppt werden kann. Die irreversible Schädigung des menschlichen Genoms ist also bereits im Gang. Eine Zeitbombe, die unseren Planeten zu dem machen könnte, was er einmal war, einem Paradies für alle Lebewesen und Pflanzen. Dabei wird der Mensch nicht mehr annähernd die Rolle spielen wie im 21. Jahrhundert. Seine Population wird sich erheblich reduzieren, der Pharmaindustrie sei Dank.

Julian Koenig

Rechtsprechung

Als wäre es abgesprochen, flatterten die Schreiben der Staatsanwaltschaften binnen zwei Tagen durch den Briefschlitz. Unisono klärten die Texte Walcher darüber auf, dass die Minister in Bund und Länder, die für giftfreie Lebensmittel zuständig waren, nicht oder nur begrenzt für ihr Tun oder Nichtstun verantwortlich gemacht werden könnten. Amtseid hin oder her, es bedurfte einer persönlichen unmittelbaren Betroffenheit. Zum Beispiel, wenn Walcher sich durch die Schuld der Verbraucherministerin vergiftet hätte, weil sie nicht rechtzeitig vor einer vergifteten Ware gewarnt hat. Eine solche Anzeige würde aber nur dann verfolgt, wenn die Ministerin von der Gefährlichkeit dieses Produktes Kenntnis gehabt hatte und dennoch keine Warnung veröffentlicht wurde.

Eigentlich hatte er nichts anderes erwartet, er würde die Aktion zusammenfassen und an seine Verlage schicken, samt der Handvoll kritischer Polit-Magazine in den Medien.

Vielleicht würde er auch einige Politiker informieren, wenigstens die Fraktionsspitzen in Land und Bund. Aber was erhoffte er sich davon? Was galt heute in der Politik, Fachkompetenz oder eher Machtkompetenz? Außerdem wollte Naurich jedem Bundestagsabgeordneten sein Buch zusenden.

Abgesang

Eine latente Spannung trieb Walcher zwischen seiner Textarbeit am PC und irgendwelchen Arbeiten in Garten, Haus und Hof hin und her. War das Thema Eufoodic einfach so abgeschlossen? Nichts geschah. Keinerlei Aktionen gegen ihn oder gegen seine Familie und

Freunde, jedenfalls nichts, was ihm aufgefallen wäre. Auch das Telefonat mit Kommissar Brunner erzeugte mehr neue Nebelwolken, als es beseitigen sollte. Brunner erhielt zwar von den vorgesetzten Dienststellen, die ihn ausdrücklich zu »besonders sensibler« Ermittlung aufgefordert hatten, die eine oder andere »Klarstellung«, die mittlerweile aber nur darauf abzielte, sich zu vergewissern, dass er die eine oder andere Empfehlung nicht verstanden habe. Noch fehlte auch die Klageschrift der Staatsanwaltschaft für Bonnefelds Mord an Natalie Westhaus, und das, obwohl Brunners Kommissariat eine lückenlose Kette von Beweisen geliefert hatte. Führte eine »Politik im Dienste der Wirtschaft« zwangsläufig zu einem »Recht im Dienste der Wirtschaft«? Derlei Gedanken machten Walcher gleichermaßen depressiv und aggressiv. Blieb noch die Frage nach den Folgen einer Verzögerungstaktik. Da mussten sich die Verantwortlichen während ihrer Amtszeit nicht einmal ihre Hände schmutzig machen. Es genügte, wenn sie nichts taten. Und solange die Angaben der Hersteller nicht von den zuständigen Ministerien aktiv überprüft wurden oder neutrale Gutachten und Langzeittests verlangten, würde auch nicht viel geschehen. Man brauchte ja nur auf die Zulassungen der Stoffe hinweisen, dann war jeder bereits aus der Verantwortung entlassen. Immer wieder war in diesem Zusammenhang von den Ministerien zu hören, man habe nicht das Personal und die Mittel, alles zu überprüfen. Leuchtete ja irgendwie ein, wenngleich sich die Frage stellte, was sich hinter dem Begriff des »Verbraucherschutzes« sonst noch verbarg, wenn nicht die Überprüfung von Stoffen, die als besonders fragwürdig am Pranger standen. Die Kosten für die Problembewältigung fielen ohnehin auf die Verbraucher zurück, also auf die Gemeinschaft. Wer von ihnen sollte jemals beweisen können, dass der Einsatz von Glyphosat sie unfruchtbar gemacht hat, der Genuss von Glutamat zu Parkinson geführt hatte, wo sogar die Studien der wenigen unabhängigen Forschungsinstitute als nicht glaubwürdig eingestuft wurden. Wer, wenn nicht der Staat, besaß die Mittel und Möglichkeiten, seine Bürger zu schützen?

Walchers Stimmung spiegelte sich in seinem Dossier, das eigentlich fertig war. Aber meist strich oder überarbeitete er am Vormittag, was er am vergangenen Abend geschrieben hatte. Zu radikal, zu aggressiv waren seine Formulierungen. Irgendwie war alles aus dem Lot, selbst die Hunde verhielten sich auffällig. Nora schlief den halben Tag und fraß kaum etwas, während sich Rolli aufführte wie ein spätpubertierender Halbstarker.

Da war es dann doch beruhigend, eine Heilkundige im Haus zu haben. Mathilde schüttelte auf Walchers Frage, ob man mit Nora nicht mal zum Tierarzt sollte, nur mit dem Kopf und setzte ihr mildes Mutter-Lächeln auf, das Walcher zurück in seine Schulzeit katapultierte.

»Früchte der Liebe gibt's halt auch bei de Viecher«, klärte sie Walcher auf.

»Du meinst, Nora … ist trächtig?«

Mathilde nickte. »Schätze, so in zwei Monaten wuselt es hier ordentlich herum.«

»Dann sollten wir uns rechtzeitig nach Abnehmern umsehen.« Walcher sah sich von einem Hunderudel umzingelt, weil er vermutete, dass sich Irmi und Mathilde dagegen sträuben würden, auch nur einen Welpen wegzugeben. Ihm fiel ein, dass er Mathilde schon vor ein paar Tagen etwas fragen wollte. Vielleicht sollte er sich doch einen Notizblock zulegen.

»Erinnerst du dich noch an deine Vision, in der du Schonauer gesehen hast, angekettet an so einem Stein, wie ihn manche Leute an ihre Hofeinfahrten setzen?«

Mathildes Miene änderte sich von einem Lidschlag zum anderen und drückte nun tiefstes Misstrauen aus, gleichzeitig funkelte aus ihren Augen deutliche Kampfbereitschaft, sogar ihre Haltung schien noch aufrechter als sonst. »Natürlich erinnere ich mich!«

Walcher tat so, als hätte er die Veränderung nicht bemerkt, und bemühte sich um einen sachlichen Ton, unterstützt von einem möglichst harmlosen Lächeln. »Du sagtest damals, ich erinnere mich noch ganz genau: ›Da war er schon tot. Irgendwie gibt das alles keinen Sinn. Er hing an einem Stein, als wäre er angebunden. Seltsam, aber vielleicht täusch ich mich, weil da noch …‹ Weil da noch … ich muss immerzu daran denken. Wolltest du mir das damals nicht erzählen, weil du ohnehin glaubst, ich nehme deine … Gabe nicht so ganz ernst, oder gab das keinen Sinn, was du gesehen hast? Mich interessiert das wirklich.«

Mathildes Haltung und Miene deuteten ihre Entspannung an, auch das Funkeln in ihren Augen wurde auf Normalstand gedimmt. Ein paar Augenblicke sah sie Walcher an, als grüble sie intensiv über den Wahrheitsgehalt seiner Bitte nach. »Alles hat seine Zeit«, schüttelte sie dann mit dem Kopf. »Wenn ich dir jetzt erzähl, was ich damals noch gesehen hab, dann würdest du mir nicht glauben, weil es ja längst geschehen ist. Und ich hab keine Lust, mir von dir einen Vortrag über ›false memory‹ anzuhören.«

False memory, Walcher nickte. Mathilde war immer für eine Überraschung gut.

Kein Jagdwetter

Trächtig oder nicht, Nora und Rolli taten Bewegung gut, und er brauchte dringend frische Luft, auch wenn das Wetter umgeschlagen hatte und böige Winde die wechselnden Regenschauer beinahe waagerecht über die Allgäuer Hügel jagten. Wasserdicht eingepackt in seinen alten Parka, stemmte sich Walcher gegen den Wind, der sich zu einem Sturm entwickelte, und hoffte auf eine Erleuchtung für den Schluss seines Dossiers, der die Menschen aufschreckte und die Politiker zum Handeln zwingen musste.

Ekelhaft, diese Regenschauer. Obenherum war er ja geschützt, aber der Sturm trieb den Regen an seine Beine, und binnen weniger Minuten waren die Jeans durchnässt. Auch die Hunde wirkten nicht so, als hätten sie großen Spaß an diesem Wetter, weshalb Walcher umdrehte und vom freien Feld in Richtung Waldrand marschierte. Dort war er nicht so direkt dem Dreckswetter ausgesetzt. Als er mit einem Blick unter der Kapuze hervor kontrollierte, ob ihm die Hunde folgten, erstarrte er. Walcher hatte nie von sich behauptet, ein Held zu sein – wirklich nicht! Nun stellten sich seine Nackenhaare auf, seine Knie wurden weich, und sein Pulsschlag stieg heftig an. Links von ihm, zum Nachbarhof hin, etwa 100 Meter entfernt, war ein Mann leicht verschwommen im dichten Regenschauer zu erkennen. Soweit er sah, trug der Mann lodengrüne Wanderkleidung und ging leicht vorgebeugt mit schnellen Schritten ebenfalls auf den Waldrand zu. Das wäre ja nicht unbedingt ein Grund für all die Alarmsignale, die in seinem Körper ansprangen, die Größe war es. Der Mann wirkte wie ein Riese, obwohl er gebeugt ging: Bonnefeld.

Auch wenn sein Kopf sagte, Bonnefeld sitzt in U-Haft, beruhigte sich der Urmensch in Walcher nur langsam. Es war auch mehr die Angst vor dem Ungewissen, das in dieser riesigen Person schon seit Wochen um seinen Hof, um sein Leben kreiste. Walcher zuckte dann auch heftig zusammen, als er am Oberarm angestoßen wurde. Er hatte niemanden kommen hören, und in dieser Situation galoppierte sein Herz in ungeahnte Höhe. Unwirsch verdrehte er die

Augen und schrie gegen den Sturm an: »Mein Gott, hast du mich erschreckt!«

Vor ihm stand Mathilde wie eine der Nornen und auch so gekleidet, wie man sich Schicksalsfrauen vorstellte, in einem schwarzen Regenmantel, der bis zum Boden reichte und im Sturm wild flatterte.

»Hab ihn vom oberen Fenster aus g'sehn.« Dabei hielt sie ihm Großvaters Schrotflinte hin. »Is geladen«, keuchte sie außer Atem.

Walcher nahm ihr zwar die Flinte ab, deutete aber zum Hof: »Kein Wetter für die Jagd.«

Walcher drehte sich nach dem Riesen um, aber der war verschwunden. Was hatte Opa Armbruster gesagt: »Auf dem Land muss man sich wehren können!«

Gemeinsam gingen sie zum Hof zurück, die Hunde voraus. Sie waren offensichtlich froh über das Ende des Spaziergangs und warteten bereits vor der Haustür, als auch Walcher und Mathilde ankamen.

Nur wenige Minuten später hatte Walcher den Kommissar am Telefon. Ohne Begrüßung oder Erklärung stellte er seine Frage: »Ist Bonnefeld noch in Untersuchungshaft?«

Allein schon Brunners sekundenlanges Schweigen jagte Walchers Puls wieder in die Höhe. War es tatsächlich Bonnefeld, der um den Hof schlich? Ausgebrochen und auf blutige Rache aus? Walcher eilte mit dem Handy am Ohr zur Haustür und aktivierte die Verriegelung.

»Woher haben Sie das?«

»Was?«

»Na, das von Bonnefeld.«

»He! Ich habe Sie angerufen, um zu erfahren, ob Bonnefeld noch in Untersuchungshaft sitzt. Was oder woher soll ich was haben?«

Sie dauerte etwas länger, die Brunner-übliche Pause, aber dann drang seine Stimme wieder an Walchers Ohr. »Es bleibt noch unter uns, ja, von ganz oben wurde nämlich eine absolute Informationssperre verhängt. Bonnefeld ist heute am Morgen, 6.30 Uhr, bei der Frühstücksausgabe … tot in seiner Zelle aufgefunden worden.«

Wenigstens konnte dann der große Wandersmann nicht Bonnefeld gewesen sein, stellte Walcher fest, und es erleichterte ihn durchaus, wie er sich eingestand. Darüber hinaus überraschte ihn die Nachricht nicht sonderlich. Er hatte so etwas spätestens nach der Exekution dieser beiden angeblichen LfV-Leute irgendwie erwartet. Zu Brunner meinte er deshalb: »Das wundert Sie aber nicht wirklich, oder?«

»Sie sind mir ja so ein Spaßvogel«, knurrte Brunner, »glauben Sie, ich lass mich hier fertigmachen, damit man mir meine Mörder einfach so abknallt wie in jedem x-beliebigen Bananenstaat?«

»Diese Einstellung bringt Ihnen sicher ein paar Pluspunkte, aber nicht in dieser Welt«, höhnte Walcher. »Zählen Sie doch mal die Fakten zusammen und wer da alles mitmischt in diesem Trauerspiel. Und was so ein Bonnefeld alles auspacken könnte, wenn er nicht von unserer Justiz freigesprochen wird. Da ist es doch sinnvoll, ihn vorher aus dem Spiel zu nehmen.«

»Ich habe einen Mord aufgeklärt und den Mörder festgenommen, mich interessiert nicht, was dahinter sich noch für ein Spiel verbirgt, verstehen Sie.« Kommissar Brunner war laut geworden.

»Ich kann Sie ja gut verstehen, aber wenn wir schon bei dem Begriff ›Spiel‹ bleiben, dann sind da Namen im Spiel, die vermutlich Ihren zuständigen Staatsanwalt etwas überfordern dürften. Vielleicht hat das Ihr Innenminister oder der Außenminister oder sonst ein weitblickender Verantwortlicher in unserem Staate erkannt und den Joker gesetzt, könnte ja sein.«

»Von wem sprechen Sie eigentlich?« Brunners Stimme klang jetzt wie ein Schüler, der beim Abschreiben erwischt worden war.

»Am besten, Sie gucken mal ins Internet bei den einschlägigen Unternehmen nach und nach ihren Verbindungen zu Politik und Wirtschaft. Es würde hier einfach zu weit führen, ich habe ohnehin schon ein ganz heißes Ohr. Sagen Sie mir Bescheid, wenn Bonnefelds Tod offiziell ist. Woran ist er denn eigentlich gestorben?«

»Bleivergiftung, ich melde mich wieder.«

Kaum hatte Walcher das Handy eingesteckt, schrillte die Telefonklingel vom Festnetz. Hatte Brunner etwas vergessen? Es war nicht der Kommissar, sondern ein Herr Leimer, Mitarbeiter des Vorsitzenden des PKGr. Walcher verfluchte in Gedanken diese Abkürzungsmanie und fragte nach, welche Partei sich denn hinter dieser PKG verbarg. Es handle sich um das Parlamentarische Kontrollgremium des Deutschen Bundestags, erfuhr er, und Herr Leimer habe die Aufgabe, ihn zum nächsten Treffen des Gremiums nach Berlin einzuladen. Zum Thema »Mögliche Beeinflussung von Mitgliedern der Legislative durch Lobbyismus, insbesondere der Agrar-Industrie« sollten Journalisten gehört werden, die sich derzeit mit diesem Komplex befassten. Herr Leimer nannte Datum und Uhrzeit und dass Walcher vom Flughafen Tegel abgeholt würde, die Flug- und Hotelkosten würden selbstverständlich übernommen. Walcher bat um erneuten Anruf, da er erst seinen Terminkalender befragen müsse, und vereinbarte den Anruf des freundlichen Herrn Leimer in genau einer Stunde.

Es ging Walcher nicht um seinen Terminkalender, den hatte er im Kopf, sondern um einen Kontrollanruf beim Sekretariat des Vorsitzenden des Parlamentarischen Kontrollgremiums. Wie Walcher vermutet hatte, gab es dort keinen Mitarbeiter namens Leimer, und auch von einem Termin mit Journalisten zum Thema Lobbyismus der Agrar-Industrie war nichts bekannt. Walcher wurde sogar direkt zum Vorsitzenden durchgestellt, der bestätigte, was seine Sekretärin ausgerichtet hatte. Es gab keine Anhörung zu diesem Thema.

Walcher hatte bei all seinen Recherchen immer mit einkalkuliert, dass man ihm an die Wäsche ging, damit hätte er leben können. Was ihm bei diesem Fall zu schaffen machte, war die beeindruckende Größe des gegnerischen Lagers.

»Was soll's«, stöhnte er laut auf und suchte im Internet nach der Telefonnummer des Bayerischen Landtags und fragte sich dann auch dort bis zum Vorsitzenden des Bayerischen Kontrollgremiums durch. Auch in seinem und den Sekretariaten der anderen, der insgesamt sieben Mitglieder des Kontrollgremiums, war Leimer ebenso wenig bekannt, wie eine Sitzung mit Journalisten anberaumt war. Wer also war Leimer, und in wessen Auftrag rief er an?

Mit wachsender Ungeduld blieb Walcher am Schreibtisch sitzen, las die eingegangenen E-Mails, räumte den Schreibtisch auf und wartete.

Ein ungutes Gefühl machte sich in ihm breit, denn innerlich hatte er den Fall abgehakt und im Stillen gehofft, man würde ihn in Ruhe lassen. Eine ziemlich kindliche Hoffnung, musste er sich eingestehen.

Er zuckte zusammen, als das Telefon schrillte. Die Zeitangabe auf dem Display zeigte exakt die volle Stunde: 15 Uhr. In jedem Fall war Leimer ein pünktlicher Mensch. Er machte so etwas anscheinend auch nicht zum ersten Mal, denn routiniert stellte er sich noch einmal kurz vor und wollte wissen, ob Walcher nach Berlin kommen würde.

»Ich habe«, begann Walcher mit einer leichten Verzögerung, die er brauchte, um die Aufnahmetaste zu suchen und zu betätigen,

»nicht meine Termine überprüft, sondern in den Sekretariaten des PKGr nach einem Herrn Leimer gefragt.«

Im selben Moment erkannte Walcher, dass es weit professioneller gewesen wäre, auf das Angebot zum Treffen einzugehen und gemeinsam mit Kommissar Brunner eine Falle zu stellen, aber die Chance war vertan. Der Anrufer legte auf. Aus dem Hörer kam nur noch das Rauschen, das immer dann erklang, wenn man der Grauzone zwischen Realität und Vision zu nahe kam.

Nachwort

Natürlich haben der International Food Information Council und der European Food Information Council nichts mit der fiktiven Agentur Eufoodic zu tun. Wenngleich es durchaus interessant ist, sich einmal die Mitgliedsliste des IFIC, des International Food Information Councils, anzusehen, das liefert nämlich Stoff zum Nachdenken.

Ich empfehle dem interessierten Leser, sich im Internet über die Geschichte dieser Unternehmen zu informieren. Es versteht sich von selbst, dass ich an dieser Stelle auf den fiktionalen Aspekt meines Romans hinweise, der höchstens rein zufällig irgendwelche Ähnlichkeiten mit der Realität haben könnte. Nichts lag mir außerdem ferner, als die Produzenten von Tabun, Zyklon B oder Agent Orange, Napalm und dergleichen »Pflanzenschutzmittel« mit den Produkten der heutigen modernen Agrarchemie in Verbindung zu bringen.

Joachim Rangnick

Glossar

Mundart kann immer nur annäherungsweise wiedergegeben werden, denn ein Dorf, ein Tal, eine Generation weiter hört sich der gleiche Begriff schon wieder etwas anders an.

Alpe, Alm, Alb = Die Allgäuer gehen auf die Alpe und Alb, die Bayern und Österreicher auf die Alm … hier verschleifen sich alamannische Dialekte, die letztlich wohl alle vom Begriff für hohe Berge stammen: Alpen,

Alpe = wird im Allgäu auch der Berghof genannt, meist nur im Sommer bewirtschaftet. Wird Milchvieh gehalten und die Milch zu Käse und Butter verarbeitet, spricht man auch von einer Sennerei.

amend = vielleicht, sogar, schließlich – am Ende

Austragshäusle/Ausgedinge = auch Altenteil genannt, regelt in landwirtschaftlichen Kreisen die Altersversorgung nach der Hofübergabe an den Erben.

Brotzeit = Zwischenmahlzeit, die nicht zwangsläufig aus Brot bestehen muss. Wird auch Vesper (Veschber) genannt, die allerdings mehr auf den Zeitpunkt zwischen Mittag und Abend hindeutet, vespera – Abend(zeit). In der kirchlichen Liturgie bedeutet die Vesper das Abendgebet, allerdings ohne Brotzeit.

Drschlaga = erschlagen

dr = der. Dr Allgäuer verschmilzt gerne.

ebban = Jemanden

eis = uns (kennet mier eis? = Kennen wir uns?)

gleaga = gelegen

Gamsbart = zur Tracht (Alpenregion Österreich, Bayern) gehörender Hutschmuck bei Männern. Meist aus den Rückenhaaren »Aalstreif« von Gamsböcken, aber auch vom Hirsch, Dachs oder Wildsauen.

Geiß, Goiß = Ziege auch für Gämse/Gemse – nicht zu verwechseln mit dem recht verbreiteten Biermischgetränk Goaß, bestehend aus Cola, dunkles Bier oder Weißbier – dunkel oder hell – sowie zirka 4 cl Kirschlikör oder Cognac/Whiskey.

g'soicht = geregnet. Derb volkstümlich bedeutet »soicha« urinieren. Vermutlich wird deshalb dieses Wort auch für »regnen« verwendet. Man spricht auch von einem »Soichwetter«. Riecht ein Mensch unangenehm streng, so kann es auch schon mal heißen: »der soichalet«.

G'schmäckle = Verniedlichungsform von Geschmack, gilt nicht nur für verdorbenen/verdächtigen Geruch, sondern auch für dubios empfundene Vorgänge/Korruption/Filz/Vetternwirtschaft.

Gnocchis au fromage = Kässpätzle/Käsespatzen. Hier irrt Irmi allerdings, denn die Franzosen sagen einfach: Les Kässpätzle.

Handlung = Laden, Geschäft, Krämer, wurde früher das Kleinkaufhaus genannt, in dem es beinahe alles zu kaufen gab, was man für ein zivilisiertes Leben benötigte.

Hirschfänger = eine Stichwaffe, die vornehmlich für die Jagd verwendet wird.

's Heisla, 's Häusle = das Klo, ein kleines Haus, das über einer Grube stand. Ein Plumpsklo also. Nicht zu verwechseln mit dem Austragshäusle.

Hoiza/Hoinza = Holzpfahl mit Querstäben, auf denen im Allgäu Gras zu Heu getrocknet wird.

Jöches noi = Ausruf der Überraschung und Betroffenheit, für Leute, die nicht »Jesses Maria« bemühen wollen.

Käseküche = der Raum, in dem Milch in Käse verwandelt wird.

dr Kreutergaata = der Gaata, Kräutergarten

Landjäger = Gendarm, Landpolizist. Nicht zu verwechseln mit der gleichnamigen, eckig gepressten, geräucherten und getrockneten Rohwurstspezialität, die vorzugsweise auf Bergwanderungen Kraft spendet.

Lackl, Mordslackl = ein großes, starkes Mannsbild. Durch die Vorsilbe »Mords« gewinnt der Ausdruck an positiver Bedeutung, jedenfalls im normalen Leben.

Leberkäs = hochdeutsch Leberkäse. Der Allgäuer gilt als sparsam und verschluckt gerne Buchstaben und Silben am Ende eines Wortes.

Mensch, des/das = eine Frau mit zweifelhaftem Leumund/Ruf. Eine gewisse Steigerung erfolgt durch Attribute wie: des Mensch des dreckerte, unverschämte, verkommene etc.

Luaga, luagsch = schauen, schau

Nornen = Schicksalsfrauen in der nordischen Mythologie, verwandt mit den römischen Parzen und den griechischen Moiren

Rufillus = erster Bischof von Forlimpopoli (bei Forli in Italien), geb. in Athen, gest. 382 in Forlimpopoli. Der Name Rufillus bedeutet: der rothaarige Freund. Die Kurzfassung lautet wohl Rufus.

Regio glutaea = Bei Tieren nennt man diese Region »Kruppe«, bei Menschen handelt es sich um die Gesäßregion.

Sach = Eigentum, Besitz, daher auch der Begriff »Sachzwänge«

Saure Kartoffelrädla = wunderbares Rezept aus dem Allgäu: Kartoffeln (festkochende) kochen, schälen und auskühlen lassen. Für die Sauce eine Zwiebel feinschneiden, mit Butterschmalz anschwitzen, mit Mehl bestäuben und braun werden lassen. Dann mit Fleisch- oder Gemüsebrühe ablöschen und mit Schneebesen verrühren – Klumpenbildung vermeiden. Lorbeerblatt, Nelke, Liebstöckel und Rotwein (wahlweise dunkles Bier) zugeben. Kartoffeln in Scheiben schneiden und in die Sauce geben, kurz etwas köcheln lassen, gegen Ende dann gehackte Petersilie untermischen, mit Salz und Pfeffer abschmecken und Essig dazu. Pur oder eine Wurst, Braten dazu ein Hochgenuss.

Schindeln = flache Holzbrettchen. Alte Form der Dachdeckung, auch an den Wetterfassaden eingesetzt. Für die sprachliche Herkunft werden einige Möglichkeiten angeboten: lat. *scindere* – spalten, altnord. *skilja* – spalten/trennen, gotisch für Brett: *skildus.*

Schrat = Naturgeist, je nach seinem Lebensraum ein Wiesen-, Wald- oder eben ein Bergschrat

Stenz, stenzte = ein Angeber

Stumpen = einfache Zigarre, negativ aber auch etwas Kurzes

Senn = Hirte, der auf einer Alm/Alpe, auch Senne genannt, das Vieh hütet und deren Milch zu Käse/Butter verarbeitet. Im Hochgebirge meist nur während der Sommermonate möglich.

Sennerei = vergleichbar einer Molkerei in kleinem Maßstab.

trätza = reizen, ärgern (für negatives Ziel), necken (für eher positives Ziel)

Wiedergänger = Volksglaube. Ein Verstorbener, der als körperliche Erscheinung in die Welt der Lebenden zurückkehrt.

Ziehwege = einfache Wege, auf denen in den Bergen das im Herbst geschlagene Holz im Winter zu Tal gezogen wurde.

Zuagroiste = Menschen, die nicht am Ort geboren sind, also zugereist, und den örtlichen Dialekt nicht verstehen.

Zwiebelröhrle oder Zwiebelröhrla = natürlich die Triebe einer Zwiebel

zindle, zindla, zinsla = alle für: gefährliches Spiel mit Zündhölzer

Technische Begriffe

BfV = Bundesamt für Verfassungsschutz

LfV = Landesamt für Verfassungsschutz, z. B. Bay. LfV

E 951 = Aspartam, chemischer Zuckerersatz, der im Verdacht steht, eine ganze Reihe von Krankheitsbildern zu fördern.

E 621 = Glutamat (Monokaliumglutamat), Geschmacksverstärker, der im Verdacht steht, eine ganze Reihe von Krankheitsbildern zu fördern.

E 102, 110, 122, 124, 129 = Azofarbstoffe, die im Verdacht stehen, eine ganze Reihe von Krankheitsbildern zu fördern.

False memory Syndrome = bezeichnet das Phänomen der Erinnerungs(ver)fälschung oder »falsche Erinnerung«. Im Wesentlichen glaubt hierbei der betroffene Mensch sich an ein Ereignis zu erinnern (oder ein Detail davon), obwohl er nicht daran teilgenommen hat. Durch Nachrichten oder Erzählungen wird das Ereignis dann zu einem festen Bestandteil seiner Erinnerung.

Fouetté en tournant = rasche, peitschenhiebartige Bewegung/Drehung

rond de jambe en l'air = Drehung mit anschließender Pirouette

GMO = engl. Genetisch modifizierter (manipulierter) Organismus (genetically modified organism) bezeichnet die englische Sprachvariante

GVO = dasselbe in Deutsch, gentechnisch veränderte Organismen. Dahinter verbirgt sich das Spiel mit den genetischen Grundbausteinen allen Lebens auf dieser Erde, und zwar mit möglichen Folgen, die mit dem heutigen Wissen nicht annähernd absehbar sind.

SDS-Syndrom = Schwachman-Diamond-Syndrom ist eine vererbbare Erkrankung an unterschiedlichen Organsystemen mit dem Ergebnis: Funktionsstörung der Bauchspeicheldrüse, Minderwuchs, Skelettveränderung, Neutropenie.

Lateinische Sprüche, die Herr Brunner über sich ergehen lassen musste:

Quid pro quo, Herr Kollege = Dies für das, oder: Eine Hand wäscht die andere.

In dubio pro reo = Im Zweifel für den Angeklagten.

Bei den Vorarbeiten zu diesem Roman habe ich unter anderem einige empfehlenswerte Bücher und Artikel gelesen und Videos/TV-Sendungen angesehen.

Die Ernährungslüge, Hans-Ulrich Grimm, Verlag: Knaur, 2003
Blutmilch, Romuald Schaber, Verlag: Pattloch, 2010
Saat der Zerstörung, F. William Engdahl, Verlag: Kopp, 2006
Terra Madre, Carlo Petrini, Verlag: Hallwag, 2010
Chemische Kampfstoffe, Jochen Gartz, Verlag: Der Grüne Zweig 243, 2003
Der gekaufte Staat, Sascha Adamek/Kim Otto, KiWi-Verlag, 2008

Im Internet:

Prof. Manuela Malatesta – Gen-Pflanzen verändern Leberfunktion

Prof. Don M. Huber – Glyphosat fördert einen neuen Organismus

Prof. Andrés Carrasco – Roundup und Missbildungen

Dr. Arpad Pusztai – Kritik an der Agro-Gentechnik

Dr. Mae-Wau Ho – GVO. Verbot

Prof. Gilles-Eric Seralini – Genfreies Europa

Prof. Dr. Uwe Frank – Gesundheitliche Risiken der Gen-Kartoffel Amflora

Greenpeace-Report Herbicide tolerance and GM crops

Arte: »Die Welt des GMO« und andere Sendungen zum Thema,

BUND: zu Gentechnik, NABU: zu Gentechnik,

YouTube: Kontraste/Monsanto:Studien widerlegen Unbedenklichkeit von Roundup. Report – Gift im Genmais – Monsanto. Der Krieg ums Saatgut, Tote Ernte verseuchte Erde Gentech Manipulierte Samen skrupelloser Betrug, von Kai Krüger/Bertram Verhaag. Unzensiert, Saat der Zerstörung in Haiti Monsanto, BASF Genkartoffel in Deutschland. Bill Gates, Impfungen und Monsanto. Rockefellers Bevölkerungskontrolle/Ernährungskontrolle … Und und und …

Joachim Rangnick
Der Ahnhof

Ein Allgäu-Krimi
ISBN 978-3-548-60992-8

Immer wieder verschwinden Frauen und Männer in der Nähe des alten Korbach-Hofes. Die seit Generationen dort ansässige Familie steht unter Verdacht, etwas mit den Vermisstenfällen zu tun zu haben. Beweise wurden nie gefunden. Als der Hof zum Verkauf steht, ahnen Journalist Robert Walcher und seine kauzig-liebenswerte Haushälterin Mathilde, dass die Auflösung der Fälle endlich näher gerückt ist. Sie beginnen zu recherchieren und stoßen auf eine Familiengeschichte, die über Generationen zahlreiche Opfer gefordert hat – und bald geraten auch sie selbst in das Visier des Täters.
Ein Kriminalroman aus dem idyllischen Allgäu, in dem das Böse Menschengestalt angenommen hat – Gänsehaut garantiert.

List

www.list-taschenbuch.de

Joachim Rangnick
Bauernfänger

Kriminalroman
ISBN 978-3-548-61048-1

In einer verlassenen Villa stößt Journalist Robert Walcher auf die Leiche eines Mannes. Neben dem Toten: Unterlagen über eine Lotto-Firma, die Millionen unterschlägt und dabei über Leichen geht.
Walcher hat Lunte gerochen und stellt eigene Ermittlungen an. Mit der für ihn typischen Sturheit und viel Geschick kommt er einem Komplott auf die Spur, das weit über die Grenzen des Allgäus hinauszeigt.

»Walcher kann durchaus neben den Wallanders, Brunettis und Montalbanos der Krimiliteratur bestehen.«
Schwäbische Zeitung

List

www.list-taschenbuch.de

L436